EL SECRETO DE

CHARLOTTE

Donde nada es lo que parece ser

Manuel Morera

La presente edición ha sido revisada atendiendo a las normas vigentes de nuestra lengua, recogidas por la Real Academia Española en el *Diccionario de la lengua española* (2014), *Ortografía de la lengua española* (2010), *Nueva gramática de la lengua española* (2009) y *Diccionario panhispánico de dudas* (2005).

El secreto de Charlotte

Fotografía de contraportada: Leticia Reig

ISBN: 978-84-16479-70-2
Depósito legal: A 959-2015

Edita: Editorial Club Universitario Telf.: 96 567 61 33
C/ Decano, n.º 4 – 03690 San Vicente (Alicante)
www.ecu.fm
ecu@ecu.fm

Printed in Spain
Imprime: Imprenta Gamma Telf.: 96 567 19 87
C/ Cottolengo, n.º 25 – 03690 San Vicente (Alicante)
www.gamma.fm
gamma@gamma.fm

Prólogo

Madrid, 2012

El espectáculo era dantesco y solo se escuchaban gritos de auxilio en ese tramo de carretera. Sara no sentía prácticamente nada. No era consciente de su situación y creía estar en una especie de sueño que no era capaz de identificar. Notaba como un líquido frío y pastoso le resbalaba por la cara. Por acto reflejo intentó secarse pero algo le impedía mover los brazos. Estaba atrapada y el cinturón de seguridad, no sabía por qué razón, la rodeaba el cuello. Continuaba con los ojos cerrados sin atreverse a abrirlos. Quería pensar que todo era un sueño y no se quería enfrentar a una posible cruda realidad. Comenzó a escuchar unos gritos en la lejanía, unos gritos que se fueron acercando hasta estar justo al otro lado de la ventanilla del coche.

—¡Señorita!, ¡señorita! ¿Están ustedes bien? ¡Acaban de tener un accidente! ¿Me escucha? ¡Acaban de tener un accidente!

Su cuerpo empezó a temblar sin control. No era capaz de dominarlo. Comenzaba a admitir lo sucedido y fue entonces cuando se puso a llorar desconsoladamente mientras preguntaba por su hermana Charlotte, que iba de copiloto. Solo pudo observar de reojo que su hermana no se movía.

—¡Mi hermana! ¡Charlotte! ¡Charlotte! ¿Cómo está mi hermana?, que alguien me diga algo, por favor —suplicaba sin que nadie le contestase.

—¿Cree que podría moverse? ¡No se preocupe, vamos a sacarla de ahí enseguida!

Seguía aturdida, oyendo las voces del exterior como un murmullo y sin poder distinguir nada de lo que se decía.

—¡Voy a abrir la puerta y la vamos a sacar! ¿De acuerdo?

De repente notó como algo frío le rozaba la garganta y cortaban el cinturón de seguridad. Tiraron de ella, al parecer entre dos hombres, y con mucho cuidado la sentaron en uno de sus coches hasta que llegara la ambulancia. Después le pusieron una manta sobre los hombros para darle calor.

Diferentes sonidos de sirenas iban acercándose al lugar del siniestro. La policía de tráfico fue la primera en llegar. Pero en menos de cinco minutos hicieron su aparición dos ambulancias y un coche de bomberos.

No tardó mucho en producirse un atasco en ambas direcciones. En su carril, por un motivo más que justificable, pero en la dirección contraria, por la estúpida curiosidad de los conductores que al frenar estaban elevando el riesgo de provocar otro accidente.

En uno de los vehículos que iban detrás de ella y por fortuna, había una enfermera que se encargó de realizarle los primeros auxilios. Sara no parecía tener nada de gravedad, solo una herida en la cabeza, que, a pesar de lo aparatoso de la sangre, se confirmaría, una vez que llegara la ambulancia, que era superficial. Sin embargo, no se podía decir lo mismo de su hermana.

—¡Charlotte!, ¿cómo está Charlotte? —no dejaba de preguntar angustiada.

Desde el otro coche observó como los bomberos encendían unas sierras mecánicas para liberarla de aquel amasijo de hierros. Antes de que movieran un dedo, uno de los médicos se acercó a su hermana para ver su estado. Nada más verla se dio cuenta de su inconsciencia y de lo imposible que era conseguir alguna respuesta positiva por su parte.

—¿Me puede decir su nombre? ¿Me escucha? ¿Sabe qué día es hoy?

No reaccionaba a ningún tipo de estimulación de la actividad, ni al contacto, ni tampoco al sonido, y las pulsaciones eran extremadamente débiles.

—Será mejor que no mires. Seguro que estará bien, no te preocupes —le dijo la enfermera a Sara mientras limpiaba su herida con un poco de agua oxigenada que había sacado del botiquín de emergencia.

Sabía que la enfermera intentaba darle palabras de ánimo, pero, por las caras de los bomberos y los comentarios de los policías de tráfico que estaban presentes, estaba convencida de que la gravedad era máxima; si es que no había ocurrido ya lo peor. Después de haber desmontado casi por completo la parte delantera del coche, consiguieron sacarla. Al ver como introducían el cuerpo ensangrentado de su hermana en la ambulancia, empezó a sentir un leve mareo. A los pocos segundos perdió el conocimiento.

Dos horas antes del accidente

Las dos hermanas se disponían a salir de fiesta con sus respectivas parejas. Era la primera vez que Charlotte acompañaba a su hermana Sara sin sentirse de carabina, porque por fin, y después de bastante tiempo, tenía una relación más o menos estable. Sara ya llevaba casi ocho años con su relación, y Charlotte sentía cierta envidia de su hermana mayor.Los padres se encontraban de viaje romántico de fin de semana, ya que por culpa de ambos trabajos llevaban muchos años sin poder disfrutar de un leve descanso y las dos hijas les habían regalado dos noches de estancia en un parador de la Costa Brava. Eso no significaba que fueran a aprovechar la ocasión para soltarse un poco más, pues eran unas chicas muy responsables, pero lo que sí era cierto era que sentían algo más de libertad con respecto a la hora de vuelta a casa, ya que, a pesar de su madurez, su padre Gerard era algo estricto en ese punto. Para él seguían siendo sus dos pequeñas, y, aunque tuvieran veinticuatro y veintitrés años, no se fiaba de la cantidad de locos sueltos que solían salir por Madrid a ciertas horas. Cuando eran niñas solía decir: «Ahora tenéis que volver cuando yo diga, ya haréis lo que queráis cuando seáis mayores de edad». Pero daba igual, habían pasado de sobra la mayoría de edad y su padre había cambiado la frase por la de «ya haréis lo que queráis cuando seáis independientes». Lo solía decir de broma, pero lo decía. Sus dos hermosas hijas eran lo que más quería en el mundo y pecaba a veces de sobreprotector. Sin embargo, su madre, Sophie, las entendía algo más por el hecho de ser mujer y era la que servía de enlace de comunicación con su padre. Al final, como era lógico, llegaban cuando les daba la gana.Debido a los nervios de cualquier chica a la hora de elegir el vestido adecuado para la ocasión, comenzaron a prepararse dos horas antes. Intercambiaron vestidos, zapatos, color de uñas, etc., una y otra vez hasta dar con la combinación perfecta. Cuando vieron que estaban totalmente acicaladas y antes de salir de casa, decidieron echar un último vistazo al resultado de tanto tiempo de esfuerzo en el espejo de cuerpo entero que tenían en la entrada. Justo en el momento en que fueron a abrir la puerta, se encontraron al cartero sujetando varias cartas e intentando llamar al timbre. El cartero, al ver a aquellas dos chicas tan guapas, esbozó su mejor sonrisa.

—Buenas tardes, ¿la señorita Charlotte?

—Sí, soy yo.

—Traigo esta carta certificada para usted.

—¿Certificada? —preguntó Sara extrañada—. ¿Quién te mandará a ti una carta certificada?

—No sé, Sara, no tengo ni idea.

—¿Le importaría firmarme aquí?

Charlotte firmó para que el cartero pudiera seguir con sus entregas.

—Muchas gracias, señoritas.

—A usted —contestó Charlotte—. ¡Bueno, vámonos, que al final llegaremos tarde!

—¿Pero no la lees o miras a ver qué hay dentro? Parece que hay algo dentro del sobre.

—No, ya lo veré cuando volvamos, o mañana con más tranquilidad. Ahora no tenemos tiempo.

—Pero por lo menos mira a ver qué pone en el remite.

—¡Es de la abuela Margot! —dijo sorprendida—. ¿Y por qué me mandará una carta certificada? Mañana saldremos de dudas. Espera, que voy a guardarla.

Charlotte se dirigió a su cuarto y, en un falso fondo de un cajón con llave donde solía guardar las cosas que merecían un alto secreto, metió la carta. Volvió a la entrada, donde la esperaba impaciente su hermana, repasaron que todo estuviera correcto y todas las luces apagadas, y fueron a por el coche. La cena era en el extrarradio de Madrid.

Capítulo 1

Londres, 1939

El viento hacía estragos revolviendo todas las hojas que encontraba a su paso en aquel bosque que durante décadas había estado abandonado a su suerte. Cualquier vestigio del pasado yacía bajo varios metros de tierra, que cubría toda pista o huella que supusiera algo de conocimiento para todo aquel que tuviera la suerte de pasear por esos lares, no sin algo de valentía, con la única compañía de un silencio sepulcral en esas horas vespertinas.

Las copas de los árboles se mecían con brusquedad pero con elegancia a la vez, dejando traspasar los últimos rescoldos de luz solar de forma intermitente. Simulaban galantes caballeros invitando a bailar a sus bellas damiselas. En pocos minutos anochecería y había que darse prisa con el fin de poder encontrar algún que otro indicio válido que supusiera un avance en la investigación.

Prisa era lo que menos tenía Michael, detective encargado del caso. Con una mano metida en el bolsillo del pantalón y la otra impidiendo que el sombrero se despegase bruscamente de su cabeza, caminaba por la zona con sumo cuidado y dando pequeños saltos, con el fin de evitar manchar en lo posible sus impecables zapatos de marca.

—¡Vamos, chicos, continuad buscando!, ¡seguro que está aquí!

—Ya no se ve nada, jefe. Sería mejor seguir mañana.

—Haré que no te he oído. ¿Si fuera la vida de tu mujer o tu hija la que estuviera en juego, dejarías de buscar?

No hizo falta decir nada más. La mirada que le dirigió hizo el resto. El policía encendió su linterna y continuó buscando junto con el extenso grupo de compañeros que habían sido llamados para colaborar.

En unos instantes el bosque se llenó de luces flotando en el aire. Parecían cientos de luciérnagas en movimiento. Durante los siguientes diez minutos los ruidos se repetían. El sonido del aire moviendo los árboles se entremezclaba con los pequeños chasquidos de las hojas rompiéndose por las pisadas de los que allí estaban.

Michael volvió a echar la mano a su cartera y sacó una hoja plegada en cuatro veces. Amarillenta por el uso y por el paso del tiempo, comenzó a desdoblarla con sumo cuidado como si fuera su vida en ello. La observó detenidamente por enésima vez. Una ilustración al carboncillo de un paisaje igual a aquel en que se encontraban. En una de las esquinas del dibujo aparecían unas rocas, y a los pies el cuerpo medio enterrado de una joven.

—Podríamos estar equivocados. Es como buscar una aguja en un pajar—meditaba mientras fijaba la vista en el boceto.

Justo en ese momento un grito interrumpió su reflexión.—¡Aquí, señor, aquí!

Michael hubiera deseado no escuchar el aviso. Sus casi veinte años de experiencia le anticipaban que el grito del policía no presagiaba nada positivo.

Se acercó al lugar indicado y allí estaba el cuerpo. La escena era una idéntica imagen a la que tenía en sus manos. Como si alguien les estuviera observando en ese mismo instante. Al comparar la realidad con el dibujo y ver la exactitud de ambos se dio media vuelta como queriendo encontrar a alguien entre los árboles. Solo fue un acto reflejo.

Era el momento perfecto para encenderse un cigarro y soltar algo de adrenalina. Sacó su Zippo y, con un toque único y acompasado sobre la cadera, provocó una buena llamarada para su diminuto cigarro puro, a los que era aficionado. Mientras mantenía el humo en los pulmones dijo:—No toquéis nada hasta que vengan los de la científica, ¿de acuerdo?Luego soltó lentamente el hollín que le quedaba con bocanadas en forma de pequeños aros como le enseñó su padre.

De todos modos, la preocupación de Michael estaba en algo que se encontraba fuera de su alcance. Su país entraba en guerra con Alemania y eso le hacía perder cierta concentración. En septiembre del 39, Alemania invadía Polonia con unos resultados claramente devastadores, lo que provocó que inmediatamente el Reino Unido declarase la guerra a los germanos. Todavía no se habían movilizado las tropas pero miles de compatriotas ya sentían el miedo en sus entrañas. Mientras tanto, él seguía en busca de un «capullo asesino» con sueños de artista. Nada tenía sentido. Las jóvenes asesinadas, y sobre todo las que estaban en peligro de serlo, nada tenían que ver con las locuras y provocación de aquel alemán que pondría en jaque a medio mundo a partir de entonces, Adolf Hitler.

Antes de que el cigarro se consumiese por completo lo tiró al suelo y lo pisó con fuerza asegurándose de que no quedase ningún rescoldo que pusiera en peligro el hermoso paraje del entorno. Sacó un par de guantes de uno de los bolsillos de la chaqueta y se los ajustó dedo a dedo hasta que quedaron cómodos para su uso. Habitualmente no se sentía a gusto con ellos. Una vez junto al cadáver se arrodilló y, con la ayuda de una pequeña rama, comenzó a examinar cada detalle. En esta ocasión no lo tenía fácil. Medio cuerpo se encontraba bajo tierra y no tenía mucho margen de maniobra. La persona que enterró el cuerpo tendría bastante prisa, porque no se preocupó de cubrirlo lo suficiente como para que unas leves inclemencias del tiempo lo destaparan.

—Aunque, pensándolo bien —pensaba en voz alta—, creo que la forma de poner el cuerpo no es improvisada, ya que el dibujo es exacto. Es como si hubiera prevalecido el arte de la compostura final del boceto sobre la necesidad de ocultar a la chica. Le gustaba como quedaba y ya está. Este tío además de loco es un gran dibujante. Ya tenemos algo adicional por donde seguir buscando. A lo mejor tenemos que fijar nuestros esfuerzos en un profesional del dibujo con una gran dosis de locura, en lugar de un asesino en serie con afición al arte.

De repente observó que cerca de la cadera de la chica y cubierto completamente de tierra sobresalía lo que parecía la esquina de un trozo de papel. Sin que nadie se percatara y aprovechando el despiste de la mayoría, sacudió el barro que impedía sacarlo y lo extrajo lo más rápido que pudo. Justo en ese momento notó como las primeras gotas de agua golpeaban sobre su sombrero. Las precipitaciones en Londres son frecuentes y ese día no iba a ser una excepción.

—Vaya lluvia más oportuna —dijo con ironía—. ¡Vamos, chicos, proteged toda la zona, especialmente el cuerpo, todo lo que podáis!, ¡no va a quedar ni una pista que examinar!

El mal tiempo se prolongó durante un par de horas, lo que dificultó el trabajo de todos los que allí se encontraban. Pero Michael ya tenía la pista que deseaba. Aprovechó el cierto desconcierto de un ir y venir de gente para desaparecer de la escena del crimen. Siempre le gustaba mantener un as en la manga y no transmitir toda la información a sus superiores, algo que ya le había acarreado más de un problema en el pasado. Aun así estaba dispuesto a arriesgarse de nuevo. Estaba deseando ver con más detenimiento el papel que había escondido, aunque tenía bastante claro lo que podría ser. Una vez en el coche y a salvo del aguacero desdobló su hallazgo, y estaba en lo cierto.

Capítulo 2

Nadie se podía imaginar que en Chedworth, un pueblecito muy tranquilo situado en medio de los Costwolds, con pastos para cabras y establos con burros blancos, se rompería la tranquilidad a la que estaban acostumbrados por unos días y que la tragedia se apoderaría del lugar.

En Pancake Hill, una de las pequeñas colinas de la zona, una casa de piedra adornaba la cima. Un hermoso *cottage* del siglo XVI. Rodeaba la casa un muro con un arbusto en la parte superior, como queriéndola abrazar para protegerla de no se sabe qué, pues lo que menos transmitía ese lugar eran posibles conflictos. Todas las casas parecían gemelas. De una o dos plantas, con una pequeña chimenea en todos los tejados, repletas de vegetación y con un sendero que nacía en cada puerta y se perdía por la campiña.

El cielo estaba cubierto por una capa de nubes que adelantaban el ocaso. El silencio solo era interrumpido por los quejidos que salían desde el interior de la casa. Un «auxilio» tan débil que solo servía para desgaste de la víctima, pues por mucho que gritase nunca llegarían sus sollozos a ser escuchados por nadie en varios kilómetros a la redonda. Aun así, ya no le quedaba mucho tiempo. El veneno que le había sido administrado estaba a punto de ejercer su efecto y le quedaban pocos minutos de sufrimiento. Estaba maniatada a una cama con sumo cuidado porque el asesino no quería ningún rasguño que estropease la belleza de la muchacha. Quería un dibujo sin imperfecciones y lo mejor era cuidar cada detalle. Estaba claro que entre sus pretensiones no estaba el hacerlas sufrir físicamente. Solo quería unas buenas modelos inertes para sus lienzos que transmitiesen la tranquilidad de la muerte. En esta ocasión esperaría a la mañana siguiente. Necesitaba de la luz del día para la luminosidad en la que había pensado.

Al amanecer ya habían pasado unas trece horas de la muerte de la joven, por lo que tenía que pensar muy bien dónde iba a poner el cadáver para no provocar demasiadas livideces que estropearan el cuerpo. Sabía que pasadas las quince horas del fallecimiento cualquier presión no desaparecería debido a la coagulación de la sangre en los capilares. Tenía que darse prisa, por tanto, aunque, como es lógico, ya era algo a lo que estaba muy acostumbrado. Era un perfeccionista del dibujo, así se lo habían enseñado en la Royal College of Art en Londres, y todo lo aprendido lo llevaba a la práctica al máximo.

Ya lo tenía pensado. Los *cottages* eran las casas más típicas de la campiña inglesa, y el paisaje presentaba un colorido espectacular. Cogió el cuerpo, no sin dificultad por la rigidez que ya tenía, y lo recostó en el césped de la entrada. Fue a toda prisa a por el caballete, su lienzo y su carboncillo, y se colocó a unos cuatro metros, siempre protegido con unos guantes que impidieran dejar cualquier tipo de huella. La distancia escogida era ideal para disfrutar de una buena panorámica sin necesidad de estar al otro lado del muro. De esa forma tampoco era visto por ningún despistado al que se le ocurriese pasear por la zona. Nada frecuente, por otro lado, debido a lo aislado del lugar.

Todo estaba dispuesto. La vida y belleza de la naturaleza entremezcladas con la muerte. Sin prisa comenzó a trabajar. Una vez empezado el dibujo entraba en una especie de trance y no era capaz de parar. Daba igual la complejidad de lo que fuera a copiar, la mano se movía con tal agilidad que parecía que se supiera el trabajo de memoria. Trazo a trazo iba completando su obra. A veces daba la sensación de que el cadáver fuera a recobrar vida y a revelarse contra él en señal de desacuerdo. Fueron varias horas seguidas las que ocupó en finalizar el retrato. Una vez lo daba por terminado se mantenía sentado sin mover un músculo de su rostro, paralizado, con el rictus en relativa tensión observando cada detalle, y así hasta el anochecer. No quería pasar nada por alto antes de deshacerse del cuerpo. Esta vez lo enterraría en un pueblo cercano, Bibury, uno de los más bonitos de la localidad. Era el lugar perfecto para deshacerse del cuerpo debido a su frondosa vegetación y a la cantidad de caminos que no llegaban a ningún lugar. Ya lo tenía decidido, pero todavía era demasiado pronto y cabía la posibilidad de encontrarse con pueblerinos de la zona. Era mejor esperar hasta bien entrada la noche, cuando todos estuvieran en sus casas. Mientras tanto cogió el cadáver, lo envolvió con una manta y lo cargo en la parte trasera de su camioneta Ford del 38. No tenía nada que hacer hasta que llegase la hora, por lo que, como si fuera un día cualquiera y no hubiera matado a nadie, demostrando una bipolaridad espectacular, se puso a leer la prensa extranjera del día.

El titular decía: «MAÑANA INICIA SUS TAREAS LA CONFERENCIA BALCÁNICA».«La impresión producida por el discurso del Führer. La política Antikomintern, base fundamental del gobierno japonés»«DIVERSOS COMENTARIOS AL DISCURSO DE HITLER».

Según los alemanes:

Berlín, 31. De la redacción de la Agencia EFE en Berlín: «Los diarios alemanes destacan en sus titulares las afirmaciones de Hitler sobre la acción bélica que desarrollará Alemania para lograr la victoria en la guerra actual que han querido sus adversarios. También se pone de manifiesto la necesidad de lograr el triunfo, ya que la derrota significaría la destrucción de Alemania. Igualmente destacan las réplicas del Führer a las acusaciones de Chamberlain y Daladier, formuladas recientemente por los dos jefes aliados».

Según iba leyendo pasaban por su mente multitud de imágenes que serían ideales para plasmarlas en un papel. Se imaginaba retratando a Hitler o dibujando escenas de guerra donde los muertos se amontonaban unos encima de otros. Ahora tenía una buena oportunidad. Su país acababa de entrar en guerra con Alemania y lo más sencillo sería alistarse en el Ejército. Continuó leyendo sin dejar de pensar en ello.«En las informaciones se dan detalles de los ataques aéreos contra los barcos ingleses en la jornada de ayer. Estiman los periódicos que el número de nueve embarcaciones destruidas ayer, con las que lo fueron el lunes, demuestra evidentemente los límites a donde se llegará cuando el arma aérea alemana sea empleada a fondo contra los objetivos militares enemigos en su totalidad» (EFE).

Pero esos eran los comentarios y críticas de los alemanes. A él le interesaban las opiniones de sus compatriotas los británicos. Rastreó la página con la mirada: «Opinión al discurso del Führer según los italianos...», «... según los norteamericanos...», y por fin ahí estaba:«Opinión al discurso de Hitler según los británicos:

»Londres, 31. Comentando el discurso del canciller Hitler, el redactor diplomático del *Times* dice que "el Führer ha batido su propio récord de falsedades mal presentadas y jeremiadas sin cuento". Sin embargo, añade que sería un grave error creer que los partidarios de Hitler muestran la menor tibieza hacia él.

»"Al contrario —afirma dicho periódico—, a juzgar por la actitud de sus oyentes, sigue siendo el jefe y profeta de Alemania. Entre los que le rodean hay, sin duda, algunas divergencias de opinión respecto al pacto con los sóviets, pero la obediencia absoluta al Führer, base del movimiento nazi, aún está intacta". Los demás periódicos aprovechan el discurso para atacar de nuevo, con la mayor dureza, al régimen nacional socialista y para afirmar que Francia e Inglaterra se han lanzado a la guerra con el fin de destruirlo». (EFE).

Eso decían los periódicos del jueves 1 de febrero de 1940. A partir de ese momento las noticias bélicas serían el pan de cada día en la prensa nacional.

Sin darse cuenta se quedó dormido en la mecedora donde estaba leyendo. Tras dos profundas horas de descanso, un sonido algo extraño, o por lo menos no reconocible a esas horas, lo despertó. Sin pensarlo cogió un revólver que escondía en uno de los cajones del salón y salió a examinar el exterior de la casa. Una falsa alarma. Con tanta vegetación, en cuanto soplaba un poco de viento los sonidos de las ramas golpeando unas contra otras estaban dentro de lo normal. Lo que no era tan habitual eran sus nervios. Estaba demasiado excitado y no sabía el porqué. A él dibujar le provocaba todo lo contrario, tranquilidad y serenidad. Pero en esta ocasión no se sentía igual. Presentía que algo iba a salir mal, que algo se le escapaba. Volvió a entrar en la casa y se preparó una copa antes de salir para Bibury. Este se encontraba en el condado de Gloucestershire, junto al río Coln, muy cerca de la ciudad de Cirencester.

Nadie encontraría jamás allí el cuerpo, porque a nadie se le ocurriría buscar en un pueblo con tanto encanto, más propio de un cuento de una «aldea *hobbit*» que de otra cosa. El pueblo tiene todas las casas con fachadas de piedra, tejados empinados, ríos y estanques repletos de patos silvestres que hacen las delicias de los más pequeños. No hay ninguna casa que rompa la estética del lugar. Un lugar que se mantendrá intacto a pesar del paso de los años, y que por fortuna el destino evitará que sea dañado por los ataques alemanes en la guerra.

El río Coln rodeaba toda la aldea, pero decidió enterrar a la joven en Arlington Row, la zona más pintoresca del pueblo. Todo un camino lleno de casitas en tonalidades sepia construidas en el siglo XVII y que albergaba a los tejedores del cercano Arlington Mill. «¿Cómo se le va a ocurrir a nadie buscar en ese lugar? —pensó—.

Es imposible».Se dirigió hacia allí, y tras una casa abandonada muy cerca del río comenzó a cavar. Antes de empezar y bajar de la camioneta se descalzó para no dejar las huellas de las botas. Unas botas del ejército fáciles de identificar por su peculiaridad. El terreno, muy blando por la cercanía del río, hizo muy fácil y rápido el trabajo. Durante todo el tiempo que tardó en enterrarla estuvo vigilante y se cercioró de que nadie lo viese. Una vez acabado el trabajo, cargó la pala en la camioneta, dio un último repaso a la zona y regresó de nuevo a Chedworth como si nada hubiera pasado. Una vez en la casa se sirvió otra copa, esta vez para disfrutar durante largas horas de su nueva obra de arte.

En una de las habitaciones, sobre una mesa, se encontraban varias láminas de lo que parecía ser su colección artística. Las observaba una y otra vez buscando alguna imperfección y de esa forma poder mejorar su calidad. Pero necesitaba algo distinto. Eso ya no le complacía y debía buscar algo nuevo. Quería darle al arte de la muerte otro significado, un sentido que todavía estaba por descubrir. De algún modo se imaginaba que era él la persona predestinada para plasmarlo y se sentía como guiado por un poder superior.

Capítulo 3

Se habían citado en un hotel para recordar viejos tiempos. Las luces de la habitación no iluminaban demasiado y provocaban un ambiente medio en penumbra que lo hacía todo mucho más romántico. Thomas no dejaba de besar a su pareja. La conocía desde hacía cinco años y de su pasado nunca quería hablar. En esta ocasión el destino les había separado demasiado tiempo y la pasión fluía por todos los poros de su piel. Seguía muy enamorado y cada vez la encontraba más atractiva. Con cabello negro, unos increíbles ojos azules y labios carnosos casi siempre pintados de rojo intenso, era muy difícil que nadie se fijara en ella.

Ya le había propuesto el matrimonio más de una vez, pero el destino y los viajes de uno y otro por motivos de trabajo iban retrasando la contestación.

—Nancy, ¿quieres que te prepare una copa? —le preguntó mientras él se servía una.

Lo abrazó con fuerza por detrás cogiéndole el vaso.—¿Por qué no dejamos la copa para cuando terminemos?

Comenzó a desabrocharle la camisa. Él le subió el vestido con mimo hasta llegar a su prenda más íntima, la cual deslizó poco a poco, hasta dejarla caer al suelo. Ella, al sentirse libre, comenzó a dar leves gemidos de placer. Sin esperar más fue a bajarle el pantalón cuando notó que una fuerte erección no se lo ponía nada fácil.

—Perdona, ¿te he hecho daño?, veo que sigues tan fuerte como siempre —le dijo mirándole a los ojos.

—Eso eres tú, cariño. No es bueno que estemos tanto tiempo separados.

Después de hacer el amor varias veces terminaron abrazados sobre una manta a los pies de la cama. La copa esperaría al día siguiente.

Cuando se despertaron, decidieron bajar a desayunar al jardín del hotel. El día acompañaba y podrían comentar las noticias con la prensa diaria y un buen café. Thomas daba el primer sorbo de café cuando vio el titular «CADÁVER DE UNA JOVEN ENCONTRADO EN LA RESERVA NATURAL DE CHEDWORTH».—«Al parecer no hay indicios de maltrato» —leyó en voz alta—.

Qué titular más estúpido, ¿cómo que no se han encontrado indicios de maltrato?, pero si se la han cargado, ¿eso no es un maltrato? A ver si aprenden a escribir —comentó Thomas con ironía.

Como periodista criticaba todo aquello que sabía que era mejorable en la expresión escrita.

Thomas trabajaba como reportero en el *Daily Mirror* y acababa de regresar de Alemania tras cubrir los inicios de la guerra. Y ella, periodista de un periódico estadounidense en el pasado, se trasladó a Londres por ser acusada de espía y consiguió trabajo en el mismo *Daily*, donde se conocieron. Ambos eran muy inquietos, algo revolucionarios y dedicaban casi todo su tiempo al periodismo de investigación. De cualquier forma, Nancy no solía hablar de su vida pasada, excepto lo de su aventura con el detective, y eso Thomas lo respetaba. No la quería presionar porque de esa manera pensaba que algún día saldría de ella misma el contárselo. Y tenía razón.

Nada más declararse la Segunda Guerra Mundial, Thomas solicitó su reincorporación al Ejército, pero se le denegó al posicionarse los comunistas británicos a favor del Pacto Ribbentrop-Mólotov (Tratado de no Agresión entre Alemania y la Unión de Repúblicas Socialistas Soviéticas) y rechazar la intervención en el conflicto. Thomas criticó con fuerza a través de sus artículos la posición de sus compañeros, así como la política de paz del primer ministro Neville Chamberlain. Ese era otro de los motivos por los que la relación con sus superiores no era de las mejores. Era de los pocos que se atrevía a decir lo que muchos pensaban en aquella época. Sin embargo, Nancy era algo más prudente y ponía un poco más de sosiego y tranquilidad en ocasiones que lo merecían.

Él continuaba ensimismado con la lectura del homicidio. «Se tiene la sospecha de que el asesino puede ser el mismo que el de la joven encontrada cerca de ese mismo lugar hace un par de meses. El homicida tiene en *jaque* a la policía y se sospecha que estos crímenes están relacionados con las desapariciones de mujeres británicas de los últimos años».Nancy escuchaba con atención hasta que por curiosidad preguntó:—Thomas, ¿dice algo en el artículo de quién lleva la investigación?

—¿Por qué quieres saberlo?

—¿Tú qué crees?

—¿No estarás pensando en...?

—Pues claro. Si no para qué hemos estudiado periodismo de investigación. Esta es una historia perfecta e intrigante.

—Espera un segundo —contestó mientras repasaba el resto del texto en voz baja—. Aquí está. «El detective encargado del caso...». Mira por dónde vas a tener suerte.

—Dime de una vez quién es.

—Si puedo seguir leyendo te lo digo. «El detective encargado del caso, Michael Holt, denuncia la falta de medios y personal, lo que complica mucho más, si cabe, la ya compleja investigación». Tu amigo Michael. Pues ya sabes lo que tienes que hacer.

—¿No querrás que sea yo la que...?

—¿Quién mejor que tú? Seguro que sigue enamorado de ti y te facilita toda la información que necesitemos.

—Thomas, no me hagas jugar con esto. No me apetece volver a verle.

—La idea ha sido tuya..., a no ser que todavía sientas algo por él.

—Ya sabes que todo eso pasó y ahora solo te quiero a ti.

—Entonces, decidido. Ya puedes quedar con él lo antes posible, nos debemos a nuestra profesión. Puede ser una gran historia.

—A lo mejor no es tan buena como creía. Un simple lunático asesino de mujeres. No es el primero y, lo peor de todo, tampoco será el último.

—O sí. No sé por qué, pero tengo la intuición de que nos encontramos ante algo especial.

—Cuando dices eso me asustas. Tú y tus intuiciones siempre nos han traído problemas.

—Y éxitos también, Nancy, ¿o te has olvidado de la última vez?Ahora Nancy estaba enamorada de Thomas, y, aunque no le mentía, tampoco le contaba todo lo que a él le gustaría saber. A veces no se sentía bien por ello. Las acusaciones de espionaje que ejercían sobre ella eran ciertas y, a pesar de que podría ser peligroso ocultárselo a Thomas, ya estaba acostumbrada a jugar con varias identidades y usarlas a su antojo. Además, en este caso, esconder parte de la verdad era por su propia protección.

La guerra estaba recién iniciada y la condición de espía de Nancy le haría pertenecer más adelante a los maquis, como se hacían llamar los grupos guerrilleros que formarían parte de la resistencia francesa y cuya presencia estaría ante todo en zonas montañosas de Bretaña y del sur de Francia, donde se enfrentarín a las fuerzas del Tercer Reich. Eran especialistas en tácticas de guerrilla y ejercían una importante labor de ayuda en la fuga de los aliados caídos de la Fuerza Aérea, a los judíos y a los perseguidos por las autoridades alemanas.

La guerra lo cambiaría todo, pues, a partir de entonces, su papel como espía británica sería requerido en multitud de ocasiones. Mientras tanto, su tapadera como periodista del *Daily Mirror* era perfecta, aunque hubiera preferido no conocer a Thomas y no haberse enamorado de él.

Ella seguía observándolo fijamente. Cada movimiento, cada gesto. Verle pasar las páginas del periódico con cierta torpeza, para, después de varios golpes sobre el papel y no sin esfuerzo, conseguir ordenarlo de tal forma que permitiera su lectura cómodamente. Fue entonces cuando se preguntó: «¿Por qué no decírselo?, ¿qué puedo perder con ello, la confianza de mis superiores?».Estaba entrando en un terreno pantanoso y era consciente de que si se equivocaba con Thomas podría poner en peligro a muchas personas. No le pasó lo mismo con el detective, con el que nunca pensó en confesarse.

—Thomas, cariño, tengo que comentarte una cosa.

—Dime, ¿pasa algo?

—No, tranquilo, es simplemente que... —titubeó.

—¿Seguro que no pasa nada?, me estás preocupando.

—No, de verdad. Sabes que nunca me ha gustado hablar de mi vida pasada y ante todo quiero darte las gracias por haberme respetado y haber confiado en mí. Ahora creo que ha llegado la hora de que conozcas algo más de la persona que tienes a tu lado.

—Si no quieres no hace falta...—No, déjame —interrumpió—. Creo que ha llegado el momento. Intentaré hacerte un breve resumen sin aburrirte demasiado.

—En absoluto, lo estaba deseando. Continúa, te lo ruego.

Nací en Roseneath, Wellington, Nueva Zelanda, y soy la menor de una familia de seis hermanos. Cuando éramos muy pequeños nos mudamos a Sídney, Australia, y allí nos asentamos en North Sydney. Pasado un tiempo mi padre regresó a Nueva Zelanda y nos abandonó, dejando sola a mi madre con seis hijos. No fue nada fácil.

—Vaya tipo, ¿no has vuelto a saber nada más de él?

—Nada, absolutamente nada. También es verdad que no ha habido ninguna intención por mi parte de buscar información sobre su vida o conocer cuál ha sido su paradero.

—Lo entiendo.

—Fui a la escuela hasta los quince años y a los dieciséis hui de casa para trabajar como enfermera. Como verás, ya desde adolescente mostraba mi carácter inquieto y algo rebelde.

—La verdad es que no me esperaba menos de ti.

—Gracias a doscientas libras que heredé de una tía viajé a Nueva York y después a Londres, donde estudié periodismo. En los años siguientes trabajé en París y posteriormente en la Hearst Corporation como corresponsal europea. He sido testigo del ascenso al poder de Adolf Hitler y he conocido de cerca la violencia contra los judíos y negros y las manifestaciones de París y Viena. Tú también has cubierto los inicios de la guerra en Alemania y me entenderás perfectamente. Por eso necesitaba involucrarme algo más.

—¿A qué te refieres con involucrarte más?

—Pues que quería participar más activamente. ¿Recuerdas que se comentó que vine a Londres por ser acusada de espionaje?

—Sí, por supuesto.

—Es cierto. Soy espía británica y mensajera de la resistencia francesa. Creo que me persigue la Gestapo, por eso no quería comentarte nada. Mientras menos sepas, menos riesgos corres. Por ahora no tienen nada contra mí, pero no puedo tener ni el más mínimo fallo.

—No te preocupes, ya soy bastante mayorcito para decidir lo que quiero y para cuidar de mí mismo.

—Sí, pero...—Nada de peros. Te agradezco que me lo hayas contado todo —le dijo mientras la besaba—, ahora puedo ayudarte y puedes contar conmigo para lo que quieras.

—Te quiero.

—Y yo a ti.

—Ahora lo que tenemos que hacer es seguir con nuestra vida normal, ponernos en contacto con Michael e intentar conseguir información sobre el caso. Necesitamos escribir algo sobre el tema, si no ya sabes que nos echarán los perros y nos llevaremos una bronca del jefe. Por eso prefiero que seas tú el que intentes ponerte en contacto con él. Tengo cosas que hacer y prefiero que luego me cuentes lo que hayas averiguado. Si vemos que tienes problemas, entonces entro yo en acción.

—De acuerdo.

Capítulo 4

A pesar de que Inglaterra había declarado la guerra a Alemania en septiembre, todo estaba en relativa calma. Habían transcurrido cuatro meses y el Frente Occidental, el que a la postre sería el segundo frente europeo en importancia durante la Segunda Guerra Mundial, se mantenía inactivo. Así sería durante tres meses más. Siete meses en total cuyo período se denominará «la guerra de broma». El Frente Occidental cubría todo el oeste de Europa y sería abierto inesperadamente por Alemania al invadir Noruega, Dinamarca y Francia.

Desde septiembre del 39 a mayo del 40 la guerra se mantuvo, ante todo, en los periódicos y en ciertas zonas bélicas como las batallas navales del océano Atlántico. Incluso la guerra de Invierno entre Finlandia y la URSS, que fue dentro de ese intervalo de tiempo, transcurrió sin que el Reino Unido ni Francia lanzaran una sola bomba contra Alemania. El primer enfrentamiento donde participaron los británicos fue cuando Alemania invadió Noruega y Dinamarca, pero no en territorio inglés, sino en territorio noruego, de ahí que la vida en Londres siguiera con relativa normalidad. La gente continuaba con su trabajo, la policía con sus investigaciones y los asesinos con sus crímenes. Por esa razón, el principal problema de los británicos, por lo menos de aquellos que vivían cerca de Chedworth, era encontrar al loco que andaba suelto desde hacía algún tiempo y que la policía no conseguía poner entre rejas.

No había ninguna pista sobre el criminal. Lo único cierto era que era un gran dibujante. Michael no tenía muy claro por dónde seguir la investigación y la guerra lo complicaba todo mucho más, ya que disponían de la mitad de personal por el alistamiento de varios compañeros en el Ejército de forma voluntaria. Hasta podría estar escondido bajo tierra, lo que haría prácticamente imposible encontrarle y menos identificarle. Por aquel entonces la red de túneles del metro, conocida como «el Tubo», se utilizaba como refugio antiaéreo.

Debido a la necesidad que imponía la guerra, muchas de las estaciones clausuradas fueron abiertas por decisión del Comité de Emergencia de Ferrocarriles, como pasó con la estación de Dawn Street, cerrada al público por encontrarse cerca de Hyde Park, una zona residencial de gente acomodada que pensaba que el metro era solo para gente de clase baja. Reforzadas con puertas de acero, parapetos de ladrillos y bolsas de arena, se convertían en albergues perfectos para refugiados y para posibles delincuentes. Dawn Street, en concreto, fue usada durante un tiempo por el Gabinete de Guerra de Churchill para sus reuniones, mientras se construía el búnker definitivo en Whitehall. Otro de los objetivos de los mandos, además de los túneles, era construir catorce mil refugios llamados *casamatas* para finales de año. Construcciones circulares defensivas, con aberturas para poder instalar una ametralladora y troneras para disparar varios fusiles con la misión de parar la invasión alemana que se preveía. Con el tiempo se convirtieron en refugios antiaéreos de uso público.

«¿Cómo encontrar a alguien en ese laberinto de túneles o en miles de nuevas construcciones?», se preguntaba Michael mientras miraba fijamente a una de las paredes de su despacho donde tenía colgado un corcho de gran tamaño con los recortes de prensa, fotos de las víctimas, los dibujos y un mapa con las marcas de dónde habían sido encontradas.La principal pista válida era el dibujo encontrado en el último cadáver, y tampoco le decía gran cosa. No tenía nada en común con los anteriores. De cualquier forma, había que volver a repasarlos una y otra vez, ya que era lo único con lo que contaban. No había coincidencia en las víctimas, salvo que eran mujeres. Tampoco se asemejaban en la edad, ya que los cuerpos encontrados hasta entonces iban desde los veinticinco a los cincuenta años. Daba la sensación de que eran víctimas escogidas al azar. Y para colmo la ubicación de los cadáveres le despistaba más aún. El asesino no parecía seguir ningún patrón. Según los dos dibujos encontrados hasta ese momento la única coincidencia era la belleza del lugar y que todas parecían estar dormidas. Buscaba plasmar la dulzura de la muerte y nunca transmitía sufrimiento en sus pinturas.

Entre tanto la Gestapo había intervenido el teléfono de Nancy e interceptado su correo, por lo que lo primero que hizo ella fue poner en antecedentes a Thomas para que estuviera al tanto del asunto. Para no crear sospechas mantenían unas conversaciones y vida normal dentro de casa, aunque les fuera incómodo. Era la única forma de que por el momento les dejaran tranquilos. Lo peor de todo era hacer el amor sabiendo que les estaban escuchando, pero les iba la vida en ello y no había más remedio. En cierto modo, si actuaban con inteligencia la propia Gestapo era su mejor vigilante. Si no le arrestaban suponía que todo estaba bajo control y que podía continuar con sus actividades clandestinas. Era un riesgo que merecía la pena correr.

Thomas tenía pendiente ponerse en contacto con el detective Michael pero con las instrucciones de Nancy de que no le dijese nada de la relación que mantenía con ella.

Michael continuaba sin apartar la mirada de los bocetos y pensaba: «Si no fuera porque sé perfectamente que están muertas... Los dibujos son buenísimos. Parece que se van a levantar de un momento a otro. Qué cabrón».

En ese instante alguien interrumpió su concentración.—Michael, un hombre pregunta por ti.

—¿Y quién es?

—No me lo ha querido decir, pero me ha insistido en que no se va de aquí sin hablar contigo.

—Pues nada, dile que pase.

—¿Michael Holt? —escuchó tras él—. Soy Thomas Brown del *Daily Mirror*.

—Ya me extrañaba a mí que nadie mostrara interés sobre este caso. Ya estaban tardando demasiado, aunque mejor así, porque no me gusta dar información.

—¿Y cómo sabe de qué caso vengo a hablarle?

—Hay que ser tonto y no darse cuenta viendo todas las fotos que llenan este despacho, además, es el caso que tiene en vela a media ciudad.

—Y, entonces, ¿hay algo nuevo que pueda contarme sobre el asesino del dibujo? La gente necesita saber toda la verdad.

—¿Cómo que la gente necesita saber toda la verdad? —le replicó demostrando algo de enfado—, la gente lo que tiene que tener es paciencia y dejar trabajar a la justicia.

—No le puede pedir paciencia cuando, además de la situación actual, que nadie se hubiera imaginado hace unos meses, están muriendo mujeres y el asesino todavía anda a sus anchas.

—Comprendo perfectamente la preocupación, pero hacemos todo lo que podemos y con los medios con que contamos. La gente, como usted dice, debería preocuparse por mantenerse a salvo si comienzan los bombardeos. Menos mal que hasta ahora los alemanes nos están dejando tranquilos. Todo esto es para volverse loco. Miles de personas en peligro que nos necesitarían mucho más, y sin embargo ocupa todo nuestro tiempo un loco con aires de artista al que le encanta dibujar sus atrocidades para que así queden para la posteridad.

—Pero, entonces, ¿tiene algo con lo que poder tranquilizar a los lectores del *Daily Mirror*?

—¿Quiere que le diga la verdad? —Se acercó a él para bajar el tono de voz—. No tenemos prácticamente nada, pero eso no es muy halagador y no creo que sus lectores deban sufrir más de lo normal. Usted es el periodista y no creo que estemos en tiempos para sensacionalismos excesivos. En cualquier caso, nos podríamos ayudar. Yo le cuento solo a usted todo lo que vaya averiguando, pero usted lo cuenta favoreciendo el interés policial, cuando y como yo le diga. ¿Está de acuerdo?

—Vale, hagámoslo así.

—Puede que en algún momento nos interese falsear la información. Como, por ejemplo, decir que tenemos un sospechoso y ha confesado. A lo mejor el verdadero asesino siente celos, piensa que usurpan su identidad y le da por cometer un error. No es la primera vez que sucede.

—El policía es usted. Yo solo me limito a intentar ser lo más fiel posible en lo que narro. Creo que lo que quiere el lector es ante todo veracidad. Será la primera vez que no es así, pero en este caso el fin justifica los medios. Todo sea por encontrar a ese criminal.

—Lo encontraremos.

Capítulo 5

John Christie fue herido en la Primera Guerra Mundial, heridas que le dejaron una incapacidad mental permanente. Su enajenación provocó su baja en el Ejército y sería la culpable de sus comienzos en la delincuencia de baja estopa como robos o asaltos. Su amor por la pintura, las exigencias de sus profesores por llegar a la perfección en los modelos humanos que copiaban y la agresión a su primera novia por causas que nunca se supieron hicieron el resto. Su esposa fue la única a la que no dibujó. Del resto, sin embargo, siempre quiso dejar el arte como recuerdo. Aun así tenía una inteligencia fuera de lo común que le hacía escapar siempre de las autoridades policiales.

Como casi todo delincuente, John tuvo una infancia algo complicada. Maltratado por su padre y dominado por su madre y hermanas, iba forjando un carácter propicio para lo que el futuro le deparó. Ya desde crío tuvo contacto con la muerte, y era algo que, en contra de lo que sienten la mayoría de los niños de su edad, le atraía. Siendo muy pequeño abrió el féretro de su abuelo, quien le tuvo aterrorizado en vida, para comprobar que estaba bien muerto.

En la adolescencia sus experiencias sexuales fueron un verdadero fracaso, lo que le llevó a evadir en todo lo posible su relación con las mujeres. Eso le provocó cierto odio al sexo opuesto y a empezar a asociar la sexualidad con la muerte, la dominación y la violencia. Aparte era hipocondríaco e histérico, por lo que solía exagerar mucho todos sus comportamientos para llamar la atención. Llegó a estar hospitalizado por un ataque con gas mostaza en la Primera Guerra Mundial por declararse con ceguera prácticamente total y fingió durante tres años que padecía afasia. Ese trastorno del lenguaje que le hacía no comprender muchas cosas se contradecía con su capacidad intelectual. Todo esto en un chaval aficionado o particularmente destacado en matemáticas y álgebra y con un coeficiente de 128. Una mezcla de factores psicológicos dignos de estudio.

Muchas veces en sueños reaparecían las imágenes de su primer delito, del cual su mente no se quería desprender.

Un día en que sus deseos sexuales estaban rebosando, debido a su poca confianza en sí mismo para conquistar a una mujer, solo encontró una solución, llamar a una prostituta y apagar todo el apetito sexual que en esos momentos tenía. Todo ocurrió mejor de lo que pensaba. Era un par de años mayor que él, pero parecía mucho más joven. Tenía una figura espectacular, era rubia y con unos enormes ojos azules que hipnotizaban a cualquiera. Le trataba con mucha dulzura. Ella se dio cuenta enseguida de su timidez y de que era un hombre algo extraño que no tenía muy buenas experiencias e intentó ir poco a poco.

—John, tranquilo, ya verás como todo va a salir bien.

Parecía que estaba con un principiante en lugar de con todo un señor de pasados los treinta. Era el único terreno donde John se encontraba perdido y donde no sabía cómo actuar.

—Perdona —se disculpó ante ella con algo de vergüenza—, es que tengo un problema y...—No hace falta que me cuentes nada —decía mientras le ponía el dedo índice sobre los labios en señal de que no pronunciase ni una sola palabra.

Él se dejó llevar y, dominado totalmente por la belleza y experiencia de ella, cerró los ojos y no fue capaz de mover un miembro. Nunca había sentido nada igual. Deseaba tocarla, pero, cada vez que hacía el amago de acariciarle con suavidad un pecho o cualquier otra zona de su cuerpo, ella se lo impedía. Eso provocaba que su excitación fuera en aumento. De repente, y sorprendido consigo mismo por la rapidez, tuvo un orgasmo. Ella lo abrazó y así estuvieron durante un largo rato después de encenderse un cigarrillo. Nunca había sentido nada igual.

Repitieron la experiencia una y otra vez, y se fueron enamorando. John con ella se sentía especial y hasta parecía una persona normal. Al final decidieron contraer matrimonio y vivir juntos en Battersea. Pero todo no podía ser tan perfecto.

Una mañana al llegar a casa la encontró con otro hombre, amigo del pasado. Solo hablaban, pero el carácter posesivo de John le hizo imaginar cosas que no sucedieron en realidad. Echó al amigo de su casa y se quedó a solas con ella.

—¿Por qué me haces esto?

—¿Hacer el qué, John?, solo estábamos hablando.

Antes de que le diera tiempo a reaccionar, John ya le había soltado un fuerte golpe en la cara que la hizo caer al suelo. Estaba fuera de sí y no escuchaba ninguna explicación.

—¿Pero qué narices te pasa?, ¿quién te has creído que eres para tratarme así? —le dijo sin poder levantarse.

—Creía que eras diferente a las demás, que eras algo especial.

—¿Pero no te estoy diciendo que es un amigo? Además, no tengo por qué darte explicaciones y menos que me pongas la mano encima.

—¡Yo sé lo que veo con mis propios ojos y no estoy ciego, así que te callas! —le gritó mientras la propinaba más golpes.

Esas imágenes eran las que le venían una y otra vez como una pesadilla. Una pesadilla demasiado real. Una realidad que a la postre iría forjando el carácter de un asesino implacable dispuesto a realizar acciones difíciles de imaginar.

La paliza le costaría seis meses de trabajos forzados en la cárcel.

Cuando salió se reconciliaron, pero ya nunca volvió a ser igual. Para cambiar de aires se fueron a vivir a un apartamento en planta baja, el número 10 de Place Rillington, en el barrio de Ladbroke Grove, en Notting Hill. Desde entonces, aunque seguía enamorado de ella, buscaba prostitutas que le hicieran volver a sentir lo que en su día sintió con ella. El problema era que esas relaciones cada vez eran más agresivas. Tenía unos deseos sexuales cada vez más extraños donde incluía la necrofilia. A partir de entonces comenzó a sentir una parafilia caracterizada por una atracción sexual hacia los cadáveres.

Su mente daba vueltas y vueltas. Mezclaba imágenes donde aparecía el cadáver de su mujer con el de otras prostitutas. Al final se convirtió en una verdadera obsesión. Pero la foto imaginaria de su mujer muerta, más que horror o preocupación, le producía placer y satisfacción. Debía llevar el pensamiento al plano real y estaba dispuesto a hacerlo.

La ansiedad le fluía por las venas como si fuera a reventar. Debía soltar esa inquietud, o tarde o temprano la ofuscación podría ir en contra de sí mismo. Tenía que liberarse de esos continuos pensamientos y solo había una manera. Esa noche sería la última que haría el amor con su mujer.

Cuando llegó a casa lo encontró excesivamente amable, lo que le extrañó un poco. Le había preparado una suculenta cena y un ambiente donde no faltaba ni el más mínimo detalle.

—¿Celebramos algo? —le preguntó intrigada.

Él contestó con otra pregunta.

—¿Es que hace falta tener algo que celebrar para tener una noche romántica con mi mujer?

—No, claro que no.

—Ponte cómoda mientras te sirvo una copa de vino, ¿te parece bien?

—Me parece estupendo.

Cuando salió de la habitación con un camisón que dejaba ver su preciosa figura, él la estaba esperando con una copa en cada mano. Lo primero que le vino a la mente es qué copa escoger por si hubiera veneno en una de ellas. Con gran delicadeza esperó a ver cuál le ofrecía. Justo en el último momento y acompañada de un gesto de dulzura se acercó a besarle mientras le decía:

—Prefiero tu copa, cariño.

Notó que él no hacía ningún ademán que mostrara sospecha y eso le tranquilizó. No obstante, siguió vigilante y con cautela durante toda la cena.

Lo notaba algo diferente, pero a su vez muy atractivo. Se fue dejando embaucar y cuando menos se lo esperaba estaba abstraída por sus encantos. Esos que sabía sacar a relucir en los momentos más inesperados. Al finalizar el postre y algo contenta por la cantidad de vino que había ingerido se recostaron en el sofá, donde comenzaron a intercambiar caricias, roces y besos sin parar. Ella se encontraba fuera de sí, totalmente dominada. Esta vez era él quien llevaba la iniciativa. Nunca le había sentido igual, por lo que aprovechó la ocasión y se dejó seducir de todo tipo y manera. Él de forma dulce y suave, con una ternura y sutileza que nunca antes había mostrado, la penetró mientras le agarraba del cuello. Era tanto el éxtasis en el que ella se encontraba y el placer que sentía entre sus piernas que no se percataba de que la presión en su cuello iba en aumento. Hasta que el aire en sus pulmones empezó a escasear. No podía respirar y comenzó a ponerse amoratada mientras él apretaba más y más. Intentó separarse, arrancarle de sus entrañas, pero le flaqueaban las fuerzas. Por unos segundos se dio cuenta de que ya era demasiado tarde. Solo se la escuchó decir entre susurros: «¿Pero, John, qué haces?», y dejó de respirar. Sus ojos quedaron abiertos y perdidos en la profundidad de un destino que sabía que tenía que llegar.

John volvió a llenarse la copa de vino y se quedó mirándola durante horas. Observando como las tonalidades de su rostro iban cambiando con el paso de los minutos. Aliviado. Como si se hubiera quitado un gran peso de encima. Así se deshizo de su mujer. Esa era la pesadilla que lo perseguía día tras día y que no le dejaba vivir. A raíz de ahí se hizo con la casa en Chedworth para poder alejarse de Londres de vez en cuando, escondite perfecto y donde mayoritariamente planificaría y llevaría a cabo sus macabros actos de artista.

Capítulo 6

John comenzaba a impacientarse y volvía a mostrar síntomas de su trastorno bipolar. Su última víctima ya estaba olvidada y necesitaba una nueva inspiración que le llevara a concretar una nueva obra de arte. No se sentía reconocido por el público, y para colmo el detective que llevaba su investigación pensaba que no estaba a su altura. Ahí estaba equivocado. En cierto modo necesitaba ser detenido para saber qué sentían sus contrincantes y cómo valoraban sus obras de arte. Pero tenía que seguir poniéndolos a prueba.

«Esta es mi oportunidad —se dijo a sí mismo. Pensó en aprovechar el inicio de la guerra para meterse en algún organismo oficial o alistarse en el Ejército—. Voy a presentarme a la Reserva de la Policía de Guerra. Están solicitando personal y seguro que son menos exigentes por el conflicto en el que mi país se ve involucrado». Su locura no le impedía pensar con cierto razonamiento y saber elegir lo mejor para cada momento.

Tenía razón. Las autoridades no verificaron sus antecedentes penales y fue aceptado como policía de Harrow Road. Eso le permitió moverse a sus anchas y poder acceder a información relacionada con los crímenes de la ciudad. Qué mejor que poder estar al tanto en todo momento de lo que se iba cociendo dentro del entorno policial y de si los podría tener cerca de sus talones.

Enseguida se hizo con amistades dentro del cuerpo y ninguno de sus compañeros notó nada extraño en sus comportamientos. Todo lo contrario, era uno de los más queridos y con el tiempo disfrutó de un gran prestigio policial. Se hizo con la tapadera perfecta.

A principios de siglo el crecimiento de la población londinense fue espectacular, lo que provocó que la ciudad tuviera un problema de espacio a la hora de enterrar a sus muertos. Hasta entonces los lugares perfectos para ello solían ser los jardines o zonas verdes que rodeaban a las iglesias o parroquias. Para solucionar el problema se comenzaron a construir los llamados Siete Magníficos, una serie de cementerios privados que se irían construyendo en lo que por aquel entonces eran las afueras de la ciudad.

El primero de ellos fue el de Kensal Green, el que se encontraba junto a su lugar de trabajo, ubicado entre Harrow Road y el Magnífico Canal de la Unión. Lugar perfecto para el descanso eternal y para el que busque tranquilidad en paseos matutinos. El cementerio se situaba en el distrito londinense de Kensington & Chelsea, y su entrada principal la tenía en el mismo Harrow Road, cerca de la unión con la arboleda Ladbroke y Chamberlayne Road. Un cementerio a rebosar de vegetación y donde en algunas zonas las tumbas pasan desapercibidas entre tanto ramaje. Le gustaba ir a ese lugar porque pensaba que era más un hermoso jardín donde descansaban restos humanos que un cementerio tradicional. Para una persona como él, su trabajo tenía la ubicación perfecta, ya que, cuando disponía de tiempo libre e intentando no ser visto por sus compañeros, cogía su bloc y se dirigía hacia el cementerio en busca de una tranquilidad que muchos nunca entenderían. En primer lugar, echaba un vistazo general y examinaba, según cómo se reflejase la luz sobre la piedra de los diferentes sepulcros, el lugar perfecto para comenzar un nuevo dibujo. Se sentaba sobre la tumba más cercana y ahí se podía pasar todo el tiempo que le fuese necesario. Principalmente le gustaba la hora del ocaso, y si era posible buscaba fosas que estuvieran por cubrir, pues pensaba que transmitía a la perfección el camino o paso que todo ser humano tiene que dar al otro mundo, pero siempre dejando una puerta abierta al arrepentimiento. Jugaba con el último rayo de sol, aquel que desaparecía tras algún panteón escogido al azar, para dar una luz sorprendente a sus cuadros. Estaba obsesionado por conseguir todo lo bello que pudiera transmitir la muerte dentro del arte de la pintura. Para la mayoría un verdadero loco, para otros un erudito del carboncillo en el último trance o defunción del ser humano.

Ese día se le ocurrió volver a su taquilla para recoger sus dibujos. Hacía un día cuyo cielo estaba cubierto por unas inmensas nubes que complicaban el paso de cualquier rayo de sol, pero, aun así, la combinación e infinidad de colores y reflejos que dejaban verse a esas horas en el cementerio eran perfectos para pasar otra tarde disfrutando de lo que más le gustaba.

—¿Qué llevas ahí? —le interrumpió un compañero.En ese cuaderno solo llevaba dibujos tétricos pero ninguno de mujer. Esos los tenía a buen recaudo en su casa.

Como si no lo hubiera escuchado se disponía a meter la llave en la cerradura para cerrar cuando de repente se interpuso una enorme mano entre él y la taquilla.

—¿Qué guardas con tanto recelo y no quieres que vea?, seguro que son chicas desnudas —dijo con sorna mientras le arrancaba el bloc.

—¡Suelta eso! —le amenazó—. Son cosas personales que no te interesan. Me gusta dibujar, eso es todo.

—Pero... ¿qué es esto?, tú estás loco. ¿Pintas sepulturas? —le preguntó asombrado mientras sus ojos asimilaban el primer dibujo. Era tanta la realidad que se asemejaba a una fotografía. Una fosa con huesos humanos, al parecer en descomposición, que le hizo retraer rápidamente la mirada.

—¡Te he dicho que sueltes eso!

Esta vez, y como un acto reflejo repleto de ira, se llevó la mano a la pistola.

—Vale, vale, no hace falta que te pongas de ese modo. Tampoco es para tanto. Si te gusta pintar cementerios y tumbas eso es cosa tuya. Aunque hay que tener ganas. Bastantes cosas desagradables vemos todos los días como para seguir recreándote con cosas negativas.

—No lo entiendes ni lo entenderás nunca. La muerte es algo maravilloso desde un punto de vista artístico.

—Tienes razón. Ni lo entiendo ni quiero entenderlo. Chico, estás como una cabra. No me dirás que una preciosa mujer..., eso sí que es arte y lo demás tonterías.

—Solo sois capaces de pensar en el sexo contrario.

Pluralizaba sintiéndose diferente a todos los demás, algo por otro lado totalmente cierto.

—¿Es que hay algo mejor que eso?

—Hay muchas otras cosas...—Pero seguro que más aburridas.

—Y además la muerte es algo por lo que todos tenemos que pasar.

—¡Y dale con la muerte! Te aseguro que no me apetece nada que algo me recuerde que algún día tengo que morir, eso sí, hay que reconocer que dibujas bien.

Lo halagó echando una última mirada antes de volver a poner los dibujos en su lugar.

—Bueno, te dejo con tus cosas. Hasta mañana.

Mientras se alejaba murmuraba: «Sigo diciendo que está como una verdadera cabra, donde esté una mujer...».

John, olvidando la pequeña discusión y con el bloc bajo el brazo, se dirigió hasta el Kensal Green para no perder más tiempo. Kensal Green era uno de los cementerios más destartalados de la ciudad, pero sin embargo la mayor parte del terreno donde se ubica está repleto de un elevado número de especies vegetales que en la mayoría de los casos han crecido o han nacido en el lugar de forma fortuita, y no debido a la participación del ser humano. Nada más entrar la atmósfera reverencial que el propio camposanto transmite lo absorbió enseguida. Caminó durante varios minutos en busca, esta vez, de un panteón con alguna escultura de ángel de piedra.Kensal Green era un verdadero museo al aire libre con cientos de esculturas a cual más hermosa para los amigos del arte. Y no solo figuras, la capilla anglicana, justo en el centro del cementerio, y la capilla mortuoria, con sus dos catacumbas, eran de obligada visita para John y para otras muchas personas amigas de pasear por el lugar. Al final, unas musgosas tumbas con sensación de abandono pero con cierto encanto cerca de la capilla fue el lugar elegido, pues justo enfrente había varias tumbas de gran tamaño esculpidas con gusto y ornamentos decorativos en mármol que las hacían especiales. El musgo de la tumba donde iba a descansar sus posaderas le sirvió a modo de cojín y le hizo más cómodo el paso de las horas. Pero en esta ocasión y durante todo el tiempo que necesitó para completar su obra no estuvo siempre solo. Algunos visitantes inesperados se cruzaron en su trayectoria mostrando cierta curiosidad. Fisgoneo en cierto modo natural que a John le incomodaba y que en algunas ocasiones puso a prueba su diplomacia. Mano izquierda y cortesía que necesitaba para pasar desapercibido y no llamar la atención.Pasaron cuatro horas. Solo faltaba pintar el último detalle. Una especie de firma que utilizaba en todos sus dibujos y que solo él conocía. Estaba bastante satisfecho con el resultado, aunque siempre pensaba que podía hacerlo mejor.

—Por hoy ya está bien, ya no tengo luz suficiente.

Estaba anocheciendo y refrescaba bastante, por lo que decidió dar por concluido el trabajo. Los últimos retoques los podía terminar otro día y sin necesidad de estar en el cementerio. Guardó el carboncillo en una pequeña caja metálica de color verde decorada con motivos castrenses, donde siempre llevaba unos cuantos carboncillos más sin estrenar junto con un poco de algodón, que usaba para extender y dar las sombras. Una caja que llevaba siempre encima. Sabía que en cualquier momento o lugar podía aparecer el original para el dibujo perfecto. Ese que le deleitara y complaciera plenamente su locura.

Se dirigió a la camioneta Ford del 38 para regresar a su casa. Todavía le quedaba un largo trecho por delante y la conducción por la noche no le agradaba. Cuando llevaba unos diez kilómetros recorridos tuvo un cambio repentino de opinión.

A pesar de las horas invertidas en el cementerio no estaba cansado y pensó en seguir dibujando. Era algo que nunca había hecho hasta entonces, realizar dos dibujos seguidos. Necesitaba pintar de nuevo un cuerpo inerte, pero era demasiado tarde para escoger una víctima. Aunque las mujeres las elegía al azar, no significaba que no preparara todo con tiempo y minuciosidad. Había una posible solución, y fue cuando se le ocurrió...«¿Por qué no?».

Algo fuera de lo habitual se le estaba pasando por la cabeza para poder saciar su deseo.

Dio media vuelta para regresar de nuevo a la comisaría y cuando llegó estacionó en una de las calles laterales. Entró por la puerta principal, y allí se encontraba, en un mostrador elevado unos centímetros que lo único que hacía era complicar la visibilidad de los más bajos de estatura, el compañero de guardia que se encargaba de recibir todas las denuncias y, según el caso, llamar al agente o departamento adecuado.

—Hola, buenas —saludó John amablemente.

—Hola, John, ¿qué haces por aquí a estas horas?

—Vengo a que me hagas un favor. Y, por cierto, ¿cómo van las cosas? —preguntó al ver que tenía la prensa sobre el mostrador y al parecer la estaba leyendo.

—Que esto no hay quien lo pare. Dentro de nada nos están llamando a todos a filas para combatir contra ese loco de Adolf Hitler. Estoy echando un vistazo al discurso de Chamberlain sobre su política de guerra a ver qué nos cuenta. Y mira lo que pone aquí: «Seis mil rusos muertos en el desastre de la 44.ª División». Como verás, son todas buenas noticias.

—Y nosotros rodeados de delincuentes y asesinos.

—Bueno, dime, ¿qué favor querías pedirme?

—Necesito bajar al depósito de cadáveres. Estoy buscando a un cabrón asesino, y espero que esté ahí abajo.

—¿Y por qué no esperas a mañana a que venga el forense?, me imagino que él te podrá echar una mano y tendrá más información.

—La verdad es que tienes razón. Creo que esperaré a mañana.

De repente se arrepintió y pensó que no era buena idea dejar tan claras sus intenciones. No era imprescindible; además, necesitaba tiempo para estar tranquilo en el depósito y el compañero de la entrada estaría controlándolo. Mejor entrar por la puerta de atrás e intentar no ser visto para disponer de todo el tiempo del mundo. Siempre podrían llevar un cadáver más en cualquier momento, pero era un riesgo que tenía que correr. A él no le importaba que le vieran allí, algo por otro lado muy normal en su profesión, lo que no quería es que le vieran dibujando, eso ya era dar demasiadas pistas; sobre todo cuando los anuncios sobre su búsqueda estaban saliendo en todos los periódicos.

—Entonces te dejo tranquilo con tu lectura.

—Espero que encuentres a ese cabrón que dices.

—Eso espero. Que tengas buena noche —se despidió.

Una vez en la calle se dirigió a la parte de atrás y, de nuevo dentro de la comisaría, esperó a que varias personas que se encontraban en un largo pasillo desaparecieran para abrir la puerta y bajar las escaleras que comunicaban con el depósito.

«¿Por qué pondrán siempre a los muertos en el sótano?, da la sensación de que se les quiera facilitar el trabajo y dar un pequeño empujoncito hacia el infierno».

John no dejaba de hacerse preguntas mientras bajaba.

Ya en el sótano se encontró con dos enormes puertas de cristal traslúcido que se abrían como un bar del viejo oeste, pero con una diferencia, que el olor a alcohol no tenía el mismo origen. Cerró por dentro para estar más tranquilo y no porque nadie se le fuera a escapar. Una de las paredes estaba repleta de nichos nevera a la temperatura ideal para poder mantener los cuerpos en perfecto estado, y en la habitación ocho cuerpos más sobre camillas de frío acero inoxidable. Aunque todos estaban cubiertos con sus respectivas sábanas, más de uno dejaba ver colgando por uno de los bordes de la camilla alguna que otra extremidad de pálido y amarillento color. A uno de los lados de la sala se encontraba una morgue que parecía que estuviera destinada a las autopsias con dos cuerpos más, pero estos por desgracia ya no estaban en tan buen estado, pensaba John.

A John le entusiasmaba pintar y reflejar la muerte dulce, aquella que no transmite agresividad. Sin embargo, odiaba todo aquello que pudiera enturbiarla de belicosidad.

No estaba dispuesto a abrir las neveras una por una, tardaría mucho tiempo y tampoco era cuestión de arriesgar en exceso, por lo que decidió examinar los ocho cadáveres que eran más fáciles de manipular. Al final hizo una especie de composición. ¿No sería mejor que apareciesen todos en el cuadro?, se preguntó. En primer lugar puso a una mujer de mediana edad prácticamente destapada. Casi a su misma altura, también descubierto, un varón de unos cincuenta años con un vientre muy voluminoso a punto de estallar, y tras él otra mujer. Los demás aparecían por toda la sala dispuestos al azar, sin ningún tipo de orden. Las neveras comenzó a abrirlas a la ventura, como si fuera un atracador descubriendo las cajas de seguridad con cierta urgencia. Todos los fiambres llevaban como adorno la etiqueta de identificación colgada de su dedo gordo del pie derecho. Y al fondo de la imagen la sala baldosada con uno de los cuerpos abierto en canal.

«La sala de autopsias la voy a utilizar para dar el toque de luz y profundidad al dibujo como el de *Las meninas* de Velázquez».

Hablaba en voz alta para sí mismo.

En el momento en que lo tuvo todo preparado comenzó a trabajar hipnotizado por la tranquilidad y penumbra del lugar con los modelos más tranquilos del mundo. La envidia para cualquier profesor de arte. Primero un esbozo rápido con el ánimo de medir las proporciones, luego los detalles de los rostros impávidos y mugrientos, y por último las sombras que conseguían dar el toque de realidad. Era la primera vez que trabajaba en un depósito de cadáveres, y, aunque prefería la combinación de sus víctimas con la naturaleza, lo que convertía a veces el fin del cuerpo en algo bello, la morgue transmitía mucho más la realidad de la muerte y supresión del ser humano.

La excesiva calma del lugar hizo que, esta vez sí, se le fueran cerrando los párpados poco a poco por el cansancio. Cuando menos se quiso dar cuenta se había quedado dormido. A las seis de la mañana del día siguiente apareció tumbado en una de las camillas, arropado con una de las sábanas y con una bolsa negra de plástico a modo de almohada. Un ruido de pasos le sobresaltó. Se levantó lo más rápido que pudo, se lavó la cara en el fregadero de la sala de autopsias para despejarse y ocultó el dibujo metiéndolo en la parte trasera de sus pantalones. Abrió la puerta con sumo cuidado para no ser oído y asomó medio rostro para adivinar de quién se trataba. Al parecer dos médicos, o eso pensaba por las batas blancas que llevaban, estaban entrando en una de las salas contiguas, lo que aprovechó para salir sin ser visto. No es que hubiera saciado su apetito homicida, pero pensó que la experiencia le había sido muy útil para la combinación y juego de luces en interiores. Salió satisfecho de su trabajo, ya que la mezcla de muchos cuerpos le daba a la defunción un sentido de normalidad. Solo le faltaba una cosa, un café bien caliente para despejarse después de una noche con extraños compañeros de sueño.

Capítulo 7

—Nancy, estoy preocupado —le dijo Thomas.

—¿Y quién no lo está? ¿Qué quieres en la época de una guerra que se nos avecina?

—Cada vez que los alemanes hacen una incursión, esta es la mejor calificación que podemos darles a las incursiones aéreas contra los buques de nuestro país que empezaron el mes pasado, de su poderío, acude a mi mente inmediatamente la siguiente pregunta...

—¿Y cuál es?

—¿Qué será cuando la terrible arma aérea alemana se emplee a fondo? Las condiciones atmosféricas no permiten todavía operaciones de cierta envergadura en el aire. O por lo menos eso es lo que me ha comentado un amigo militar entendido en todos estos temas. O quizás tampoco ha llegado aún el momento de empezar la lucha seria que el mundo espera y teme desde hace cinco meses. Nosotros, los ingleses, no estamos en condiciones de comenzar una lucha de gran envergadura. He leído esta mañana que un hombre con tanta autoridad como el famoso crítico militar capitán Liddell Hart acaba de escribir que Inglaterra solo puede mantenerse a la defensiva, en el conflicto actual, porque el Ejército alemán es superior bajo todos los puntos de vista. Y la opinión del capitán Liddell Hart ha causado impresión en todos los círculos militares y políticos de Berlín, porque precisamente sus libros sobre la guerra son ampliamente conocidos en Alemania, donde han sido traducidos y todavía pueden adquirirse en cualquier librería.

—¿Y no hubiera sido mejor que ese tal capitán Liddell Hart se hubiera estado calladito?

—Es posible que tengas razón. Pero a mí no me preocupa la opinión que tengamos los ingleses del conflicto, me preocupa más la opinión que tengan los alemanes de los acontecimientos. Y hay otro artículo muy bueno de un periodista español que refleja perfectamente esa opinión, ya que ha sido uno de los periodistas extranjeros afortunados invitados a almorzar con el ministro doctor Goebbels en su finca de Bodensee, situada a unos treinta kilómetros de la capital.

—Me hubiera gustado estar en esa entrevista. Eso sí que es un reportaje.

—Hay pocas oportunidades como esa. A mí también me hubiera gustado. Según escribe en el artículo: «El ministro de Propaganda del Reich y su esposa, por la que estaba acompañado en todo momento, atendieron con toda hospitalidad a los nueve periodistas invitados que representaban a la prensa neutral del mundo. En los primeros minutos el ministro se ha dedicado a evocar su actuación como periodista durante los siete años de lucha del nacionalsocialismo como director del periódico *Angrift* de Berlín, cosa que ha contribuido a terminar con toda clase de protocolo para proseguir la charla en un tono de simpática camaradería». —Sigo leyendo—: «En una rápida crónica no puede describirse quién es el doctor Goebbels en el seno de la vida familiar. Ha tratado un tema amplio y muy importante, porque contribuye a poner más en claro las ideas sobre política y la actualización de los hombres nacionalistas alemanes. Por hoy referiremos del tema indicado, para comenzar, algunas ideas del doctor Goebbels.

»"Nadie sabe cuándo se combatirá realmente en esta guerra, que sigue sin lucha después de cinco meses de existencia. Los ministros del Reich tampoco lo saben, porque ninguno de ellos formula preguntas decisivas al Führer. Ningún ministro, por ejemplo, ha preguntado a Hitler qu*é* piensa de un ataque a la línea Maginot".

»El doctor Goebbels nos ha puesto el siguiente ejemplo: "En enero del año 1938, después de una estancia en Berchtesgaden, regresó el Führer a Berlín y confió a sus íntimos colaboradores que dentro de un par de meses se realizaría el *Anschsluss*. Ningún ministro preguntó cómo se efectuaría la unión de Austria al Reich, sino que se pusieron a trabajar, siguiendo las órdenes de Hitler, porque la confianza y la fe que tienen en el Führer les bastan para laborar con el máximo entusiasmo. Solo sé —añade Goebbels— que en un mes después Schuschnigg estaba vencido y era un hecho el Gran Reich".

»Lo mismo ha ocurrido con Polonia...».—Perdona que te interrumpa. De todas formas eso sí que es fanatismo. Fanatismo a un líder como Hitler que les tiene a todos hipnotizados. No sé cómo se ha podido llegar a estos extremos y nadie le ha puesto freno a ese loco. Por su culpa ahora nos vemos involucrados en una guerra que no sabemos cómo va a terminar.

—No hemos movido ficha, solo de palabra.

—¿Y no crees que todavía haya tiempo para la diplomacia?

—No, Nancy, esto ya no hay quien lo pare.

—Sigue con el artículo, que está interesante.

—De acuerdo, pues como iba diciendo: «Lo mismo ha ocurrido con Polonia, cuando el coronel Beck, confiando en las garantías inglesa y francesa, presentó batalla a Hitler. Ninguno de nosotros sabíamos la manera en que Danzig sería reincorporado al Reich, pero, cuando todo se puso en marcha, bastaron dieciocho días para vencer militarmente toda la resistencia polaca. Ahora puedo decirles que, cuando la máquina bélica alemana se ponga en movimiento por orden del Führer, todo marchará a la perfección y de manera fulminante, ya que es verdad, tal como declaró en su discurso del 30 de enero, que el Führer hace cinco meses que no descansa».

—Thomas, ¿crees que Alemania tiene tanto poder?

—Estoy convencido. ¿Te has fijado en todas las fuerzas que han movilizado?, lo de Hitler es impresionante. Y, como decíamos antes, lo que no se puede controlar es el fanatismo que le sigue. Eso multiplica por mucho las posibilidades de victoria.

»Bueno, y por último y acabo con el artículo: «La noticia del viaje que realiza por Europa el ministro de Asuntos Exteriores de los Estados Unidos, *mister* Welles, ha sido recibida en Berlín con toda prudencia. La prensa de la noche todavía no daba cuenta a sus lectores del citado viaje. El portavoz de la Wilhelmstrasse ha declarado que el Gobierno del Reich no había recibido oficialmente el anuncio de la visita del ministro norteamericano, pero que, naturalmente, será bien acogido en Berlín, de la misma forma que lo sería cualquier representante de un país neutral. La cautela alemana se comprende porque el viaje de Welles ha recordado la visita que hizo a Europa durante la Gran Guerra el coronel House para informar al presidente Wilson, y, a pesar de lo cual, los Estados Unidos entraron en la guerra al lado de los aliados. Pero la historia no se repite siempre exactamente, y no puede negarse que el presidente Roosevelt puede trabajar para el restablecimiento de la paz en el continente europeo». Y esto es todo.

—Muy interesante. De cualquier forma y a pesar de todas las noticias, sobre todo desde nuestra declaración de guerra con Alemania, está todo muy tranquilo. Llevo tiempo sin recibir noticias de la resistencia.

—Mejor así. No me extraña que por eso algunos periódicos lo llamen «la guerra de broma». Declaramos la guerra a Alemania en septiembre, estamos a mitad de febrero, y no hemos movido ficha.

—Como bien dices, mejor así, porque me da la sensación de que cuando empiece va a ser la mayor mancha que deje el ser humano en su historia reciente.

—Míralo de otro modo. De esa forma tenemos más tiempo para encontrar algo interesante sobre el asesino que estamos buscando.

—Por cierto, Thomas, ¿conseguiste hablar con nuestro amigo Michael, el detective?

—Eso te iba a comentar ahora. Sí, conseguí intercambiar alguna opinión y me dio la sensación de que me ocultaba algo.

—Le conozco muy bien y Michael siempre se guarda un as en la manga. Eso le da, o eso cree él, la sensación de poder y de que tiene la sartén por el mango. No cambiará nunca. Tan engreído, presuntuoso y arrogante. Un hombre capaz de sacar de sus casillas a cualquiera que tenga delante.

Sin venir a cuento Nancy empezó a mostrar enfado sin darse cuenta y a soltar por su boca improperios destinados a Michael.

Thomas se percató enseguida de que Nancy todavía sentía algo por él.

—¿Crees que tiene más información de la que te dice saber?

—Sin ninguna duda. De todas formas me comentó que me facilitaría información siempre que contemos la noticia cuando y como él diga.

—Sabes que a eso no nos podemos comprometer. Pero no me digas más —le dijo al verle la cara de culpabilidad—. Le has dicho que sí y le has dado tu palabra.

—Exacto. Cuando llegué a su despacho estaba observando las fotos de las chicas asesinadas y unos dibujos, que me imagino que pertenecerían al asesino, aunque, como te he dicho antes, creo que nos oculta algo. También pienso que están muy perdidos en la investigación.

—Y ya que te has comprometido a ello, ¿te ha dicho qué tipo de información te dará?

—Me comentó que solo cuenta con unos pocos bocetos (los que tenía colgados en la pared), que está convencido de que el asesino los dejó en el lugar adrede para que se encontrasen, y que tiene la certeza de que hay más mujeres asesinadas que faltan por aparecer. Me va a facilitar algunos dibujos, que según la información de los expertos son de gran calidad artística, con un compromiso de confidencialidad por mi parte, para ver si soy capaz de llegar a alguna conclusión adicional. Le he comentado que conocía un profesor de arte que a lo mejor me podría dar alguna pista sobre el autor. Ya sabes, en el mundo del arte, como en cualquier otra profesión, se conocen todos.

—Que yo sepa tú no conoces a nadie dedicado a ese campo.

—Pero quién te dice que no lo pueda conocer.

—Me había olvidado de tu picardía y sagacidad para conseguir información. ¿Por dónde quieres empezar?

—Lo primero que tenemos que hacer es conseguir una lista de las escuelas más prestigiosas de arte de esta ciudad, y a partir de ahí hablar con alumnos y profesores. Ahora mismo no tenemos otra cosa.

—A mí se me ocurre empezar por la Royal Academy, la Castleford Secondary School, Chelsea School of Art y la más importante, la Royal College of Art. Esta última tiene un gran prestigio en Londres y es donde han estudiado los principales escultores y pintores del país. Todos los jóvenes artistas se pelean por sacar una beca en esa escuela. Si como me has dicho los dibujos son buenos, no me extrañaría que alguien tenga alguna pista sobre ese loco.

—Y ahora eres tú la que me has sorprendido con tus conocimientos. ¿Cómo sabes esas escuelas?

—¿Recuerdas que escribí un artículo sobre contrabando de diamantes?

—Sí. ¿Y qué tiene que ver eso con el arte?

—Conseguí entrevistar al autor de *Camino sin ley*, que además de tener algo en común con nosotros...—¿Ah, sí?, ¿el qué?

—Thomas interrumpió con curiosidad.

—Que también es periodista, además de comisionado. Fue enviado a México hace un par de años para informar de la persecución religiosa y anticlerical en ese país. Posteriormente trabajó para el *Journal* como reportero y en el *Times*, donde llegó a ser subdirector. Gracias a él tuve que informarme bastante sobre arte para poder entrevistarle con algo de sentido sobre su faceta literaria. Te sonarán novelas suyas como *El tren de Estambul*, dedicada al Orient Express, o a lo mejor te suena su faceta como crítico de cine en la revista *The Spectator*, donde trabaja ahora como director literario.

»Graham Green, que es como se llama, también ha sacado tiempo para trabajar en el Foreign Office, donde se le encargó combatir el contrabando de diamantes de Georgetown.

—Qué hombre más polifacético. Eso es sacarle provecho a la vida.

—Concluyendo, por investigar el contrabando de diamantes fui a parar a Green, y posteriormente al desarrollar toda su vida literaria conseguí todo tipo de información acerca de las escuelas que se dedican a ello en nuestro país, así como contactos en el mundo del arte, profesores, amigos cercanos, etc.

—Vaya vueltas que da la vida. ¿Y tendríamos alguna posibilidad de ponernos en contacto con él?, por lo menos es algo por donde empezar.

—Lo podemos intentar. Como te he dicho, está trabajando como director literario en la revista *The Spectator*, además de escribir y dedicar algo de tiempo para el Servicio de Inteligencia Británico, lo que nos puede ser muy útil.

—¿Y cómo sabes que ahora...? Thomas la miró con incredulidad y torpeza a la vez, sabiendo que su duda era algo estúpida por los servicios que ella estaba prestando al espionaje.

—Pues nada, no hay nada más que hablar. Ponte en contacto con Green en cuanto puedas. Me gustaría conocerle.

—Bien, Thomas. Me encantará volver a hablar con un personaje de su categoría y con tanto bagaje.

Capítulo 8

Nancy se puso enseguida en contacto con la revista para que le facilitaran el teléfono y la dirección de Graham Green. Vivía en una acogedora y gran casa a las afueras de Londres, donde el silencio y sosiego, ideales para un escritor, comienzan a renacer. Como todo literato necesitaba de cierto confinamiento para atraer a la musas. Un escritor con un manantial inagotable de sabiduría y cuyos conocimientos tenía que dejar brotar para disfrute del restos de los humanos a través de sus libros.

No fue difícil conseguir hablar con él. Para eso Nancy no tenía problemas. Sabía jugar perfectamente con sus encantos femeninos, encantos a los que, por otra parte, Graham sucumbió con excesiva facilidad.

Nancy y Thomas se dirigieron hacia la casa de Green en su Railton negro.

—Ya verás qué hombre más encantador. A pesar de todo lo que se ha movido, de sus experiencias y su aparente carácter inquieto, tiene un rostro que transmite placidez y armonía.

—Lo importante es conseguir alguna información positiva y que podamos avanzar algo en esta historia. No estamos hablando de una historia de amor. El problema está en que mientras más tiempo pasa, más posibilidades existen de encontrar a otra mujer muerta.

—Eso no quita para aprender algo todos los días, y este, te lo aseguro, será uno de ellos. ¿Quieres que enfoquemos la entrevista de alguna forma concreta o te da igual, según vaya surgiendo?—En este caso me da igual. Este es un hombre de nivel y cultura, no es lo mismo que cuando entrevistamos a algún posible delincuente salido de los barrios bajos. Por cierto, no te he dicho nada. —Dejó pasar unos segundos de silencio para cambiar radicalmente de tema—.Estás muy atractiva.

Ella le respondió con un dulce beso dejándole la marca en los labios.

—Ya estamos llegando —dijo Nancy mientras le limpiaba con su dedo índice humedecido.

—Sí, aquí debe ser. No vive mal, pero que nada mal el señor Graham Green —comentó Thomas con cierta cara de perplejidad y envidia.

Un sitio algo aislado, pero no totalmente solitario, ya que el barrio lo componían una docena de viviendas. Estacionaron el coche justo enfrente de la casa y se pararon unos instantes antes de llamar a la puerta para echar un vistazo a la panorámica general del lugar. Las construcciones eran de gran gusto y calidad. Pequeñas mansiones separadas unas de otras por mucha vegetación y flores de multitud de colores. Sin duda, el lugar ideal para quien quiera dedicarse a meditar y trabajar en el mundo de la escritura.

No esperaron mucho más. La impaciencia por poder intercambiar unas palabras con el escritor, reportero o alguien que ha trabajado para el Servicio de Inteligencia Británico iba en aumento.

Nancy dio varios toques a la puerta con los nudillos y ambos esperaron un rato que se les hizo eterno, tanto como para volver a insistir en la llamada una segunda vez.

—A lo mejor ha tenido que salir o se ha olvidado de la cita —dijo Thomas.

Justo en ese momento el señor Green abrió la puerta.—Buenas tardes, señor Green, ¿me recuerda? —se adelantó Nancy.

—Cómo no la voy a recordar, Nancy. Esa cara tan hermosa es imposible de olvidar. No acordarme de usted sería una descortesía por mi parte

—le contestó galantemente.

—Muchas gracias por sus halagos. Le presento a mi compañero Thomas Brown. Trabajamos juntos en esta investigación.

—Pasen, por favor.

Una vez con ellos en la entrada cerró la puerta.

—Síganme, vamos a la biblioteca, allí estaremos más cómodos.

El pasillo tenía infinidad de cuadros que prácticamente no dejaban ver nada del color de la pared donde se sostenían. Había un par de aparadores puestos simétricamente uno frente al otro, a modo de guardias custodiando la puerta que se encontraba justo a su lado. Nancy y Thomas no dijeron nada hasta estar en la biblioteca. Solo observaban y examinaban cada detalle para estudiar la personalidad de Green. Las casas dicen todo sobre las personas que las habitan. Y esta emanaba experiencia y cultura por cada rincón.

Una vez en la biblioteca, algo destartalada por la cantidad de libros que se disponían en el suelo y fuera de sus estanterías, muestra de que eran consultados y no solo motivos decorativos.—Tiene usted una casa preciosa —dijo Thomas.

—Me gustaría disfrutarla algo más, pero los viajes no me dejan..., pero, por favor, tomen asiento —les ofreció mientras señalaba los tres sofás que estaban puestos en forma de herradura abrazando una pequeña chimenea—.

¿Les apetece tomar algo?

—Sí, está bien. Un *whisky* —contestó Thomas.

—¿Y usted, Nancy?

—Ahora no, muchas gracias.

—Bueno, pues ustedes dirán. Estoy a su entera disposición.

Fue Nancy quien desde entonces llevó la responsabilidad de la entrevista.

—Venimos a ver si nos puede ayudar desde cualquiera de sus dos facetas. Desde su experiencia como agente del Servicio Británico de Inteligencia o la de su relación con el mundo del arte.

—Ya no trabajo para el Servicio de Inteligencia, es algo del pasado. Pero, si mis conocimientos les pueden ayudar, cuenten con ello.

—Creo que acaba de regresar de México después de dos años, por lo que no sé si estará al tanto de los últimos acontecimientos.

—Cómo no lo voy a saber, sería una irresponsabilidad muy grave por mi parte. Aunque la guerra ya se declaró hace meses, espero que todavía quede algo de buena voluntad y diplomacia entre nuestros políticos.

—No me quería referir a la guerra, señor Green.

—¿A qué entonces?

—Hay un asesino en serie que tiene en jaque a la policía desde hace tiempo. Es conocido como el asesino del dibujo, porque ha sido encontrado en algunos de los cadáveres, no en todos, un dibujo del crimen. La policía sospecha que todavía hay más cuerpos por descubrir.

—¿A qué se refiere con un dibujo del crimen?

—El asesino mata a las mujeres y luego las dibuja. En todas hay algo en común. Siempre aparecen como dormidas, nunca hay sangre ni reflejos de malos tratos en sus pinturas, siempre son mujeres que se encuentran en bellos parajes, etc.

—Me va usted a perdonar, Nancy, pero ¿qué tengo que ver yo con todo eso?, ¿en qué puedo ayudar?

—Usted ha estudiado en las escuelas de arte más prestigiosas de este país y queríamos saber si conoce a alguien dentro del mundo de la pintura que nos pueda echar una mano. El asesino, según los expertos, no es un simple aficionado al dibujo, o, por decirlo de otro modo, no es un criminal a quien le guste dibujar, sino un dibujante a quien le gusta matar para satisfacer sus necesidades pictóricas. Ha tenido que estudiar en alguna escuela, y a lo mejor, enseñando sus dibujos a la persona adecuada, podemos encontrar al profesor o profesores que hayan tenido relación con él. Estoy convencida de que usted, que ha sido profesor, conocería a muchos de sus alumnos solamente con leer sus obras.

—Sí, es muy posible.

Thomas los escuchaba atentamente mientras disfrutaba de cada sorbo del *whisky* que Green le había servido.

—Yo he estudiado en la Universidad de Oxford, en el Balliol College, donde publiqué mi primer libro de versos, pero no creo que eso nos sirva de nada. Los más prestigiosos dentro del mundo de la pintura salen de St. Martin's School of Art o de la Royal College of Art. Si es tan bueno como dicen apostaría a que ha estudiado en una de esas dos escuelas. Yo no puedo ayudaros...—Pero usted trabajó para el Servicio de Inteligencia, ¿no es así? —le interrumpió Nancy con algo de vehemencia.

—Sí, así es, pero en el Servicio de Inteligencia no llevábamos ese tipo de casos, como usted comprenderá. Y menos ahora con la que se les viene encima con el conflicto bélico. Pero no sé por qué me dice eso usted, que debe de saber mejor que nadie a que nos dedicábamos.

A Nancy le cambió la cara.

—No sé a qué se refiere.

—¿Está usted segura?

Thomas se quedó perplejo durante unos instantes sin saber de qué iba el tema hasta que el señor Green...—¿No trabaja usted para la resistencia francesa y la persigue la Gestapo? —Nancy por unos momentos no supo cómo reaccionar, se quedó totalmente paralizada, hasta que con su simpatía característica cambió de tema.

—Thomas, ahora sí me apetece esa copa.

—Señorita Nancy, el Servicio de Inteligencia también hace bien su trabajo. Pero sigamos con lo que le iba diciendo. Por ahí no tenemos nada que hacer, pero sin embargo conozco a alguien en la Royal College of Art que nos podría ayudar.

Conozco a un tal Henry Wood. Es escultor y pintor, aunque esto segundo lo ejerce como afición más que como profesión. Un escultor que siguió en su día el estilo romántico de la época victoriana, pero que al final ha desarrollado su propio estilo influido por artistas renacentistas como Miguel Ángel o Giotto.

—Siento no entender de arte para poder admirar su obra. ¿Y cómo nos podría ayudar su amigo Henry en la investigación?

—Ha sido y sigue siendo uno de los profesores de mayor prestigio en la Royal College. Pero hay una cosa que me han dicho sobre su asesino que me llama poderosamente la atención y podría tener algo que ver con Henry. Sus esculturas siempre se suelen basar en figuras humanas, representando sobre todo el cuerpo femenino, y utiliza generalmente espacios vacíos para su recreación. Pero eso fue su primera etapa. En una segunda comenzó a esculpir también cuerpos de mujeres, pero esta vez mujeres muertas.

—Me parece demasiada casualidad —comentó Thomas, entrando por primera vez en la conversación.

—A mí también. No me extrañaría que alguno de sus alumnos se haya visto influido demasiado por sus enseñanzas y haya querido llevar a la realidad máxima lo aprendido. Todas sus esculturas están inspiradas, según algunos críticos, por los paisajes de Yorkshire, su lugar de nacimiento. Un lugar fantástico.

—¿Qué más sabe de él? —Esta vez fue Nancy la que preguntó—. Lo digo ya que cualquier pista o información nos podría llevar a conocer mejor al asesino, dando por sentado como es lógico que al final haya podido ser un alumno suyo.

—En estos momentos no se me ocurre mucho más, a no ser que... —dudó un momento sobre la importancia de la información que les iba a facilitar—. A no ser que los motivos por los que terminó esculpiendo mujeres en su sueño eterno sean de interés. Lo digo porque todos, y sobre todo los criminales, como bien sabe —dijo dirigiéndose a Nancy—, actúan como actúan por una infancia algo irregular. La mayoría han sufrido un trauma, maltrato por parte de alguno de los progenitores, etc., y a mi amigo Henry lo que le marcó, o eso se cree, en su obra posterior fue su participación en la Primera Guerra Mundial a la temprana edad de dieciocho años. El miembro más joven por aquel entonces del regimiento Prince of Wales' Own Civil Service Rifles. Fue herido por un ataque de gas en la batalla de Cambrai y durante su recuperación vio cosas muy desagradables, difíciles de olvidar a esa edad.

—Ya veremos con el tiempo si esta información es válida o no, pero estoy convencida de que nos sirve para conocerle mejor. ¿Cuánto hace que no sabe nada de él?

—No hace mucho, un poco después de declararse la guerra contra Alemania. Ahora creo que por motivos de la guerra ha dejado su faceta escultórica para dedicarse más al dibujo. Lo digo porque hace poco he visto dibujos suyos publicados en algún periódico, donde aparecían londinenses durmiendo en el subterráneo. No sé si tengo alguno por aquí —les dijo mientras rebuscaba en un montón de papeles que tenía sobre la mesa de despacho.

—Déjelo, señor Green, no se preocupe. Ya nos ha ayudado bastante —le dijo Thomas intentando poner fin a la visita.

—Y hablando de otra cosa, si no le molesta. ¿Qué tal su viaje por Liberia? —preguntó con curiosidad Nancy produciendo cierto enfado en Thomas.

—No me molesta en absoluto, pero ¿cómo sabe lo de Liberia?

—Es fácil, por su libro *Viaje sin mapas*.

—Sencillamente espectacular. Volví de ese viaje con otra mentalidad y entendiendo lo afortunados que somos, por lo menos hasta ahora. Es donde se demuestra una vez más que siempre tenemos algo que aprender, y la mejor manera de hacerlo es viajando. Aunque creo que cuando termine esta guerra, y para eso tiene que empezar primero, la historia se volverá a reescribir.

—Me ha parecido un libro fascinante y se nota en él su conversión al catolicismo.

—Quien estoy fascinado soy yo, señorita Nancy, por toda la información que tiene sobre mí.

—Ya sabe cómo somos los periodistas, y sobre todo las mujeres.

—No me cabe duda.

—¿Has terminado, querida? —le preguntó con sorna Thomas.

—Sí, cariño —contestó de la misma forma.

—Señor Green —dijo Thomas mientras se incorporaba del sofá—, no nos queda nada más que agradecerle su hospitalidad y saber si en caso necesario podemos contar de nuevo con su colaboración.

—Por supuesto, cuenten con ello. Les acompaño a la salida.

Se notaba que era un hombre de gran cultura y educación.

—Y señorita Nancy —reclamando su atención.—¿Sí, señor Green?

—Siga usted tan atractiva.

—Muchas gracias.

—Espero verles pronto —se despidió cerrando la puerta.

Capítulo 9

Nada más montarse en el coche de regreso a casa continuaron hablando de la impresión que el señor Green había causado a Thomas.

—¿Qué te ha parecido mi amigo el señor Green? Es una persona con unos valores y una forma de pensar impresionantes. Ya no existen hombres como él. Con esa experiencia que les da la vida.

—Muchas gracias, hombre.

—Aparte de ti, como es lógico. No me seas celoso.

»Me he leído varios de sus libros y en todos aprendes y sacas conclusiones positivas. Sus personajes protagonizan toda serie de peripecias políticas, aventureras, exóticas, historias de espionaje; pero si en un inicio esto le sirve para indagar más en la parte psicológica y moral del ser humano, más tarde, sobre todo durante la guerra fría, se concentra prácticamente en una crítica hacia la sociedad creada por las potencias occidentales: la injusticia, la deshumanización, la ceguera de la justicia de los hombres, la incapacidad de estos para dar con las claves de su destino. Transmite a la perfección cómo se entrelazan y se mezclan las pasiones y aspiraciones de las personas o la inevitable crueldad en que se ven encubiertas sus relaciones.

—Se ve que conoces a la perfección su obra.

—Si te soy sincera, bastante. Como ya te he dicho, hay pocos, sobre todo desde el punto de vista literario, como él. Actualmente habla mucho de la incomprensión entre las personas. Como verás, utiliza una literatura profundamente metafísica, pero con un refinado autocontrol y una riquísima experiencia existencial.

—Nunca te había oído hablar así. Eres una gran experta a la hora de describir todo aquello que reflejan los libros.

—No, en absoluto. Simplemente y como en todo hay buenos y malos profesionales. De los malos nunca te acuerdas y los buenos siempre te dejan algo positivo donde poder exprimir sensaciones que te pueden enriquecer. Green es el tipo de viajero incansable y eterno que sabe sacar lo máximo de sus experiencias, y todos hemos tenido la suerte de que se dedique a la escritura para disfrutar de ellas.

»De todas formas, después de la primera entrevista que le hice, sí te puedo decir que lo que más ha influido en su personalidad fue su conversión al catolicismo. Algo que algunos compañeros de profesión le criticaron por entender que era un converso que solo era cercano a una actitud meramente estética de la fe. La que abrazó en 1926. Y eso lo hizo un poco después de votar al partido comunista. «Fue un voto de protesta, voté a los comunistas tras la guerra», esas fueron las palabras que me citó en el artículo.

»No me extraña que le reclutaran para el Servicio de Inteligencia, a una persona así no se la puede dejar escapar.

—Como a ti.

—En mi caso no estoy tan segura. Me he preguntado muchas veces por qué me he metido en todo esto.

—Tú misma me lo dijiste, porque querías hacer algo más e involucrarte de una forma más activa.

—Lo de Green no es tan extraño. En la Primera Guerra Mundial ya se servían de mucha gente de la cultura, escritores, actores, músicos, etc., para destinarlos a la primera línea del espionaje. Y lo mismo están haciendo ahora. Además, todos tienen varias cosas en común. Su cierto nivel de rebeldía ante las injusticias, sus ganas de poder hacer algo por su patria y su facilidad de moverse de un lugar a otro sin estar excesivamente vigilados. No hay nada más fácil que pasar mensajes cifrados a través de escritos periodísticos, obras literarias o partituras musicales.

»De lo que sí estoy convencida es de que nuestro trabajo será recompensado algún día en forma de reconocimiento, y qué mejor reconocimiento que ser recordados por la propia historia.

—Un recuerdo que dejará ese cabrón asesino si no somos capaces de ayudar a la policía para que le eche el guante.

—Ten paciencia, Thomas. Mi intuición me dice que no vamos mal encaminados.

—No puedo tener paciencia cuando pienso que a lo mejor en estos momentos hay otra mujer que cuando se ha levantado esta mañana no ha pensado que hoy puede ser su último día.

—No lo creo. Hay una cosa a nuestro favor, y es que aunque no sabemos con exactitud cuántas mujeres ha podido asesinar, sí sabemos que suele preparar con minuciosidad sus crímenes por la separación en el tiempo entre ellos. Por desgracia no hace mucho de la aparición del último cadáver, por lo que, si no estoy en un error, pienso que contamos con algo de tiempo.

—Ojalá tengas razón.

—Además, tarde o temprano todos caen.

—En eso, Nancy, siento tener que llevarte la contraria.

—¿Por qué dices eso?

—¿Has oído hablar del Asesino de los Torsos de Cleveland, también conocido como el Carnicero Loco de Kingsbury Run?— Algo de información tengo.

—Pues sabrás que este señor lleva doce víctimas atribuidas a sus espaldas y todavía no hay ni la más mínima pista sobre su identidad.

—Tú lo has dicho, todavía.

—Y lo peor de todo es que las investigaciones más recientes muestran que podrían ser más las personas asesinadas. Todos los crímenes se cometieron hace ya cinco años, entre 1935 y 1938, y entre ellos se encuentra un policía de Cleveland. Algunos datos oficiales remontan sus hazañas criminales a 1920. Por eso te digo que no siempre es tan fácil. Tú sabes mejor que yo que algunos se libran de su castigo.

—Como curiosidad, ¿por qué le llaman el Asesino de los Torsos?

—Tenía la costumbre, eso en caso de que haya dejado de matar, de decapitar y desmembrar a sus víctimas, la mayor parte vagabundos, hombres y mujeres de clases bajas, muchos de ellos cuyas identidades nunca se determinaron. En muchos casos cortaba el torso por la mitad. Ahora entenderás el porqué del apodo. La mayoría de los hombres habían sido emasculados, y los cuerpos de algunas víctimas mostraban signos de haber sido tratados químicamente.

»¿Sabes quién ha estado relacionado con la investigación?

—Si no me lo dices nunca lo sabré.

—Eliot Ness.

—Pero Eliot Ness es agente del tesoro, y todo el mundo lo ha conocido como el encargado de detener a Al Capone a través de impedir su contrabando de alcohol y todo lo relacionado con sus evasiones de impuestos.

»En realidad estuvo trabajando en la Oficina de Prohibición de Chicago hasta el final de la ley seca en 1935. A partir de entonces y durante el tiempo de los homicidios «canónicos», Eliot Ness tenía el cargo de director de la Seguridad Pública de Cleveland, una posición con autoridad sobre el departamento de la policía y los servicios secundarios, incluso el departamento de bomberos, donde se dedicó también a estudiar casos internos de corrupción. Dicen que su inhabilidad ante el caso del Asesino de los Torsos ha contribuido a su salida de lo que hubiera sido una carrera exitosa en Cleveland.

—Ya sabes cómo es este mundo. Tan pronto estás en la cima del éxito como de repente te echan toda la mierda encima y el poco prestigio que tienes termina en el fango. Mira con Eliot: pasa en poco tiempo de ser considerado uno de los mejores agentes de policía por la detención de Al Capone a ponerse en duda toda su valía porque un asesino en serie todavía no ha sido encontrado.

»Además, si no estoy mal informada, creo que el criminal del que estamos hablando ha sido, o mejor dicho es, porque todavía no se sabe nada, el primer asesino en serie de Estados Unidos. Eso puede que haya influido para las exigencias de los resultados del caso. No me extrañaría que también la prensa haya jugado un papel esencial, ya que en un caso como este la presión que ejercen los ciudadanos ante los responsables políticos termina siendo la excusa perfecta para llevarse a alguien por delante. En este caso a Ness. Lo mismo está empezando a suceder aquí con el nuestro. La gente empieza a ponerse nerviosa, y están en su pleno derecho, y eso influye, me imagino que ya te has dado cuenta, en la presión que nos están ejerciendo nuestros superiores. Esto va a ser lo mismo. El que ponga entre rejas a ese loco se llevará prebendas y medallas, pero como no lo cojamos alguien se va a ver inmerso en el fango propagandístico.

—Nancy, volviendo al tema que nos ocupa, ¿crees que ese tal amigo de Green, Henry Wood, nos situará más cerca de nuestro asesino?

—Confío en que así sea. Además, resolver la duda es bien sencillo, en cuanto hablemos con el señor Wood lo sabremos. Nos tenemos que encomendar a la virgen de la suerte, que en estos casos nunca viene mal. Lo que tienes que conseguir cuanto antes son los dibujos que Michael te iba a facilitar, sin ellos no hacemos nada. Si Henry Wood nos puede echar una mano, será si tiene los dibujos delante. Estoy segura de que, si alguien puede conocer al asesino, ese será el escultor.

—No creo que sea todo tan sencillo. No está dejando una señal en los lienzos que nos permita creer en un rápido arresto. Si hubiera sido así ya estaría en la cárcel.

—Tienes razón. Para nosotros puede ser complicado, pero para un profesor experimentado el dibujo de su alumno puede llegar a ser su propia firma. En el periodismo pasa igual. ¿O no es bien cierto que tú sabrías en muchas ocasiones identificar al autor de algún artículo?Esa pregunta hizo que ambos se quedaran en silencio durante el resto del trayecto de vuelta disfrutando del aire fresco que entraba por las ventanillas. Estaban pensativos, y mientras Nancy le daba vueltas a la conversación que había mantenido con Green, el cual le había llamado poderosamente la atención, Thomas no dejaba de buscar cuáles son las razones, pensando en el Asesino de los Torsos, que le pueden llevar a un hombre a cometer tan viles y crueles actos. Se puso a pensar en los dos criminales y estaba convencido de que el asesino del dibujo tenía algo especial, que era diferente a todos los conocidos hasta ahora. Mataba a sus víctimas, pero las trataba a su vez con mimo, con sumo cuidado para no dañar el cuerpo ni un ápice más de lo debido. Por eso no debería de ser complicado el encontrarle. Era tanta su obsesión por la perfección artística que solo le importaba el resultado final de su obra, más que la forma de ejecución que utilizaba, por lo que seguro que tarde o temprano cometería algún error.

Sin embargo, Nancy seguía pensando en la vida y obra de Green.

Capítulo 10

Michael había quedado con Thomas en un bar céntrico de Londres para entregarle un par de dibujos y para recibir las últimas novedades, en caso de que las tuviese.

El bar estaba situado en un subterráneo del centro de la ciudad. Un lugar ideal para charlar con cierta intimidad y con una decoración agradable que hacía sentirte como en casa. Las lámparas de tela recargada de diferentes colores más bien oscuros, las velas y unas luces indirectas localizadas en el sitio perfecto lo convertían en el espacio idóneo para estar conversando horas y horas. Las mesas de madera de pequeño tamaño obligaban a los comensales a arrimarse unos a otros, provocando en ocasiones roces de incómoda situación. Sin embargo, si era una pareja la que elegía la mesa para comer o beber algo y se sentaban uno frente al otro, no se requería de demasiado esfuerzo para sin moverse sentir los labios casi unidos. También se podía elegir entre unos sofás de cuero de una sola plaza tapizados de marrón oscuro y con sus botones oprimiendo el respaldo para darle la forma de rombos, o ir a las altas banquetas de la barra de bar y pedirte una copa especialidad de la casa.

El dueño del local era bastante inteligente y se había anticipado a la situación que estaba por llegar. Lo tenía decorado como refugio antiaéreo y muchas de las paredes estaban forradas con sacos llenos de arena hasta el techo. Algunos pensaban que era una manera de provocar cierto miedo innecesario, pero a otros les insinuaba todo lo contrario, tranquilidad y seguridad. En otra de las paredes en la parte superior, una placa de metro con una dirección: «Bakerloo line, Northbound platform 1». En una de las esquinas, un banco alargado de madera cubierto de cojines a rayas de color burdeos y negro se apoyaba sobre una pared de baldosines blancos típicos del metro londinense, y un gran baúl de madera corroída hacía de mesa. La prensa del día estaba distribuida por todo el local.

Michael decidió sentarse en la esquina que le permitía observar todo el local, y ante todo la entrada para ver llegar al periodista. Mientras esperaba pidió una cerveza y cogió el periódico que estaba a su derecha, sobre una mesita iluminada con una preciosa lámpara de cristal y así ponerse al día, cómo no, de la situación bélica.

Encontró varios artículos de interés: dos columnas dedicadas a la guerra y tituladas «La derivación de la guerra y el bloqueo» y otro más extenso titulado «Posibles aspectos nuevos del conflicto». Leyó con detenimiento parte del segundo, pues se veían involucrados ciudadanos del país.

Cuando se encontraba más absorto en su lectura, y por casualidad, hizo una pausa y levantó la vista hacia la entrada justo en el momento en que hacía su aparición el detective. Enseguida se fijó en que llevaba bajo el brazo una carpeta, donde sospechaba que estarían los dibujos del asesino.

—Buenas noches, Michael, ¿qué tal está?

—dijo incorporándose de su asiento.

—Pues si le digo la verdad con mucho trabajo. Hay demasiado loco suelto —comentó mientras se quitaba el abrigo.

Al ver que Thomas tenía el periódico abierto por la página de las noticias nacionales se interesó por lo que estaba leyendo.

—¿Qué, alguna noticia de interés?

—Pues la verdad es que sí.

Han autorizado el enrolamiento de ciudadanos ingleses, mayores de veintisiete años, en el Ejército finlandés.

—Como esto siga así dentro de nada nos vemos todos en el frente en primera línea.

—No se sabe si tras esta decisión, que dado el paralelismo político anglo-francés normalmente debería estar acompañada de análoga resolución en París, acabarán rompiéndose las normales relaciones diplomáticas entre la URSS y los Gobiernos de los países aliados, o si continuará la diplomacia. En todo caso, oficialmente o no, de un modo encubierto o a las claras, parece que el conflicto lleva camino de extenderse, fundiendo en una las guerras que hoy separadamente conducen Finlandia contra Rusia y Francia e Inglaterra contra Alemania.

»No es nueva la recomendación que la prensa alemana ha hecho a los Estados escandinavos de evitar el servir de cabeza de puente a las fuerzas británicas.

—En realidad, lo que quiere Adolf Hitler —argumentaba Michael—, con el pretexto de extender el comunismo, es hacerse con toda Europa. Siempre se ha comentado que le ha parecido pequeño su país para el número de alemanes y quiere extender su territorio a toda costa.

—Sobre eso casualmente dice algo aquí interesante: «A las objeciones doctrinales de quienes acusen a Alemania de ayudar a la extensión del comunismo, repetirá esta nación argumentos que ya oímos en Berlín al principio del conflicto ruso-finlandés».

—Ya y también dirán que, en primer lugar, la mejor garantía de la no extensión del comunismo en Europa es la subsistencia de la nación alemana. Al lado de esto dirán que el mundo, que contempló silencioso los viajes a Moscú de los enviados franco-ingleses para sellar un pacto militar, no tiene por qué hacer aspavientos ante el hecho de que Moscú haya decidido que este pacto no se lleve a cabo y haya optado por la amistad alemana.

Ambos se enzarzaron sin darse cuenta en una interesante conversación, olvidando por unos instantes el motivo para el que habían quedado en realidad.

—A pesar de todo —continuó Thomas—, el mundo, en el pleito concreto de Finlandia y Rusia, estará siempre con la primera, a la que, en el orden propagandístico, sirve mucho el recuerdo de los casi tres años de guerra española. Alemania, que no ignora esto, procurará ciertamente que la extensión del conflicto que se avecina no tenga carácter oficial contra ella, a quien ahora, en sus planes, no conviene el desprestigio de Rusia, preferirá siempre, de todos modos, que la lucha de Finlandia no esté para nada vinculada al resto del conflicto entre las potencias occidentales.

—De cualquier forma, Thomas, es improbable que entre Finlandia y Alemania o entre Rusia y Francia e Inglaterra se llegue a ningún género de declaraciones de guerra. Es perfectamente posible para nuestro país y París tener una embajada abierta en Moscú mientras soldados franceses e ingleses luchan frente a los rusos en Finlandia. En materia de guerras combatidas y no declaradas, el caso de España es bastante aleccionador. Y menos mal que en Finlandia no existe, como en el nuestro, aquello que se llamó la «no intervención».

—Michael, me he dado cuenta de que es tremendamente interesante hablar con usted de nuestros temas diplomáticos, pero ¿qué le parece si vamos a lo que nos ha traído hasta aquí?

—Estoy de acuerdo.

—¿Los lleva ahí? —señalando a la carpeta.

—Exacto, aquí los traigo.

Los dibujos estaban dentro de bolsas de plástico para evitar las huellas innecesarias.

—No quiero decirle de la importancia que tienen estos dibujos y de lo que me estoy jugando al sacarlos de la comisaría y confiárselos a usted. Me juego el puesto. Espero que su utilización sea la adecuada y merezca la pena el riesgo que corro.

—No se preocupe. Hemos estado con un escritor, también periodista, que a su vez conoce a un escultor...—¿Por qué dice hemos?, ¿escultor?, ¿qué tiene que ver un escultor con el caso?

—Le digo hemos, porque llevo la investigación con una compañera encantadora y con mucha experiencia, eso se lo aseguro, y el escultor, en realidad pintor en la actualidad, puede haber conocido a nuestro asesino, o por lo menos esa es nuestra esperanza. Se trata del prestigioso escultor Henry Wood. Actualmente trabaja como profesor en la Royal College, y parece ser, según la información que nos ha revelado el señor Green, que Wood nos podrá decir, en cuanto vea los dibujos, si el asesino ha podido estar bajo sus enseñanzas. Por lo que nos ha dicho, el motivo de sus obras suelen ser personas del sexo femenino, y en su última etapa también ha esculpido mujeres muertas. Todo esto le suena de algo, ¿no es cierto?

—Demasiada casualidad y demasiado fácil.

Michael se encontraba algo desconcertado.

—Es posible, pero no tenemos otra cosa. A no ser que tenga usted una idea mejor.

—Estamos examinando lo encontrado en el último crimen y hasta ahora no tenemos nada de nada. No se han encontrado huellas y la gente de la localidad tampoco ha visto ni escuchado nada sospechoso; aunque no me extraña por la ubicación tan apartada del lugar. Mire, échele un vistazo a estos dibujos a ver si ve algo que se salga fuera de lo normal.

Thomas los observó detenidamente. Si no fuera porque sabía que la mujer había sido asesinada, estaría disfrutando de la perfección artística de un gran dibujante y de la belleza de una mujer aparentemente dormida. En ningún momento le provocaba desasosiego o repulsión, todo lo contrario, ni tampoco reflejaba el más mínimo aspecto de agresividad. Le transmitía una especie de tranquilidad y placidez mortal, que hacía perder el miedo a la muerte a cualquiera que observara la imagen.

Al ver que pasaban unos minutos y Thomas no le mostraba ninguna opinión, decidió interrumpir su concentración y preguntar.

—¿Le suena de algo el paisaje?, ¿ve algo especial o fuera de lo normal?

—El sitio me resulta familiar, pero ahora no sabría concretar

—le dijo mientras se acariciaba su frondosa barba una y otra vez.

—La verdad es que es un paisaje bastante común. En las afueras de Londres hay muchos bosques similares. Es como buscar una aguja en un pajar.

—Pero vea el lado bueno, Michael. Acabamos de eliminar todo el centro de la ciudad, y eso hubiera sido mucho peor. De todas formas hay algo en estos dibujos que...—¿Qué?, continúe, no me deje con la intriga.

—No, nada, es una tontería. Pero es referente a su olor.

—¿A su olor?

—Sí, eso digo, a su olor. Noto que el papel tiene un olor extraño pero reconocible a la vez. Lo digo por experiencia. Como periodista llevo toda mi vida en el mundo de la prensa escrita y hay algo en este papel que no consigo identificar. ¿No huele usted a cerveza?

—¿A qué quiere que huela si no en un lugar como este?

—Eso está claro, pero no me refiero al olor ambiental, digo a los dibujos.

—Bueno, sí, un poco —le contestó mientras los olfateaba con más interés—, pero no creo que haya que darle demasiada importancia. A lo mejor han impregnado su hedor a alcohol los que hasta ahora han podido estar en contacto con los dibujos.

—O el propio asesino. Me imagino que ya habrán intentado estudiar el origen del papel utilizado: dónde se ha comprado, lugar de fabricación, quién lo suministra en nuestro país, etc.

—¿Qué se ha creído, Thomas? ¿Qué quiere usted, quitarme el puesto? Este caso no está siendo sencillo, pero eso no significa que no sepamos hacer nuestro trabajo. Además, no creo que el papel tenga nada que ver con esto.

—Perdone si he dañado su ego. Solo pretendía ayudar en un campo que creo conocer. Además, tenemos un trato de colaboración, ¿no es así? —le dijo con algo de sorna.

—De todos modos, claro que hemos investigado sobre el origen del papel y su fabricación. El papel proviene de Panamá y eso hasta la fecha no quiere decir nada. Estamos viendo si algunas de las víctimas tienen alguna relación con ese país tanto personal como familiar. El asesino compra el papel en la papelería de un almacén recién construido en Brompton Road que se encuentra en el barrio de Knightsbridge. También hemos investigado todo lo relacionado con ese suministrador, y no hay nada que enlace a los dueños de ese pequeño negocio con el supuesto asesino.

—La verdad es que tiene usted razón, qué tendrá que ver dónde se fabrica el papel.

—Se sorprendería de las cosas tan insignificantes, que en un principio parecían ser meras tonterías, que al final han ayudado a resolver numerosos asesinatos. La policía no descarta absolutamente ninguna suposición, por absurda que parezca. Además, en el caso que nos ocupa la única pista entre las víctimas y el asesino son sus dibujos. Estoy prácticamente seguro, aunque piense que el papel no tiene nada que ver, de que ahí va a estar la resolución de este caso.

—De todas formas sigo diciendo que no es normal el olor que desprenden esos dibujos.

Thomas no dejaba de examinar los dibujos una y otra vez. Buscaba algo en común entre ellos. Estaba seguro de que el creador de esos dibujos dejaba su sello o marca en algún lugar. Muchos de los asesinos necesitan, de alguna forma, sentir como es reconocido su trabajo. No pueden ni quieren estar en el total anonimato, y menos un artista de gran nivel, como el que parecían estar buscando.

Llevaban un buen rato hablando y solo bebía Thomas. El detective, sin embargo, encendía un cigarro tras otro provocando que la pequeña esquina del bar se llenara con una extensa humareda que hacía irreconocibles sus rostros. Dos personajes totalmente distintos.

Thomas, rubio con barba, ojos azules y una gran mata de pelo que hacía las delicias de Nancy, de aspecto bohemio y algo destartalado, y Michael, hombre recto en sus convicciones, bien vestido y reflejo del detective perfecto que solo se salta las normas cuando le sacan de sus casillas. Distintos pero con algo en común, el amor de Nancy.

Tras unos segundos de silencio y reflexión por parte de ambos...—¿No quiere una copa, Michael?

—No, gracias, no bebo en acto de servicio.

—¿Ni una sola copa?

—Ni una sola.

—Pues vaya aburrimiento. Le advierto que un par de copas de vez en cuando no vienen mal. Seguro que le ayudaría a encontrar alguna pista con más facilidad.

—Puede que tenga razón... Bueno, Thomas, la verdad es que ha sido un verdadero placer conocerle un poco más. Espero que nos veamos pronto y me pueda aportar algo positivo.

—¿Qué podemos decir a los lectores?

—El periodista es usted. Pero ¿recuerda qué le dije de falsear la información y decir que tenemos al asesino?

—Sí.—Pues ahora puede ser el momento oportuno.

—¿Y qué pasa si se produce otro crimen? Le echarán los perros encima y será peor para usted.

—Tiene razón. —Se paró a pensar unos instantes—. Diga entonces que tenemos grandes indicios de quién es el asesino y que en breve estará entre rejas. De esa forma tranquilizamos un poco a la población, y, si estoy en lo cierto, también ponemos algo nervioso al asesino al quitarle protagonismo cuando piense que es a otro al que se reconoce su trabajo.

—Me parece bien, eso haré...—Ya nos veremos.

—Hasta entonces, Michael. —Se puso el sombrero y el abrigo y salió del local.

Capítulo 11

Se vive en Londres un tiempo de incertidumbre y confusión. Mientras, en el *Daily Mirror*, como en cualquier otro periódico londinense, se trabaja a destajo para tener a la población lo más y mejor informada posible.

En el despacho del director, este mantiene conversaciones con algunos jefes de sección sobre la situación de la guerra, tema primordial de actualidad. Se duda de cuál debe ser la prioridad del caso del asesino del dibujo, que para la mayoría, por falta de información y avance en la investigación, está perdiendo importancia. Por eso el director tiene su propia y veterana opinión.—Tenemos que pasar la noticia a páginas interiores, ya no puede ser portada. Pero destinarle por lo menos media página para que no pase desapercibida. Debemos apoyar a la policía todo lo que esté en nuestra mano para cazar a ese tío.

—La guerra es una incertidumbre, pero, aun así, es mucho más importante —comenta uno de los jefes.

—Nadie sabe cuánto puede durar una guerra de la que para muchos ni si quiera hay indicios y que otros periódicos titulan como «la guerra sin término medio». Una guerra larga o guerra corta en el tiempo, o mejor dicho nulamente guerreada. La duración de esta guerra está íntimamente ligada al modo de combatirla. Por eso la guerra, hasta ahora, según la opinión de muchos, lo mismo desde un punto de vista de tiempo que de un punto de vista militar, puede decirse que no ha comenzado. Se equivocan quienes pretenden decir, porque teóricamente el conflicto empezó en septiembre, que han pasado ya casi cinco meses de guerra. Estos deberán empezar a contarse cuando los beligerantes levanten el telón, hasta ahora cubierto solo con el anuncio de los golpes de los primeros cañonazos. Si la guerra llega a comenzar, cosa que la mayoría de los entendidos considera inevitable, será más dura que la Primera Guerra Mundial. Intervendrán en ella armas nuevas, que, si aumentan los caracteres de la tragedia, no tendrán el mérito de justificar este resultado con la abreviación de la lucha. Las armas de nueva tecnología aumentan el número de muertos y modifican el valor de los principios militares, pero no acortan nunca las guerras. Los gases tóxicos, cuando fueron lanzados por Alemania en la Gran Guerra, produjeron muchas víctimas, pero no alteraron en un segundo la duración de la contienda.

Otro de los asistentes interrumpió en ese momento al director.—Eso es cierto. Además, el empleo en masa de los submarinos estuvo a punto de decidir la guerra y tampoco alteró su influencia en el calendario. —Entonces continuó el director.

—La aviación, en las últimas luchas, ha realizado fabulosas hazañas de enorme influencia en la victoria. Pero aviación y guerra duradera son términos perfectamente compatibles. Indudablemente, surgirán, en caso de que empiece la guerra, armas nuevas de incalculable poder de destrucción. Sobre esto no hay ninguna duda. Pero con rapidez también se encontrarán los medios para poder contrarrestar eficazmente esos inventos, impidiéndoles su poder destructivo con una solución rápida.

»Señores, la guerra será indudablemente larga, estoy convencido de ello. Una contienda corta no se explica a base de que, como ahora, sus meses bélicos sean silenciosos, sin intervención alguna de las armas. Pero alguien podrá preguntarse: ¿hay alguna probabilidad de que esta guerra no llegue nunca a comenzar? ¿Existe la posibilidad, por pequeña que sea, de una solución diplomática? La probabilidad, aunque muy leve, puede llegar a existir. Y está basada en el sentido de responsabilidad que los países participantes en el conflicto poseen, sabiendo lo que un conflicto de estas características en mitad del siglo XX podría suponer para Europa. Cada día de dilación o duda significa una jornada de guerra inactiva. Una jornada que, aunque parezca ganada, en realidad nos acerca al principio de una guerra, terrible en la intensidad y larga en el tiempo, o tan corta en la duración que no llegue nunca a empezar de verdad. El tiempo nos conduce a una de las dos salidas. Veremos cuándo cañones o diplomáticos nos dan la solución. Pero que nadie espere que esta se produzca a hora fija. Se equivocan los que creen en la puntualidad de los altos mandos y piensan que el 21 de marzo, primer día de la primavera, se alzará el telón para dar paso a la sangre y a la metralla.

»Por eso, señores, sigamos con nuestro trabajo como si tal cosa y vayamos al día. Y dediquemos a la guerra el mismo espacio que todos los días en las noticias bélicas internacionales.

»Daremos la portada a la noticia local que se lo merezca, hasta que algo sobre el conflicto, y ojalá no llegase nunca, tenga la suficiente importancia como para merecerse tal privilegio. Por cierto, ¿alguien se va a encargar de escribir algo sobre el discurso en la radio alemana del mariscal Goering? Lo digo porque, como siempre, ha hablado del bloqueo.

—Yo me encargo. —En esos momentos levantó la mano el que se encargaba de la sección internacional.

—¿Y sabes qué es lo que ha dicho?

—Según el mariscal, el bloqueo económico de Alemania, que estamos intentando en la guerra hasta la fecha, está siendo débil y lleno de lagunas. Alemania, mientras tanto, se ha procurado aprovisionamiento en el este, sur y norte. Además, piensa que este débil bloqueo está tropezando con una economía y una política alemanas cuyos fundamentos, en oposición a los de 1914, se basan en el suelo del país. Esto no se refiere exclusivamente a la agricultura, sino también a la industria y a la mano de obra. Dicen que han reemplazado las materias primas que les faltan por productos sintéticos, que serán aún más perfeccionados.

En esos instantes, e interrumpiendo la reunión, entraron en el despacho Nancy y Thomas.

—Hombre, los dos que faltaban siempre juntos. Cuánto tiempo sin saber de la pareja. Pero esperad un momento, que ahora voy con vosotros —les indicó para no interrumpir la información que recibía del otro compañero—. Continúa, por favor.

—Me tienes que decir qué tal te ha ido con Michael —susurraba Nancy a Thomas mientras se sentaban.

—Luego te lo cuento.

—Además de tarde, dando por culo. Os queréis callar.

Continuó el compañero.—Iba diciendo que pensaban reemplazar las materias primas por productos sintéticos perfeccionados, muy superiores a las materias primas que importaban anteriormente. Están, pues, suficientemente provistos de materias primas de las cuales no podrían prescindir. Económicamente se consideran invencibles y militarmente lo son aún más.

—¿Y ha dicho algo del estado de ánimo de sus compatriotas?

—Según Goering, su moral está muy lejos de ser quebrantada por causa del embargo económico, y, como es habitual, se consideran una nación invulnerable. Lo que ha denominado como «un bloque de granito sin grietas ni hendiduras donde puede colocarse dinamita».

—¿Alguna crítica directa hacia nosotros además del embargo?

—Ha comentado que los ingleses hemos abandonado visiblemente la esperanza de debilitarles por el hambre y romper de esta manera su capacidad de resistencia. Ninguno de sus conciudadanos ha pasado hambre en lo que va de guerra. Que comparamos la extensión de sus dominios y la variedad de sus producciones alimenticias con la extensión de su suelo. Y se preguntan si podemos disponer de nuestras reservas con la misma facilidad con que ellos pueden disponer de sus siete millones de toneladas de trigo, que como reserva nacional tienen en las granjas, donde se encuentran seguras como un tesoro.

—Seguro que estáis hablando del mariscal Goering, como siempre tan fanfarrón —dijo Nancy, delatando que algo sabía sobre él.

—¿Y cómo lo sabes, es que lo conoces? —preguntó el director.

—¿Quién no conoce al mariscal Goering? Cualquier comentario o noticia que proviene de Alemania suele ser de él, ¿no es cierto? —No sabía cómo salir del atolladero donde se había metido—. Además, me lo he imaginado por esas palabras. Leo mucho sobre ese personaje —dijo mientras la miraba Thomas e intentaba salir del apuro sabiendo que había estado a punto de meter la pata.

—Nancy, llegas tarde e interrumpiendo. Sigamos de nuevo...— Goering también ha estado hablando de asegurar la sementera y la producción de agricultura, diciendo que agricultores experimentados obtendrán un permiso hasta donde las necesidades militares lo permitan en la época de la sementera. Más de un millón de obreros agrícolas polacos irán a Alemania y trabajarán al lado de los prisioneros de guerra. Los primeros cien mil se encuentran ya en el Reich y se muestran muy contentos de encontrar en Alemania pan, trabajo y orden.

—Será cabrón —esta vez susurró Thomas.

—Thomas, te he oído. A ver si dejáis finalizar. Y, por cierto, opino lo mismo que tú sobre el mariscal.

—Si fuera preciso, el «partido de la juventud hitleriana» y «el servicio del trabajo» aportarían también su ayuda y colaboración. Y por último ha dicho que unas doscientas mil hectáreas serán sembradas de plantas oleaginosas, con el fin de aumentar la producción de grasas. Han puesto especial cuidado en procurarse el abono necesario. Incrementarán el cultivo de patatas para aumentar la cría de cerdos y consiguientemente la producción de las industrias derivadas de la leche. Elevarán los precios de esta sin descremar y de la mantequilla. El precio de la leche que suministrarán a las lecherías aumentará...—Bueno, yo no puedo más, jefe —interrumpió de nuevo Thomas—, después de estar tras un asesino y ver lo macabro de sus actos, lo que menos apetece es oír hablar de leche. Lo siento, jefe. Perdona, no es nada contra tu artículo —dirigiéndose al compañero.

—Estáis haciendo un buen trabajo los de internacional —dijo como si no hubiera escuchado la impertinencia de Thomas—, seguid así. Ahora, por desgracia, tenéis toda la prioridad. Necesito que saquéis algo de espacio para lo de los rusos.

—¿A qué se refiere, jefe?

—Los rusos siguen atacando con enorme intensidad en el sector de Summa y ha habido varios nuevos bombardeos contra Viborg. En el sector de Summa y sus alrededores los finlandeses han rechazado todos los ataques soviéticos.

Creo que en el lago de Muola, y en el curso de un ataque fracasado de los rusos, estos han perdido, aproximadamente, mil hombres y trece tanques. Quiero que habléis sobre todo eso. Como acabo de decir, tenéis mucho trabajo sobre noticias bélicas; pero debéis estar al día de todo, con un oído en la calle, el otro en la radio, y con contacto permanente con nuestra persona en Alemania. El hecho es que estos acontecimientos pasarán a la historia, y la gente los recordará por cómo la prensa los haya narrado. Por eso no quiero que se nos escape ni el más mínimo detalle. ¿De acuerdo, chicos? ¡Todos a trabajar, conseguidme algo que merezca la pena! Nancy y Thomas, quedaos.

Una vez que se quedaron los tres solos en el despacho, el director le reprimió a Thomas su carácter impulsivo.

—Thomas, que seas un buen periodista no te da derecho a perder las formas.

—Estoy de acuerdo, jefe, lo siento, pero reconozca que mi compañero de internacional es un poco plomo. De todas formas, reconozco que puedo estar un poco tenso, el caso no parece avanzar demasiado, y, como es lógico, no estoy contento.

—¿Tú qué opinas, Nancy?

—Que, como en todo, tenemos que tener un poco de paciencia.

—El problema es que la gente de la calle está muy nerviosa y asustada. Y sobre todo las mujeres, que están cambiando su rutina y sus hábitos por miedo. Incluso mi mujer. Está muy asustada y no es capaz de quedarse sola. Por eso necesito que averigüéis algo cuanto antes.

—¿No puedes pedirle ayuda a tu antiguo novio el policía?

—Ya lo hemos hecho. Están haciendo todo lo que pueden.— Que visto lo visto y por los resultados, no es mucho.

—Así es, jefe, pero por lo menos tenemos una pista que seguir. No es que sea gran cosa, pero algo es algo. Estoy convencida de que sus dotes de buen pintor son lo que al final le delatará.

—¿Por qué dices eso, Nancy?

—Porque no creo que haya tantos dibujantes de ese nivel. No es un dibujante aficionado, según los expertos. Y, si ha estudiado en alguna escuela de Londres, alguien lo conocerá.

Entonces entró de nuevo el de internacional.—Disculpe, jefe, ¿qué le parece este final para la noticia?

—A ver, le escucho —dijo complaciente.

—Bla, bla, bla, bla..., sí, aquí está: «En el sector de Summa, donde los rusos han recibido órdenes de hundir la resistencia finlandesa a cualquier precio, el terreno se halla literalmente cubierto de muertos y heridos soviéticos, sobre los cuales pasan velozmente las olas de carros de asalto soviéticos, que atacan las líneas finlandesas».

—Me parece perfecto, pero no se le olvide hablar de las dos mil quinientas víctimas soviéticas que se estima que ha habido en el ataque.

—Jefe, no se le escapa una —comentó Nancy.

—Por eso soy el director. Sigamos con lo que estábamos.—¿Ha visto como mi compañero es un plomo?

—Quiero que sigáis con el asunto, os cueste las horas que os cueste. Si hace falta ni dormís. Haced turnos o lo que queráis, pero, por favor, traedme alguna cosa.

—No se preocupe, seguro que al final cae —dijo Thomas ya casi fuera del despacho.

Capítulo 12

Salieron de la reunión con cara de pocos amigos, mirándose unos a otros y buscando entre los compañeros alguna complicidad que nunca llegaría.

—Necesito una copa, Nancy. Con tanta presión y sin nada donde agarrarnos me siento fatal. Esperemos que podamos sacar algo en claro de la conversación que tenemos pendiente con ese tal Henry Wood, porque no tenemos otra cosa.

—Estoy convencida de que Henry Wood nos va a hacer avanzar en la investigación, siempre y cuando nos diga la verdad.

—Más vale que tengas razón, sobre todo antes de que aparezca otro cadáver en algún rincón de Londres.

—No seas agorero y piensa en algo positivo.

—En nuestro trabajo no solo basta con escribir lo que deseamos, sino lo que debemos y está suficientemente contrastado. Ya sabes que nuestra máxima es la veracidad de la información. —Después de una pequeña pausa—: ¿De verdad estás convencida de que Henry Wood ha podido tener como alumno al asesino que estamos buscando?

—Thomas, lo que sí sabemos casi con total seguridad es que el asesino no es dibujante por casualidad, su técnica, según todos los entendidos, no la ha adquirido en la calle sino en una escuela, y tampoco es que haya tantas.

—Me gustaría estar convencido de ello, pero todavía me corroen muchas dudas por la cabeza. Sería prácticamente como haber encontrado una aguja en un pajar.

—Tampoco exageres. Te estoy diciendo que no hay tantas escuelas con esa especialidad y tú sigues con ese pesimismo que me tiene algo preocupada. Nunca te había visto tan negativo. Se supone que soy yo la que suelo necesitar de todo tipo de pruebas para corroborar cualquier información, y tú el que te sueles dejar llevar por la intuición y un optimismo.

—Pues ya ves, esta vez es todo lo contrario. Este caso está modificando mi forma de actuar.

—No entiendo tanta preocupación por tu parte con la que tenemos encima. Está a punto de iniciarse una guerra de la que no sabemos las futuras consecuencias, eso sí nos tiene que preocupar.

Se quedaron en silencio durante unos segundos hasta que la curiosidad e inquietud de Nancy volvió a iniciar la conversación.

—Thomas, ¿eres creyente?

—¿A qué viene ahora esa pregunta?

—Porque creo que, si alguien nos puede librar de esta, tiene que ser muy poderoso. Una oración de vez en cuando no viene mal, y mientras el de ahí arriba no se decida a echarnos una mano, su representante aquí en la tierra tiene poderes suficientes como para poder intermediar en el conflicto antes de que sea demasiado tarde.

—Creo que con ese objetivo el enviado de Roosevelt, Sumner Welles, se va a entrevistar con el papa en el Vaticano. Habría que aprovechar la relación existente entre la Casa Blanca y el Vaticano para intentar calmar los ánimos de Alemania. No se puede perdonar, y menos justificar, la invasión de Polonia por parte de un loco fuera de control. Me da la sensación de que no sabemos el alcance de tal actuación. Te aseguro que el futuro me dará la razón, siempre y cuando tengamos la suerte de poder contarlo. Como ya he leído en más de un artículo especializado, estoy convencido de que los daños de la Primera Guerra Mundial se van a quedar cortos comparados con el conflicto actual. El ser humano tiene la virtud de aprender de sus guerras. Pero, en lugar de utilizar lo aprendido para evitarlas, lo único que consigue es aumentar el daño producido en la anterior.

—Los hombres no aprenden de sus errores y tropezarán una y otra vez, como así se viene demostrando a lo largo de la historia.

»De cualquier forma esto no hay quien lo detenga. Ya es demasiado tarde para conversaciones de paz. ¿Sabes que hoy mismo nuestros aviones han iniciado los primeros vuelos de reconocimiento sobre Alemania?

—No, no estaba al tanto.

—Las escuadrillas de la Royal Air Force volaron ayer sobre Austria y el protectorado de Bohemia y Moravia, y hoy mismo se proponen hacerlo sobre Praga, Kiel, Hamburgo y Bremen, en dos reconocimientos sucesivos. Parece ser que quieren arrojar millares de proclamas sobre Praga y Pilsen, cerca de las fábricas de municiones Skoda.

—¿Cómo estás al tanto de todo eso?

—Te olvidas de que además de periodista soy espía.

—Pero seguro que no sabes que el almirantazgo alemán ha lanzado una nueva ola de submarinos en el mar del Norte. Como ves yo también hago mi trabajo —dijo con algo de sorna con el ánimo de retarla.

—Ya lo sé, pero eso no ha impedido que el sistema de convoyes continúe funcionando sin incidentes, que es lo que ellos pretendían. Gracias a los aviones, torpederos y navíos de guerra todos los tonelajes, los convoyes de barcos mercantes llegan igualmente a los puertos británicos tras una navegación suficientemente tranquila.

»Thomas, ese no es el interés de la noticia, el interés se centra realmente en la presencia de barcos de guerra ingleses en los parajes más septentrionales de Europa. En los círculos marítimos franceses las autoridades se han limitado a declarar que la presencia de navíos ingleses en tales regiones es motivada por la actividad en los mismos lugares de ciertas unidades de la Marina de guerra alemana. Eso es lo que preocupa en realidad.

—Ya veo que es imposible pillarte desprevenida en cuanto a información se refiere.

—Tú lo has dicho —le replicó con una sonrisa.

—En todo caso tenemos que ser cautos y no adelantarnos a los acontecimientos. Por mi parte soy capaz de dar todavía una posibilidad a la diplomacia por pequeña que esta sea. Además, estoy seguro, el dinero todo lo puede y, si las negociaciones se manejan con astucia, quién sabe… —Durante unos segundos hizo meditar a Nancy.

»Yo creo, como te decía antes —continuó con su exposición—, que Sumner Welles, conocido por sus grandes dotes como negociador, no solo va al Vaticano, sino que seguro que viajará por toda Italia, Alemania, Francia e Inglaterra para tener una visión directa que le permita juzgar si existen en la actualidad posibilidades para intentar con éxito una intervención que restaurase la paz en Europa.

»Para mí, más importante si cabe que esas entrevistas, serán las que celebre con el Duce, ya de retorno de las capitales beligerantes con una opinión personal que pudiera hacer verdaderamente interesantes los segundos contactos entre él y Mussolini.

—Te veo demasiado confiado, Thomas.

—Déjame que no pierda la esperanza.

—Yo te dejo lo que quieras, pero en todo caso no creo que Europa ponga demasiadas esperanzas en este viaje, que coincide con una serie de acontecimientos no muy indicados para dar motivos de optimismo a los habitantes de este revuelto continente. Es verdad que la llegada del «Rex» a Nápoles coincide con el fin de la reunión de los ministros escandinavos en Copenhague y con los discursos de Chamberlain y Hitler. Pero estoy convencida de que ninguno de los tres acontecimientos parecen ser esperanzadores augurios para la difícil misión confiada a Sumner Welles.

»Según lo que he podido leer, el comunicado de la reunión de Copenhague dice bastante poco. Hay que creer que cosas más interesantes habrán sido tratadas en esa conferencia, a la que una serie de comprensibles razones deben haber puesto adecuada sordina. Una heroica declaración de ver acabada la guerra entre Rusia y Finlandia, una reafirmación de la voluntad de neutralidad frente al conflicto de las naciones occidentales y finalmente la reiteración del deseo de ver mantenidos unos principios de derecho internacional, cuya inobservancia tanto perjuicio está ocasionando a la Marina de los países escandinavos. Son conclusiones que recogen tres deseos, pero que están lejos de poder ser tres vivas realidades.

—Te noto muy profunda y muy docta en todo este asunto.

—Ya no es que me guste o me interese, es que es mi trabajo.

—¿Tienes alguna otra opinión al margen de ese comunicado?

—Un rumor asegura que los tres ministros habrán estudiado también la posibilidad de mediar entre Rusia y Finlandia a base del mantenimiento de la independencia de esta última. Y la cosa tiene ya cierta verosimilitud. El camino elegido como único posible para hacerse oír de Moscú sería precisamente el que conduce a Wilhelmstrasse.

»Chamberlain y Hitler en dos escenarios familiares, Birmingham y Múnich, han repetido conceptos conocidos pero que, dichos horas antes de la llegada a Italia de Welles, significan la ratificación de unas posiciones irreconciliables que harán estéril por ahora y según toda probabilidad el intento de llegar a la paz sin haber propiamente empezado la guerra. La necesidad de pruebas tangibles de que Alemania está dispuesta a mantener sus compromisos en Europa y la obligación de que el primer paso hacia la paz lo dé ella (en boca de Chamberlain), y la necesidad de espacio vital a un pueblo fecundo y grande asfixiado por naciones decadentes, en el discurso de Hitler, han sido contrapuestas afirmaciones que no inducen a nadie a tomar posiciones optimistas.

—En resumen, y no es por interrumpir tan amena conversación, el citado ministro Welles va a ser recibido con escepticismo en los tres países neutrales, y quizá con mal humor por los aliados, que no estiman oportuna una gestión en momentos en que parece clara la voluntad combativa de los dos bandos en lucha. ¿Será este disparo de palabras preludio de otros que demuestren prácticamente al enviado extraordinario de América que en Europa no hay aún nada por hacer? Quizá.

—Cariño —dijo Nancy mientras acariciaba el rostro de Thomas—, y quizá, como tú bien dices, porque hoy todo es posible.

—Hasta que el señor Welles, que es recibido en Europa por un nublado prometedor, pudiera ausentarse dejando a sus espaldas el arcoíris. Hay que reconocer, sin embargo, que esta posibilidad es insignificante. El arcoíris aquí, como el diluvio bíblico, solo lo verán los hombres después de largos días de inundación. Si es que esta vez lo ven.

—Al final me has convencido. Intentaré no perder la esperanza hasta el último instante.

Capítulo 13

Muchos años después, 1989

Las columnas del patio del convento adornaban el claustro con gran belleza y eran fijas acompañantes de los rezos matinales de monjas y novicias. El frío de la localidad era lo que soportaba peor la joven monja Clara. Multitud de carámbanos se dejaban ver alrededor de las diversas fuentes del lugar y la posibilidad de resbalarse aumentaba si no se andaba con la suficiente precaución debido a las pequeñas placas de hielo que cubrían las piedras del exterior. Pero toda esa frialdad se compensaba con el calor del amor de Dios y de las hermanas, como solía decir la madre superiora.

Sor María, o, mejor dicho, reverenda madre, como la llamaban dentro de las paredes del convento, era una mujer que poseía una belleza especial en cada arruga de su rostro. A pesar de su carácter, algo brusco en ocasiones, rebosaba dulzura por cada poro de su piel, muestra inequívoca de haber encontrado la felicidad plena y la tranquilidad de su alma. Una anciana algo curvada por el paso de los años y que utilizaba como compañero constante de viaje un pequeño bastón que le servía como báculo de su vejez.

Esa tarde, como la mayoría, se encontraba sentada bajo la sombra del ciprés central del claustro para disfrutar de uno de los muchos ratos de soledad, que a su ya veterana edad necesitaba para orar, cuando vio aparecer a Clara. No le hizo falta tenerla a su lado para adivinar que algo turbaba a la joven novicia.

—Perdone, madre, que la interrumpa en sus oraciones —dijo con sumo cuidado hasta ver la reacción de su superiora.

—No me molestas, hija mía; dime, ¿te puedo ayudar en algo?, tienes mala cara.

—No he descansado demasiado bien esta noche. He tenido un sueño muy extraño y… —dudó por unos instantes seguir con su relato—. Es que es una tontería…, no sé si…

—¿Sabes que el dalái lama, líder exiliado del Tíbet, ha recibido el Premio Nobel de la Paz?

—No, no lo sabía.

—Pero perdona, hija, continúa, ¿y qué me quieres contar? Me tienes en ascuas, hija.

—Pues que hace un frío de narices, y, existiendo tecnología como hay hoy en día, no sé por qué tenemos que pasar este frío. —Fue lo primero que se le ocurrió mientras aclaraba sus dudas.

—Ya sabes lo que te digo siempre, el calor de Dios todo lo puede. Hay mucha gente que está en peores circunstancias que las nuestras y no se queja.

—De todas formas, reverenda madre, como usted bien dice, noto el calor de Dios, pero tampoco estaría de más un buen fuego o un pequeño brasero para mi frío exterior. Creo que Dios me entiende perfectamente y no creo que sienta celos de un brasero. Cada uno tiene su misión, y por más que rezo, madre, mis pies siguen igual de gélidos.

—Eso es una prueba más que nos pone para demostrar nuestra resistencia.

—Le aseguro que la temperatura de este lugar va a terminar por congelar mis creencias.

—No me seas irreverente, niña.

—No lo soy, solo digo lo que siente mi corazón.

—Te voy a dar un consejo para que lo recuerdes, no siempre hay que decir lo que se piensa, pero sí siempre pensar lo que se dice.

—Lo recordaré, pero sigo diciendo que me gustaría un...—Espero que Dios tenga un poco más de paciencia contigo —interrumpió la madre—, o me dé a mí un poco más de sabiduría para dirigirte en tu nueva vida como monja misionera. ¿Seguro, hija mía, que crees haber tomado la decisión oportuna? —le preguntó la superiora para ponerla a prueba—. Te espera una vida llena de sacrificios, aunque a su vez muy gratificante.

—Estoy segura, madre. Lo único que deseo es ayudar a los demás.

—Pero hay otras muchas maneras de hacerlo sin necesidad de renunciar a una vida seglar.

—Aun así ya lo he meditado mucho y creo que mi vida está aquí. Creo que si, Dios tiene a bien hacerme un hueco entre sus alumnas, no le fallaré.

Clara no era rebelde, pero sí tenía un carácter algo inquieto que le hacía protestar con asiduidad. Cualquier orden de sus superiores o trabajo que tuviera que realizar era antes puesto en duda por su mente intranquila. Huérfana desde una temprana edad y con solo un hermano del que no tenía noticia alguna, había tomado la difícil decisión de ingresar en un convento para encontrarse a sí misma y prepararse para la ardua tarea de ayudar a los demás.Esa mañana estaba algo más nerviosa de lo normal. No había descansado bien y llevaba levantada desde horas algo tempranas para lo que en ella era habitual; eso solo tenía una razón justificada y una lógica y joven preocupación, iban a cortarle el pelo. Una gran melena negra, símbolo de una vida en libertad que consideraba que dejaba atrás, estaba a punto de ser sustituida por el velo de novicia. Se despedía, como ella misma solía decir, de una Clara sin demasiada experiencia y algo caprichosa, para ir en busca de una mujer con madurez física y espiritual.

Clara poseía una dulzura en su rostro y unos ojos azules que hacían destacar más si cabe su hermosura, aunque estos estuvieran enmarcados dentro del hábito monacal. Era fácil que destacase sobre las demás ante todo por su tono de piel morena, inusual en la mayoría de las novicias, a las que la única luz que les daba era la de los breves paseos por el jardín.

Su consuelo era que ese pequeño sacrificio duraría dos años, ya que en contra del destino de las demás, el cual estaba dentro de las paredes del convento, ella estaba destinada a ser monja misionera. No es que pensara que la oración no fuera necesaria, no era eso. Consideraba que, en un mundo con tantas necesidades, había otras muchas maneras de participar más directamente en la ayuda al prójimo, y que la oración debía ser un complemento y no un fin; por ese motivo no terminaba de integrarse con el resto de sus compañeras de convivencia.

—¿Querías alguna cosa más, Clara?, no creo que hayas venido a verme para hablar de la temperatura.

—Pues ya que lo dice…, pero no sé si… —titubeaba sin parar.

—Hija mía, hasta que no lo sueltes no te quedarás tranquila.

—He tenido un sueño muy extraño.

—Dime la verdad, ¿es solo eso o hay algo más?

—He soñado que yo era una espía británica durante la Segunda Guerra Mundial; justo en la época cuando los británicos y franceses declaran la guerra a Alemania, tras la invasión de esta a Polonia.

—Qué interesante. ¿Y qué tiene eso de malo?, no deja de ser un sueño de aventuras. Yo también tengo sueños extraños y de los que no entiendo cuál puede llegar a ser su significado.

—Eso es lo de menos. Aparte de espía ejercía como periodista de un reconocido periódico londinense y tenía una relación con un hombre muy atractivo. Hay un momento en el sueño donde estábamos en un sofá, me acariciaba suavemente y me intentaba quitar las…—Hija mía, por favor, no sigas —interrumpió algo ruborizada la exposición de Clara pensando que comenzaba a entrar en terrenos pantanosos—. No hace falta que me cuentes todo con pelos y señales.

—La verdad, reverenda madre, es que lo pasaba muy bien en el sueño, lo que hace que algunas dudas me pasen por la cabeza.

—No te preocupes por ello, eres muy joven y es normal que tengas sueños con fantasías propias de una adolescente. Te aseguro que con los años esas inquietudes desaparecen.

—Pero eso no es lo peor.

—¿A qué te refieres con que no es lo peor? —la preguntó con miedo a qué respuesta recibiría.

—Lo peor del sueño era que se buscaba a un asesino de mujeres.

—Tienes razón, eso ya es peor.—Un asesino que mataba a mujeres para luego poder dibujarlas. Lo he pasado mal cuando en una escena aparece el asesino dibujando cadáveres en un depósito. Todavía tengo la imagen en mi cabeza; cuerpos mutilados y abiertos en canal. Parecía tan real.

La veterana monja hizo un ademán de sorpresa antes de reiniciar la conversación.

—No hace falta que especifiques tanto lo que has soñado, hija mía, me estás poniendo mal cuerpo. Con una escena como esa no me extraña que no hayas podido descansar como Dios manda. De cualquier forma ahora sí que me empiezas a preocupar. Esa cabeza tuya da demasiadas vueltas y voy a tener que vigilarte de cerca —le dijo con algo de ironía—. ¿De dónde sacará esta niña tanta imaginación? —se preguntó a sí misma—. Aquí todavía hay mucho trabajo por hacer.

—¿Cree usted, madre, que los sueños tienen algún significado?, o por ejemplo, en mi caso, ¿qué razón hay para soñar con personajes y en una época de la que yo no tengo conocimiento alguno?

—Me gustaría ayudarte en este tema y en tus inquietudes, pero no sé si todavía estás preparada para que te hable de la interpretación de los sueños. Con esa cabeza que tienes no estoy segura de que mis explicaciones te vayan a ayudar más que perjudicar. De todos modos no olvides que las cosas que me has contado las has podido ver a lo largo de tu vida, en este caso todavía breve, a través de la televisión. También eres una gran lectora y has leído muchos libros de aventuras.

»El cerebro humano es muy sofisticado, Clara, y no conocemos casi nada de dónde están sus límites. No estoy muy segura, pero creo que solo utilizamos el diez por ciento de su capacidad. A pesar de ello y de ese diez por ciento, fíjate en todo lo que ha sido capaz de realizar el hombre a lo largo de su historia, incluso multitud de cosas negativas como las guerras y enfrentamientos continuos. Si te digo la verdad, un hombre con más capacidad cerebral me daría algo de miedo.

»La interpretación de los sueños es una herramienta muy poderosa en la exploración del inconsciente y últimamente los médicos expertos en psicoanálisis la utilizan mucho en sus terapias. De todas formas, y como te he dicho antes, prefiero no confundirte, además, yo entiendo más de alma que de mente.

—Es un tema muy interesante, madre, siga.

—No creo que sea buena idea llenar tu complicada cabeza con más confusión y perplejidad.

—No se preocupe por mí, madre, soy capaz de asimilar toda la información…—Eso es lo que más temo. Lo importante no es la información que absorbas, sino cómo la tengas en tu cabeza. Todos tenemos sueños y muchos de ellos son comunes, pero lo que más me preocupa ahora es que te vayas preparando para una vida de sacrificio. Sabes que vas a tener que dejar a un lado comodidades, costumbres, amigos, etc., con el fin de terminar, a lo mejor, en un lugar lejano y lleno de dificultades. Para eso necesitas estar totalmente convencida de ello y mucha disciplina contigo misma. Conozco a muchas que antes que tú lo intentaron y que no consiguieron pasar de las dos semanas. Pero lo que también es cierto es que aquellos que lo han conseguido y están trabajando en la actualidad en pequeñas aldeas olvidadas de la mano de Dios son las personas más felices que jamás haya conocido.

—¿Nunca pensó en hacerse misionera? ¿No ha tenido dudas?

—Muchas veces, hija mía, muchas veces —contestó mientras juntaba las manos y echaba una breve mirada hacia el cielo en busca de una conformidad divina—. Yo también he sido joven, y por lo tanto también he tenido infinidad de dudas y preguntas, que todavía a día de hoy no me han sido contestadas. Como comprenderás ya es tarde para ciertas aventuras, pero te voy a confesar una cosa que quiero que quede entre las dos…—Usted dirá —dijo mientras se acercaba un poco más con un gesto de complicidad.

—Muchas veces me arrepiento de no haber escogido el camino que tú has elegido. Es posible que una vieja monja como yo lo mejor que pueda hacer es rezar por los demás, pero cuando se disfruta del dinamismo y energía de la juventud, eso es otra cosa. Siempre he pensado que son cualidades que hay que aprovechar fuera de estas paredes. Hay mucha gente que necesita de nuestra ayuda directa y para los que una oración no es suficiente. La clausura tendría que ser exclusividad de la madurez. Y, ya sabes, esto que quede entre tú y yo.

»Pero bueno, siguiendo con tu sueño, como te he dicho, no te preocupes demasiado por ello. Todos podemos tener sueños muy extraños y a los que, por más que examinemos, no les encontramos explicación. Pero ¿a que también has soñado en ocasiones con la muerte de una persona querida o que te caías por un precipicio?

—Sí, ¿cómo lo sabe?

—Hay sueños típicos que en algún momento de su vida, y según los estudiosos en el tema, tienen la mayoría de las personas. Como por ejemplo los dos que te he dicho, o cuando uno se ve desnudo y se avergüenza de ello, cuando se sueña que se va a tener un examen o una prueba muy relevante en que tenemos que rendir cuentas en los estudios,; cuando tenemos un viaje muy importante y perdemos el tren o el avión. Podría nombrarte muchos más y seguro que te resultarían familiares.

—¿Ha soñado alguna vez que vuela o que le cuesta pasar por lugares demasiado estrechos o angustiosos, espacios cerrados, e incluso que están sumergidos en el agua?

—Sí, claro que sí.

—Ahora me quedo más tranquila.

—Eso, según Freud, tiene…—¿Y quién es ese, madre? —preguntó con incredulidad.

—Sigmund Freud era médico neurólogo, padre del psicoanálisis, al que dedicó prácticamente toda su vida, y uno de los principales intelectuales de nuestro siglo. Pues este señor pensaba, o más bien concluía, que soñar con espacios cerrados y estrechos representa la vida en el útero materno o las fantasías del nacimiento. Y también lo relacionaba con algunos temores como el ser enterrado vivo.

—Eso también lo he soñado y le aseguro que no es nada agradable.

—Te recomiendo que leas sobre *La interpretación de los sueños* de Freud, es muy interesante. Pero no ahora. Creo que tu cabeza debe estar en otras cosas.

—Así lo haré.

El tiempo pasó sin que se diera apenas cuenta ninguna de las dos. Estaban ensimismadas en la conversación, y tanto la anciana monja como la joven novicia se habían dejado llevar por un ambiente de cordialidad del que a partir de entonces disfrutarían con asiduidad.

El sol comenzaba a ocultarse tras los muros cuando unos toques de campana reclamaron para la cena.El salón comedor disponía de una gran mesa en forma de U en cuya cabecera se sentaba sor María y otras dos monjas a cada lado, habitualmente las más veteranas. Detrás de ellas, y en un altillo al que se accedía con tres escalones, un atril sujetaba las Sagradas Escrituras. Siempre a la misma hora, ni un segundo de más ni de menos, un rayo de luz entraba por una de las vidrieras situadas en el lado opuesto al atril, iluminando a este como si de foco se tratara; era justo el momento de comenzar la cena. Durante esta solo se escuchaba a la monja que leía y el ruido de las cucharas rebañando los restos de la comida. Eran minutos para bendecir y agradecer al Creador a través del silencio la posibilidad de disfrutar de comida todos los días.

Clara lo llevaba bastante mal. No entendía tanto mutismo y sosiego a la hora de la cena. No había sido la primera vez ni sería la última que la llamaban al orden. No estaba preparada para tanta omisión de información ni tanto disimulo cuando sabía a ciencia cierta que más de una compañera estaba deseosa, como ella, de romper a hablar en cualquier momento.

Siempre se sentaba junto a su compañera de cuarto y única confidente, Saffiya. Una adolescente africana de más o menos su misma edad y con sus mismas inquietudes, aunque un poco más prudente y reservada. La «morenita» como la llamaban la mayoría, en recuerdo a la virgen Moreneta.

—Esto es absurdo. Me muero por dar un grito en medio de este silencio sepulcral —susurró Clara.

—Calla, que te van a oír —le reprimió su amiga Saffiya.

—¿Quieres que cantemos una canción? —le propuso a modo de travesura.

—No paras, Clara, te van a terminar llamando la atención. Solo se trata de media hora, luego podrás hablar lo que quieras.

—Ya lo sé, ¿pero no te parece absurdo tanto silencio?

—Si estuvieras atenta escucharías las Escrituras.

Justo en ese momento una de las monjas que estaban a la derecha de sor María, y por indicación de esta, se dirigió hasta donde estaba Saffiya. El ambiente tenso rompía tanto sigilo y discreción. Una vez a su lado, y mientras era observada por el resto de la mesa, cogió la servilleta y cubrió el plato de Saffiya, señal de que había sido castigada con ayuno lo que restaba de cena y la comida del día siguiente.

—¡La culpa ha sido mía, reverenda madre!

Una sola mirada de sor María fue suficiente para saber que la servilleta de Clara cubriría también su plato, lo que provocó esta vez un murmullo general.

—¡Silencio!

No hizo falta nada más. El grito repentino y seco hizo que todas tragaran saliva y el salón volviera a su estado de calma habitual. En el atril, mientras tanto, la monja que ojeaba las Escrituras se había quedado indispuesta sin saber qué hacer. Dirigió una mirada a su superiora en busca de alguna pista que le indicase su forma de actuar. De nuevo un levantamiento de cejas sería la señal para continuar. Una vez con el orden impuesto, sor María volvió a dar un repaso con su mirada a todas las novicias deteniéndose en Clara. Sin que nadie se percatara sus labios dejaron entrever una leve sonrisa.

Capítulo 14

Clara y Saffiya estaban algo intranquilas tras lo sucedido, pero sobre todo por la decepción que pudieran causarles a sus superioras más que por el ayuno en sí; pero eran jóvenes y eso en cierto modo disculpaba su actuación. No dejaba de ser una pequeña travesura, y en realidad la rebeldía de Clara era lo que producía cierta simpatía en más de una de las monjas.

Al terminar la cena se dirigieron a la capilla con el resto de las novicias para su última oración antes de irse a descansar. Esa noche no tenían demasiadas ganas de dormir.

El cuarto era bastante parco en adornos. Solo dos camas, dos mesas de estudio y un armario configuraban la decoración, rematada con un crucifijo en el centro de la pared que hacía de cabecera. Lo mejor de todo, según ellas, era la situación y localización de la habitación, cuya gran ventana de doble hoja daba al exterior del convento. Disponían de una vista espectacular. Un campo repleto de viñas hacía las delicias de las dos novicias cuando estas se sentaban una frente a otra en el poyete de la ventana durante largas horas de conversación. Muchas veces se quedaban totalmente en silencio observando como el sol se ocultaba lentamente tras el horizonte. Ninguna de las dos solía pronunciar palabra hasta que el ocaso se había producido por completo. Una vez que la oscuridad se había adueñado del lugar y las farolas del otro extremo de la calle se encendían, se iba cada una a su cama. Tenían la luz suficiente como para buscar un punto fijo en el techo e iniciar una larga conversación.

—Saffiya, nunca me has hablado de tu ciudad, de tus costumbres, y lo más importante, nunca me has contado cuáles han sido tus razones para ingresar en el convento.

—Tampoco me lo has preguntado.

—Tienes razón. Siempre hemos hablado de cosas superfluas y sin importancia.

—¿Le has contado tu sueño a la madre?, te he visto hablando con ella esta tarde.

—Sí. He intentado aclarar por qué tengo esos sueños y me ha comentado que no le dé importancia, que son sueños propios de adolescentes.

—Pues vaya faena. Ayer por la noche dabas muchas vueltas en la cama y de vez en cuando algunos gritos por los que estuve dudando si despertarte o no. Llegué a asustarme de verdad.

—Si te soy sincera, nunca había visto la muerte de una forma tan real. Además, ¿qué sentido puede tener que sueñe con asesinos, espías o periodistas? No consigo encontrarle ninguna explicación.

—¿Has leído algo últimamente relacionado? ¡Qué tontería de pregunta! —interrumpió—. Soy la primera que conozco tus libros de lectura y no tienen nada que ver con lo que me has contado. De todas formas lo más seguro es que no tenga nada que ver con lo que hayas visto o leído a lo largo de tu vida. Yo también tengo sueños muy extraños a los que no encuentro significado, y te aseguro que lo que yo he podido ver en mi país podría llegar a ser peor que cualquier película de terror. África da para muchas pesadillas y vosotros los blancos no sabéis ni podéis sentir lo mismo que nosotros los de color.

—¿Por qué dices eso? Sabes que yo te entiendo y que no me gusta que te escondas bajo el victimismo del racismo.

—Lo intentas, y eso es algo que valoro y agradezco muchísimo, pero en el fondo de tu corazón no siempre lo consigues y no te culpo por ello. Todavía muchas personas, y a pesar de vivir en el siglo XX, nos miran como una raza inferior; no hace falta nada más que mirarlas a los ojos para darse cuenta.

—Ha debido ser muy difícil para ti adaptarte a nuestro país.

—Nada comparado con mis antepasados. Yo no me puedo quejar del trato que he tenido desde que llegué. Todo han sido buenas atenciones, y ya que me lo has preguntado te lo voy a contar.

»Me acogieron las monjas a los doce años por ser huérfana y porque ya desde entonces me gustaba la vida religiosa por mi procedencia.

—¿Cómo murieron tus padres?

—Fueron asesinados en Nampula, el pueblo de Mozambique donde nací. Fue entonces, a los seis años de edad, cuando me acogieron en el Monasterio Matter Dei de las Siervas de María, por eso estoy acostumbrada a vivir con monjas desde muy pequeña y la vocación de misionera la llevo en la sangre. Sinceramente…, no sé qué hubiera sido de mi vida sin ellas. He visto su labor de cerca y solo Dios sabe de su importancia. En aquella época faltaba un año para la independencia y en Mozambique todo el mundo cuidaba de todo el mundo y los niños correteábamos de un lugar a otro como pájaros libres. Sin embargo, tras la independencia, llegó la guerra como en otros países del África subsahariana, y vimos como poco a poco se iba desmoronando el país que tanto amaban nuestros padres, a pesar de la escasez y la pobreza. Los valores se perdieron, la pobreza aumentó, aumentaron también los huérfanos y viudas, y lo peor de todo, comenzaron a desaparecer muchos niños a raíz del revuelo político armado, probablemente para traficar con sus órganos. Los que nos libramos, gracias a las monjas, nunca tendremos gratitud suficiente. Ese es el motivo por el que creo que estoy en deuda con ellas, y qué mejor que compensar a Dios realizando el mismo trabajo y ayudar a otros niños huérfanos como hicieron conmigo.

Clara estaba absorta con la historia de su amiga sin saber qué decir, pendiente de cada palabra, de cada gesto. Mientras Saffiya continuó con su relato.

—Al principio, y según me contó sor Juliana, que era como se llamaba la madre responsable del monasterio de Nampula, solo fueron conscientes de la desaparición de los niños a través de la prensa, pero poco a poco se fue extendiendo el fenómeno hasta nuestro barrio. Al poco tiempo fue cuando se encontró el primer cadáver mutilado de una amiga mía con la que jugaba todos los días en uno de los campos del orfanato. Solo tenía seis años. —Una lágrima comenzó a resbalar por el rostro de Saffiya y Clara, sorprendida por lo que estaba escuchando, se frotaba sus ojos con las manos, vidriosos por la emoción.

—Sigue, Saffiya, te lo ruego.

—Sor Juliana, al ver sufrir a vecinos, padres y madres destrozados por la desaparición de sus hijos, se puso a investigar. Al principio, según ella, se creyeron los argumentos que les daban de los asesinatos, pero después se vio que los menores de entre doce y quince años aparecían muertos sin algún órgano. Esto, según parece, lo sigue contando horrorizada la religiosa hoy en día a pesar del paso del tiempo.

»En mi país desaparecen al año más de mil niños y recuerdo que sor Juliana estaba amenazada de muerte por haberse inmiscuido y haber destapado parte de la información referente al tráfico de órganos. Pero ella no era el único problema para los traficantes, también estaban amenazadas las que estaban bajo su responsabilidad, que era lo que en realidad más le preocupaba.

—Tiene que ser una mujer muy valiente.

—Yo no he conocido una mujer tan valiente. No le preocupaban las enemistades que pudiera provocar por sus denuncias. Para ella, ante todo, lo que estaba sucediendo en Mozambique era «un caso de conciencia ante Dios y ante la humanidad» que no podía silenciar aunque tuviera que dar la vida por ello. Creo que su contacto habitual es el fiscal general del país, que es quien a su vez le ha aconsejado que hable con él en lugar de con la policía, ya que esta suele estar corrompida; y lo sé porque sigo recibiendo correo del monasterio. Me cuentan que los niños son engañados para subir a los coches o secuestrados y que detrás del orfanato hay un aeropuerto que se utiliza por la noche para el traslado de los niños de forma clandestina por las mafias.

»Son mucho los horrores que he visto en mi infancia y que nunca podrán salir de mi cabeza. Mutilaciones, violaciones, asesinatos. Hablas de pesadillas. Te puedo asegurar que las mías no han sido imaginadas sino totalmente reales.

»Por eso me he preguntado, o mejor dicho cuestionado, si existe un Dios, o todo es fruto de la necesidad del ser humano de creer en algo superior. Algo que utiliza para darle respuestas a lo que no encuentra explicación. Siempre recordaré una frase, entre muchas de las que sor Juliana decía. Comentaba que «esta sociedad está adormecida ante tanta desgracia, que se ceba especialmente en los países pobres, ante tantos horrores. Esta sociedad está enferma, carece de valores, y lo que les sucede a nuestros niños es un reflejo de las malas actuaciones de los adultos. La historia nos juzgará, igual que nosotros hemos terminado juzgando la esclavitud o las cruzadas».

—No sé qué decir. Al lado de tu historia lo mío es un cuento de niños sin importancia. Has tenido una infancia terrorífica, y lo que me asombra es ver cómo has llegado a superarlo y has aprendido a vivir con ello.—Como te he dicho antes, quien tiene la culpa de que la vida me haya dado una segunda oportunidad ha sido sor Juliana. Si no es por ella y por su valor, no sé qué hubiera sido de mí y de otros muchos niños. Lo más seguro es que nuestro final hubiera sido tirados en mitad de una carretera con las tripas abiertas, y perdona que sea tan específica.

—Por tu forma de hablar se nota perfectamente que es un ídolo para ti. Se ve que te ha ayudado y enseñado mucho.

—Me enseñó, ante todo, a eliminar mi odio. Cuando tenía diez años solo rebosaba odio por todas partes debido a las barbaridades que había visto a mi corta edad. Ese odio me impedía seguir adelante. Ella me enseñó a perdonar, y a enfocar la rabia y el desprecio en la dirección adecuada. No fue nada fácil, aunque eso habría que preguntárselo a ella, pero creo que al final todo el esfuerzo ha merecido la pena. Ahora, salvo algunas dudas que todavía me corroen por la cabeza, creo que puedo decir que estoy en la correcta dirección. Ahora lo que más deseo es terminar mi preparación cuanto antes y que me asignen un destino donde poder ayudar a los demás. Ser misionera es un objetivo con el que llevo soñando mucho tiempo.

—¿Por qué no me cuentas un poco más de tu tierra? —Clara estaba sorprendida por la vida y costumbres tan diferentes de las que provenía Saffiya y quería tener más información.

—Tenemos muy cerca el puerto de Lumbo y somos una región donde la principal riqueza se encuentra en la producción de algodón, maíz, cacahuetes y madera. ¿Sabes cómo nos llamamos familiarmente? —interrumpió su explicación para seguir con algo que sabía que le resultaría curioso a su compañera.—¿Cómo?

—Amukuas, y nuestro dialecto, el emakua.

—Son nombres muy curiosos.

¿Y sabes el significado de tu nombre?

—Nunca lo he sabido, pero por lo que he leído sé que las personas con mi nombre son personas que sueñan con vivir en el campo o en un lugar retirado, donde poder vivir tranquilos, ante todo porque no le temen a la soledad. Les gusta la vida austera y dar la vida por los demás, sacrificando la suya. ¿Te suena de algo?

—Pues entonces tu nombre te viene que ni pintado.

—Lo malo de mi país es que el índice de mortalidad infantil es uno de los más altos del mundo.

—¿Te gustaría volver algún día?

—Me encantaría, es más, intentaré hablar con quien haga falta para ser destinada allí. Todavía hay mucho que hacer por aquellas tierras. A pesar de que la vida ha mejorado mucho, gracias al turismo principalmente, desde el final de la guerra civil, allá por los noventa, son muchos los niños que sufren amputaciones y heridas muy graves por culpa de los dos millones de minas todavía activas. Y, además, no hay cosa que me haría más feliz que poder volver a ver a sor Juliana antes de que falte. Ya está bastante mayor, pero sigue al pie del cañón.

—La verdad es que en estos momentos no encuentro palabras oportunas de alivio. Me has dejado sorprendida con tu historia. Tu vida es una verdadera lección de optimismo y humildad para todas nosotras. No comprendo cómo somos capaces de quejarnos, en la mayoría de ocasiones de tonterías, cuando hay tantas personas sufriendo de verdad.—No seas tan cruel contigo misma. Tú tampoco puedes presumir de haber tenido una vida sencilla. Sin padres y con un hermano al que prácticamente no conoces, no puedes decir que hayas sido la persona más afortunada del mundo.

Las dos novicias seguían ensimismadas y concentradas en su conversación, mientras observaban las sombras que se reflejaban en el techo formando diferentes e imprecisas figuras, sin darse cuenta de que las manecillas del reloj ya marcaban la una de la madrugada. A esas horas el único sonido que se escuchaba era el piar de algún pájaro golfo con pocas ganas de sueño, la danza de las ramas de los árboles y el murmullo que salía de su habitación. Pero la hora era lo de menos. Eran jóvenes y ya descansarían otro día. A Clara le gustaba mucho trasnochar y siempre contestaba lo mismo cuando le llamaban la atención: «Ya dormiré cuando me muera, ahora quiero aprovechar la vida al máximo», lo que había sido motivo de castigo en más de una ocasión.

Clara seguía sin tener sueño y deseaba continuar con la charla, pero Saffiya comenzó a dar los primeros síntomas de cansancio. Se tapó la boca para disimular un leve bostezo y los párpados empezaban a pesarle demasiado. Pero Clara, al no percatarse del estado de su amiga, lanzó otra pregunta.

—¿Te gustaría que fuéramos destinadas juntas?, me encantaría conocer tu país.

—Claro que sí —dijo Saffiya casi dormida y entre susurros.

—Sería precioso poder terminar juntas, aunque, como es lógico, uno de nuestros votos es la obediencia, y aceptaré cualquier otro destino. ¿Verdad, Saffiya?... Saffiya..., Saffiya...

Clara ya no encontró ninguna respuesta. Saffiya estaba dormida como los ángeles.

Esa noche no consiguió pegar ojo por culpa de la historia de su compañera. No podía dejar de pensar en la cantidad de criaturas que habrían sufrido las atrocidades y la barbarie de la guerra, y no conseguía entender como el mundo era capaz de permitir el tráfico de órganos con tanta pasividad. Hechos de esa crueldad y otros parecidos eran los que a ella le hacían dudar de la existencia de un Dios superior. Si era verdad, ¿cómo podía permitir que sobre todo los más inocentes, los niños, sufrieran de ese modo?, ¿y la persecución de los judíos?Por más que le decían una y mil veces que el hombre tiene que aprender de sus pecados, etc., seguía sin comprenderlo. No tenía ningún sentido. Después de tres largas horas dando vueltas en la cama con cierta ansiedad, y cuando el reloj marcaba las cuatro de la mañana, el sueño le venció.

Capítulo 15

Era el único momento del día en el que un completo silencio se adueñaba del convento, alrededor de las cinco y media de la mañana. A nadie se le ocurriría dar un paseo a esas horas tempranas por el patio si no quería congelarse con el frío extremo de las tierras burgalesas, y más en pleno invierno. Un ruido fuera de lo normal hizo que Clara se incorporarse de la cama de sobresalto, lo que provocó que también Saffiya se despertase. Con los ojos entreabiertos observó que el rictus de Clara era de sorpresa y miedo a la vez.

—Clara, ¿qué te pasa? ¿Qué haces sentada en la cama?

—¿No has oído eso?

—¿No he oído el qué?

—Una especie de grito o algo parecido.

—Estarías soñando como siempre. Últimamente tienes sueños muy extraños que te hacen estar intranquila, ya lo sabes.

—Pues esta vez ha sido tan real...

—A veces no sabemos discernir lo que es sueño y lo que es real. Pero no te preocupes ahora por eso y sigue durmiendo, todavía podemos aprovechar un par de horas.

—Me imagino que tienes razón, estaría soñando. —Volvió a recostarse lentamente, creyendo que de esa forma podría volver a retomar el sueño, cuando de nuevo un grito sonó al otro extremo del pasillo. Esta vez fueron las dos las que saltaron de la cama al unísono.

—No hace falta que me digas nada, Clara, eso no ha sido un sueño.

Con toda la agilidad de la que eran capaces se pusieron algo de abrigo y salieron para intentar averiguar lo sucedido. Nada más abrir la puerta vieron como una de las compañeras no dejaba de gritar mientras miraba hacia el techo de una de las habitaciones. Por momentos sustituía el chillido por un llanto incontrolable y fuera de control. Como el resto de compañeras novicias, se acercaron lo más rápido que pudieron para consolarla y ver cuál era el motivo de tanto lamento. Según iban llegando novicias al lugar de la escena, los quejidos iban en aumento. Cada una aportaba su clamor particular, perfectamente justificado por la dantesca imagen a la que se estaban enfrentando. Una de las más veteranas del lugar yacía colgada de una de las vigas del techo de su cuarto. Nadie se creía lo que estaba viendo. Muchas tenían que apartar la mirada de lo que hasta ese momento solo habían visto en películas de ficción. Todas se quedaron paralizadas sin saber qué hacer hasta que la aparición de sor María desatascó tan tremendo espectáculo. Sin esperar a nadie dio las instrucciones pertinentes para que bajaran al cadáver con sumo cuidado. Pero de nuevo, esta vez con razón, interrumpió Clara sus órdenes y, apartándola del lugar del suceso para que no la escuchasen las demás, se dirigió a ella con la voz temblorosa por lo ocurrido.—Reverenda madre, ¿no será mejor esperar a la policía? Creo que cuando sucede algo así no se debe tocar nada de la escena del crimen.

—¿Cómo del crimen? —preguntó elevando la voz, lo que hizo que varias se dieran la vuelta con rostro de sorpresa.

—Perdone que le diga, pero no hay que ser demasiado listo para darse cuenta de que no ha sido un suicidio.

—¿Ya estás otras vez con tus alucinaciones y fantasías?

—En absoluto, estoy más cuerda y despierta que nunca. ¿Me puede decir cómo una anciana como sor Fátima ha podido subirse a la silla, si prácticamente no podía andar, y menos coger el cordón del hábito y darle la vuelta a la viga?; que no sé si ha fijado, pero está a una altura considerable.

La deducción de Clara hizo que la expresión del rostro de sor María cambiase de horror a preocupación y sospecha hacia todo el mundo que se encontraba a su alrededor. La escena era aterradora; unas lloraban y otras se refugiaban en sus oraciones por la recién fallecida.

Debido al tumulto que se estaba formando en el pasillo, sor María decidió dar por terminada la función y mandó que volvieran todas a sus habitaciones.

—Mañana quiero que todas recéis por el alma de la hermana Fátima, para que descanse en paz. —Le respondieron con un leve movimiento de cabeza en señal de afirmación, y entre sollozos regresaron a sus cuartos.

La secretaria, antes de que se lo dijera, ya se había adelantado a las intenciones de sor María, y hacía un buen rato que había llamado a la policía. Mientras tanto, Saffiya aguantaba con disimulo al otro extremo de la puerta debido a la curiosidad de Clara. Sin que nadie se percatase, esta había vuelto a la habitación con la intención de observar cualquier detalle. Antes de que se dieran cuenta, y cuando iban a cerrar el cuarto, salió Clara como por arte de magia.

—¿Qué hacías ahí, Clara? —preguntó la reverenda madre.

—Estaba rezando una última oración por la hermana.

—Eso lo puedes hacer desde tu habitación. Anda, volved a vuestro cuarto e intentad descansar un poco.

—Creo que va a ser difícil después de lo sucedido. La imagen de la hermana Fátima colgada de la viga no se nos va a olvidar en la vida. —Entonces fue cuando se dirigió a su amiga Saffiya—. No sé cómo te has podido acostumbrar a todas las atrocidades que me has contado.

—¿Por qué le has dicho que es un crimen a la madre superiora?

—Estoy convencida. Como le he dicho a ella, primero, que la hermana Fátima era demasiado mayor como para subirse a esa silla; segundo, la viga estaba demasiado alta; tercero, el suicidio es totalmente contradictorio a las ideas de una persona con tanta devoción y creencia en una vida mejor después de la muerte; cuarto, la hermana Fátima estaba enferma, ¿por qué adelantar algo que iba a llegar de forma natural no dentro de mucho?; quinto, había un papel quemado dentro de su papelera. ¿Has visto alguna vez a la hermana fumar o con algún mechero? Este suicidio no hay quien se lo trague. El asesino es tan torpe que va dejando pistas estúpidas.

—Clara, tú misma lo has dicho, estaba enferma. A lo mejor sufría muchos dolores o simplemente no era tan fuerte como ella creía a la hora de enfrentarse al final y ha preferido quitarse la vida. Puede que intentase escribir una nota despidiéndose o explicándolo todo, y se haya arrepentido. Y ¿cómo sabes que el papel quemado lo ha hecho otra persona?

—Muy sencillo, han quedado algunos trozos sin deshacer, y en uno de ellos está la marca de un cigarrillo. —Ese argumento hizo cambiar el gesto de incredulidad de Saffiya—. Te repito que la hermana Fátima no se ha quitado la vida, alguien lo ha hecho por ella.

Las explicaciones detectivescas de Clara comenzaron a hacer mella en Saffiya. Su expresión cambió por unos instantes y, como acto reflejo, la mente de las dos comenzó a dar un repaso a todas las personas que tenían relación con el convento, y ante todo con dos características principales. Una persona corpulenta o con la fuerza suficiente como para coger a una anciana, y que tuviera el mal hábito de fumar. A priori no parecía complicada la resolución del crimen, dando por hecho que Clara estuviera en lo cierto.

—Clara, ¿estás pensando lo mismo que yo? —preguntó Saffiya esperando una respuesta afirmativa.

—Me imagino que sí. ¿Y ya has encontrado a algún sospechoso?

—Todavía no. El convento es un lugar bastante restringido, y las personas con acceso no son demasiadas; a no ser que haya sido un visitante esporádico que no conozcamos. Los fijos son: el jardinero, el padre Tomás, los que traen los alimentos del mercado y tres parientes, entre ellos el hermano de la fallecida.

—Me he fijado en que solo me has nombrado a hombres y no a nadie del sexo femenino. También hay mujeres que fuman y podrían tener la fuerza suficiente para coger a la hermana. Eso contando con que haya sido una sola persona el asesino.

El sonido de las sirenas interrumpió la conversación que mantenían las dos novicias. Enseguida se escucharon voces al otro lado del largo pasillo, motivo sobrado para que la curiosidad de Clara saliese de nuevo a relucir. Abrió la puerta con sumo cuidado y se asomó para ver qué sucedía, pero estaba demasiado lejos como para oír lo que decían. Había que acercarse un poco más si quería estar a la última de la información. Decidió salir y ejercer de espía, algo que iba en sus genes. Arrimada a la pared, se fue ocultando tras el mobiliario que decoraba el corredor para no ser vista. Solo necesitaba unos metros más. Saffiya, nerviosa, vigilaba el resto de las puertas, para, si fuera preciso, poner sobre aviso a su gran amiga. En esos momentos sabía que era cómplice de cualquier movimiento o actuación errónea de Clara. Estaba arrepentida de su comportamiento, y comenzó a sisear para que Clara volviese a la habitación antes de ser vista. Parecían dos niñas traviesas, y

Saffiya, algo más responsable, sabía que, si les volvían a llamar la atención, podían ser de nuevo llamadas al orden. Y eso, dentro de las normas del convento, suponía puntos negativos de cara a poder conseguir el destino pretendido, o. lo que era peor, volver a cumplir penas de ayuno, algo que ella llevaba bastante mal. Ya había pasado bastante hambre de pequeña y no quería prescindir de un solo plato por culpa de la extrema curiosidad que poseía a su compañera de convento.

Al final y después de la insistencia de Saffiya, Clara se lo pensó mejor y dio media vuelta. Cuando se disponía a ir sigilosamente a la habitación, otro siseo, esta vez de la dirección opuesta, hizo que se detuviera. Su cara se sonrojó en un segundo como si la hubieran pillado robando un caramelo.

—Clara, por favor, ven aquí, que estos hombres te quieren hacer algunas preguntas.

—Voy enseguida —contestó dándole total normalidad a la situación.

Una vez llegó a la puerta de la habitación donde se había producido el suceso, se percató de que dos hombres examinaban minuciosamente lo poco que se podía examinar, ya que el cuarto de la hermana fallecida era el más austero del convento. Al verles con los guantes de látex, enseguida le vino a la mente el sueño que ella había tenido el día anterior. Uno de ellos, el que mantenía una conversación con sor María, parecía cualquier cosa menos un policía. Tenía un aspecto desaliñado que no coordinaba con la sencilla elegancia del compañero, el cual parecía estar totalmente absorto en su trabajo y no se dio cuenta de su presencia. Se quedó por unos instantes parada sin saber qué hacer hasta que decidió entrar en acción.

—Ustedes dirán, ¿querían algo de mí? —dijo elevando un poco el tono de voz para que se le escuchara con claridad.

El policía que vestía con un pantalón azul marino, una chaqueta jaspeada y corbata, dejó enseguida lo que estaba haciendo y se dio media vuelta para atender la llamada de Clara. Esta vez fue él quien se quedó paralizado por la belleza de la novicia; por unos momentos no supo cómo actuar.

De todas las monjas que había visto hasta entonces, ninguna se asemejaba al perfil de la que tenía delante. Las novicias no solían ser muy agraciadas, aunque tampoco el hábito era una prenda que ayudase a resaltar la belleza de la mujer. El resto se caracterizaba por un exceso de peso, propio de la alimentación y forma de vida sedentaria que se llevaba dentro de esas paredes, y unos rostros blancos de piel, que en muy pocas ocasiones habían disfrutado de los rayos de sol.

Clara, mirando fijamente a los ojos del policía, volvió a insistir con su pregunta.

—¿Quería algo de mí? —El policía, algo avergonzado por la situación, esquivó la mirada y comenzó su pequeño interrogatorio.

Clara se había dado perfecta cuenta de que se había sentido atraído por ella. Aunque deseaba y trabajaba para futura misionera, seguía siendo una mujer y no podía ocultar una belleza natural, que sabía que entusiasmaba a los hombres.

—¿Me podría decir qué es lo que ha visto o escuchado esta noche?

—Ver, no hemos visto nada. Solo hemos empezado a oír unos gritos sobre las cinco y media de la madrugada.

—¿Por qué pluraliza?

—Perdone, es que me encontraba en la habitación con mi compañera Saffiya.

—¿Han estado toda la noche juntas?

—Sí, claro.

—¿Seguro que en ningún momento ha visto salir del cuarto a su compañera Saa…, como se llame?—¡Saffiya! —aclaró con rotundidad y mostrando enfado por la insinuación—. ¿Qué está insinuando?

—Yo no insinúo nada, hermana… Por cierto, no me ha dicho su nombre —le extendió la mano para iniciar el saludo.

—Clara, me llamo Clara, ¿y usted?

—Yo Luis, Luis Beltrán. Pero no se enfade, Clara, simplemente hago mi trabajo. Esa misma pregunta se la haré a su compañera.

—Ya le contesto yo. No me he movido de la habitación. Solo hemos salido cuando hemos escuchado los gritos.

—¿Sabe qué motivos podría tener la hermana Fátima para quitarse la vida?

—No creo que la hermana tuviera ningún motivo. No teníamos mucho contacto, y más por la diferencia de edad, pero una cosa sí le puedo decir, que el suicidio estaba fuera de sus creencias y valores. De las pocas oportunidades en que pude hablar con ella, deduje una cosa bien cierta, que no le tenía ningún miedo a la muerte.

—¿Sabía usted que padecía una grave enfermedad?

Se quedó pensativa y decidió, sin saber por qué, no decirle la verdad.

—No, no tenía ni idea.

—Tenía un tumor en el hígado y no muchas esperanzas de vida.

—Aun así, hay alguien que le ha adelantado su trágico final.

—¿Está afirmando que no se ha suicidado?

—Yo no digo nada más que lo que he dicho. Pero, por favor, si era una anciana que no podía ni con su cuerpo. La hermana no justificaba el suicidio por ninguna causa. Para ella era como echar por la borda toda una vida dedicada a Dios y defraudarle. Y, además..., si fuera un claro caso de suicidio, no me haría tantas preguntas, ¿no es así?

—En caso de que así fuera, no la veo muy sorprendida.

—Qué quiere que haga, ¿que me ponga a gritar yo también o me encierre en mi habitación?; no creo que eso vaya a cambiar en algo la situación. Si hay un loco suelto que es capaz de terminar con la vida de una anciana, espero que le cojan cuanto antes. La lista de las personas que entran y salen de este convento no es muy larga, y, si son eficaces, no tardarán mucho en encontrarle.

A Luis le sorprendió la actitud fría e imperturbable de la novicia, algo fuera de lo normal en una persona de su edad.

—¿Necesita alguna cosa más?; si no es así, me gustaría retirarme.

—No, por ahora nada más. Muchas gracias por todo —contestó educadamente.

Cuando Clara comenzó a andar, de nuevo fue interrumpida. —Perdone, Clara, sí querría una cosa más, ¿le importaría decirle a su compañera de habitación que venga un momento?

Clara no contestó, no hacía falta, pues la petición del policía sonó a mandato. Introdujo ambas manos en los bolsillos laterales de la bata que se había puesto para poder hablar con los policías y, con un paso tranquilo y meditado, volvió entre murmullos a su cuarto.

En el fondo estaba mucho más nerviosa de lo que en realidad reflejaba. Creía que esto de los asesinatos solo sucedía en las películas, y nunca se pudo imaginar que viviría una experiencia parecida tan de cerca.

Saffiya la estaba esperando impaciente en la habitación. Todo lo que estaba sucediendo no dejaba de tener su dosis de aventura e intriga, y eso era algo que a las dos, debido a su juventud, les provocaba curiosidad y diversión.

—¿Qué, qué te han preguntado?

—Lo normal. Que si había visto o escuchado algo. Que si había salido del cuarto en algún momento, o que si conocía algún motivo por el que la hermana Fátima desease quitarse la vida.

—¿Y qué le has contestado?, ¿le has dicho la verdad?

—Pues sí, la verdad. Ni más, ni menos. Ahora me ha pedido que vayas tú, me imagino que te hará las mismas preguntas. Lo que está claro es que sospechan que no ha sido un suicidio, y tampoco hay que ser muy listo para eso. Bueno, no te entretengo más. Ve, que te esperan.

También omitió a Saffiya el tema de la enfermedad. No quería publicitarlo demasiado por ser un tema relacionado con la intimidad. Eso lo respetaba mucho, y, si se corría la voz, no quería ser ella la causante.

Saffiya regresó enseguida.

—¿Te han preguntado lo mismo? —preguntó Clara.

—Lo que tú me habías adelantado.

—¿Se han marchado ya?

—Ya se estaban despidiendo de sor María y de la secretaria.

—¿Te has fijado en lo apuesto del policía y sus ojos azules?

—Pues, si te soy sincera, no demasiado. No me suelo fijar en los hombres. Ya sabes que nuestro destino es otro.

—Que seamos jóvenes monjas no significa que seamos tontas y no sepamos apreciar si un hombre es guapo o apuesto. No estoy pensando en meterme en la cama con él.

—No hables de esa manera, sabes que no me gusta.

Clara sabía que todo lo relacionado con los hombres ruborizaba mucho a Saffiya, y cada vez que podía la provocaba con comentarios poco habituales en una monja.

Cuando menos se quisieron dar cuenta ya eran la siete de la mañana y la vida del convento debía volver a la normalidad. Sería muy difícil los primeros días debido a la ausencia de una de sus hermanas, pero la vida seguía, y, en cierto modo, eran personas que estaban entrenadas para el sufrimiento. Para lo que no estaban preparadas era para convivir con un posible asesino.

Todas las sospechas se dirigían hacia el humilde jardinero, el único hombre que vivía dentro de esos muros. La mayoría confiaba en él por los años que llevaba en el lugar y porque ya solo tenía fuerzas para podar un rosal, pero la condición de sexo masculino le hacía estar el primero en la lista de posibles sospechosos. Aunque tenía un pasado algo incierto, nunca había dado muestras de que llevara una vida irregular o fuera de la ley. Llevaba con las monjas veinte largos años, y cuando le acogieron, prácticamente con lo puesto, tomaron la decisión de no preguntar demasiado sobre su vida anterior. No era muy hablador, pero lo que sí sabían es que no era español. Aunque dominaba bastante bien el idioma, estaba claro que el inglés era su lengua natal.

Capítulo 16

La incertidumbre creada por los últimos acontecimientos había trastocado la normalidad y la paz que se respiraba desde la creación de la hermosa abadía.

Mientras en el despacho de sor María se mantenía una interesante reunión entre esta y el padre Tomás, jesuita y confesor de las monjas, en el exterior del convento, los dos policías cambiaban impresiones dentro de un Renault Laguna azul marino. Sor María había citado a su confesor y principal consejero para tratar los futuros destinos de Clara y Saffiya. Eran conscientes del interés que esta última tenía en regresar a su lugar de nacimiento, Nampula, pero todavía tenían muchas dudas sobre las consecuencias de ese posible reencuentro con los suyos, ya que la guerrilla seguía haciendo estragos en la zona y lo que se podía encontrar no sería todo lo agradable que ella se imaginaba. Por otro lado, tenían la opción de mantener a las dos amigas juntas y enviarlas a las Misiones del río Uruguay, más conocidas como las Misiones Orientales, o a trabajar junto a las misioneras de Berriz en Guatemala. Era un tema en el que no terminaban de ponerse de acuerdo ninguno de los dos.

—Hermana, antes de que empecemos a tratar el tema en cuestión, y como comprenderá, tengo muchos interrogantes.

—Usted dirá, padre.

—Usted tenía mucha relación con la hermana Fátima; ¿sabe, en caso de que no haya sido un suicidio, si alguien tenía algo contra ella dentro o fuera del convento?

—¿Es que cree que no se ha suicidado?

—Sabe usted mejor que yo que esa opción es prácticamente imposible, no se me haga la inocente. Los dos sabemos las limitaciones que la hermana tenía, y no podía levantar una pluma. Hay que ser tonto para no darse cuenta de ello, de ahí el miedo general que se respira dentro de estas paredes.

—¿Cómo va a tener enemigos una adorable monja anciana, que lo único que ha hecho en su vida es dar esta por los demás? Sería la primera vez.

—¿Tiene algún familiar?

—Solo un hermano que venía a verla de vez en cuando. —Se quedaron por unos momentos pensativos sin saber qué decir hasta que…—: A lo mejor ha visto u oído algo que alguien no quiere que se sepa.

—¿Qué quiere decir con eso?

—Déjelo, padre, es una tontería.

—Bueno, dejemos a la policía, que sean ellos quienes hagan su trabajo.

—Tiene usted razón, volvamos con el tema de mis dos novicias.

—¿Ya tiene pensado algún destino, hermana?

—No, lo que tengo son preguntas. ¿Por qué se tienen que ir tan lejos?, ¿es que no hay necesitados en nuestro propio país, o, en todo caso, en Europa? —cuestionaba la hermana.

Las negativas habituales de sor María sobre un destino demasiado lejano para las novicias sonaban a protección y cariño. En realidad, le costaba mucho desprenderse de su pequeña Clara y el padre Tomás lo sabía. Aunque de pequeña poco tenía ya con sus veintidós años de edad.

—¿Por qué no les preguntamos a ellas a ver qué opinan? Ya sabe cómo es su carácter, seguro que nos puede sorprender con cualquier cosa. Es una niña impresionante. Antes de ingresar con nosotras estuvo a punto de ingresar en el Ejército. Decía que España debería participar más en muchas misiones humanitarias, por ejemplo, Afganistán, Bosnia, Chad, Somalia..., y qué mejor que aportar su pequeño grano de arena entre tanta desgracia. Lo que siempre ha tenido bastante claro, a pesar de su corta edad, es que quiere ayudar a los demás de forma directa y en el terreno.

—No creo, hermana, que tengamos que ser tan sensibles. Tienen que madurar, y una de las formas de hacerlo es asimilar y aceptar aquello que se les ordena, sin recelos ni negativas. Algo que va innato desde que se ingresa en la congregación.

Mientras, los dos policías estaban enfrascados en una conversación filosófica más que policial.

—Lo que sí es cierto —insistía Luis— es que hay que ser muy injusto para no reconocer la gran labor que realizan las monjas en muchos ámbitos de la vida: asistencial en asilos y con gente necesitada, sanitaria en hospitales y misiones, educativa en colegios, conservadora del patrimonio artístico en conventos, gastronómica con su estupenda repostería, sin contar la estrictamente religiosa en sus comunidades y congregaciones.

—¡Venga ya! ¿Conservadoras del patrimonio artístico en conventos? Eso es una gilipollez.

—Mira, tienen su genio y cometen errores, como cualquier persona; incluso tú y yo sabemos mejor que nadie que algunas han estado implicadas directamente en tráfico de niños y en la captación de recién nacidos para entregarlos en adopción sin consentimiento de los progenitores, pero no deben pagar justas por pecadoras. La mayoría realiza una labor extraordinaria. Eso sí, en lo que no estoy de acuerdo es en que se dediquen a la política.

—¿Por qué no?, tienen el mismo derecho que cualquier persona, y es otra forma cualquiera de ayudar a los demás.

—Una forma en que la mayoría está corrompida y tiene ansias de poder. Creo que la religión y la política son incompatibles. Mira esas dos monjas que se pasan el día en televisión. Lo que tienen es afán de protagonismo.

—Ahora eres tú el anticuado, Luis. La televisión es el mejor medio si lo que buscan es que la justicia e igualdad lleguen al mayor número de gente posible. En todo caso me da la sensación de que podemos estar hablando horas y horas, que no nos vamos a poner de acuerdo. Aun así, recuerda, como buen policía, que no puedes descartar a nadie como sospechoso, aunque sea una tierna y adorable monjita con cara de ángel.

—En lo que sí estamos de acuerdo es en que alguien se ha cargado a esta pobre monja, y tenemos que encontrar al culpable. ¿Alguna idea?

—A lo mejor era su deseo quitarse la vida porque sabía de su cercano final, y lo único que ha hecho es pedir ayuda. No podemos descartar ninguna posibilidad, aunque reconozco que es la menos verosímil.

—Lo que no consigo encontrar es el móvil.

—¿Lo has perdido? Pues el tuyo era un último modelo.

—El teléfono no, estúpido. Que no consigo encontrar la causa, motivación, razón, fundamento, etc., que ha llevado a la persona o personas a ejecutar tan ladino plan.

—No sigas dando tantas vueltas al asunto. Están a punto de llegar los de la científica, y, hasta que no tengamos las huellas y más datos, no podemos ni debemos sacar conclusiones precipitadas.

—Tienes razón. Anda, arranca de una vez y vámonos.

A la reunión de sor María con el padre Tomás se había incorporado Clara, la cual estaba mostrando todo su interés en lo sucedido y exponiendo sus ideas de lo que debería ser para ella el ejemplo ideal de ayuda a los demás.

—¿Recuerdan a la madre que desafió a los bombarderos? —preguntó en espera de que uno de los dos supiera la respuesta.

—No, Clara —contestó sor María mientras intercambiaba una mirada con el padre—. Pero estoy segura de que nos lo vas a contar.

—Era una monja integrante de la congregación Hijas de la Caridad de San Vicente de Paúl que dio su vida por los demás en diferentes destinos. Hace poco ha muerto en Beirut y siempre será recordada por su hazaña que tuvo lugar durante la escalada bélica entre Israel y el Líbano. Justo en esa época ella estaba al cargo de un hospital para niños discapacitados en la ciudad israelí de Haifa. Su determinación tuvo una gran repercusión en todos los medios de comunicación, porque rehusó volver a España junto a decenas de compatriotas a los que el Ministerio de Exteriores puso los medios adecuados para abandonar la nación, la cual estaba siendo atacada con una virulencia extrema con misiles desde el Líbano. Pero su verdadera proeza fue que puso a resguardo de los bombarderos a los sesenta niños que cuidaba. Los trasladó a un sótano de la residencia de las misioneras, dada la amenaza que se cernía sobre la ciudad. Su increíble heroicidad salvó a los pequeños de una muerte segura, pues el hospital terminó totalmente destruido.

»Tenía entonces 88 años, y todo el mundo cuenta que el traslado fue épico. Niños en sillas de ruedas, en brazos de las monjas, y todos a pie atravesando una ciudad bombardeada. De verdadera película. También estuvo en Marruecos, en Belén, en Tierra Santa y en diferentes misiones.

»Lo dicho, la madre Eloísa, como así se llamaba, es un verdadero ejemplo para muchas de nosotras.

El padre Tomás y sor María escuchaban con mucha atención las palabras de Clara. Palabras repletas de una admiración y entusiasmo que solo ella sabía transmitir.

—Una historia fascinante, Clara —comentó el padre Tomás—. Seguro que esa monja, de la que no tenía conocimiento, y siento no estar al día de la información, consiguió la plena felicidad y estará en un lugar privilegiado al lado del Todopoderoso.

—A mí no me importaría que me enviasen a un lugar parecido.

—Pero, hija mía, las guerras son demasiado duras para una persona con tu juventud. Me parece muy valiente por tu parte, pero no hace falta que para demostrar tu valía y cariño hacia los demás te pongas tanto a prueba.

—Yo no quiero demostrar nada a nadie, ni a mí misma. Una guerra no entiende de edades ni de sexo, y para colmo los que más sufren son siempre los mismos, los niños. Ellos tampoco deberían estar preparados para el horror y son los que más lo sufren. Si son ellos capaces, ¿cómo no voy a serlo yo?

Sor María se quedó perpleja por la contestación de Clara. En su explicación y reflexión demostraba una madurez mental muy superior a la de las jóvenes de su edad; sin embargo no fue suficiente para convencer al padre Tomás, y sin su autorización nunca se haría efectivo un traslado tal. A pesar de todo, el padre continuaba dubitativo, con las manos a la espalda, y paseando sin pronunciar palabra de un lado a otro del amplio despacho. Pasados un par de minutos se decidió a intervenir dirigiéndose a sor María.

—El conflicto en esa zona está cada vez más caliente. Cuando parece que hay un tiempo de calma, vuelve de nuevo la tensión. Hace dos días en la Franja de Gaza se producía la captura, por parte de los israelíes, de dos palestinos, un médico y su hermano, acusados de colaborar con Hamás. Ayer, un grupo de milicianos palestinos reaccionaron cruzando la frontera entre Gaza e Israel a través de un túnel de doscientos cincuenta metros para atacar un puesto del Ejército israelí. Conclusión, hermana, porque no le quiero aburrir con detalles de una guerra de la que también estoy al tanto, murieron cuatro soldados, dos de cada bando, y, lo que es peor, provocó que bombardeasen de nuevo uno de los barrios más humildes de palestina, Silwan, con el resultado de otros veinte niños muertos. No quiero entrar en detalles del estado en que se encontraron los cuerpos, pero le aseguro que para eso tampoco hay ni edad ni sexo ya que nunca se está preparado para una cosa así. Por eso creo que ahora no es momento para lo que esta jovencita desea, por lo menos para ser destinada a esa zona.

Ambas se quedaron calladas aceptando la argumentación del padre Tomás, pero Clara se quedó sobre todo con la última frase que había escuchado, «por lo menos para ser destinada a esa zona», lo que significaba que podía indagar con el objetivo de encontrar otro destino necesitado de ayuda. En ese momento pensó que tampoco era cuestión de estar insistiendo hasta la saciedad, y menos por una decisión que supuestamente se tomaba por su bien. Sor María, sin embargo, agradeció el peso que su confesor le había quitado, manteniendo a Clara un poco más cerca; o eso creía ella.

—¿Está de acuerdo, hermana? —preguntó el jesuita buscando la conformidad de sor María—. Y, por favor, no me conteste con otra pregunta como suele acostumbrar.

—No podría estar más de acuerdo con usted.

—Hermanas, debo irme. Tengo un viaje esta tarde y quiero descansar un poco antes de…

De nuevo un fuerte chillido interrumpió las palabras de despedida del padre Tomás. Un silencio asustado se apoderó del despacho y ninguna de las dos era capaz de salir para ver cuál era el origen del grito. Los rictus de las dos monjas se transformaron, pasando de la relajación a la tensión y el miedo por lo que se pudieran encontrar. Todavía tenían en su mente la imagen de la hermana Fátima colgada de la viga de su habitación. No podía ser, otra muerte no, por favor, rogaban para sí mismas.

Entre tanto el padre Tomas llevaba en la puerta unos segundos.—Bueno, hermana, ¿me acompaña o se va a quedar ahí?

A sor María le hubiera gustado contestar con una negativa, pero no habría sido valiente por su parte el no mostrar interés por cualquier cosa que sucedía bajo su responsabilidad, por lo que no tuvo más remedio que respirar hondo y correr a ver lo sucedido sin dudar.

—Claro, padre, vamos enseguida.

Los gritos provenían de la cocina. Al llegar, se encontraron a una de las monjas subida en un pequeño taburete de madera gritando sin parar y señalando al suelo.

—¡Un ratón!, ¡un ratón!

Capítulo 17

Había sido un día muy largo y Clara se sentía agotada física y mentalmente.En el gran comedor esa noche se respiraba un ambiente muy extraño al encontrarse vacía una de las sillas,la que ocupaba la hermana Fátima. A muchas se les había cortado el apetito. No dejaban de observarse las unas a las otras en busca de algún detalle sospechoso. Todas menos Clara, la cual lo único que deseaba era terminar de cenar y dirigirse a su habitación para buscar información. En contra de lo que pudiera pensar sor María, las palabras que el padre Tomás había dicho sobre los conflictos del Líbano lo único que habían provocado era mucho más interés si cabe en Clara, para que esta buscase otro lugares en donde poder aportar su colaboración.

Una vez en el cuarto con Saffiya, y a pesar del cansancio, decidieron ponerse a hablar, ya que, en contra de lo que a la mayoría le ocurría, era el excesivo agotamiento el que impedía que pudieran conciliar el sueño.

—¿Qué tal te ha ido en la reunión con el padre Tomás y sor María?

—Regular. Me ven todavía demasiado joven para algunos destinos, y puede que tengan razón.

—A mí me daría cierto miedo ir donde pretendías en un principio. ¿Por qué necesitas ir a una tierra tan sangrienta como es la Franja de Gaza? No es necesario. Hay otros muchos lugares donde la necesidad es la misma, o incluso más, y no tienes que ver cosas tan desagradables para nuestra edad. Debemos dejarnos aconsejar por personas con mucha más experiencia. A lo mejor voy a decir una burrada, pero en la guerra a veces ya llegamos demasiado tarde, y, en lugar de encontrarnos con niños que necesitan de nuestra ayuda por desnutrición o falta de atención, ya los encontramos tirados en la cuneta muertos por los tiros o bombas de la estupidez humana.

—Puede que tengas razón.

—Yo, igual que tú, también me he estado informando, y, si te soy sincera, prefiero misiones humanitarias y de observación, en lugar de las bélicas.

»Al final me he hecho un pequeño resumen de lo que quiero discutir con sor María, en caso de que me confirmen que no puedo ir a Nampula.

—¿Pero por qué no te van a enviar con los tuyos?

—No soy tonta, Clara. Sé que siempre miran por nosotras, y, si a ti te han negado un lugar como el Líbano, a mí no me dejarán ir a Nampula, donde las cosas están peor aún. En Gaza hay bombas, pero en mi zona, machetes y cuchillos.

—La verdad es que somos demasiado jóvenes para tanta atrocidad. Entonces, ¿en qué otros lugares has pensado?

—Por ejemplo: Albania, para asistir a los refugiados albanokosovares; Haití; Indonesia, y, por último y el que más me atrae, la Franja de Gaza.

—¿Cómo que Gaza? No me líes, pero no me acabas de decir que…

—La provincia de Gaza de Mozambique. Es casualidad, pero también tenemos una provincia con ese nombre.

—Pero ¿no dices que allí solo hay machetes y cuchillos?

—No me refiero a la zona de guerra, estoy pensando en toda una zona arrasada por las inundaciones. Hay miles de refugiados que necesitan mucha ayuda. Mientras las familias están huyendo a terrenos elevados donde poder salvarse, el Gobierno y la comunidad internacional se están movilizando para garantizar que todos los desplazados por las inundaciones tengan refugio, alimento y seguridad. Muchos se están reuniendo al borde del puente llamado Xai Xai, donde se encuentra el salvamento de la Marina. La mayoría se han visto obligados a huir de sus hogares porque estos han quedado totalmente inundados. He visto algunas imágenes de lo sucedido por la televisión y es el lugar perfecto para colaborar. ¡Qué burra soy! —Enseguida se arrepintió de lo que había dicho—. ¡Como si hubiera necesitados de primera y segunda clase, y un lugar fuese mejor que otro para recibir ayuda!, ¡qué burra soy! —repitió—. Como te iba diciendo, he visto imágenes por la televisión. Se ve como los oficiales ayudan a desembarcar a personas que se agarran con afán a sus pocas posesiones: ropa, cacerolas, gallinas…, hasta un cerdito. Todo lo que han podido reunir justo en el momento de pánico cuando la subida de las aguas.

»Las inundaciones han afectado a aproximadamente doscientas cincuenta mil personas y se estima que hay ciento cincuenta mil desplazados. Imagínate la cantidad de ayuda que necesitan.

»Uno de los distritos más golpeados por las inundaciones ha sido Chokwe…—¿Lo conoces?

—Sí, está en el centro de la ciudad, y se ve como el mercado, automóviles y peatones están cubiertos por el agua. La escena es dantesca. Mientras unos intentan salvar todo lo que pueden llevándolo sobre sus cabezas o en trozos de madera a modo de balsa, otros se suben a los tejados en espera de que baje el nivel del agua.

—Debe ser espantoso, y, como bien dices, un sitio perfecto para ir —dijo Clara, sorprendida como siempre escuchando a Saffiya.

—Me gustaría ir donde han montado el campamento para los refugiados, a Chiaquelane. Allí se dirigen la mayoría de desplazados, ya que es un lugar elevado y dispone de abastecimiento de agua. El número creciente de gente desplazada conlleva problemas de salud y protección, y hay que asegurar que se dispone siempre de suficiente agua, saneamiento y atención médica, y que estén bien alimentadas y no desarrollen problemas como el cólera o la desnutrición.

»Y ahora es donde entraríamos nosotras, en lo relacionado con los más débiles, los niños y las mujeres. La salud y bienestar de los más pequeños necesita de una preocupación particular en el campamento, y es UNICEF quien más colabora con el envío de galletas de alto contenido nutritivo, tiendas de campaña, servicio médico, etc. También suele colaborar con las autoridades de la zona, y aquí podemos ayudar: en la búsqueda de niños extraviados y en la protección de mujeres y niños de cualquier clase de abuso. Hay unidades móviles que dan apoyo por todo el campamento y zonas circundantes para proporcionar a los que allí residen educación sobre una buena higiene y saneamiento, lactancia materna y prevención contra el sida. Por las tardes las personas se suelen congregar en torno a una pantalla y ven vídeos sobre todos estos temas.

»También han estado contando de la historia de una niña de dieciséis años, Salatiel...—Qué nombre más bonito —interrumpió Clara—. Sigue, perdona que te haya cortado.

—Pues se ve como Salatiel espera pacientemente a que digan su nombre de una lista con las familias más vulnerables del campamento. De repente lanza un suspiro de alivio cuando gritan su nombre y recoge una bolsa de plástico con artículos domésticos. Salatiel llegó al campamento exclusivamente con la ropa que llevaba puesta, sin dinero y sin ningún medio para comprobar el estado de su familia. Para ella, como para otras personas en su misma situación, haber podido llegar al campamento y conseguir una simple alfombra, sartenes o cubiertos supone una ayuda inestimable y bien recibida, pues proceden de la zona más pobre y ahora no tienen absolutamente nada. No es gran cosa, son básicamente conjuntos de emergencia, pero para todas esas personas es la salvación para sobrellevar las semanas o el tiempo que vayan a estar en el campo de refugiados.

»El final del reportaje era espectacular, o mejor dicho espeluznante. Cuando cae la noche en el campamento, un continuo torrente humano confluye con un alborotado laberinto de gente, miles de personas que han perdido sus hogares y trabajadores humanitarios, para encontrar un lugar donde poder descansar. Cientos de faroles de *camping* iluminan los rostros del desastre y de la esperanza, mientras cada uno se hace un hueco como puede para extender su manta en el suelo. Sin embargo, cuando todavía no ha pasado lo peor y continúan las labores de auxilio y rescate, se sigue necesitando ayuda para salvar vidas. Por eso debemos hablar con sor María y plantearle la necesidad urgente de ir.

—Creo que me estás convenciendo. Puede ser un sitio ideal para empezar nuestra labor, pero todavía nos quedan unos meses de estudios y preparación.

—Tendremos que convencerla porque no creo que los pobres vayan a esperar por nosotras. Ten en cuenta que sería provisional, pues un campo de refugiados, si Dios quiere, no debería estar toda la vida. Luego podríamos intentar ser trasladadas a otro lugar, ya que por desgracia no faltan destinos donde existe gente necesitada.

—Estás dando por hecho que podemos ir juntas, y eso yo no lo tengo tan claro.

Se quedaron meditando las dos por unos momentos asimilando la idea hasta que de nuevo Clara lanzó una pregunta al aire.—¿Por qué narices Dios siempre se ceba con los más débiles? Saffiya, ¿nunca te han hecho dudar de la religión desgracias como la que me acabas de contar?

—Claro que sí. Pero muchas veces los errores provienen de los humanos, o en este caso de la naturaleza, y Dios no tiene nada que ver.

—¿Cómo que no tiene nada que ver? Es justo en estos momentos cuando debería proteger a unas criaturas que no tienen la culpa de nada. Ves, por eso quiero ser misionera y no de clausura, porque la clausura y solo los rezos no son suficientes, es una patraña —dijo con rabia.

—No se puede creer en Dios a medias.

—¡Cómo que no!, ¡pues eso es lo que me pasa a mí! Creo que Dios todavía tiene mucho trabajo conmigo por delante si quiere mi corazón al cien por cien.

—No digas eso, Clara. Lo que te pasa es que estás decepcionada y llena de rabia por todas las injusticias; eso demuestra que tienes un gran corazón y que estás dispuesta a dar la vida por los demás. Pero tienes que tener en cuenta que no todo el mundo es tan valiente como tú, y piensan que rezando también colaboran.

—Menos rezos y más actuación. Las oraciones no quitan el hambre y la sed, ni tapan el frío de la noche. A un niño de tu pueblo pregúntale: ¿qué prefieres, una galleta o un padre nuestro?, a ver qué te contesta.

En cierto modo Saffiya sabía que su compañera tenía parte de razón. En su vida prácticamente solo conocía desgracias y muchas veces se preguntaba el porqué de tanto castigo, ya que su país siempre había sido sinónimo de desgracias y hambre.

—Perdona que esté algo enfadada con el de ahí arriba. Con todo lo que me has contado y lo que tenemos dentro del convento, no me siento muy bien.

—No hay cosa más normal que el que tengamos serias dudas sobre nuestras creencias, si no fuera así no seríamos humanos. Pero déjame que te cuente más cosas, sobre por qué pienso que África sería el destino perfecto.

—Veo que estás muy informada sobre todo lo que ocurre en tu país, y creo que no me equivoco cuando pienso que ya llevas tiempo pensando y estudiando sobre el tema.

—Es cierto. Ya llevo bastante tiempo informándome sobre todo lo que ocurre para tener los argumentos suficientes y convencer a sor María.

En el sureste africano la temporada de lluvias suele hacer acto de presencia en las fechas previas a las Navidades y perdura hasta ya entrado el mes de marzo. Las inundaciones son una constante que se repite con demasiada periodicidad. El problema está en que cuando se sitúan por encima de los valores estacionales, como ha ocurrido en esta ocasión, los efectos son devastadores. En países como Mozambique, los muertos han llegado a los doscientos y a ochocientas mil las personas afectadas. En el campamento que te he comentado antes las cosas no están muy mal, pero hay otros centros de realojamiento improvisados donde tiendas de campaña diseñadas para ocho personas están acogiendo a treinta y cinco. Se han dados casos de escuelas en las que están conviviendo seiscientas familias.

—¿Y cuáles pueden ser las consecuencias a medio y largo plazo?

—Yo no sé mucho sobre esto, pero por lo que me he informado los riesgos para la vida de las comunidades tras una inundación son devastadores, y afectan principalmente a la salud, la educación y los recursos básicos de la vida de las familias, como pueden ser cultivos, viviendas, ganado, actividad pesquera, etc. Por eso se dificulta la salida del círculo vicioso que vincula los desastres a la pobreza. Tras las pérdidas personales, lo que supone un reto es la recuperación de las infraestructuras. Edificios públicos, escuelas, hospitales y las viviendas de miles de familias quedan destrozados por las inundaciones. Por si fuera poco, las carreteras y caminos que comunican unas aldeas con otras quedan arrasados, y las vías de comunicación entre pueblos totalmente afectados, siendo la única solución por vía aérea, como es el caso de Zambezia.

»El caos que se origina alrededor de este tipo de inundaciones tiene graves consecuencias a corto y medio plazo, y uno de los riesgos más importantes suele ser la contaminación de las aguas.

—Ya, eso ya lo sé —dijo Clara, para demostrar que también estaba al tanto de la información—. Como misionera que quiero ser, me he informado también sobre este tipo de problemas, y más de cinco millones de personas, ante todo niños y niñas, mueren anualmente en los países en vías de desarrollo por enfermedades relacionadas con el agua y el saneamiento. Parece mentira pero la cifra es diez veces superior a la de las víctimas de guerra.

»Luego toca prestar una atención especial a enfermedades como la malaria, gastroenteritis o diarreas agudas, que son las que aparecen en las semanas posteriores a la catástrofe.

—Sobre eso que dices, Clara, creo que en los centros de desplazados de Zambezia ya van cerca de mil cien casos de malaria y más de un centenar de personas con las diarreas. En esta ciudad son más de cincuenta mil las personas afectadas relacionadas con el agua y el saneamiento y se calcula que, solo para arreglar las infraestructuras del abastecimiento en Malawi, se necesita más de medio millón de dólares.

—Ahí me pierdo. Cuando se habla de cifras tan astronómicas no tengo dedos suficientes en las manos para calcular.

—Lo que tienen que hacer cuanto antes es recuperar los pozos de agua, con el fin de asegurar el acceso a fuentes de agua potable, eso es lo que puede marcar el desarrollo a medio plazo de las poblaciones afectadas.

—Cuando me cuentas todo esto, me doy cuenta de la gran diferencia que hay entre vuestra forma de vida y la nuestra. Cuando veo las imágenes por televisión, que me imagino que será un mínimo ejemplo de lo que allí sucede, me pone los pelos de punta y no entiendo cómo el mundo, en pleno siglo XX, lo sigue permitiendo.

—¿Por qué te crees si no que la gente huye despavorida arriesgando su vida y la de su familia, dando los pocos ahorros a unos maleantes para conseguir un pequeño hueco en una patera, y a los que no les importa nada que todos terminen ahogados en medio del mar?

—Los dirigentes mundiales tienen un verdadero problema con el tema de la inmigración. Como esto siga así, ya verás dentro de treinta años. De ese tema también podríamos estar hablando sin parar. La gente huirá de los conflictos aunque pierda la vida en el intento.

—Todo está relacionado.

—Sobre lo que me decías, en caso de no tener pozos, ¿cómo se abastecen de agua?

—La ayuda exterior suele enviar plantas potabilizadoras y eso hace mantener un mínimo aceptable para la salud de las personas afectadas.

—Ahora que me dices lo de la ayuda exterior. Esa es la verdadera solución, que los países ricos ayuden a los pobres, pero no abriendo las fronteras de par en par, lo que puede provocar un caos en algunos países, superpoblación, más paro, y, como consecuencia de ello, aumento de la criminalidad, etc., sino invirtiendo en los países de origen todo lo posible para su autoabastecimiento.

»Me imagino que ahora habrá que colaborar con fuertes ayudas económicas y técnicas, porque los campos se habrán quedado totalmente anegados.

—Y que lo digas. Las plantaciones de maíz, arroz y tomate, por ejemplo, han quedado arrasadas por el lodo, y la rehabilitación de los suelos dedicados a la agricultura y la facilitación de semillas son esenciales para garantizar la alimentación de las personas afectadas, ya de por sí golpeadas por problemas crónicos de desnutrición. El problema más grave es que en muchos de esos campos de cultivo, cuando se retira el agua y comienza la evaporación, la alta acumulación de sales que hay en la zona implica importantes pérdidas de fertilidad, con lo que no solo se pierden las cosechas actuales, sino que las futuras se ven fuertemente mermadas.

—¿Cómo sabes tanto sobre el campo?

—Mi familia se ha dedicado toda la vida al campo. Por eso lo más importante ahora es rehabilitar esos campos si se quiere recuperar la tierra a medio plazo. No hay que olvidar que es la subsistencia del país.

—¿Y la vuelta al cole?—Otro problema de complicada solución. Todas las escuelas destruidas, y las que han conseguido salvarse, se utilizan como centros para refugiados. Se han quedado sin material escolar, ropa, comida, y muchos de los niños no pueden volver por la posible propagación de enfermedades contagiosas.

»La gente no sabe muchas veces la realidad. La vuelta a la rutina después de un fenómeno de estas características es muy difícil; la falta de recursos dedicados a la rehabilitación, de algo ya conocido y que sucede año tras año, complica el regreso a la normalidad. Una cosa es ver un reportaje por la televisión y otra muy distinta es estar al pie del cañón, como dice sor María.

Las dos monjas estaban tan metidas en la conversación que se habían olvidado por unos momentos del revuelo que se había producido con la muerte de la hermana Fátima. Pero Clara, en todo caso y tras la conversación tan interesante que había tenido con su compañera, ya tenía claro dónde quería ser destinada. Ahora todo era cuestión de su persuasión para convencer a sus superiores.

Capítulo 18

El convento intentaba volver a la normalidad. Nunca había sucedido nada extraño y las monjas, dos semanas después de los hechos, seguían con el miedo en el cuerpo. Lo único que les hacía recordar que la muerte de la hermana había sido real eran las frecuentes visitas del apuesto policía Luis Beltrán. Con su media melena y ojos azules, se paseaba con cierto aire de superioridad y prepotencia por el monasterio, haciendo interrogatorios a todos aquellos que pudieran aportar un avance en la investigación. Intentaba averiguar el móvil. Tenía la convicción de que no tardarían mucho en encontrar al asesino, pero era la primera vez que se trataba de una religiosa, y eso le complicaba algo más si cabe el asunto. Él no era creyente, y pensaba que cuando un crimen o suicidio estaba movido por motivos de religión…, eso ya era otro cantar.

Esa mañana Luis, como le gustaba que le llamasen, ya que decía que el don le hacía sentirse demasiado mayor, estaba allí de nuevo, hablando con sor María y buscando algún pretexto para volver a ver a la joven novicia de la que se había enamorado a primera vista; por ese motivo insistió en interrogar a Clara, no ya por volver a verla por su hermosura, lo que sí le apetecía, sino porque la consideraba una de las más inteligentes y despiertas. No era como las demás monjas y novicias del convento. Es más, no sabía qué hacía en ese lugar, con el carácter agresivo y a veces rebelde que sin duda evidenciaba. Al policía, lo que en realidad le corroía en el fondo de su corazón no era el aspecto de la fe en lo divino que pudiera tener o no Clara, lo que en realidad pensaba era que muchos hombres se pelearían por poder amar y vivir con una persona como ella. Que solo Dios fuese el que disfrutase de la compañía de Clara lo consideraba injusto.

Una de las novicias fue a avisar a Clara por orden de sor María, la cual era demasiado veterana para no darse cuenta de las intenciones del policía. No le dio mucha importancia y le dejó actuar con naturalidad. Confiaba plenamente en las armas de Clara, la cual tenía muy claro su destino a pesar de la juventud. Aun así sabía lo que

Clara producía en los hombres, no era el primero ni sería el último que se sentiría atraído.

—Clara, vengo de parte de sor María. Me dice que vayas a su despacho enseguida —dijo la mensajera.

—¿Sabes para qué me quiere?

—No lo sé, pero está reunida con el policía de la semana pasada.

—¿Otra vez? —preguntó quejándose mientras se dirigía hacia el despacho—. ¿Y qué querrán ahora?, ya le he dicho todo lo que sabía.

Al llegar a la puerta pidió permiso antes de entrar, como era costumbre en las hermanas.—¿Me da su permiso, madre?

—Adelante, pasa, Clara. Mira quién está aquí, nuestro amigo don Luis Beltrán. Quiere hacerte unas preguntas.

—Ya le he dicho, sor María, que me llame Luis, a secas, me siento algo mayor cuando me ponen el don delante —insistió el policía.

—Lo que tú digas, pero a mí estas confianzas me resultan muy difíciles de cumplir. Soy algo mayor para estas cosas. A lo mejor, para vosotros, los jóvenes de hoy en día, es algo normal, pero en mi época tratar de usted era sinónimo de respeto y cortesía.

Al escuchar Clara la pequeña disertación sobre el trato cortés de sor María, aprovechó para incordiar y hacer caso omiso a los deseos del irreverente policía.

—Dígame, don Luis, ¿quería algo de mí? Ya le he dicho todo lo que sabía.

—Me gustaría que saliésemos a dar un paseo. No se moleste, madre —dijo mirando a la superiora mientras esperaba la contestación de Clara—, es nuestra obligación interrogar por separado a todas aquellas personas que hayan estado cerca de la persona asesinada. Ya sabe, para ver si se han podido poner de acuerdo en las declaraciones, etc. Normas de la policía.

—No se preocupe, lo entiendo perfectamente.

—¿Nos vamos entonces?

—Cuando usted diga, don Luis —contestó con ironía.

Justo al lado del despacho, un largo pasillo con las paredes de piedra y bóvedas en crucería comunicaba con el claustro del convento, el lugar escogido por Clara para la pequeña charla que iba a mantener con Luis.

El patio del claustro estaba repleto de plantas y césped, con pequeños caminos de adoquines que permitían caminar de los extremos al pozo central.

—Esto es una maravilla —comentó Luis al llegar.

—¿Le gusta que paseemos rodeando a los benedictos o prefiere que vayamos a la biblioteca?

—No entiendo. ¿Bene qué?

—Perdone, he dado por sentado que está al día de nuestro vocabulario. Me refiero a pasear bordeando el claustro. El benedicto es el nombre que se le da a cada lado, cada uno de ellos siempre cubierto y limitado por arcadas.

—¿Todos los claustros son siempre iguales? —preguntó mostrando interés en la cultura mística, haciéndose así partícipe de sus conocimientos para que esta cogiese confianza.

Ella sabía por qué lo hacía, pero le dio igual. Era una buena manera de romper el hielo antes de entrar en temas puramente criminales.

—Todos siguen una especie de reglas básicas —siguió Clara con su explicación—, o, mejor dicho, normas mínimas de construcción, pero luego cada uno tiene sus propias características en cuanto al tipo de columnas, ángulos de los arcos, longitud, altura, tipo de bóveda, etc. De todos los que he podido ver hasta ahora, no sabría decir cuál es el que más me gusta. Cada claustro que veía era más bonito que el anterior. Son verdaderos espacios de paz y armonía.

—En eso tiene toda la razón. En cuanto uno entra por estas paredes, parece dejar fuera de ellas el estrés y toda la maldad que se respira en la vida cotidiana. Ahora soy yo el que habla de usted. Háblame de tú, Clara, me será mucho más fácil.

—De acuerdo, si insistes.

—Sí, por favor.

En realidad eran un par de jóvenes, por lo que lo más normal era acercar posturas en la cortesía y de esa forma quitarle algo de formalidad a la conversación. Ella estaba en los veintimuchos, y él era un joven e imberbe policía de treinta.

—No me puedo quejar —continuó Clara—, aquí tenemos el tiempo y el espacio ideales para la vida contemplativa; ideal para quien le guste, pero no para mí.

—¿No eres feliz aquí?

—Aquí estoy estudiando y preparándome para misionera. En realidad estoy de paso y en espera de destino.

—Ya me extrañaba que una persona como tú aguantase esta forma de vida; de la que, por otra parte, no tengo nada en contra. Pero pienso que todas las personas tenemos marcado nuestro destino, y el tuyo, te lo aseguro, no tiene nada que ver con esto.

Se hizo una breve pausa entre los dos.—¿Sabes que en casi todos los claustros hay una pequeña estancia que sirve como habitación o biblioteca? —dijo Clara para continuar.

—No lo sabía, pero me lo podía imaginar, ya que en un lugar como este no debe faltar tiempo para el enriquecimiento cultural.

—Y lo más bonito de todos los conventos, la sala capitular[1], lugar que siempre se ha considerado de gran importancia y que se construía con mucha ornamentación arquitectónica. Es perfecta para rezar y meditar mientras disfrutas de la multitud de detalles que la adornan. Además, era donde se leían los capítulos de la regla de la orden y donde el abad organizaba las distintas tareas de los monjes. También se exponían las faltas o errores de alguno de ellos, para que el superior le reprendiese; de ahí la expresión «llamar a capítulo». Solo faltan dos sitios más, ¿quieres que siga? A lo mejor te estoy aburriendo.

—No, en absoluto. Me parece de lo más interesante, y no hay nada mejor que acostarse con un poco más de conocimiento todos los días.

—Pues en el ala sur, por llamarle de otro modo, solía estar el calefactorio, que, como su nombre indica, era donde podían ir los monjes cuando no tenían otras obligaciones, a descansar y entrar en

1. Sala capitular: la sala capitular del claustro de San Fernando tiene su lugar de emplazamiento en la misma disposición que en los monasterios de monjes cistercienses, pero en este caso es especial por su altura y esbeltez, que la hacen mucho más amplia y luminosa. El piso de arriba, que suele estar ocupado por el dormitorio, se desplaza en este caso al ocupar su espacio la parte alta de esta sala. Está construida sobre cuatro apoyos centrales que dividen la sala en nueve tramos y nueve perfectas bóvedas. Los apoyos son cuerpos cilíndricos que están rodeados de ocho columnillas exentas y monolíticas. Este núcleo cilíndrico está despiezado por hiladas horizontales monolíticas, demostrando la originalidad constructiva de los maestros franceses que aquí intervinieron. Los nervios de la bóveda arrancan de unos anillos o ménsulas también monolíticos y sin labrar. La bóveda es de crucería, de estilo francés con la particularidad de tener cada plemento de una sola piedra. La puerta de acceso es abocinada, de varios arcos apuntados labrados con dientes de sierra.

calor. Por último, el refectorio o comedor colindante con la cocina, y en la panda oeste la panera, más conocida como granero o silo, junto a la bodega. Las celdas de los monjes, o en este caso las habitaciones de las monjas, siempre suelen estar en la planta superior.

»Y eso es todo. Ya te he transmitido algo de lo poco que sé sobre arquitectura monacal.

—Todo lo que me estás contando es mucho más importante de lo que crees. Cualquier información sobre vuestra forma de vida me ayuda a comprenderos mejor, e incluso a llegar a saber vuestra forma de pensar. Todo eso me puede llevar a encontrar al asesino

—¡Ni que fuéramos tan raras! —dijo algo molesta—. Pensamos y vivimos igual que cualquiera.

—Perdona, a lo mejor me he expresado mal.

—Muy bien no ha sido, la verdad.

—Lo que quería decir es que a las monjas o curas que se enclaustran en un monasterio para orar les mueve un sentimiento religioso y una vocación que no todo el mundo es capaz de comprender, ya que en cierto modo existe siempre algo de fanatismo, lo que supone una defensa apasionada de las creencias, y eso, aunque no lo creas, no ha sido bueno y ha traído al mundo todos los problemas pasados, presentes y, lo más seguro, los traerá en el futuro.

»Está claro que estamos hablando de algo mucho más simple, pero te aseguro que los crímenes pasionales o económicos son más sencillos de resolver que aquellos movidos por conductas fanáticas, pues estos no necesitan de ninguna razón lógica para matar.

La explicación fue suficiente para no dañar el ego de Clara.

—Ahora te he entendido perfectamente. No eres creyente, ¿verdad? —preguntó Clara para sondear y conocer un poco más a Luis.

—No.Creo que a la religión, en cierto modo, le mueve el egoísmo. El hombre se ha encontrado siempre rodeado de incógnitas e interrogantes, y para él la vida es como un inmenso palacio que recorrer, en el que cada puerta que se abre es una incógnita que lleva a otra sala con nuevas puertas. Siempre necesita saber

---

En esta sala se exhiben varias piezas de valor histórico y artístico, como el llamado *Pendón de las Navas* (referido a la batalla de las Navas de Tolosa), aunque en realidad es un trofeo de guerra conquistado a los almohades precisamente por Fernando III tras su conquista de Jaén, Córdoba y Sevilla. Está decorada además con varios tapices flamencos y en una vitrina se guarda una carta de santa Teresa.

si existe un «más allá» o un «porqué». Necesita de una razón para todo, y desde los tiempos más primitivos, en que se debieron sentir sobrecogidos por la caída de un rayo, la lluvia y sobre todo la muerte, el hombre no ha dejado de intentar buscar nuevas respuestas. Imagínate en los inicios, cuando el hombre, en un mundo hostil rodeado de animales desconocidos y elementos externos fuera de su control, pensaría en el «porqué» de su existencia. Y sobre todo cuando de una forma inevitable e implacable veía como pasaba de la infancia a la vejez. Una decadencia y extinción física que terminaba con la muerte. Así empezó todo lo relativo a la religión, con las diferentes veneraciones a lo superior, como el sol, la lluvia, el rayo, etc., y la proliferación de los dioses. Para mantener a estos contentos, y de esa forma tener una vida más llevadera, no había nada mejor que las dádivas y sacrificios. Esa fue la primera religión, la que nació como una creencia en seres superiores invisibles pero reales, en muchos casos crueles e injustos, y en otros, bondadosos y sensibles a las muchas ofrendas de los fieles.

»Por eso pienso que ese fue el comienzo de la religión, y, si te fijas, siempre hay una raíz egocéntrica e interesada. En realidad es un conjunto de creencias y convicciones que necesita el ser humano para darle sentido a su existencia y la necesidad, ante todo, de encontrar respuestas a todo aquello a lo que no encuentra explicación. Cuántas maldades se habrán hecho en nombre de la religión a lo largo de la historia: sacrificios, guerras santas... Pero, eso sí, respeto todo tipo de religión, siempre y cuando no se use para hacer daño a otras personas.

—Pero las religiones, por lo menos las actuales, están exactamente para todo lo contrario, para difundir el bien y el amor por el prójimo. —Clara intentaba contrarrestar la explicación de Luis, con la cual en muchos puntos estaba de acuerdo. Pero en el fondo sabía que no era capaz de convencerse ni a sí misma.

—Eso no es así del todo —respondió Luis—. Tú eres la primera que sabes, pues te considero muy inteligente, que muchos locos matan en nombre de su dios, y otros muchos se dedican a hacer el mal con el pretexto de que luego la confesión les perdona todos los pecados. Eso es lo que más odio, la falsedad y la hipocresía de los beatos. Es fácil presumir de bondad y de enseñar la forma de ayudar a los demás cuando vives rodeado de riqueza y bienestar. Ese ha sido uno de los principales problemas de la Iglesia: exigir a los demás lo que ellos han sido los primeros en incumplir. Yo lo que de verdad admiro es gente como vosotras, las futuras misioneras. Que sois capaces de iros al fin del mundo para ayudar a los más necesitados. Eso es religión y lo demás son tonterías.

»Hablando de otra cosa, ¿dónde suele vivir el jardinero?

—Eso depende de cada convento. En este caso al que te refieres, es decir, al nuestro, se hospeda en una pequeña habitación del sótano. ¿Me lo preguntas porque todas las sospechas conducen a él?

—Yo no he dicho eso.

—Pero tu cara no deja de expresar otra cosa. Tu mirada te delata.

—¿Y qué mirada debo tener?

—No sabría decirte, pero esa no.

Capítulo 19

Una nueva sorpresa estaba por llegar. Clara tenía razón, ya que Luis no podía disimular sus sospechas sobre la culpabilidad del jardinero. Siempre lo había notado muy tímido y reservado, como queriendo ocultar algo de su pasado. Eran demasiadas las evidencias, a pesar de su anciana edad, y eso era lo que a su vez le hacía tener dudas razonables. En su corta experiencia había aprendido una cosa, y es que mientras más sencilla parece la resolución de un crimen, más compleja se hace al final. No podía ser tan fácil. Los cigarros y las huellas encontradas en la habitación de sor Fátima, no cabía ninguna duda de que eran los suyos, y siempre podía haber tenido la ayuda de alguien para subir el cuerpo de la hermana, aun así y a pesar de que todas las pruebas se dirigían hacia él, había algo que no cuadraba.

Lo peor de todo es que no tenía prácticamente nada de información sobre su vida, solo la débil y frágil versión de las monjas del convento. Era una especie de fantasma nacido de la nada. Ni la policía nacional ni la extranjera sabían de sus anteriores paraderos, y ese mismo argumento es el que Luis había utilizado como amenaza en más de una ocasión para amedrentar al anciano y sonsacarle información; pero ni el miedo a deportarle a su lugar de origen obtuvo los resultados esperados. Además, ¿qué motivos podría tener para matar a una pobre monja si con un poco más de tiempo el destino le hubiera ahorrado el trabajo?

Después de dar varias vueltas al claustro a un paso propio de la meditación, y tras la conversación mantenida sobre la religión, sus inicios y sus posibles influencias sobre el ser humano, decidieron dirigirse hacia la biblioteca, a ver si por lo menos el estar rodeados de cultura les producía algo de inspiración.

Nada más entrar, el rostro de admiración de Luis lo decía todo. Cerca de diez mil ejemplares se escondían bajo esas paredes de piedra del siglo XII y decoraban las diferentes estanterías de madera vieja y corroída a punto de desplomarse. A saber la cantidad de sabiduría que guardaba aquel lugar, cuyo dueño solo había sido el paso del tiempo. En esos momentos estaban solos y el eco de sus voces parecía querer buscar entre los libros el sitio perfecto para dormir para siempre. Luis seguía sin decir palabra, y ella mientras tanto, y con cada mano metida en la manga de la contraria, decidió dejarle a solas para ojear uno de sus libros favoritos, *Viaje alrededor del mundo*, un ejemplar de mil doscientas páginas de grosor que databa del siglo XI, de los más antiguos de la biblioteca, y que admiraba por la cantidad de litografías en blanco y negro que tenía en su interior. Dibujos realizados a la perfección sobre lugares, costumbres y vestuario de cientos de países del mundo. Solo la tapa merecía un examen exhaustivo por la belleza de sus grabados.

Muchas ilustraciones atemorizaban en cierto modo a Clara. Reflejaban sacrificios o las diferentes formas en que se terminaba con la vida en pueblos abandonados de la mano de Dios; principalmente en el continente africano. Gente empalada, entre llamas, con varias lanzas clavadas por todo el cuerpo o ahorcada. A través de todas las pinturas se daba cuenta del horror que se debió vivir en esa época.

Luis seguía ensimismado con la bella arquitectura del lugar y olvidó por un momento cuál era la misión que le había llevado a volver al convento y a interrogar a Clara. Una vez vuelto a la realidad observó que Clara, al otro extremo de la biblioteca, se encontraba concentrada en la lectura de un libro; se acercó para ver de cuál se trataba.

—¿Qué haces, Clara?

—Ojear uno de mis libros favoritos.

—¿Y eso es lo que te gusta? —preguntó sorprendido al ver que tenía el libro abierto por una ilustración con tres ahorcados.

—Tranquilo, Luis, el libro no es lo que crees —le contestó con una media sonrisa mientras le mostraba la tapa con el título en letras doradas.

—Me habías asustado.

—De todas formas, ahora que veo estos dibujos se me ocurre una pregunta.

—Tú dirás.—¿Puede que la muerte de la hermana haya sido parte de un ritual?

—Reconozco que había estudiado todas las posibilidades y esa no se me ha pasado por la cabeza.

—Como bien dijiste el otro día en nuestra última conversación, los religiosos tienen unas creencias, a veces, sorprendentes o injustificables a ojos de los demás. De todas formas quiero creer que no habéis avanzado mucho en la investigación cuando todavía estás por aquí.

—Se supone que las preguntas te las tengo que hacer yo a ti, no al revés.

—Usted perdone —ironizó Clara.

—¿Habías notado en los últimos días algún comportamiento en la hermana fuera de lo normal?

—¿Como qué? Aquí todo es muy sencillo. Cualquier gesto o comportamiento atípico de cualquiera de las hermanas se vería enseguida.

—Por eso mismo te lo pregunto. Que se ausentase antes de tiempo de alguna de vuestras reuniones, que faltase a alguna comida o rezo…, ya sabes a qué me refiero.

—Por más que pienso no recuerdo nada extraño.

De repente se creó un silencio y Luis comenzó a dar pequeños golpes sobre la mesa con sus dedos a modo de teclado de piano, pensativo, como queriendo decir algo de relevancia, pero no se decidía.

Clara se percató de ello y esperó unos segundos.

—¡Me tienes en ascuas!, ¿vas a decir lo que tengas que decir o no?

—No debería decírtelo.

—¿Decirme el qué?

—Que la hermana no murió ahorcada…, bueno, por lo menos ahorcada de la viga.

—Pero si todas la vimos con nuestros propios ojos.

—Lo que visteis es a una monja colgada de una viga, lo que no significa que esa fuera la causa de la muerte. La hermana tenía dos surcos en el cuello.

—A mí no me hables en chino, ¿qué es eso de surco?

—Las marcas que deja la cuerda. Como te iba diciendo, tenía dos surcos. El surco más grueso o principal ocultaba debajo otro más fino y cortante, lo que significa que…—Que alguien se preocupó de ahorcarla antes de subirla a la silla y colgarla de la viga. Es decir, que ya estaba muerta antes de morir —concluyó Clara.

—Así es.

—De cualquier forma, eso no cambia nada. No deja de estar muerta y hay que buscar a un asesino.

—Sí que cambia…

—¡Ah! Ese es el motivo de que no hayas descartado a nuestro jardinero, ahora lo entiendo. Él pudo perfectamente hacerlo y luego subirla… —paró de repente su intervención porque algo no cuadraba en su cabeza—. Vale, Luis, el jardinero pudo ahogarla con un cable o lo que fuera, pero alguien le tuvo que ayudar para simular el suicidio. Es imposible que pudiera con un cuerpo inerte sin ayuda, pesa más uno muerto que vivo.

—Por ahora vas fenomenal, sigue.

—Pues que hay que buscar por lo menos a dos sospechosos. Esto se pone interesante.

—¿Cuánto tiempo llevas en el convento?

—¿Por qué, Luis, soy sospechosa?

—Para un policía todo el mundo es culpable hasta que se demuestre lo contrario.

—Creía que era al revés.

—Pero no, no te lo preguntaba por eso.

—Llevo aquí un par de años.

—Es demasiado poco. Puede que el móvil no sea reciente y las razones haya que buscarlas años atrás. Ten en cuenta que estamos hablando de una anciana que se habrá llevado al otro mundo infinidad de secretos. No creo que la vida en un convento sea la excepción, y no haya rencillas o envidias entre algunas hermanas, a pesar de la santidad y bondad que se respira en el ambiente.

—Yo no he vivido eso que dices en este corto período de tiempo, pero puede que tengas razón.

—Sé que la tengo.—¿Y no será más fácil buscar razones externas?

—En absoluto. Tengo plena seguridad de que el asesino o asesinos están dentro de estas paredes. Qué mejor lugar para perpetrar un crimen que hacerlo en un entorno divino y predestinado para hacer el bien.

La entrada imprevista de una monja provocó que ambos se sobresaltasen. No esperaban que nadie les interrumpiera en ese ambiente de intriga y pasado, donde se habían abstraído totalmente de la vida del siglo XX.

—Don Luis, hay una persona al teléfono que pregunta por usted. —Se quedó parado sin contestar.

—¿Vas a ir o no? —preguntó Clara.

—Ah..., desde luego —no lo dijo muy convencido pero siguió a la hermana—. ¿Y sabe quién es el que me ha interrumpido tan interesante instante?

—Me ha dicho que es el forense.

—Perdona un momento —dirigiéndose a Clara.

—Tranquilo, yo seguiré con lo mío.

—Es una llamada que estaba esperando —dijo a Clara mientras se alejaba.

Siempre que hablaba por teléfono le gustaba dar un paseo. Era incapaz de, en una conversación telefónica, estarse quieto en el mismo lugar. Pero el cable era demasiado corto y el despacho algo pequeño.—Soy el forense.

—Dime, ya puedo hablar, ya estoy contigo. ¿Alguna novedad?

—Al final tenías razón, ha sido el primer surco el causante de la muerte. No ha habido compresión vascular. Ya sabes, y si no te lo cuento ahora, que la constricción del cuello por el lazo da lugar a una compresión de los vasos cervicales, lo que se traduce en alteraciones circulatorias encefálicas, que desempeñan un papel importante en la producción de la muerte. Este mecanismo es también causa de la pérdida brusca del conocimiento, aun en las suspensiones incompletas. En estas ahorcaduras necesitamos la presión necesaria para obstruir los vasos cervicales, y no ha sido el caso, porque, aun en las ahorcaduras donde no actúa como fuerza todo el peso del cuerpo, se origina una presión suficiente para producir trastornos considerables de la circulación cerebral.

—¿Puedes ser un poco más concreto?

—Ya sabes que, en la asfixia, excepcionalmente se produce una compresión directa de la tráquea, ya que, a consecuencia de la elasticidad de la piel, el peso del cuerpo hace que el lazo se desplace hacia arriba, quedando en una situación demasiado elevada. Sin embargo, el mecanismo asfíctico ha sido debido a la compresión que se ha realizado sobre el hioides, que ha sido desplazado hacia atrás, dando origen a una retropropulsión de la lengua, la cual, al aplicarse sobre la pared posterior de la faringe, ocluye el orificio superior de la laringe, lo que ha impedido la entrada de aire en los pulmones.

—Cómo sois los forenses. Todo esto para decirme que la muerte ha sido por la falta de aire en los pulmones. ¡Vaya ingenio! Eso ya lo sabía.

—Ha sido algo complicado, porque visualmente las marcas del segundo ahorcamiento han tapado las del primero. La señal del nudo prácticamente anulaba una pequeña marca, al parecer producida por un anillo, que ha dejado el asesino al apretar la primera cuerda. Lo que está claro es que la muerte la ha producido el primer surco, no el segundo. Ya estaba muerta cuando fue colgada de la viga.

—Haber empezado por ahí, habría sido más sencillo.

—También el color del rostro ha sido importante.

—¿Cómo el color del rostro?

—El color era más bien azul. Cuando se trata de un ahorcado simétrico, el lazo oprime por igual ambos lados del cuello, obturando arterias y venas, y dando origen a una isquemia cefálica; lo que llamamos ahorcados pálidos o blancos. Sin embargo, nuestro cadáver es un ahorcado asimétrico, el lado correspondiente al nudo resulta menos comprimido, por lo cual, aunque las yugulares resultan siempre obturadas, pueden quedar permeables las carótidas o las vertebrales, produciendo como consecuencia una congestión cefálica, es decir, color azul.

—Lo que significa que la soga se la pusieron antes de subirla a la silla. ¿En qué lado estaba la marca del nudo?

—En el izquierdo, ¿por qué?

—Porque ya tenemos a un asesino zurdo y que usa anillo. ¿Alguna cosa más?

—Sí, una que confirma más aún que no fue un suicidio.

—¿Cuál?

—Cuando lo utilizado para colgar a una víctima ha sido una viga de madera, la teoría Godefrov nunca falla.

—¿Qué teoría es esa?

—Este señaló la importancia del examen del punto de apoyo del lazo, cuando es de madera, para diagnosticar y diferenciar un suicidio de un homicidio. Cuando se cuelga un cadáver, sobre todo si lo hace una persona sola, lo habitual, después de haber pasado la cuerda por el cuello, es lanzar el cabo por encima de la viga, hasta ahí todo normal.

—¿Quieres contarme algo que no sepa?—Déjame continuar. Como te iba diciendo, una vez que se lanza el cabo por encima de la viga, el asesino debe tirar fuertemente para izar al muerto, en este caso a la muerta.—Podrías ser un poco más delicado.

—Si no dejas de interrumpirme no voy a terminar nunca. Esta maniobra da lugar a que se desprendan algunas fibras de la madera, que se orientan hacia arriba en un lado y hacia abajo en el otro. En cambio, en el suicidio no suelen desprenderse fibras, pero, si lo hacen, estas están orientadas hacia abajo en ambos lados. De cualquier forma, esta señal debe ser interpretada prudentemente, pues la cuerda con el nudo junto a la viga puede dislocarse en el momento de la suspensión, dando lugar a que se levanten fibras que se orienten en los dos sentidos. Concluyendo, aunque ya te imaginabas lo del homicidio, hoy lo podemos dar por confirmado. No hay ninguna duda habiendo seguido los diferentes parámetros, es decir: hemos determinado si la ahorcadura ha sido vital o *postmortem*, hemos estudiado las rarezas en cuanto al tipo de lazo, nudos, etc., y se han examinado de manera exhaustiva las diferentes lesiones y surcos de la víctima, hallando los suficientes datos como para confirmar lo que te estoy diciendo.

—Muy bien, mi más sincera enhorabuena. Se te ve muy satisfecho con tu trabajo.

—Y que lo digas, ha sido un trabajo ejemplar como en mí suele ser habitual.

El rimbombante forense se echaba flores a sí mismo; era otro estudioso y experto del mundo de las autopsias, con una pequeña dosis de locura y al que le gustaba presumir de su trabajo.

—Muchas gracias por la llamada, me ha servido de mucho.

—De nada, a tu disposición.

Luis colgó y fue en busca de Clara preocupado por haberla hecho esperar. Cuando llegó a su lado continuaba abstraída con las imágenes de su libro favorito.

—Perdona que te haya hecho esperar, era una llamada importante. Los resultados de la autopsia han sido lo que esperábamos, que no ha sido un suicidio.

—Pues vaya descubrimiento.

—De todas formas, aunque la lógica nos lleve en una dirección, en este caso bastante clara, siempre debemos demostrarlo y justificarlo con la ciencia. Nunca se sabe lo que nos podemos encontrar. Y tú, ¿sigues buscando algo interesante y que merezca la pena?

—Toda la cultura que provenga de los libros es interesante. Siempre tenemos cosas que aprender, ¿no crees?

—Así es.

—Este caso me tiene muy intrigada y hay muchas cosas que no entiendo. ¿Por qué el asesino ha querido simular un suicidio? Si estaba muerta antes de colgarla de la viga, ¿por qué tanto trabajo y no dejarla como estaba? Ya había conseguido lo que quería.

—Para todas las religiones el suicidio es un pecado, por lo que pienso que el asesino pretendía dos cosas: o mandarnos el mensaje de que sor Fátima era una pecadora, o simplemente exculparse a sí mismo convirtiendo un homicidio en suicidio. Esta segunda opción es la que tiene más papeletas.

—De todas formas el que lo haya hecho es muy torpe. ¿Quién se iba a creer que una mujer anciana, y sobre todo religiosa, estaba dispuesta a quitarse la vida?

—Con las conclusiones del forense sabemos que el asesino es zurdo y usa anillo…

—Y a eso le podemos añadir que es estúpido —dijo Clara haciendo sonreír a Luis—. Entonces lo del jardinero es bastante fácil, ¿has averiguado ya si posee ambas características? Sigo pensando que la han matado porque sabía algo o por algún ritual que se nos escapa.

—Parece mentira que estés estudiando y preparándote para misionera. ¿No te habrás equivocado en tu elección? Veo que disfrutas con todo esto.

—Simplemente me gusta mucho deducir; además, leía muchas novelas policíacas de pequeña, puede que por eso se me haya quedado algo de aquel entonces, nada más.

Mientras hablaba seguía a lo suyo. No quitaba ojo del libro. Fue pasando con sumo cuidado página a página para preservar al máximo la antigüedad del ejemplar que tenía entre sus manos, hasta que una ilustración la hizo detenerse. Su rictus cambió de repente mostrando agonía y asombro a la vez.

—¿Cómo el ser humano ha podido estar tan loco a lo largo de la historia y ejecutar tantas atrocidades? Menos mal que ahora somos un poco más cultos y no empalamos a la gente —decía Luis.

—No te creas. Ahora no empalamos a nadie, pero todavía hay locos que entierran a las mujeres de medio cuerpo hacia abajo y las apedrean hasta morir. Y lo que es más grave, utilizan la religión como excusa y argumento. ¿Seguro que crees que hemos avanzado culturalmente? Armas químicas que destruyen todo lo que encuentran a su paso, cientos de miles de niños con miembros amputados por las bombas o por los machetes de desalmados guiados por la incultura y la locura, millones de muertos tirados por las cunetas de países abandonados por el resto del mundo, cuarenta millones de desplazados en busca de una vida que les ofrezca un mínimo de dignidad. —Se veía que había dado en el punto débil de Luis—. Lo de los niños lo conozco a la perfección. Mi compañera de cuarto, Saffiya, a la que ya conoces, lo ha vivido en sus propias carnes y me lo ha contado. Es increíble.

—Estamos en un mundo fuera de control, la mitad enfermo de obesidad y la otra mitad se muere de hambre. ¿Le ves algo de lógica a todo esto?

—No, la verdad es que no. Pero quiero pensar que todavía hay muchas personas buenas con ganas de pelear y mejorar las cosas. La esperanza es lo último que se pierde.

—Puede que tengas razón. De todas formas harían falta muchas más personas como vosotras, que sois el ejemplo de integridad y humanidad.

La conversación era muy interesante, pero se les había hecho algo tarde y debían, cada uno de ellos, dirigirse a sus respectivas actividades. Clara tenía que ir a la cocina y Luis en busca del jardinero. Cuando se dirigían a la puerta de salida de la biblioteca, esta se abrió de un portazo. Una de las hermanas entró gritando.—¡Don Luis!, ¡por fin le encuentro!, ¡venga enseguida, por favor, ha ocurrido una desgracia!

Los dos siguieron a la hermana lo más rápido que sus pasos se lo permitían. Al llegar a uno de los extremos del muro que rodeaba el convento, se encontraron a la madre superiora dando órdenes a voz en grito para disolver el pequeño remolino de monjas que se había concentrado alrededor del cadáver.

—¡Fuera de aquí, por favor!, ¡todas a sus cuartos!

Otra vez se repetía la escena. El ruido de los sollozos de las monjas más débiles se entremezclaba con las oraciones de las más piadosas. Un montón de hábitos hacían de cortina y no dejaban ver nada del lugar del crimen. Porque Luis no tenía ninguna duda de que eso es lo que era.

—¡Por favor, hermanas, fuera de aquí!, ¡están contaminando el lugar y luego va a ser imposible investigar lo sucedido! —dijo Luis al llegar.

—¡Ya le han oído! No se preocupen por nada y recen unas oraciones por su alma —expresó la superiora ya un poco más calmada.

Una larga escalera estaba apoyada sobre la parte alta del muro, justo a la altura de unas preciosas jardineras repletas de geranios franceses y murcianas, que daban color al rincón este del antiguo monasterio. Lo primero que Luis observó fue que uno de los peldaños estaba partido por la mitad. A los pies de la escalera un hombre de edad avanzada yacía muerto con una gran brecha en la cabeza, a unos pocos centímetros de esta, una piedra manchada de sangre, y en su mano izquierda, unas tijeras de jardinería para podar. A primera vista todo parecía estar en orden.

—Creo que nos hemos quedado sin sospechoso —dijo Clara con sorna.

—¿Qué quieres decir con eso, hija? —preguntó sor María.

—Nada, madre, cosas mías —contestó mientras intercambiaba una mirada cómplice con Luis.

—¿Entiendo que este señor es el jardinero?

—Sí, es él —contestaron las dos al unísono.

—Clara, os he dicho que os vayáis a vuestros cuartos.

—No, déjela, hermana, que se quede, su perspicacia me puede venir bien. Si a ella no le importa, claro.

—Si usted lo dice. —En su interior no estaba del todo conforme con la petición del policía.

Luis comenzó a examinar más detenidamente el cuerpo. En la mano izquierda tenía un anillo, y estaba bastante claro que, a no ser que hubiera cambiado por casualidad las tijeras de mano, era zurdo. A su asesino lo tenían muerto ante sus pies. Pero, aunque todas las apariencias llevaban a creer que se había roto uno de los peldaños y esto había causado la caída sobre la piedra y posterior muerte del jardinero, ni Luis ni Clara estaban convencidos de ello. Fue entonces cuando comenzaron a percatarse de los detalles fuera de lo normal. Su mano derecha agarraba con la fuerza propia de la rigidez *post mortem* la cadena que le colgaba del cuello. Algo quiso ocultar o velar hasta el último suspiro. En el centro del pecho un poco de paja calcinada llamó la atención de ambos, a pesar de que a los pies del árbol cercano siempre había bastante forraje.

—Era fumador, ¿verdad?

—Fumaba como un carretero —contestó sor María—. Si no se hubiera escalabrado se habría muerto de cáncer en los pulmones. Que Dios se apiade de su alma. ¿Cómo se le ha ocurrido a este hombre, a su edad, subirse a esa escalera? Ya le advertí en más de una ocasión que algún día tendríamos un disgusto. Además, la escalera ya tiene muchos años y no me extraña nada en absoluto que un peldaño se haya roto. Seguro que hay más de uno a punto de partirse.

Había algunas colillas tiradas cerca del cuerpo, por lo que no sería de extrañar que hubiera utilizado pequeños trozos de forraje para encender el cigarrillo, como suelen hacer la mayoría de fumadores. Pero ¿por qué estaban en su pecho de forma tan simétrica? Eso no era normal.

—Luis, está claro que alguien se ha cargado al jardinero, y los pequeños trozos de paja en el pecho son una señal o símbolo. Alguien está interesado en cambiar la vida de este tranquilo convento… Y, por cierto, el que haya sido no tiene ningún problema en dejar bastantes pistas que evidencian su estupidez.

»Según tú, ha sido muy sencillo descubrir el falso ahorcamiento. ¿No querría el asesino que en realidad se descubriese? Y ahora esto. Está claro que nos quiere enviar algún mensaje.

Luis no contestó. Sabía que Clara tenía razón, porque las pruebas eran indudables. Simplemente asintió con un leve gesto con la cabeza y sacó unos guantes de látex que llevaba en su bolsillo derecho de la chaqueta para proteger de huellas falsas el lugar del supuesto crimen.

—¿Han llamado ya a la ambulancia? —preguntó a sor María.

—Sí, y a la policía. La hermana que descubrió el cuerpo no sabía que estaba usted aquí y también la llamó.

—Me parece bien.

Antes de tocar nada, cogió una pequeña cámara que siempre llevaba encima y sacó varias fotografías desde diferentes ángulos. Le gustaba tener su propia información para contrastarla posteriormente con sus compañeros, los de la científica. Una vez realizadas las fotos, guardó la cámara e intentó, no sin dificultad, abrir la mano del cadáver para ver qué ocultaba. Clara observaba con curiosidad todo lo que Luis hacía. Este agarró con fuerza con su mano izquierda la muñeca del jardinero y con la derecha empezó a abrir uno a uno los dedos de la mano agarrotada. No era la primera vez, sin contar a la hermana Fátima, que Clara veía un cadáver, pero esa escena le removió las tripas.

—¿Qué es lo que con tanto interés esconde? —preguntó Clara.

—Una llave. A saber de dónde será. Sor María, ¿usted tiene alguna idea de lo que puede abrir esta llave?

—No lo sé, don Luis.Sor María había vuelto al trato de usted, ya que por más que lo intentaba era algo mayor para poder confraternizar con un joven policía. Luis no le insistió para no incomodarla.

—¿Y tú, Clara?, ¿se te ocurre alguna cosa?

—No, pero esa llave parece ser de una maleta. Te lo digo porque yo tengo una muy parecida.—¿Seguro que no es de una taquilla, un armario, algún cajón o algo similar?

—No, de eso estoy totalmente segura.—Habrá que volver a registrar su pequeña estancia a ver si encuentro lo que con tanto interés parece que ocultaba.

—Perdone, don Luis, si no me necesita..., tengo que poner un poco de orden y tranquilizar a todas las hermanas. Como comprenderá todo esto está revolucionando y trastocando la normalidad de este humilde convento.

—Claro, madre, la entiendo perfectamente… ¡Ah!, pero solo una cosa, no diga nada sobre este segundo posible crimen. Hasta ahora no sabemos nada, y ante los ojos de todo el mundo ha sido un simple accidente. ¿De acuerdo?

—Claro, no se preocupe.

—Clara, deberías volver a tus actividades —le ordenó sor María.

—Si no le importa, la necesitaría un rato más —interrumpió Luis.

—Si es lo que usted quiere. Pero, por favor, que vuelva cuanto antes. No quiero que las demás novicias piensen que Clara dispone de un trato especial.

—Lo entiendo, así será.

Clara se quedó con la mirada perdida. Por unos momentos todo era silencio; no venía nada mal un poco de sosiego tras todo lo ocurrido. Clara tenía un montón de pequeñas y desordenadas ideas en la cabeza, que no conseguía aclarar.

—¿Qué estás pensando, Clara?

—No dejo de darle vueltas a lo sucedido; la hermana ahorcada, y ahora esto de la paja calcinada sobre el pecho. Esto significa algo pero no consigo recordar con claridad…; sé que he leído sobre costumbres y ritos que podrían estar relacionados con todo esto, pero no recuerdo dónde.

—Parece estar bastante claro que la persona que ayudó al jardinero en el asesinato de la hermana se ha cargado a este por miedo a que hablara. Si teníamos alguna duda sobre si el jardinero había actuado solo, ya está resuelta, aunque me hubiera gustado que la resolución a la pregunta hubiera sido distinta.

—Pero todavía no es seguro que él fuera el culpable, sería demasiado fácil.

—Apuesto lo que sea a que las huellas van a coincidir con las encontradas en el cuello de la hermana. De todos modos, lo primero que tengo que averiguar es la procedencia de la llave y qué es lo que se supone que oculta.

La calma duró poco. Enseguida entraron en la escena el personal que iba a recoger el cuerpo y un par de policías más. Todos habían coincidido en la puerta del convento y llegaban con sor María, que ejercía de nuevo como anfitriona.

Sor María era una persona paciente y con mucha experiencia de la vida. Había vivido demasiado y, a pesar de todo, comenzaba a sentirse nerviosa por lo sucedido. Deseaba que encontrasen cuanto antes a la persona o personas que les estaban haciendo la vida imposible, ya no por ella, sino por todas las jóvenes novicias que desde la muerte de la hermana Fátima no conseguían dormir con normalidad y tenían miedo a ser una posible víctima más en la lista de un loco sin escrúpulos. Sin embargo, admiraba la valentía de Clara y esa seguridad en sí misma que le daba una fortaleza especial, una fortaleza que sin ninguna duda transmitía a todas las demás. ¿Cómo era capaz, a pesar de su juventud, de mostrar tanta madurez en sus decisiones y una forma de actuar ante las adversidades siempre justa y equilibrada?, se preguntaba sor María. «Esta chica llegará muy lejos y conseguirá todo lo que se proponga».

—Clara, ¿por qué no dejamos que estos hombres hagan su trabajo y un poco más tarde te reúnes con don Luis, en caso de que requiera de nuevo de tu intuición? Ahora soy yo la que te necesito para que me ayudes a calmar a tus compañeras y poner un poco de normalidad en esta casa de Dios, un poco revuelta últimamente; si no tiene don Luis inconveniente.

—Y aunque lo tenga, madre, yo me debo primero al convento, a usted y a mis compañeras, el resto puede esperar.

La enérgica y contundente contestación sorprendió al joven policía y enorgulleció a sor María.

Mientras los enfermeros preparaban una bolsa negra de gran tamaño para introducir el cadáver y abrían una camilla donde ponerlo, un hombre de la científica, algo grueso, calvo y con dificultades para moverse con agilidad, terminó por hacer las últimas fotografías del difunto desde todas las posiciones posibles, con el fin de no perder ningún detalle que pudiera ser primordial para la investigación. Cuando llevaba un par de minutos, un sonido seco producido por la máquina fotográfica extrañó a los que allí estaban, provocando que todos dedicaran una mirada al compañero con exceso de peso. El carrete se había terminado. Fue entonces cuando Luis, algo impaciente, preguntó:

—¿Terminas o no?

—Un segundo, ya casi he acabado —contestó mientras ponía otro carrete en la máquina.

—Llevaos el cuerpo de aquí cuanto antes, que estas pobres monjas, sobre todo las más jóvenes, están muy asustadas.

—Ya está, Luis, por mí se lo pueden llevar —interrumpió el policía de la cámara en mano.

—Pues adelante, chicos.Con un simple gesto indicó a los del departamento forense que era el momento de llevarse el cuerpo. El sonido de la cremallera cerrando la bolsa hizo que Luis meditase durante unos segundos. A pesar de su experiencia, no terminaba de acostumbrarse a esa sensación de ahogo que sentía cada vez que un cuerpo era introducido en una de esas bolsas de plástico. Le faltaba el aire y tenía dificultades para respirar; era entonces cuando seguía su pequeño ritual. Se dirigió a la camilla y, antes de que metieran el cuerpo en el furgón fúnebre —¡un momento!—, abrió la cremallera unos centímetros dejando un pequeño hueco. Tenía la obsesión de que en cualquier momento un cadáver podía despertar, y, en caso de que así fuese, necesitaría un poco de aire que le permitiera respirar con normalidad.—Por favor, dejadlo así hasta llegar al Anatómico Forense, ¿de acuerdo?

—Si usted lo dice —contestaron con incredulidad.

Luis no se había dado cuenta de que la escena había sido presenciada por Clara, que antes de lo previsto había regresado para comunicarle que creía saber qué era lo que podría abrir la llave encontrada en el cuello del jardinero. Clara no podía quedarse con la duda y no tuvo ningún reparo en preguntarle el porqué de esa manía de abrir unos centímetros las bolsas de los cadáveres.

—Luis, perdona…

—Ya sé lo que me vas a preguntar. Que por qué abro un poco la bolsa. La explicación te va a parecer algo ridícula e infantil.

—Eso ya lo juzgaré yo cuando me lo cuentes.

—Creo que siempre puede haber algún error en el diagnóstico prematuro de una muerte, y solo pensar que alguno se puede despertar y puede verse encerrado en una bolsa de plástico sin poder respirar me pone los pelos de punta. Pero todo tiene su explicación.

—No me lo digas, un trauma de la niñez.

—Así es.

—No pretendía hacer burla de ello, lo he dicho de casualidad.

—No deja de ser una tontería que viene de un juego de niños y que algún día tendré que superar.»Estaba jugando con mi hermano a los buzos, nos poníamos bolsas de plástico en la cabeza a modo de escafandras, y en una ocasión el nudo que me hizo lo apretó más de la cuenta. Me puse a gritar pidiendo ayuda, y mientras mi hermano corría de un lado a otro de la casa convencido de que yo estaba actuando. Nunca olvidaré aquel rato hasta que llegó mi madre y rompió la bolsa con unas tijeras. Ya ves, una tontería de niños que podría haber terminado en tragedia. Desde entonces no puedo ver una bolsa totalmente cerrada.

—No te tienes que avergonzar por ello. La mayoría de las fobias provienen de la niñez. Yo conozco a mucha gente que le tiene pánico al agua por una aguadilla o una broma demasiado brusca de la infancia; te soy sincera, si a mí me sucediera algo me gustaría que dejaran la bolsa con una pequeña abertura por si acaso. —Una sonrisa se dibujó en el rostro de los dos.

Demasiado ajetreo para un convento en el que solo se escuchaba el cantar de los pájaros a primera hora de la mañana y el murmullo habitual de sus huéspedes. El día había sido agotador, y, con tanto ir y venir de gente ajena a lo que era costumbre, tanto Clara como su compañera Saffiya, las más inquietas del lugar, seguían elucubrando fantasías inverosímiles de lo sucedido hasta entonces.Clara enseguida se dio cuenta de su tremendo olvido; no terminó de decirle a su amigo el policía lo que sospechaba que podría abrir la llave. De cualquier forma, una vez pasada la primera sensación de enfado por el error cometido, pensó que era posible que dicho descuido lo hubiera puesto el destino en su camino. Mejor no ir tan rápido e investigar por su cuenta. Ya no le importaban para nada los riesgos que pudiera encontrar, pues estaba inmersa en su papel de detective, y seguro que Saffiya le ayudaría y cubriría las espaldas. Ambas, a pesar de su prematura madurez, estaban actuando en este caso como si de un juego se tratara, y no eran conscientes del peligro que podían llegar a correr; pero así era Clara, madura en ocasiones y algo lanzada e irresponsable en otras.

No dejaba de darle vueltas al tema de la llave. Sabía que le resultaba familiar, que la había visto en algún otro lugar pero no recordaba dónde, y seguro que ahí estaría la clave de todo el asunto.

Capítulo 20

El monasterio del siglo XII escondía bajo sus muros diversos pasadizos que exclusivamente eran conocidos por las monjas más veteranas. Su fundador, Alfonso VIII de Castilla, no dejó claro en el momento de su construcción cuáles podían ser las intenciones de tanto escondite bajo las paredes de un convento situado en la parte occidental de la hermosa ciudad de Burgos, algo retirado del río Arlanzón y en una zona totalmente ocupada por prados en la antigüedad. En los mismos terrenos donde se ubicaba el monasterio, existió un pequeño palacio, del cual todavía hay algunos vestigios, por lo que nunca supieron con total certeza cuál era el origen de alguno de sus pasadizos. Con la muerte de sor Fátima, el secreto de los pasadizos estaba en poder de la hermana María, como madre abadesa, y otras cuatro monjas más de edad muy avanzada y con la mente algo desordenada, o eso era lo que ellas creían. Alguien ajeno al entorno estaba al tanto de todos los recovecos y pasillos ocultos del lugar.

Un monasterio con mucha historia, donde habían sido armados caballeros personajes como Fernando III el Santo, Eduardo I de Inglaterra, Pedro I de Castilla, el cual vino a este mundo en la torre defensiva del edificio[2], o Alfonso XI de Castilla y de León entre otros, tenía casi la obligación de esconder numerosos caminos, propios de intrigas y encuentros de citas a ciegas. Un monasterio que conoció coronación de reyes como Alfonso XI y su hijo Enrique de Trastámara, y fue panteón real de numerosos nobles de la comarca.

Un lugar tétrico por lo increíble de su extensión y las pocas monjas que lo habitan.

Siempre se ha estado en la certeza de que algunos túneles se construyeron con la intención de comunicar la iglesia con las vi-

2. Torre: Consta de varios pisos, los dos últimos con ventanas para las campanas. Tiene adosado un husillo cilíndrico (escalerilla de caracol); arriba hay una balaustrada calada sobre matacanes. Como remate de los contrafuertes están esculpidos los emblemáticos castillos tallados en piedra, símbolos de la heráldica del rey Alfonso VIII.

viendas tradicionales de los criados y los clérigos situadas en el otro extremo del recinto. Nunca se llegó a confirmar, pero ha sido la comidilla y el argumento de historias ficticias durante cientos de años. Historias a veces fantásticas que han ido pasando generación tras generación, como narraciones en forma de cuento que los nietos escuchan atentamente de la dulce voz de sus abuelas.

Con aspecto de fortaleza inexpugnable de noche y preciosa construcción de diversos estilos arquitectónicos a la luz del día, el monasterio de Santa María volvía a relucir en la actualidad no por las leyendas reales, ni por lo hermoso de lo que rodea a su historia, sino por ser centro de investigación de, por ahora, dos asesinatos sin resolver. Desde la profanación de los magníficos sepulcros reales, realizada durante la Guerra de la Independencia Española, nunca se había desatado tanto nerviosismo e intriga en su interior. Siempre había sido lugar de reposo y tranquilidad, y sus ya castigadas fachadas no estaban acostumbradas a estar rodeadas de investigadores forenses y señores de la ley, dispuestos a marcar el lugar con sus números de escala y pintar con espray blanco la silueta de un cadáver impropiamente asesinado.

Habían pasado cuatro días con cierta normalidad. La policía seguía con la investigación, pero esta vez mantenían al margen a las monjas y se centraban en temas de despacho. Un tema que a priori parecía que iba a tener un desenlace rápido y sencillo se complicaba por momentos. El principal sospechoso había aparecido muerto, y, lo que es peor, no disponían de ninguna pista más o menos concluyente. Y eso solo significaba una cosa: que las monjas todavía estaban en peligro.

Eran las dos de la madrugada y la calma, esta vez, dominaba sin grandes pretensiones a la tensión de las últimas semanas. Todas estaban en sus cuartos durmiendo, excepto aquellas cuyo sueño era inquieto y agitado; entre que las que se encontraba, como es lógico, Clara. No terminaba de conciliar el descanso y, cuando eso sucedía, se dedicaba a escribir en un pequeño cuaderno todo aquello que le ocurría diariamente y era digno de mención; es decir, en las últimas semanas casi todo. Lo que más le preocupaba era la llave; sabía que la había visto en otro lugar, no solo en el colgante que llevaba el jardinero, por lo que estaba segura de que existía más de una. Pero ¿dónde?Mientras ella no dejaba de exprimir su cerebro, con el ánimo de que los recuerdos brotaran con facilidad, en el otro extremo del convento, una persona vestida de oscuro en su totalidad, con guantes y pasamontañas, se movía sigilosamente por las galerías secretas que comunicaban con los sepulcros, la mayoría expoliados durante la época de ocupación de las tropas francesas de Napoleón en el XIX. Muchos de ellos, gracias a los historiadores y a la colaboración de sus ocupantes, las adorables monjitas, como así las denominaba Luis, se han ido recuperando a lo largo de los años, pero el ajuar que había en su interior se ha perdido. Se movía con agilidad y sin dudas, a pesar de que la complejidad del subsuelo lo convertía en un perfecto laberinto. Estaba claro que lo conocía a la perfección. Después de varios minutos volvió a salir al exterior por una puerta de madera que comunicaba con las Claustrillas[3], un pequeño claustro, de planta rectangular, que utilizaban las monjas como espacio de meditación y esparcimiento. Hubiera sido mucho más corto y rápido ir directamente a través de la capilla y sala capitular en lugar de utilizar los pasadizos, pero el riesgo a ser visto era mayor. Tenía que encontrar el sepulcro de don Fernando de la Cerda, hijo de Alfonso X el Sabio, una hermosa sepultura de piedra policromada, adornada con destacadas ornamentaciones de símbolos heráldicos y custodiada en su parte superior por tres figuras; Jesucristo crucificado en la central.

Una vez frente a ella se detuvo y, mirando al crucifijo, murmuró una breve oración a modo de perdón y arrepentimiento. Abrazó a la piedra por uno de sus laterales, y, con toda la fuerza de que fue capaz, desplazó la sepultura unos centímetros dejando ver debajo de ella unas escaleras que comunicaban con lo que parecía ser otro pasadizo. Antes de poner el pie en el primer peldaño se aseguró de que nadie le seguía, mirando en repetidas ocasiones en ambas direcciones. Puso la piedra en su sitio y, antes de continuar con su camino, encendió la linterna que llevaba en uno

3. Las Claustrillas: llaman así al pequeño claustro antiguo, de planta rectangular, que perteneció al monasterio fundado en 1187. Se cree que el autor de la obra fue el maestro Rodrigo, que dejó otras obras por estas tierras.

Cada lado presenta doce arcos que se apoyan sobre columnas pareadas con capiteles alargados, entre románicos y góticos, con ornamentación vegetal muy estilizada. En las esquinas y centro de cada lado se interrumpe la arquería con machones (o pilar), cuyos capiteles están ricamente labrados con temas de castilletes.

de sus bolsillos. La oscuridad era prácticamente total; solo unos pequeños reflejos de la luz que provenía de la iglesia, y que pasaba a través de unas diminutas rejillas, le permitían caminar con cierta comodidad. Una puerta con bellas tallas de madera le esperaba al final de su trayecto. Se levantó un poco el pasamontañas, bajó un poco el jersey color negro y cogió una llave que llevaba como colgante. Introdujo la llave en la cerradura y abrió con extremo mimo, como si, además de poder ser descubierto, algo sumamente improbable por la situación del cuarto, se pudiera romper la llave. Era de gran antigüedad, y, en caso de que así ocurriera, le sería imposible volver a aquel lugar; y eso no se lo podía permitir.

La habitación estaba repleta de libros antiguos, mapas, dibujos, objetos de astronomía y cuadernos con anotaciones, la mayoría de temas relacionados con la filosofía. Pero eso no era lo que iba buscando el silencioso visitante. Un mueble corroído y viejo con cuatro cajones custodiaba la puerta. Cada uno de ellos tenía labrados diferentes escudos de familias nobles burgalesas. Abrió el segundo cajón, y en un doble fondo, allí estaba. Estuvo admirándolo muy despacio, disfrutando de cada instante como si fuera la última vez que fuera a tener la oportunidad de hacerlo. A pesar de los años transcurridos, todavía se podía apreciar la belleza de sus imágenes. Se encontraba algo descolorido por el paso del tiempo, pero eso ofrecía más belleza para sus ojos y para que la imaginación brotase con más libertad. Los guantes de piel lo complicaban y no podía sujetarlo con facilidad, pero no quería despistarse y dejar huellas que delatasen su identidad; sobre todo después de tantos años.

Sin esperarlo, un ruido extraño rompió su concentración y volvió a guardarlo antes de que nadie pudiera verlo. Era su gran secreto. Dejó todo como estaba y salió de la habitación volviendo a dar un par de vueltas con la llave, la segunda con un poco de dificultad. Necesitaba de un pequeño empujón y que quedara transversal para poder cerrarla completamente. Esa era la pista que tenía para saber si alguien con anterioridad había entrado en el cuarto.Tenía la total seguridad de que nadie conocía ese lugar, pero a pesar de ello toda precaución era poca. Ya habían muerto dos personas del convento y lo ocultaría con su vida si fuera preciso. Regresó a sus aposentos atravesando las Claustrillas, el claustro de San Fernando[4] y se detuvo en la sala capitular para tomar un poco de aire. La edad comenzaba a jugar malas pasadas y sus piernas no respondían tan bien como en su juventud. Necesitaba llegar a la capilla de Santiago, que se encontraba fuera de la construcción del monasterio y totalmente aislada en el terreno de la huerta, pero antes tenía que saltar el muro por su parte más baja. No era difícil, pero su elasticidad no era la misma. Una vez allí se podría considerar a salvo de su noche de aventura.—«Esta joven Clara es demasiado impetuosa y a veces se acerca demasiado. Se podría dedicar a sus oraciones y dejar de jugar a policías. No me gustaría tener que... ¡Mierda, joder!», gritó al recibir un pequeño corte en la pierna con una de las ramas, cuando se disponía a saltar.

Ya al otro lado del muro pudo tranquilizarse; unos metros más y por esa noche todo habría terminado. Algo arriesgado, pero había merecido la pena. Aun así, desconfiaba de todo el mundo y tampoco era ninguna garantía la dulce apariencia de alguna de las monjas. Sor Fátima era el ejemplo; estuvo a punto de irse de la lengua, lo que le costó un final que nadie había planeado.

Nadie se había percatado del sigiloso visitante nocturno, excepto Saffiya, a quien entre sueños le había parecido escuchar algo fuera de lo habitual. Dudaba si despertar a su compañera, que, después de estar escribiendo durante un par de horas e intentar recordar dónde había visto la llave, se había quedado dulcemente dormida, y compartir sus dudas, o no darle importancia e intentar averiguar el origen del ruido por sí misma. Su impaciencia y cobardía tomaron la decisión por ella, y no tuvo ningún reparo en separar a Clara de sus fantasías.

---

4. El claustro de San Fernando fue construido hacia el primer cuarto del siglo XIII. Sus galerías están cubiertas por bóvedas de medio cañón, reforzadas por arcos fajones que se apoyan en ménsulas de decoración vegetal hacia el interior y lisas hacia el exterior. En algunas zonas se conservan restos de yeserías hispanomusulmanas policromadas con motivos de pavos reales, heráldica, atauriques y lacerías. Cada panda o lado está recorrido por arquerías apuntadas, cuyos arcos están agrupados de tres en tres entre machones. En la panda sur está el refectorio y en la del oeste estaba la cilla o almacén, destinado en la actualidad a museo de telas. En el lado este se encuentra la sala capitular.

En este claustro pueden admirarse algunas portadas y algunas puertas de madera, sobre todo una de origen musulmán, del siglo XI, procedente de la conquista de Almería. Desde él se accede al otro claustro llamado las Claustrillas por un pasadizo cuyo techo está decorado con yeserías.

—¡Clara, despierta! —gritaba con timidez mientras le daba leves empujones sobre el hombro para que solo ella la escuchase. No quería despertar a nadie más porque sabía que los castigos estaban a la orden del día, y ellas ya tenían demasiados puntos en contra para conseguir que les dieran sus destinos preferidos.

—¿Qué quieres ahora, Saffiya? —Por fin había cogido el sueño y contestó algo molesta.

—He oído como si alguien estuviera por la sala capitular.

—¿Y para eso me despiertas?, puede ser cualquiera. Somos muchas monjas, y cualquiera de nosotras puede darse un paseo porque su compañera de estancia no la deja dormir —dijo con ironía.

—No, Clara, he escuchado como un quejido y no era nadie del convento. Cuando me he asomado a la ventana, me ha parecido ver a alguien vestido totalmente de negro, incluso la cabeza, y te aseguro que aquí la única persona de color soy yo.

—Vaya pista que me das, Saffiya. La mayoría de las monjas veteranas van de negro. ¿Qué quieres decir, que llevaba pasamontañas?

—Sí, así es. Y no creo que alguien con pasamontañas y a estas horas de la madrugada tenga buenas intenciones —le contestó Saffiya con miedo en su rostro—. Esto no me gusta nada.

—Para ya, me estás poniendo nerviosa a mí también.

—¿Qué hacemos?

—En estos momentos no tengo ni idea. De todas formas, seguro que no es nada y todo son imaginaciones tuyas. A lo mejor ha sido una sombra o algo así. ¿Dónde dices que crees haberlo visto?

— Cerca de la sala capitular, a la altura del muro. Creo que se disponía a saltarlo.

—¿Ves?, seguro que estás en un error. No es nada fácil saltar ese muro, y más a estas horas de la madrugada con tanta oscuridad. Anda, vuelve a dormir a ver si consigo conciliar el sueño. Esta es la segunda vez que intento dormir un poco. Además, como digamos algo de esto a la superiora y luego estemos equivocadas, puede ser el punto y final para conseguir nuestros destinos.

—Pero, Clara…

—Te creo, no te preocupes. Está claro que la persona que has creído ver era el asesino y todavía tiene algo pendiente con el convento; si no, ¿para qué iba a ir tan oculto y a estas horas?

—Entonces, ¿no se lo contamos a nadie?, ¿ni a tu amigo el policía?

—No es amigo mío.

—Es una forma de hablar.

—Lo que me pregunto es qué estaría haciendo por aquí, qué estaría buscando y por qué arriesgarse tanto volviendo al lugar de los crímenes.

—A lo mejor no ha vuelto.

—¿Qué quieres decir con eso?

—Pues eso, que a lo mejor no ha vuelto, es decir, que nunca ha salido de aquí. Que es una persona del monasterio y por eso se oculta con ropas oscuras, para no ser reconocida.

—Puede que tengas razón —dijo Clara, sorprendida por la deducción de su amiga—. Si te soy sincera, yo también estoy un poco asustada. Si la persona que has visto es el asesino, no tiene ninguna gracia, y ya ha demostrado dos veces su capacidad para asesinar.

—¿Por qué dices dos veces?

—¿No creerás que lo del jardinero ha sido un accidente?

—Eso es lo que ha dicho la madre abadesa.

—Es para que no nos asustemos, pero yo no me lo creo, seguro que tiene instrucciones de la policía. —En esos momentos se arrepintió de habérselo dicho. Ella estaba al tanto de la investigación, pero había quedado con Luis en guardar el secreto. Estaba convencida de que Saffiya no contaría nada, pero hubiera sido mejor no decir nada—. Saffiya, no le des más vueltas y vamos a dormir un poco. Tú no te preocupes, si te quedas más tranquila yo se lo cuento a Luis, él sabrá manejar la información con discreción. Si te has dado cuenta, no se ha dicho nada en estos días por la televisión, y es que hay instrucciones por parte de la policía de que no llegue nada a los medios de comunicación. No quieren que un problema como este manche la imagen e historia de un monasterio que es ejemplo cultural de la ciudad de Burgos. Además, creen que si la gente se entera de lo sucedido, y debido al miedo, podría ser causa suficiente para que futuras novicias se arrepintiesen de entrar en la congregación, y no creo que eso le interese a una iglesia con falta de vocaciones en la actualidad.

Saffiya volvió a su cama. En menos de diez minutos estaban dormidas como si nada hubiese ocurrido.

Capítulo 21

El monasterio había sufrido distintos cambios en los últimos años y ya solo quedaban diez habitaciones de retiro total, el resto se había modernizado para estar a la altura del siglo XX y tener las instalaciones acordes a sus objetivos, la preparación de chicas jóvenes para monjas de clausura, la enseñanza, hospitales o misiones. No se cobraba ningún tipo de matrícula, pero las familias daban grandes cantidades de dinero al monasterio, una costumbre muy antigua de la que la Iglesia no quería prescindir y con la que ayudaban no solo a la preparación de aquellas que estaban dispuestas a cambiar de estilo de vida, sino a mantener el bienestar de todos los que allí vivían. Por ese motivo era importante mantener todo en «secreto de sumario». También se servían de la voluntad que aportaban los visitantes al monasterio, ya que era un lugar turístico cultural de reconocido prestigio de la ciudad de Burgos.

A lo largo de los siglos se fueron añadiendo dependencias: viviendas de clérigos y criados, escuelas o las casas de la administración, por lo que en la actualidad es un complejo de grandes dimensiones y complicado de ver a la perfección en un solo día para todos aquellos fanáticos de la cultura arquitectónica de la zona. Incluso y a pesar de ser un monasterio del siglo XII, había una pequeña sala con televisión, para que las jóvenes que se estaban preparando para futuras misioneras estuvieran al tanto de la actualidad. Para poder enfrentarse a un mundo tan duro como el de las misiones, y más las que pretendían Clara y Saffiya, lo mejor era la cruda realidad.

Con tanto desconcierto, la vida del convento se había visto transformada prácticamente en su totalidad. A pesar de que la madre María y las demás responsables de mantener el orden pretendían que todo siguiese con relativa normalidad, las continuas visitas de la policía soliviantaban y desconcertaban a la mayoría. Los destinos de las futuras misioneras se estaban retrasando más de lo normal y eso impacientaba a Clara, que, a pesar de sus dotes detectivescas y de lo divertido que pudiera parecer tanta investigación e intriga, estaba deseando saber su destino y ayudar cuanto antes a los demás, ya que eso era para lo que se estaba preparando. Estaba decidida a mantener una conversación con la madre abadesa e insistir en hablar del tema de su futuro inmediato, pero cada vez que pensaba en ello le venía a la imaginación la dichosa llave. No estaba segura de que fuera el momento oportuno para dicha reunión, pues sor María estaba inmersa y muy preocupada en la resolución de los crímenes; además, tenía una conversación pendiente con el policía para informarle de dónde había visto la llave y para comunicarle la visión de Saffiya la pasada madrugada, y eso tenía mayor prioridad. A lo mejor esa información le venía bien a Luis para atar cabos y avanzar en la investigación.

Al levantarse, y tras asearse un poco, se dirigió a Saffiya, la cual esperaba pacientemente sentada sobre la cama.—Saffiya, ¿por dónde dices que viste a ese hombre?

—Yo no te dije nada de que fuera un hombre.

—Ya, pero por lo que me contaste de saltar el muro, el pasamontañas, etc., creo que existen muchas posibilidades de que así sea. Pero eso no es lo importante ahora. Dime —insistió—, ¿por dónde dices que lo viste?

—Saliendo de la sala capitular, ¿por qué?

—Por nada. ¿Me puedes hacer un favor?

Saffiya supo enseguida que esa pregunta tenía trampa y que si accedía había muchas posibilidades de que su compañera se metiera en un nuevo problema.

—¿A qué favor te refieres?

—¿Le puedes decir a la madre superiora que me encuentro indispuesta y me he tenido que quedar en la habitación descansando?

—En cuanto se lo diga querrá venir ella misma a comprobar qué te pasa.

—Eso te lo dejo a ti. Confío en tu imaginación y en que sepas evitarlo, solo necesito media hora.

—Me das miedo. Te vas a meter en un lío muy gordo como te pillen. No puedes saltarte las normas cada dos por tres. ¿Qué es lo que vas a hacer ahora?

—Voy a hacer una visita a la sala capitular. Necesito saber qué buscaba el hombre…, bueno, mejor dicho, la persona de tus sueños.

—Déjalo, seguro que tenías razón y todo ha sido imaginación mía. Sería una de nosotras con falta de sueño y ganas de meditación. No hay nada como meditar a las tres de la madrugada. Ya sabes, la paz, el sosiego y tranquilidad de esas horas… —Saffiya intentaba por todos los medios impedir que Clara continuase con sus planes, aunque estaba totalmente convencida de lo que había visto. Aun así, prefería olvidarse de todo con tal de evitar otro castigo.

—No me vas a convencer por más que lo intentes, pero te lo agradezco de todos modos. Mientras antes me vaya, menos explicaciones tendrás que dar.

Salió de la habitación de forma precipitada, dejando a Saffiya con la palabra en la boca y en busca de no se sabe qué solo guiada por su intuición.

Una vez en la sala capitular del claustro de San Fernando, le pareció escuchar voces que mostraban lo que parecía ser una discusión. El ruido provenía de la sala contigua, el museo de telas medievales, una estancia que en su día sirvió de almacén y que exponía en la actualidad preciosos objetos y telas del siglo XIII y XIV.Se arrimó a la pared todo lo que pudo y con el mayor sigilo para que no se dieran cuenta de su presencia. Una de las voces le resultaba familiar, pero no conseguía reconocerla. Los dos hombres estaban enzarzados en una acalorada discusión y daba la sensación de que ninguno quería dar su brazo a torcer.

—¡Le digo que no me ha visto nadie!

—¿Estás totalmente seguro? ¡Ha sido una verdadera tontería!, ¡te has arriesgado demasiado por nada!

—¿Por nada? ¡Tenía que asegurarme de que todo estaba en su sitio y de que nadie había tocado nada, joder!

—Está bien, de acuerdo, pero bajemos la voz, que nos van a oír; y por favor deja de decir tacos de una vez. Ya está hecho y no se puede echar marcha atrás. Entonces…, todo estaba igual que siempre, ¿no es así?

—Sí, puede estar tranquilo. En el cajón de siempre y bajo llave.

—¿Te acordaste de dejar la puerta con las vueltas de llave…?

—¿Se quiere fiar de mí? No es la primera vez que lo hago y ya lo debería saber.

—Ya lo sé, pero no quiero que, por un error estúpido y después de tantos años, nos descubran y nos quiten todas las subvenciones. Sería todavía peor que todo esto llegase al Vaticano, entonces nos podríamos dar por acabados. Ya han estado dos personas muy cerca, y mira cómo han terminado; como nunca me hubiera gustado. Por cierto, esa novicia, esa tal…

—Sí, la joven Clara.

—Eso, la novicia Clara. Ten cuidado con ella, que a lo tonto y con ese amigo suyo, el policía, se están acercando demasiado. Vigílala de cerca.

—No se preocupe, no sabe ni sospecha nada.

—Eso decías también del jardinero y al final tuviste que cargártelo.

—¿Cómo que cargármelo? ¡No me venga ahora con esas!, ¡yo soy un simple peón de la partida, no me vaya a cargar toda la responsabilidad!; nadie hubiera pensado que ese pobre anciano tenía un duplicado de la llave y que lo descubriría por un conjunto de casualidades.

—Deja de elevar la voz, en este lugar se escucha todo. Vamos a dar la conversación por terminada y espero que, si todo sale según lo previsto, no nos tengamos que volver a ver en estas condiciones. Solo te recuerdo que tengas mucho cuidado la próxima vez, no me gustaría que la lista de pobres desgraciados tuviera un miembro más.

—Eso ha sonado a amenaza —dijo con la voz temblorosa el que recibía las órdenes.

—Eso es lo que es —afirmó con rotundidad el que parecía tener el poder.

Al escuchar que se despedían, Clara se remangó el hábito y corrió a ocultarse. Al principio se asustó, pues no encontraba el lugar adecuado por lo diáfano de la zona, hasta que por un acto reflejo, gracias a la agilidad de la juventud y con algunas zancadas más amplias de lo normal, consiguió esconderse tras el sepulcro de don Fernando de la Cerda. Se quedó agachada hasta ver que se alejaban. Asomó un poco la cabeza tras la piedra y observó como en el otro extremo de la sala los dos hombres cogían caminos distintos, pero, debido a la penumbra y a que ella se encontraba a sus espaldas, no consiguió reconocer a ninguno. Tanto esfuerzo y riesgo para nada. Al irse a levantar, se apoyó sin querer en uno de los extremos del sepulcro desplazándolo unos centímetros. Por el pequeño hueco se podía ver una escalera de hierro en forma de caracol. Enseguida se dio cuenta de que bajo la sepultura existía otro pasadizo secreto.Sabía que uno de los principales objetivos del rey Alfonso VIII fue impulsar la idea de convertir el monasterio en panteón de reyes; él mismo quiso ser enterrado ahí junto a su mujer. Por ese motivo se pueden ver tantos sepulcros de la familia real, todos de gran importancia histórica. Lo que no conocía con certeza era que algunos escondieran bajo sus entrañas incógnitas inexpugnables e inalcanzables para el conocimiento de la mayoría.

Ella quería descubrir algo más, no se podía quedar con el interrogante de saber qué era lo que comunicaba con esas escaleras, pero esta vez la prudencia y en cierto modo un poco de miedo hicieron que la idea de buscar respuestas para todas sus dudas esperase a un momento más idóneo o, por lo menos, a contar con la ayuda de alguien y no hacerlo en soledad. No tenía mucho tiempo para más. Sin darse apenas cuenta habían pasado los treinta minutos que le dio de margen a Saffiya para ocultar su ausencia. Regresó a la habitación, se quitó el hábito y se metió en la cama, justo en el mismo momento en que hacía su aparición sor María seguida por Saffiya. Esta, al ver a su compañera, suspiró profundamente y de forma exagerada, sorprendiendo a la abadesa.

—Pero ¿qué es lo que te pasa a ti también?

—¿Por qué lo dice, madre?, a mí no me pasa nada.

—Pues, hija, parecía que te iba a dar algo. Y a ti, Clara, ¿qué es lo que te pasa?, ¿te encuentras mal? —dijo volviéndose hacia ella.

—No lo sé, es que no he pegado ojo en toda la noche. Algo me debió sentar mal de la cena de ayer. Pero ya me voy encontrando un poco mejor. Ahora mismo me levanto…

—Deja, deja, no hay prisa. Quédate un poco más, descansa y así te encontrarás mejor esta tarde.

—Si quiere yo le puedo hacer compañía —sugirió Saffiya.

—Tú a tus obligaciones. Ya es mayorcita como para tener una niñera —ordenó sor María.

Saffiya se quedó con las ganas de que su compañera le contase qué había descubierto en su corta aventura. Lo que ellas no sabían es que sor María era demasiado vieja, en cuanto a experiencia se refería, como para ser engañada por un par de jóvenes novicias. No quiso darle a la anécdota mayor importancia, para de esa forma poder vigilarlas sin que se dieran cuenta. Lo mejor era seguirles el juego porque sabía que se traían algo entre manos. En cuanto salieron del cuarto… «¡Menos mal, ha faltado poco para que me pillase la abadesa!», pensó en voz alta Clara.

Ya que tenía permiso aprovechó para descansar. Se sentía agotada y necesitaba olvidarse de todo después de varias noches sin poder dormir con normalidad por culpa de su mente intranquila; y para colmo de todos sus males ahora tenía una cosa más por la que preocuparse, la discusión que había presenciado hacía unos minutos, que demostraba con certeza que algo muy importante se tramaba dentro del monasterio. Algo sumamente valioso se ocultaba bajo esos muros, tan valioso como para protegerlo con dos asesinatos o con los que fuera preciso. Pero ¿a quién correspondía la voz que tan familiar le resultaba? No dejaba de pensar cuándo había sido la última vez que la escuchó. Montones de escenas y sonidos se empezaron a entremezclar en su cerebro, provocándole un leve dolor de cabeza. Abrió el cajón de su mesilla de noche, sacó una aspirina y se la tomó con la ayuda de un poco de agua que cogió del lavabo llenando sus pequeñas manos. Un par de sorbos sirvieron para tragársela. Volvió a acostarse y cerró suavemente los ojos en busca de una oscuridad que le ayudara a relajarse. Así ocurrió; no tardó ni cinco minutos en dormir profundamente.

Capítulo 22

Ciudad del Vaticano, Roma

Las nubes amenazaban una fuerte tormenta y cubrían en su totalidad la plaza del Vaticano, que, como era de esperar, se encontraba a rebosar de turistas con ganas de enriquecer su cultura y a los que el mal tiempo no suponía ninguna cortapisa para seguir completando su álbum de fotos.

Lo que en su día fue una basílica paleocristiana era lo más visitado. Esa mañana cientos de turistas, la mayoría peregrinos, se amontonaban para ver una maravilla cultural, cuyo último arquitecto, Gian Lorenzo Bernini, tuvo el honor de terminar. La gente esperaba su turno con paciencia en diversas colas, dispuestas en el exterior y sin ningún orden aparente, con la esperanza de que no pasara demasiado tiempo para tan deseada visita.

Por una de las puertas laterales, custodiadas por dos soldados de la Guardia Suiza vestidos con sus tradicionales y vistosos uniformes, un sacerdote entraba casi a la carrera. Las escaleras que comunicaban con uno de los despachos las subió de dos en dos para llegar cuanto antes a su reunión con uno de los obispos. Este le esperaba con el solideo color violeta en la parte posterior de la cabeza, muestra de su categoría eclesiástica, su cruz pectoral y un sobre en su mano derecha con el tema que iban a tratar.

El secretario del obispo, que se encontraba esperando con disciplina militar en la puerta del despacho, anunció la llegada del sacerdote.

—Reverendísimo, el padre Jesús ya está aquí.

—Dígale que pase.

El sacerdote don Jesús, como era conocido y llamado por sus feligreses, dio varios pasos con seguridad hasta llegar a la altura de su superior, el cual le esperaba con la mano extendida ofreciéndole el anillo pastoral. El padre Jesús se dirigió hacia él y besó el anillo mientras hacía una leve reverencia en señal de saludo y respeto.

—Reverendísimo señor.

—Levántese, padre, y vamos cuanto antes a lo que nos ocupa.

—Usted dirá.

—Me han hablado muy bien de usted y de su trayectoria, y le he hecho llamar para un tema de extrema gravedad, del que creo que ya tiene algo de información.

»Es usted descendiente de españoles y ha vivido en España, por lo que conoce perfectamente la cultura y sus costumbres, y, lo que es más importante, tiene un dominio perfecto del castellano. Pero, antes de empezar, quiero, o más bien le ordeno que todo lo que aquí hablemos hoy no salga de esta sala.

—Lo que diga su excelentísimo.

—Puede dejar por un momento la oficialidad del trato, así avanzaremos algo más. Si le soy sincero, siempre me ha parecido un poco cursi tanto excelentísimo y reverendísimo.

»He recibido una carta de uno de nuestros discípulos de la ciudad de Burgos en España, donde me transmite su preocupación. Ya sabe que ha habido dos muertes por preservar el secreto y nos pide un poco de ayuda y protección. ¿Es usted la persona que busco?

—Por supuesto, revere…, perdón, claro que sí, señor. Cuente conmigo. Y perdone que le haga una pregunta.

—Adelante.

—¿Cuál ha sido el motivo de que se destape algo que estaba, al parecer, controlado, o más bien dormido en el tiempo?

—La casualidad. La simple casualidad, según me informa nuestro hombre de España. También ha podido influir la vejez.

—¿Cómo que la vejez? —preguntó extrañado el sacerdote.

—Todo se ha iniciado con un despiste de una de nuestras hermanas protectoras más ancianas, por lo que tendremos que actuar; de ahora en adelante, habrá que asegurarse de que todos nuestros miembros se encuentran en perfectas facultades para la función que se nos ha encomendado.

—Entiendo, entonces, que una de las personas fallecidas ha sido la hermana, pero ¿y la otra?

—Es ahí donde quiero que preste la mayor atención. La otra persona no estaba con nosotros, y ha estado muy cerca de descubrirlo todo. Ni la policía sabía de su identidad verdadera. Era de la competencia, es decir, un fanático de otra religión, con ganas de echar todo nuestro trabajo por la borda. Llevaba mucho tiempo tras alguna pista y fue, además de paciente, muy inteligente por hacerse pasar por jardinero del monasterio. Eso le permitió moverse a sus anchas y hacerse con la confianza de las monjas sin que nadie sospechase. Estaba a punto de comunicar a los suyos todo lo que había averiguado, por lo que no ha habido otro remedio y ha tenido que sufrir un terrible accidente. Esto nos demuestra que no podemos descuidarnos ni un solo momento; ya nos han demostrado de lo que son capaces, de lo bien preparados que están y de que les dan igual los años que pasen con tal de conseguir sus objetivos.

El obispo hablaba paseando de un lado a otro del despacho, como si don Jesús no estuviera presente.

—No hay nada peor que el fanatismo religioso. El fanatismo que más controversia ha originado a través de la historia, y bajo el cual se han llevado a cabo multitud de conflictos bélicos, holocaustos, asesinatos o actos terroristas. ¿No está usted de acuerdo, padre? —preguntó al sacerdote esperando su aprobación, mientras se daba la vuelta para buscarle con la mirada.

—Claro que… —No le dio tiempo a concretar su respuesta, puesto que el obispo estaba dando la disertación para sí mismo, como si estuviera ensayando un discurso.

—Durante cientos de años, miles de fanáticos religiosos se han visto absorbidos o hipnotizados por las grandes religiones, para así realizar actos que van en contra, incluso, de su propia religión, lo que demuestra que el individuo actúa por obsesión, y no por fe. Suelen ser personas que demuestran una conducta ciega y todas sus actuaciones van destinadas a todos aquellos que no creen como ellos, utilizando una lógica inflexible. ¿Sabía usted que el fanatismo religioso alcanza su esplendor, por llamarlo de algún modo, en los siglos XVI y XVII, porque todos estos impresentables iban en contra de las ciencias, pues estas condenaban a la religión mediante la razón, o a los estudiosos de los astros, a quienes acusaban de servidores de Satanás? Pero, ante todo, estos simpatizantes del fanatismo tienen un principio: que todo aquel que no piensa como él se convierte en enemigo o en adversario.

»Por eso mismo tenemos que defender la religión verdadera, cueste lo que cueste, pero sin llegar a un fanatismo sin sentido.

—No se moleste por lo que le voy a decir, reverendísimo. —Don Jesús era incapaz de evitar dirigirse al obispo como mandaban los cánones —. Pero ¿no hacemos nosotros algo parecido, hasta el extremo de eliminar de la ecuación a gente inocente?

—Eso es distinto. No se ha terminado con ellos por pensar diferente, sino por proteger una forma de vida vital para millones de personas. Es lo que se suele denominar en la guerra como «daño colateral».

»Detesto a todos aquellos que matan en nombre de una religión, y más cuando es en nombre del cristianismo. Pero nadie puede cambiar la historia; en muchas naciones se han podido ver actos de fanatismo desde la caída del Imperio romano, donde los cristianos quemaban libros o terminaban con toda la literatura y el arte que les perjudicara. También las cruzadas fueron actos vandálicos; una contienda centenaria durante la Edad Media, donde musulmanes y cristianos no dejaban de pelearse en nombre de Dios. Y tenemos más ejemplos en nuestra historia reciente. Fanáticos que se esconden bajo la bandera de la religión islámica y son capaces de estrellar camiones repletos de bombas contra cualquier objetivo político o no, cometiendo daños irreparables a otros ciudadanos, simplemente por pensar diferente y diferir de sus creencias. Son personas faltas de cultura, ingenuas e ignorantes, e incapaces de poseer un razonamiento válido que sirva para justificar sus convicciones, que solo son capaces de defender mediante la agresión.

»Habitualmente tienen comportamientos obsesivos y se amparan en una veracidad inquebrantable. No aceptan consejos que les puedan llevar a una evolución o cambio de mentalidad social, y suelen entender su vida como una misión donde el triunfo es la única meta. Da igual si tienen que dejar por el camino familia o amigos; todo vale para ganarse un mundo mejor tras la muerte. Se sienten fiscales y jueces de las acciones del prójimo, están anclados en el pasado, y no disponen de una mentalidad abierta que les haga evolucionar dentro de una diversidad, necesaria para descubrir nuevas ideas.

El sacerdote escuchaba pacientemente la explicación del obispo sin apenas mover un músculo, esperando a que terminara y le diera nuevas instrucciones.

—Ahora que me doy cuenta —el obispo cambió repentinamente de tema—, no le he ofrecido una copita de vino dulce —dijo cortésmente y de forma inusual.

—Se lo agradezco, señor obispo, pero en estos momentos no me apetece. —Enseguida cayó en la cuenta de la metedura de pata al dirigirse a él como señor obispo, pero este siguió a lo suyo como si nada.

—¿Tiene usted alguna opinión al respecto?

—Creo que, por desgracia, nunca nos podremos deshacer de esos fanáticos que usted muy bien ha descrito. Siempre han existido, existen y existirán a lo largo de la historia. Dios nos hizo imperfectos y la imperfección de unos la pagan el resto de los hombres. Somos culpables de nuestras propias deficiencias, y lo que es peor, hay muchos responsables mundiales a los que les interesa que siga siendo de ese modo.

—¿A qué se refiere con eso?

—Mi opinión no tiene ninguna validez, reverendísimo.

El obispo pensó que era absurdo insistir en la cordialidad del trato por parte del joven sacerdote, y dejó que este se dirigiera a él como más fácil le fuera y mejor se sintiese.

—Cómo que no. Me interesa mucho saber su punto de vista.

—Me da la sensación de que a muchos líderes políticos, sobre todo algunos dictadores mundiales, les interesa tener a un pueblo que se mueva exclusivamente por un fanatismo religioso, que se pase toda su vida guerreando en nombre de un dios hecho a su medida, y que siga pensando que, cuando mueran por la causa, cientos de mujeres les estarán esperando en la otra vida. Les interesa mantener un pueblo inculto y ocupado, por la sencilla razón de que así es mucho más manejable y fácil de dirigir. En el momento en que este aprendiera o se viera influenciado por algunas culturas occidentales, en las que la libertad, la diversidad y ante todo el respeto por el prójimo son las normas de convivencia, se revelaría contra el dictador, como ya está empezando a suceder en algunos países.

—Y, entonces, ¿qué debemos hacer los demás, quedarnos de brazos cruzados o intentar influirles de algún modo?

—Eso es lo más complicado. Aun sabiendo, bajo nuestro punto de vista, claro está, que se efectúan muchos hechos vandálicos, torturas, asesinatos, maltrato a la mujer, etc., no podemos entrar como un elefante en una cacharrería e imponer nuestra cultura sin respetar parte de la suya. La mayoría son culturas milenarias y de gran arraigo, que se han ido viendo manipuladas por el interés de unos pocos. Si queremos ayudar a esos pueblos de verdad, tendríamos que utilizar como bandera la humildad. Enseñar, y llevarles con paciencia a que ellos sean capaces de elegir por sí mismos la opción más adecuada. Convencerles, eso sí, de que la democracia es la mejor forma de convivencia, y que el objetivo verdadero vaya en pos del país a ayudar y no en los intereses económicos del invasor, como ocurre en la mayoría de ocasiones.

»Por ejemplo, si algún día se invade Irak, se moverá más por intereses económicos que cívicos y democráticos, y estarán casi peor que al principio. Se invadirá con la justificación de terminar con un dictador por poseer armas químicas que nunca se encontrarán, y se terminará dejándolos abandonados al capricho de varias opciones religiosas. Al final lo único que se conseguirá será el desmantelamiento del estado iraquí con un resultado nefasto para la zona.

»No quería entrar en política, y soy consciente de que lo que pretendo o creo que sería ideal es una panacea, pero de sueños también vive el hombre, ¿no cree, reverendísimo?

—Estoy de acuerdo con usted, y no se preocupe por hablar de política, porque la vida misma lo es. Me gusta su punto de vista y sí, de sueños también vive el hombre, por lo que no debemos perder nunca la esperanza.

»Pero entonces, y más después de su comentario, también pensará que somos fanáticos de nuestras creencias.

—En cierto modo, así es. Las convicciones, ideas o valores del ser humano llevan consigo algo de fanatismo. ¿Quién no es fanático de su equipo de fútbol, de un artista, de un cantante o de un pensamiento o idea, como es el caso del que estamos hablando, las religiones? Pero nadie, o mejor dicho casi nadie, porque siempre hay algún loco suelto, mata por imponer su actor favorito a los demás. Usted, reverendísimo, ha explicado cuál es la causa principal del problema hace un instante: la falta de cultura es la base de esa forma de actuar.—¿Y no nos estamos contradiciendo un poco? Hemos tenido que prescindir de dos personas, y a lo largo del tiempo han perdido la vida muchas más por mantener vivo el proyecto.

El sacerdote se vio entre la espada y la pared. Se encontraba en un apuro del que no era capaz de salir, y sabía que el señor obispo, a través de su interrogatorio, estaba jugando con él y poniéndolo a prueba para la misión que le quería encomendar. Entonces, para ganar tiempo y poder encontrar una respuesta oportuna, aceptó la copa de vino dulce que le había ofrecido.

—Ahora sí me apetece esa copa, reverendísimo —le pidió aprovechando el ambiente cordial que se respiraba.

—Le va a encantar. Es un vino que me trae mi amigo el cardenal español, de una bar situado enfrente del Palacio Real, El Anciano Rey de los Vinos. Es un vino dulce espectacular que utilizo además en mis celebraciones apostólicas. Le recomiendo que haga usted lo mismo.

Don Jesús echó un pequeño sorbo y asintió con la cabeza a modo de afirmación.

—Muy bueno, reverendísimo. Pues, como le iba diciendo, creo que nuestro comportamiento no es ni mucho menos equiparable al fanatismo; no queremos convencer ni imponer nada a través del asesinato, solo nos protegemos de aquellos que quieren dañar una fe que ha demostrado, ante todo, predicar el bien y el respeto hacia el prójimo. —Notaba en su interior que no estaba convencido de lo que decía, pero, por el rostro del obispo, la respuesta pareció ser suficiente.

De cualquier modo, tanta amabilidad le resultaba algo sospechosa y no del todo natural. A la mayoría de obispos y cardenales les gustaba mantener ciertas distancias con el resto del personal del clero, sobre todo dentro de las paredes del Vaticano, donde la información que transcurre de unos despachos a otros es de gran relevancia y las decisiones que se toman pueden llegar a influir en millones de personas. Esa es la causa de que la prudencia sea la cualidad mejor vista dentro del personal; pero ¿qué es lo que querría de él?, ¿por qué el exceso de confianza?, ¿le estaba diciendo la verdad? Decidió seguirle el juego, ya que no tenía nada que perder.

—Padre, ya sabe que el anonimato de los sacerdotes que trabajan para la causa y la confidencialidad son las bases para el éxito de la misión y que, salvo fuerza mayor, ambas exigencias no podrán verse violadas en ningún caso.

—Soy consciente de ello.

—Se lo recuerdo porque parece ser que tenemos lo que hoy en día suelen llamar en los medios de comunicación un topo. Alguien no está actuando como es debido y está pasando información a islamistas con ganas de venganza. Hay rumores de que planean un atentado de importancia contra símbolos del cristianismo.

—Perdone, reverendísimo, pero ¿tanta veracidad les da usted a esos rumores?

—¿Qué si les doy veracidad? Por desgracia, toda la del mundo. La última vez que recibimos información de esa fuente, no nos dio tiempo a contabilizar los muertos que causó el desastre que nos habían vaticinado.

—¿Pero es imposible adivinar dónde, cuándo y sobre qué van a actuar?

—Por eso, las mismas instrucciones que se le están encomendando a usted se les están ordenando a otros muchos. Cada uno tiene su objetivo, pero nadie sabe del resto. Como le he dicho, parece ser que van a atentar contra símbolos de la Iglesia. Le mando a España, para proteger, con su vida si es preciso, lo que en Burgos por destino Dios quiso que estuviera. No sabemos si los hechos ocurridos en las últimas semanas tienen que ver con los islamistas o si es una simple coincidencia, y la única forma de averiguarlo, además de para quedarnos mucho más tranquilos, es que se persone usted allí y nos vaya informando de todo.

—¿Y cuándo quiere…?

—Mañana mismo si es posible —interrumpió el obispo.

—Pues si el reverendísimo no quiere nada más, me retiro a hacer los preparativos.

El obispo le ofreció la mano para que don Jesús besase el sello.

—Y ya sabe, la buena fama le precede, no me falle —dijo mientras don Jesús se dirigía hacia la puerta.

—Ah, y una cosa más, no se fíe de nadie y no se preocupe por ponerse en contacto con nuestro hombre, ya se encargará él de ponerse en contacto con usted. Al llegar pregunte por la abadesa del convento, sor María. Ya le hemos mandado una carta, comunicándole que una persona del obispado pasará allí una temporada para revisar con detenimiento unas posibles obras de reforma en el monasterio. De esa manera le dejarán actuar y se podrá mover con total tranquilidad. Siempre se han quejado del estado de alguna fachada con riesgo de derrumbe, por lo que no sospecharán nada.

Sin más, don Jesús salió del despacho cerrando la puerta tras de sí. Bajó la gran escalera de mármol que comunicaba con la plaza, esta vez con paso tranquilo para no resbalar, y desapareció entre la multitud.

Capítulo 23

El único sonido que se escuchaba a la hora de la cena era el de las cucharas contra el plato y el sorber de las monjas. Esa noche tocaba sopa sencilla de verduras, pero la cocinera, por un descuido, había mantenido el caldo al fuego más de lo debido, por lo que los gestos de queja y las diferentes muecas a la hora de introducirse la cuchara en la boca llegaron a ser infinitos y muy divertidos, lo que provocó sin poder evitarlo la risa de varias de las novicias. Como era de esperar, Clara estaba entre ellas. Algunas soplaban con más fuerza de lo normal, con el fin de bajar la temperatura y así poder apreciar mejor su sabor, pero terminaban con la cuchara a la mitad de su capacidad. Las risas se fueron extendiendo a lo largo del comedor, contagiándose sin querer unas a otras hasta llegar a la madre abadesa, que con su leve carcajada pareció dar autorización para que la alegría brotase libremente de manera excepcional, ya que era norma inquebrantable mantener cierta compostura a la hora de las comidas, con el objeto de rezar interiormente mientras se ingería la comida, para darle gracias a Dios por los alimentos que en esos momentos recibían.

Llegó la calma al comedor después de unos momentos de relajación y esparcimiento, entonces un reprimido grito de Clara volvió a detener el silencio.

—¡Ya lo recuerdo!

Su amiga Saffiya intentó, a base de diferentes gestos con su mirada, que se percatase de que estaba siendo observada desde el otro extremo de la mesa, pero Clara parecía hacer caso omiso de las advertencias de su compañera.

—Aguanta un par de minutos a que termine la cena —advirtió con inteligencia Saffiya—, y ya me cuentas todo lo que dices que recuerdas.

—De acuerdo —musitó Clara.

El sonido de la campana puso fin a las oraciones y a la cena, y, como alumnas con ansias de disfrutar del recreo, salieron disparadas a las Claustrillas para poder hablar con tranquilidad. Sor María no le quitaba el ojo de encima y enseguida se dio cuenta de la escapada de las dos amigas. Algo importante rondaba por la cabeza de la dulce pero rebelde Clara.

La abadesa tenía un cariño muy especial a Clara y sabía que el día que tuviera que partir no sería la felicidad su sentimiento principal. Una gran tristeza le embargaba solo de pensarlo. Era, aunque no tenía experiencia como madre, como una hija para ella; su rebeldía y a veces hasta el osado comportamiento para una futura misionera habían conseguido dar un soplo de aire fresco y libertad a un monasterio lleno de carcas con ideas anticuadas e impropias para el siglo XX. Puede que le recordase a como era ella en su juventud, siempre peleona y con ganas de cambiar las cosas, y por eso la quisiera tanto. Pero al fin y al cabo eso era lo de menos, lo importante era que Clara poseía un corazón de oro dispuesto a dar la vida por los demás en cualquier momento y lugar. A veces esa actitud tan desinteresada y algo inconsciente era lo que más le asustaba a sor María. Después de lo ocurrido en el convento, una de las personas que podrían estar en peligro era ella, ya que la mayoría sabía de la colaboración que esta prestaba a la policía; además, su carácter impulsivo y aventurero no le ayudaba para nada a pasar desapercibida.

Dejó a un lado sus pensamientos sobre Clara y se dirigió a su despacho. Debía preparar la recepción del sacerdote que llegaba del Vaticano. «Llevamos un montón de años con los problemas en la fachada y pidiendo ayuda económica para su arreglo, y es ahora cuando se les ocurre mandar a alguien para supervisar el proyecto. ¿Es que no tienen otro momento? Justo ahora que tenemos el convento lleno de policías cada dos por tres».

Sor María ya había mostrado su descontento al obispado sobre la visita. No es que no quisiera, todo lo contrario, pero, ya que habían estado tantos años esperando, hubiera preferido retrasar dicha visita hasta que todo lo referente a la investigación criminal se diera por concluido. Pero, como solía decir, «donde no hay patrón no manda marinero», por lo que mejor será recibirle con los brazos abiertos y facilitarle en todo lo posible su trabajo. Un trabajo del que la abadesa no disponía de ninguna información.De cualquier forma, por su veteranía como responsable del convento, por experiencia dentro del mundo eclesiástico y, ante todo, por los años que soportaba en sus espaldas, sabía que lo mejor era no manifestar curiosidad o demasiado interés, porque eso demostraría desconfianza en el trabajo que al sacerdote le habían encomendado y tenía la obligación de cumplir. Sin embargo, no quería dejarlo demasiado a sus anchas por el monasterio, y qué mejor que destinarle, como apoyo logístico e informativo a título de guía, a Clara. No había nadie mejor para ponerla al día de todo lo que el invitado descubriera o necesitase.

«Todo el mundo sucumbe ante los encantos de nuestra rubia novicia —decía para sí misma la abadesa—, por eso le ordenaré que se encargue de la hospitalidad del sacerdote».Tenía la puerta de su despacho entreabierta. No le gustaba tenerla cerrada del todo porque eso le impedía escuchar el ir y venir de las monjas y sus pequeñas charlas de pasillo. Aprovechó la circunstancia, y cuando vio pasar a la primera monja, en este caso sor Ángeles, una de las más ancianas, la llamó.

—¡Búsqueme a Clara y dígale que venga a mi despacho lo antes posible!, ¡y si ve antes a Saffiya pregúntele, son inseparables, por lo que ella sabrá dónde está! Aunque seguro que ya están juntas.

—Enseguida —contestó.

—Podría haberle hecho el encargo a otra. Creo que voy a tener que esperar bastante hasta que llegue —pensó al ver la lentitud del paso de la anciana—. Mientras tanto no sé si llamar al padre Tomás para que me informe un poco más de todo este asunto y…, mejor será que no —concluyó. Sacó una carpeta del cajón central de su mesa, la abrió y se puso a buscar entre un gran número de hojas repletas de cifras de contabilidad. Quería estar preparada y recordar todos los datos referentes a las solicitudes hechas al obispado con exactitud, con el fin de poder contestar a cualquier duda que le propusiera el sacerdote.

Sentadas en uno de los bancos de piedra de gran tallado, ya habían iniciado su conversación las dos novicias.

—¿A qué ha venido ese grito en el comedor?, ¿qué es lo que has recordado?

—Tampoco tiene tanta importancia, pero ya sabes lo impulsiva que soy y enseguida me dejo llevar por las emociones. El jardinero tenía encima del pecho unos trozos de paja quemada, que al parecer pudo utilizar para encender sus cigarros, o eso es lo que en principio cree la policía…

—¿Y eso qué?

—Espera, no seas impaciente. Además, sor Fátima apareció ahorcada. ¿Por qué, si ya la habían ahogado, se molestan en mostrar un ahorcamiento? Le he estado dando vueltas a las dos cosas todos estos días, recordando que ambas podían estar relacionadas entre sí. Como si el asesino quisiera dejar alguna señal…, y creo que podría tener relación con una fiesta popular.

—Clara, me estoy perdiendo. ¿Qué tendrá que ver una cosa con la otra? Y, que yo sepa, por lo que tú me has contado, todavía no se sabe con seguridad si la muerte del jardinero ha sido un asesinato.

—Ya, bueno…, ha sido un crimen, de eso estoy totalmente segura.

—¿No será que estás dejando volar demasiado la imaginación?

—¿También ha sido imaginación lo que viste por la noche? Todo esto es muy serio, y algo muy gordo se está manejando. —La contestación dejó sin argumentos a Saffiya.

—A ver, sigue, ¿qué es eso de la fiesta popular?

—En muchos lugares de España se celebra por Semana Santa la fiesta del Judas, donde es costumbre hacer un muñeco de tela o paja para posteriormente, a la vista de todo el pueblo, prenderle fuego. En otros, no solo lo queman, sino que también lo ahorcan. ¿Te empieza a sonar de algo todo esto? —lanzó la pregunta al aire mientras Saffiya escuchaba atentamente las explicaciones.

—Ahora creo saber qué quieres decir.

—Yo no creo en las casualidades y, además, no hay que ser muy tonto para darse cuenta de que el jardinero después de muerto no pudo colocarse con tanta precisión los pequeños trozos de paja sobre el pecho. Necesito encontrar la verdad de todo este asunto. Además, somos monjas y jóvenes, pero no tontas.

El comentario hizo que Saffiya sonriese y se quitara tensión a la conversación.

—Aquí cerca se celebra la fiesta de Judas de Villadiego[5], por

---

5. Fue la fiesta del Judas de las más populares y de más arraigo dentro del ciclo festivo de primavera y seguramente hunde sus raíces en los ritos más antiguos que las primeras civilizaciones agrícolas celebraban en el año lunar, el equinoccio de marzo o, para ser más precisos, el día 20, fecha en la cual entra el Sol en Aries. La naturaleza resucitaba del letargo y muerte invernal y fueron frecuentes los ritos que incluyeron la quema de muñecos y peleles, simbolizando el mal y la muerte que desaparecían con el fuego purificador, para renacer a una nueva vida primaveral. En el Concilio de Nicea, año 325, recordando el calendario lunar, la Iglesia decidió celebrar la Pascua de Resurrección el domingo siguiente al primer plenilunio después del equinoccio de primavera. Pronto recogió y bautizó, dando un significado cristiano, muchos de los ritos y tradiciones que en la antigüedad pagana había creado en la celebración del año lunar. Este fue probablemente el origen de la fiesta del Judas.

ejemplo, una de las fiestas de más arraigo y antigüedad. El muñeco de Judas, discípulo traidor, es símbolo del mal para los cristianos y la personificación de todos los males y traiciones cometidas en el pueblo durante el año. Con la quema de este se dan por zanjadas las rencillas, envidias, estafas, engaños, etc., o cualquier acto de deslealtad. En otro pueblo de Toledo, en Chozas de Canales[6], de donde es un tío mío, no queman solo uno, sino cuatro muñecos que se preparan con gran antelación por las distintas peñas del pueblo.

—Pero, hasta ahora, los que me has contado siempre son quemados, ¿qué tiene que ver eso con sor Fátima y el que haya aparecido ahorcada?

—Es que no me dejas terminar, sigues siendo impaciente.

»Es en la Venta del Moro de Valencia[7] donde Judas es colgado

6. El Sábado Santo suelen sacarles o trasladarles de un lugar a otro y el Domingo de Resurrección, tras la salida de la misa tenía lugar su quema en la plazuela del Palacio. Desde hace años el lugar de la quema se ha desplazado a un solar de la carretera, cedido por Julian Agudo, antiguo alcalde del pueblo, que no quiere que se pierda esta bonita tradición. El muñeco, o mejor dicho los muñecos están compuestos de paja, cohetes y explosivos varios, para que al incendiar a los «traidores» explosionen y asusten un poco, con gran alborozo del público. Algunos Judas representan o intentaban representar a algunos personajes en cierto modo considerados «malignos» durante el año o los últimos años para el pueblo, como podrían ser políticos, empresarios, constructores... O eso es lo que creen algunos de los espectadores, que siempre encuentran indicios de este o aquel personaje, por una bandera pirata o cualquier alusión indumentaria o en el atrezo de los «quemados». Los niños alucinan con los Judas, a los más pequeños les da bastante miedo y los más mayores lo disfrutan muchísimo y se despiertan encantados para asistir a la procesión, la misa y la quema de «Judas». Muchos grupos deciden pasar un día de fiesta campera, si el tiempo lo permite, en las proximidades del río Guadarrama, con tortilla de patata, jamón, queso y buen vino del pueblo.

7. Siempre son los quintos quienes se ocupan de que el monigote penda de la torre hasta el amanecer del Domingo de Resurrección, mientras tañen sin parar las campanas que la anuncian. Al Judas, allá en lo alto, se le divisa desde casi todo el pueblo durante la noche y sobre todo al amanecer, y es durante la temprana procesión del Encuentro, y ante toda la feligresía, cuando el Judas es despeñado. La caída y el choque contra el suelo sirven de detonador para que un expectante grupo de niños, pertrechados de bastones y cañas, comiencen a apalear al monigote en la misma plaza, al lado mismo del lugar donde se produce el Encuentro y mientras las campanas y a veces la pólvora lo celebran. Después, todavía atado a la cuerda, es arrastrado por algunas calles del pueblo para ser conducido a las inmediaciones de la rambla. Este recorrido vial constituye también un descenso metafórico hasta lo más bajo, hasta el fondo, al lugar donde antaño iban a parar los desperdicios, donde sus despojos son quemados y pataleados, arrojados o abandonados junto a lo desechable y lo sucio.

desde el campanario de la iglesia parroquial. Y creo, no estoy muy segura, que en un pueblo de Córdoba, al caer el sol, también hacen un muñeco que cuelgan de alambres.

»Al parecer el asesino quiere dejar bastante claro que se han cargado a ambos por peligro de que dieran alguna información, ¿pero cuál? Delatores o no, ya nunca lo sabremos.

—¿Y qué pretende, jugar con la policía? Yo no entiendo nada de estas cosas, pero ¿qué mal podría causar una monja ya anciana que estaba en sus últimos años de vida? Yo no creo que sor Fátima estuviera metida en nada malo, es imposible.

—Por raro que te parezca, nunca seremos capaces de conocer la verdad íntegra de las personas, aunque esto no quiere decir que dude de su bondad. Pero tampoco creo que haya sido por casualidad.

—De cualquier modo, vale, alguien decide matar a dos personas porque se supone que son chivatos o infieles a alguna causa, y en lugar de hacerlo con el menor número de pistas posible, va dejando señales por donde pasa. ¿Entiendes algo?

—No podemos intentar entender nunca los comportamientos de una persona capaz de matar. A saber lo que se le pasa por la cabeza. El ser humano es tremendamente complejo, y tú eres la primera que deberías saberlo. Con la infancia que has tenido y todas las atrocidades que has podido ver, dime si alguien podría justificar las acciones de tantos miserables sueltos por el mundo.

»Y si no, fíjate últimamente en todas las noticias que nos rodean. Pobres desgraciados que matan a sus propios hijos para provocar el mayor daño posible a su mujer, locos extremistas que asesinan a niños y a mujeres por su intransigencia con todos aquellos que piensan diferente o hinchas que son capaces de apuñalar a un joven solo por ser del equipo contrario. No sé cuándo nos pudimos equivocar en el principio de los tiempos, para que Dios nos castigue de esa forma.

—No pienso que Dios tenga la culpa de todos los errores del hombre.

—Pero sí la tiene por permitir que sufran siempre los más débiles e inocentes. —Las primeras lágrimas comenzaron a resbalar por las mejillas de Clara, síntoma de la tristeza y decepción que sentía en ese momento.

—Déjalo ya, Clara. Podríamos cambiar de tema porque voy a terminar llorando yo también. Volviendo a lo que nos ocupa. Entonces, ¿todo lo que has recordado es lo de la fiesta popular? —preguntó Saffiya como si se hubiera quedado insatisfecha por la información recibida.

—Hay una cosa más.

—Ahora sí que se pone interesante. A ver, cuenta.

—Que ya sé dónde he visto la otra llave, una igual a la del jardinero; y no es de maleta, sino de una puerta. En una pulsera que llevaba, ¿sabes quién?

—Sigue, no me dejes así.

—En una pulsera que llevaba sor Fátima. Algo ocultaban los dos, y esa llave ha sido la causante de su muerte.

—En caso de que tengas razón, ¿tú sabes la cantidad de puertas que debe de haber en este monasterio…, suponiendo que sea de este lugar?

—¿Dónde si no? La persona que viste ocultándose de noche no parecía venir de paseo.

— Hay infinidad de pasadizos secretos, la mayoría desconocidos; dicen que muy pocas personas saben de ellos, y entre esas están sor Fátima, que en paz descanse, el padre Tomás, sor María, como es lógico…

—Y el jardinero, que en gloria esté —abrevió Clara—. ¿Tan importante es lo que ocultan, que son capaces de matar por ello? Estamos hablando de algo que se escapa a nuestra imaginación y cada vez estoy más asustada.

—Menos mal, empezaba a pensar que no eras una persona de este mundo. Eso significa que por tus venas corre sangre como en todos los demás —dijo Saffiya con ironía—. ¿Cómo crees que estoy yo desde hace semanas? Desde lo sucedido es muy complicado conciliar el sueño con normalidad, y ya no soy capaz de salir a rezar por la noche por el claustro sin volver la cabeza cada dos por tres por si alguien me sigue. ¿Sabes que me gustaba mucho pasear por los jardines y también lo he descartado? Necesitas, por el bien de nuestro descanso, ir en busca de la verdad. Hazlo y así estaremos todas mucho más tranquilas. Siempre has tenido sangre fría para estas cosas y una intuición que nunca falla. Aprovecha tus cualidades para el bien de los demás, y por lo menos yo te lo agradeceré.

—Agradezco tu confianza, pero yo no soy la policía. De eso se tienen que encargar otros. Y, además, ¿por dónde podría empezar? Como bien has dicho antes, este complejo es un verdadero laberinto en el subsuelo.

—¿Y por qué no pides ayuda a tu amigo el policía?, ese tal Luis...

—Beltrán, era su apellido si mal no recuerdo.

—Pues eso, pídele ayuda. Él tiene la experiencia, pero tú conoces mucho más los entresijos del convento. Entre los dos podréis dar con lo que abren esas dichosas llaves; siempre y cuando os acompañe un poco la fortuna, claro está.

—No sé… —Se quedó unos segundos sin reaccionar—. Me imagino que va siendo hora de que deje de jugar a detectives y me centre de una vez por todas en lo que me ha traído aquí.

—No te sientas tampoco culpable por tu comportamiento. Es lógico que estemos todas algo descentradas, porque no creo que haya dos asesinatos en un convento todos los días. Así que deja de darle tantas vueltas a la cabeza e intenta ponerte en contacto con ya sabes quién. Tengo una idea.

—Qué miedo me das cuando dices eso. Cada vez que tienes una de tus ideas nos metemos en líos. —Esta vez habían intercambiado los papeles, ya que era Clara la que transmitía prudencia y Saffiya la tozudez y rebeldía—. Pero a ver, dime, ¿qué idea es esa?

—Hasta que te pongas en contacto con don Luis, y siempre esquivando nuestras obligaciones, es decir, a altas horas de la noche, podríamos aprovechar para buscar todos los posibles secretos que esconden estas paredes.

—Y, pensándolo bien, ¿no será mejor ir directamente a sor María, y, con el pretexto de aprender la historia y el pasado cultural del monasterio, que nos cuente o muestre ella misma todo lo que conozca?

—No cuesta nada intentarlo. A lo mejor nos da una sorpresa y conseguimos que vuelvan a rebrotar los buenos recuerdos que tuvo en su juventud como profesora; aunque estoy segura de que, si la petición viene de nuestra parte, sabrá que algo nos traemos entre manos.

—Pues dejemos que la duda fluya en el ambiente y vayamos a comprobarlo.

—Tampoco he dicho que sea ahora mismo, no te lo tomes al pie de la letra.

—¿Sabes una cosa, Saffiya? A veces pienso que todo esto no es más que otro sueño, como una aparente realidad. Cuando cierro los ojos por la noche mi cuerpo y mi mente parecen vagabundear por un desconcierto total y la ficción supera a la realidad. Últimamente tengo muchas pesadillas, sueños con gran dosis de veracidad que me hacen levantarme empapada en un sudor frío y con malestar general. Necesito estabilizar mis emociones y volver a la tranquilidad de antes. Terminar con esta etapa y empezar en mi nuevo destino. Quiero sentirme útil y sentir que también hago algo de provecho para la humanidad. Hay muchas cosas por hacer, demasiadas desgracias nos rodean todos los días y no me puedo permitir el lujo de no colaborar.

—Te entiendo perfectamente, pero la impaciencia nunca ha sido una buena consejera, y, si no vamos con la preparación suficiente, puede que a lo mejor no seamos tan fuertes como creemos. Sor María y las personas encargadas de nuestra madurez sabrán lo que hacen.

—Ninguna de ellas ha estado destinada en misiones, solo se han dedicado a rezar, ¿qué nos van a enseñar? —Enseguida mostro su carácter reivindicativo y su enfado. Saffiya nunca la había visto de ese modo.

—Nos enseñaran lo principal de la vida, Clara, nos ganan en años y sabiduría; pero ¿te pasa algo?, nunca te había visto así.

—Perdona, no me hagas caso. Como te he comentado antes, debe ser que no descanso del todo bien. —Intentó disculparse con su gran amiga, sabiendo que el tono de su respuesta no había sido el más correcto—. Mira, pensándolo bien, vamos a hacer una cosa. Mientras encontramos el momento oportuno para pedir información a sor María, nosotras vamos adelantando y comenzamos con nuestras aventuras nocturnas, no soy capaz de esperar. He aprendido una cosa en la vida a la hora de solicitar alguna cosa; que lo importante no es lo que se pide, sino el momento y la forma de pedirlo. Es tremendamente importante para el éxito de la solicitud. Por lo que ya que sor María se encuentra demasiado ocupada, o esa es la sensación que me da, es preferible esperar a que tenga menos cosas y preocupaciones en la cabeza, para que nos preste su mayor colaboración.

—Lo que tú digas, me parece bien.

Capítulo 24

Las primeras exploraciones no dieron el fruto esperado, y los pocos pasadizos que encontraron comunicaban entre sí como si fueran un laberinto sin fin. Una espiral de incertidumbre que no las llevaba a ningún lugar o conclusión de provecho. Algo se les escapaba y seguro que lo tendrían enfrente de sus narices.

—Seré tonta —se quejó Clara—, no me acordaba.

—¿Qué es lo que acabas de recordar?

—Cuando escuché la discusión entre esas dos personas en la iglesia, me asusté y fui corriendo a esconderme tras el sepulcro de don Fernando de la Cerda…

—No recuerdo que me lo contases. Lo de la discusión sí, pero no que te escondiste tras un sepulcro.

—Pues sí, así fue. Se desplazó un poco la piedra al ir a levantarme, y pude ver que bajo la tumba de don Fernando había unas escaleras. Podríamos investigar esta noche después de la cena o de madrugada.

—Mejor de madrugada, después de la cena es demasiado arriesgado. ¿Cuándo te vas a decidir a pedírselo a sor María? Puede que nunca encontremos nada nosotras solas, y, además, los arquitectos de la antigüedad se debían aburrir, porque no hacían nada más que inventar infinidad de recovecos propios de citas prohibidas y conspiraciones secretas. Va a ser imposible, ¿sabes la cantidad de personajes que descansan en este lugar? Si tuviéramos que revisar uno por uno, no acabaríamos nunca.

—No seas tan negativa, y, por cierto, ¿por qué tengo que ser yo la persona que hable con la abadesa?

—A ti te tiene un cariño y un aprecio muy especial, y seguro que toma buena nota de lo que le pidas.

—Creo que está esperando una visita muy importante, ese es el motivo por el cual no me atrevo a pedirle nada. Me he enterado de que viene un sacerdote de Roma, para supervisar algo referente a unas obras.—El Vaticano, para esas cosas de mantener el patrimonio histórico de la Iglesia, presta una extrema atención, y nadie puede mover un dedo si no lo visa antes casi hasta el mismísimo papa. Tendría que mostrar el mismo interés para todo.

—¿No se supone que debo de ser yo la rebelde y reivindicativa? De cualquier forma, ojalá fuera solo esa la misión del sacerdote.

—Ya estás otra vez con tu imaginación. Aunque sea una excepción, ¿no puedes por una sola vez pensar que todo es normal y que no hay nada oculto tras esa visita?

—Pues no. Hasta ahora no me he equivocado, y estoy convencida de que el sacerdote viene para algo más.

—Seguro que viene de parte del padre Amorth.

—¿Y quién es ese?

—No me digas que no has oído hablar del padre Amorth.

—¿Es que lo tenía que saber?

—El padre Gabriele Amorth es el exorcista oficial de la Iglesia católica. Acaba de comenzar su trabajo y ha sido nombrado por Juan Pablo II. Es el gran renovador de la figura exorcista polemista, y asevera que hay indicios de que el anticristo está ganando poder dentro del Vaticano. Se dice que hay cardenales y obispos que en lugar de creer en Jesús, son fieles a Satanás, y se relacionan con él a través de pactos y actos satánicos. En uno de sus libros, narra que el diablo va incrementando su poder en la Iglesia y se encuentra en todas las sedes y principales lugares de la cristiandad. Lugares como Fátima, Lourdes o, como ya he dicho, el mismo Vaticano.

—Todo eso me parece una enorme tontería.

—Yo no es que me lo crea del todo, pero lo que tiene que ver con ritos o sectas me pone los pelos de punta.

—Sin embargo, ¿a que no sabías que el Vaticano tiene un personal dedicado al contraespionaje? Tiene algunos prelados que, camuflados convenientemente, se dedican a buscar a todos aquellos espías que intentan sacar información relevante del Estado. Incluso de las conversaciones personales del papa. No te imaginas todo lo que se mueve dentro de la Santa Sede, secretos que muy poca gente conoce.

—¿Y cómo sabes tanto de esas cosas? Me da la sensación de que sabes mucho más de lo que cuentas.

—Lo siento, Saffiya, pero no puedo contarte nada. Además, seguro que, como bien dices, todo es una fantasía mía. —Clara se dio cuenta de que se había ido de la lengua más de lo debido.

Saffiya se quedó con una sensación extraña por primera vez; algo le ocultaba su compañera y amiga—. Simplemente me gusta leer mucho sobre historias del Vaticano —intentó explicarse—, y ten en cuenta que nuestro jefe superior en la tierra, el papa, tiene un poder que influye en más de mil millones de personas, lo que le hace uno de los personajes más vigilados del mundo. Todo lo que dice y hace es influyente, lo que puede significar un cambio radical en el apostolado. Y si no, observa el comportamiento del papa Juan Pablo II. Cualquier gesto suyo es seguido como ejemplo por millones de personas del clero, los creyentes e incluso escépticos de todo tipo de religión. Una religión que, según el papa, no sigue los cánones de la humildad de Cristo como él quisiera y no predica con el ejemplo. Por fin tenemos un pontífice que ha empezado a cambiar lo que muchos cristianos pedían a gritos. Los feligreses están hartos de tanta contradicción. Mientras la pobreza es la mayor mancha en la historia del ser humano, la institución de la Iglesia se sigue rodeando de riqueza y ostentación. Por eso, aunque sea con pequeños gestos, seguro que el futuro papa, el papa del futuro, pondrá todo de su parte para terminar con tanta opulencia y bienestar. Otra cosa es que le dejen y no se lo carguen antes de tiempo.

—¿Crees que puede haber un complot en contra o para deshacerse del papa?

—Eso nunca se puede descartar porque, aunque no sea algo preparado por altas instancias o grupos de poder que quieran cambiar el rumbo de la Iglesia, siempre habrá un loco fuera de sí que actúe por su cuenta y riesgo, como pasó con Juan Pablo II en 1981. Siempre ha habido intentos de quitarse de en medio al papa de turno, pero no tiene nada que ver con lo que nos ocupa ahora. El sacerdote que viene a pasar unos días, no sé…, tengo mis dudas de que su función se base en supervisar el tema de unas obras. Después de tanto tiempo, ¿por qué ahora, justo cuando ha habido dos crímenes? Eso es una tapadera. Y encima viene directamente por orden del Vaticano. Te digo, Saffiya, que aquí hay gato encerrado.

Saffiya la escuchaba con gran interés, pero sorprendida por la cantidad de información que sin duda tenía su compañera de aventuras. Quería indagar para saber hasta dónde podían llegar sus conocimientos, aunque la idea le asustaba un poco. Habían estado juntas desde su ingreso en el convento, y, a pesar de no ser mucho tiempo, creía conocerla bien. Era mejor no sonsacarle más por lo que pudiera descubrir. Entre tanto Clara continuaba con su exposición.—El problema del espionaje del Vaticano ha existido siempre. En todas las épocas ha habido seglares y eclesiásticos, que por dinero, como es lógico, han vendido al enemigo documentos y claves de códigos cifrados…

—¿Como en las películas? —preguntó Saffiya con extrañeza.

—Exacto, como en las películas. Como te iba diciendo; vendían documentos y claves de códigos cifrados que se usaban entre el Vaticano y las diferentes nunciaturas en todo el mundo. Hace tiempo leí un artículo de un corresponsal de la Santa Sede donde decía que el entonces sustituto de la Secretaría de Estado, Giovanni Benelli, al llegar al puesto que con anterioridad había sido ocupado por Pablo VI, se vio obligado a castigar a religiosos que vendían documentos confidenciales por un buen fajo de billetes, enviándolos a nunciaturas del tercer mundo. El tal Giovanni Benelli una mañana descubrió con estupor que hasta uno de sus secretarios privados, por cierto gran conocedor de las difíciles relaciones con el régimen de Franco, tras haber sido expulsado de la nunciatura de Madrid, cenaba a escondidas con personajes de la embajada española franquista en Roma para facilitarles todo tipo de documentación. También se creyó en su momento que la Radio Vaticana emitía clandestinamente noticias para el contraespionaje, pero eso nunca se ha llegado a demostrar. Lo que sí hubo en los años cuarenta fue un espía alemán que emitía mensajes cifrados por la misma frecuencia de la emisora del Vaticano. El Servicio de Información Militar lo descubrió, y, a pesar de confiscarle la radio, continuó mandando mensajes falsos en ruso a la Unión Soviética.

—¡Es increíble! Lo que tuvo que ser el espionaje durante la Segunda Guerra Mundial —exclamó Saffiya.

—Pues sigue en la actualidad, con la diferencia de que el espionaje de hoy en día se ha visto facilitado por la tecnología.

—De todas formas, el espionaje llegó a su máximo esplendor en la guerra, ¿no?

—¿Y en qué situación te crees que estamos ahora? Seguimos en guerra, pero una guerra diferente. Estamos en guerra con los fanáticos islamistas que se extienden por todo el mundo. Ahora más que nunca el Vaticano se tiene que proteger, y para eso tiene los espías que trabajan para la Santa Sede.

—A mí todo lo referente a los islamistas me da mucho miedo, y a veces tú también.

—¿Por qué dices eso? Perdona si te he molestado en algo.

—No, no es eso. Pero a veces me asustas…, eso de que sepas tanto sobre el Vaticano, espías. Y esa intuición que, la verdad sea dicha, nunca te falla, me empieza a hacer dudar de que más que una simple intuición sea más bien una buena preparación.

—Ya te he dicho que me gusta leer y mantenerme informada. Para mí la lectura es un verdadero *hobby*, además de ser imprescindible para un aprendizaje continuo. Ahora soy yo la que no sabe qué es lo que se te está pasando por la cabeza.

—Si te lo dijera te reirías de mí.

—Prueba a ver, pero no me gusta reírme de mis amigos. Sobre todo de una amiga y compañera como tú.

—He llegado a pensar que estás de novicia, como sueles decir tú misma, como tapadera.

—¿Y qué te ha hecho pensar eso?

—No sé, me sorprende tu preparación, todo lo que sabes, tu colaboración con la policía, como llegas siempre a conclusiones acertadas, tu valentía…

—Te aseguro, Saffiya, que lo que ves es lo que soy. Una novicia que se prepara para misionera y con ganas, ante todo, de un destino que llevo deseando desde hace tiempo. Pero eso sí, muy loca, inquieta y aventurera. Reconozco que no es el mejor perfil para una monja, pero me es imposible cambiar. A veces intento aprender de la docilidad y buen hacer de las demás, de su disciplina, de la humildad, pero, a pesar de pretenderlo con toda mi alma, termino en el punto de partida. Puede que te haya mostrado una imagen errónea y me haya excedido, pero mis ganas de ayudar, llevada en ocasiones por la curiosidad, es lo que a lo mejor te ha llevado a tener esa idea de mí. Nada más lejos de la realidad. De todas formas, gracias por sincerarte conmigo y decirme lo que piensas a la cara; esa es la mejor forma de arreglar cualquier malentendido que pueda haber.

Saffiya comenzaba a ceder sentimentalmente y parecía dejarse convencer por la explicación. No tenía más remedio que creerla, y lo más probable es, que después de tantas incógnitas y sucesos ocurridos, su cabeza empezase a mezclar ficción con la aparente realidad, como había denominado Clara.

—No pretendo convencerte de nada, pero el tener información sobre el Vaticano tampoco es que demuestre gran cosa. Es más, en cierto modo debería ser nuestra obligación ya que pertenecemos al mundo eclesiástico. Es como estar informadas del mundo de la empresa al que pertenecemos.

—En eso tienes toda la razón. Olvida lo que te he dicho y no le des importancia.

—Eso haré, en caso contrario tendría que hablar con mis amigos los espías y que me dijeran cuál es mi próximo objetivo —bromeó.

Saffiya echó una media sonrisa.—Ten en cuenta —dijo recuperando la conversación— que la organización mejor informada y más poderosa del mundo es el Servicio de Inteligencia del Vaticano. Eso es lo que dijo el mayor cazador de nazis del mundo, Simon Wiesenthal. Pero tampoco hay que ser muy inteligente para saber todo lo que está en juego bajo el paraguas del Vaticano. Están en juego la defensa de todos los bienes eclesiásticos, los ideales de millones de personas, su forma de vida, y sobre todo el poder político y económico que representa el papado. De ahí que necesite siempre de una información ágil y eficiente.

—¿Pero el tema del espionaje no ha sido un tema tabú? —preguntó Saffiya queriéndose involucrar más en el tema.

—Sí, pero aun así la Iglesia lleva quinientos años con ello y lo sigue considerando como «un mal necesario». Hay un libro muy bueno que trata el tema, *Los espías del papa*. En él se habla de como el papa Pío V creó la Santa Alianza, un servicio de espionaje efectivo, implacable y de obediencia ciega.

—Ese tipo de libros me encanta. Están llenos de intriga y suspense. Y el nombre de la Santa Alianza parece muy propio para un grupo de fieles y pétreos seguidores.

—El nombre lo eligió el mismo pontífice Pío V y lo puso en honor a la alianza entre el Vaticano y la reina católica de Escocia, María Estuardo. Se habla de que ha habido veintiún agentes en los quinientos años, la mayoría cardenales que aprovechaban su cercanía al papa de turno. Nunca han faltado simples informantes o agentes dobles, e incluso verdugos dispuestos a matar por la causa.

—Todo lo que me cuentas me decepciona, y si no fuera porque estamos en 1989 y tengo bastante claras mis ideas, mañana hacía las maletas.

—No era mi intención llevarte a un camino lleno de dudas, pero no deja de ser historia.

—Sí, una historia muchas veces decepcionante y repleta de sectas. ¿Ves cómo Satanás siempre ha estado rondando por el Vaticano? Lo que me extraña es como todavía ha sobrevivido tanta gente a la maldad.

—Pues gracias a personas como tú y el resto de misioneros que hay por el mundo. Esa es la verdadera religión.

—Al final, después de tanta charla sobre espías, nos hemos olvidado de lo nuestro. Entonces, ¿cuándo vamos a ver ese pasadizo?

—Al final me has convencido. Primero voy a hablar con sor María, con suerte nos lo enseña ella, y es una manera de correr menos peligro. Ahora lo mejor será que hagamos una vida normal y que nos olvidemos un poco de todo esto, que también nos hace falta. Tanto estrés nos va a producir una úlcera.

Capítulo 25

En el interior del despacho ya había comenzado la reunión de bienvenida. Una preciosa mesa con grandes tallas de madera y adornos en todo su entorno recibía con prestancia a todo aquel que hiciera una visita a la abadesa. El sillón a juego en un lado y dos sillas más al lado opuesto para recibir a las visitas completaban el conjunto barroco. Sor María prefirió sentarse en una de las dos sillas en lugar de en su sillón, para transmitir más cercanía y no tanta oficialidad como era habitual en las normas del clero. Don Jesús aceptó el trato de confianza de buen grado, lo que significaba que todo empezaba con buen pie. Era mejor así, ya que la estancia del sacerdote tenía previsto prolongarse en el tiempo, y era la primera vez que alguien que no era del sexo femenino conviviría dentro del monasterio; aunque esta convivencia fuera en las casas colindantes con el convento, no dejaba de ser una novedad para las monjas que allí vivían, ya que no estaban acostumbradas a cruzarse con un sacerdote mientras oraban paseando por el claustro, y menos si el sacerdote era un enviado del mismo Vaticano.

Era un hombre de pasados los treinta, con cierto atractivo, y según los informes que había recibido sor María, muy preparado a pesar de su corta edad. Con varios idiomas y tres carreras, parecía ser una de las personas de confianza dentro del círculo del papa. Iba sin sotana para viajar más cómodo, pero totalmente de negro y con alzacuellos para demostrar su identidad sin tapujos. Una vez estuviera acomodado, se la volvería a poner dentro del convento.

A la abadesa no le era sencillo dirigirse a él, se sentía algo incómoda. Por un lado, y en la escala jerárquica, estaba por encima de ella, y, por otro, contaba con la extrema juventud del sacerdote. De cualquier forma, él era una persona muy avispada y enseguida se percató del embrollo en que se encontraba la monja, por lo que decidió interrumpir por un momento los saludos iniciales de cortesía.

—Sor María, ya que vamos a estar un tiempo juntos, dejémonos de tanta seriedad, ¿qué le parece? Si acaso sería yo quien tuviera que tratarla a usted, por lo menos, de ilustrísima —dijo provocando la sonrisa de la madre—, ya que su veteranía y experiencia de tantos años avalan su exitosa trayectoria.

—Ahora entiendo por qué me han hablado muy bien de usted. Para empezar, y por lo que veo, sus dotes de diplomacia y caballerosidad las mantiene a la perfección.

Ambos sonrieron demostrando que el entendimiento estaba asegurado y que los primeros minutos de cierta tensión se habían dejado atrás.

—Si me permite, le quería hacer una pregunta…, bueno, en realidad son más de una.

—Adelante, usted dirá.

—¿Por qué ahora? ¿Por qué viene el Vaticano ahora a supervisar o a estudiar unas posibles reformas, después de tanto tiempo? Voy a serle franca desde el principio. —Sor María estaba lanzada a aclarar las dudas que tenía en su cabeza. Mientras, el rostro del sacerdote mostraba expectación y cierta intranquilidad por si no era capaz de encontrar la respuesta más adecuada—. ¿No es demasiada casualidad que vengan ustedes ahora, cuando ha habido dos asesinatos?

—¿Cómo que dos asesinatos? Solo teníamos constancia del crimen de sor Fátima, porque ese era su nombre, ¿no es así? —La abadesa afirmó con la cabeza—. La muerte de su jardinero, según el informe que tengo en mi poder, fue un accidente. —Don Jesús decidió hacerse un poco el ignorante para ver cómo reaccionaba sor María.

—Se ve que su informe está algo anticuado; a no ser que la información que les ha llegado haya sido manipulada a conciencia.

—¿Por qué lo dice?

—La policía tiene claros indicios de que también ha sido un asesinato y de que ambos están relacionados.

—¿Y se tiene alguna pista al respecto, de quiénes o qué pueden estar detrás de estos crímenes?

—No le entiendo cuando dice «qué» puede estar detrás de todo.

—Porque a lo mejor no son personas, sino alguna organización. Pero no me haga caso, ha sido una pregunta sin pensar.

Yo solo le digo que mi principal especialidad se llama Patrimonio Artístico y Cultural Eclesiástico, y hemos venido ahora porque, además de que el último informe de los arquitectos no ha sido muy alentador, los trámites burocráticos dentro de la Santa Sede, y más cuando se trata de temas económicos en unos tiempos como los actuales, se retrasan una eternidad. Deben ser visados y autorizados por demasiada gente y, además, hay que evaluar cuáles son las prioridades. Por cierto, perdone la interrupción..., ese cuadro de ahí —dijo mientras señalaba con el dedo la pared de detrás de ella—, ¿de quién es?

—De una de nuestras novicias. Es una verdadera artista, ¿verdad?

—¡Es espectacular! —dijo sorprendido.

Era un dibujo realizado a carboncillo, con varias caras entremezcladas y con un realismo fuera de lo normal. Aunque la interrupción no la había planeado, se dio cuenta de que vino bien para cambiar el tema de conversación.

—Le aseguro, sor María, que ese cuadro es merecedor del premio Penagos de dibujo[8]. Muy bueno —repitió. Al ver que sor María se había quedado con ganas de más explicación—: Pero, perdone, ¿por dónde íbamos?

—Me intentaba explicar que usted solo viene como especialista en patrimonio de la Iglesia y que sin duda no tiene nada que ver con lo ocurrido en el monasterio.

—Así es. De todos modos, necesito hablar con la policía para que me ponga al tanto de todo.

—¿Pero no dice que no tiene nada que ver?

—Como es lógico, me han pedido que aproveche mi estancia para mantenerles informados, pero nada más. He quedado en ver a unos arquitectos dentro de dos días; eso es a lo que he venido y lo que ocupará la mayoría de mi tiempo.

8. Penagos: considerado el principal representante del movimiento de renovación que se produce en el campo de la ilustración gráfica española durante los años veinte y treinta. Desde su creación, el Premio Penagos de Dibujo se convoca anualmente y ha sido concedido a algunos de los más importantes artistas de nuestro panorama actual. A partir de 2008 el premio, que entra en una nueva fase, se otorga como reconocimiento a la trayectoria profesional de un artista vivo de significación nacional o internacional, que dentro de su carrera haya dedicado una atención sobresaliente al dibujo. Tal es el caso de David Hockney (2008), Antonio López (2009) Paula Rego (2010) y Miquel Barceló (2012), los últimos premiados.

—Si necesita cualquier cosa, no tiene nada más que pedirla —Sor María ofreció su ayuda y dejó de ir por unos derroteros que parecían incomodar al sacerdote.

—Me vendría muy bien una especie de guía...

—Ya había pensado en ello —se adelantó—. He hecho llamar a una novicia. Se llama Clara y es la persona que podrá enseñarle los entresijos del monasterio. Es una chica muy inteligente que se está preparando para misionera, seguro que es la persona ideal. La policía ha contado con su ayuda por su intuición y forma de ver las cosas. Es especial..., a veces pienso que ha equivocado su destino.

—Lo dice como si no estuviera contenta con su decisión de ayudar a los demás.

—Ni mucho menos, sé que será tremendamente feliz con su elección. Tiene un gran corazón, fortaleza y la gente le adora, pero debo reconocer que podría llegar a todo lo que quisiera, dentro o fuera del mundo monacal. Y como una pequeña puntualización le diré que los hombres han perdido una gran oportunidad.

—¿Por qué dice eso?

—Ya lo verá.

—De cualquier forma, no hay mayor triunfo que poder ayudar a aquellos que lo necesitan; aunque no todas las personas son capaces de escoger un trabajo tan duro, pero tan agradecido a la vez. Yo siempre he admirado a los misioneros y misioneras. Son los que están en el frente del problema y los que viven la realidad del dolor y el sufrimiento. Nosotros nos pasamos el día entre reuniones, carpetas y números contables, y en mi caso, además, recordando todos los días hasta dónde llega la riqueza patrimonial eclesiástica. Por eso le digo que siento mi mayor respeto hacia los que son capaces de dejarlo todo y cambiarlo por la sonrisa de un niño cuando da su único sorbo de leche diario.En ese justo momento hizo su entrada Clara.

—Madre, ¿me había hecho llamar?

—Sí. Mira, te quería pre...

—Ya lo sé, madre, el sacerdote que viene del Vaticano. Encantada, padre —saludó dándole la mano suavemente.

—¿Ve, padre, lo que le decía?, no hace falta ni que le diga quién es. Se ve que todo el mundo ya se ha enterado de su llegada.

—Aunque esclavas de Dios, no dejan de ser mujeres, sor María. —Dudó si la ironía sería bien aceptada.

—Clara, te voy a hacer el encargo de que cuando don Jesús necesite alguna cosa le eches una mano. Harás un poco de su cicerone mientras esté con nosotras.

—¿Cómo puedo servir yo de ayuda? Hay otras monjas más veteranas que podrían ayudarle mejor que yo.—Que sea don Jesús quien lo diga. ¿Qué es lo que va a necesitar?

—No creo que le moleste mucho, Clara. Lo primero que necesito es conocer todos los sótanos de la zona donde se tendrá que trabajar en la reconstrucción del muro. Antes de autorizar definitivamente las obras hay que ver que las vigas y cimientos sean lo suficientemente fuertes. No se podrá arreglar nada sin antes tener la plena seguridad de que no se venga abajo nada que no queremos. Sería peor el remedio que la enfermedad. En edificaciones con tanta antigüedad, no es la primera vez que ocurre. —La proposición era perfecta para las intenciones ocultas de Clara, la cual decidió no mostrar mucho interés para que sor María no sospechase.

—Pero yo no tengo tanto conocimiento de esos sótanos —se arriesgó a decir—, además, necesitaría las llaves de algunas puertas.

—Por eso no te inquietes, yo me encargo de facilitártelas y de decirte algunos trucos del convento. —Por fin había conseguido lo que quería y sin necesidad de pedirlo.

—Entonces, padre, ¿piensa que Clara es la persona correcta?

—Por mí no hay problema, siempre y cuando no interrumpa demasiado su preparación y no modifique en exceso su vida cotidiana.

—Ya puedes seguir con tus tareas, Clara. Gracias por venir.

—Encantada, padre, y gracias por su confianza.

—La paz sea contigo, hija mía.Clara salió del despacho mientras hacía un gesto de satisfacción sin que la vieran.

—¿Qué le ha parecido?

—Es bastante evidente que es una joven inteligente y muy despierta.

—Siempre está metida en líos, pero tiene un corazón tan grande como una catedral.

—Por su forma de comportarse y de hablar se le nota cierta rebeldía eclesiástica. No creo que las oraciones sean una preferencia para ella, y ahora entiendo su comentario acerca de los hombres.

Ha debido de dejar muchos pretendientes en su adolescencia. Hay que reconocer que es una joven muy atractiva.

—Por eso mismo escogió ser misionera, porque no entiende la labor de las monjas de clausura. Piensa que con toda la gente necesitada de ayuda que hay por el mundo se puede rezar, de acuerdo, pero mientras se mueven las manos, como suele decir. Se puede estar curando a un enfermo y rezando al mismo tiempo, no es tan difícil. Son frases que le escucho una y otra vez, de ahí que haya algunas rencillas con algunas de sus compañeras. Rencillas sin importancia, pues todas hacen eco de su vocación.

—Y ¿hasta qué punto no lleva razón?

—¿Usted también, don Jesús?

—No me malinterprete, es lo que le decía antes. Todos los días no dejo de pensar en la cantidad de gente bondadosa dispuesta a ayudar a los demás; y lo veo por ejemplo con el tema de la inmigración. Y, sin embargo, infinidad de otros con alzacuellos como un servidor estamos tras mesas de despacho y lejos del problema.

—No se exija tanto a sí mismo. No le conozco demasiado, pero diría que es una persona tremendamente involucrada con el bien del prójimo. Y, además, todas las labores tienen su importancia. Hay responsables que deben organizar la ayuda a esas personas que usted dice.—En todo caso, sor María, en los tiempos que corren hace falta mucha más mano de obra, y no podemos permitirnos el lujo, y mucho menos la Iglesia, de no estar al pie del cañón. Hay demasiados jefes acomodados, con la tripa y la cartera bien llena. ¿Cómo podemos permitirnos que un obispo tenga para él solo más de cuatro mil metros de vivienda, en un obispado con hermosos jardines y preciosas obras de arte, mientras hay tantísima gente sin hogar? ¡Es absurdo! Él va a seguir durmiendo en una cama y necesita el mismo espacio que los demás. ¿No podríamos utilizar el obispado como albergue o casa de la caridad? Cabrían no una, sino doscientas personas.

—Su carácter reivindicativo y sus deseos le honran, padre, y ya veo que por sus venas corre la misma sangre que por las de mi novicia Clara. Es lógico, son relativamente jóvenes y con ganas de cambiar el mundo. El tiempo, por desgracia, les irá haciendo ver la triste realidad.

—Siempre se puede hacer algo, y el mejor ejemplo es nuestro nuevo cardenal. Está renunciando al lujo y ostentosidades y, lo que es más importante, ha mandado que muchos de esos que digo yo de la barriga acomodada salgan de sus pequeños reinos y empiecen con la labor pastoral cerca de los feligreses. Ya iba siendo hora.

El sacerdote se iba encendiendo y la ira comenzó a brotar sin darse cuenta. No era el momento más adecuado para entrar en conversaciones protestatarias, sobre todo con una persona que acababa de conocer, pero siempre le sucedía lo mismo. ¿Qué imagen de él se llevaría sor María? No estaba dejando en buen lugar al Vaticano. Fue la experiencia de la abadesa quien puso solución a tan incómoda situación.

—Perdone, padre, y no es por interrumpir tan agradable y enriquecedora conversación, pero vamos a tener mucho tiempo para hablar. Estará cansado del viaje y necesitará deshacer el equipaje y acomodarse como es debido. Su habitación se encuentra al otro extremo del monasterio. Hay bastante distancia, pero es un agradable paseo si va a través del claustro y la iglesia.»Tanto para la comida como para la cena tiene dos opciones, hacerlo en el comedor principal con todas nosotras o hacerlo en el comedor que tiene usted más cerca y que pertenecía a las casas colindantes. Como usted prefiera.

—Ya lo iré viendo, pero por ahora lo haré en soledad si no le molesta.

—En absoluto. Pero si cambiara de opinión sería un placer contar con su presencia; seguro que a las monjas les gustaría conocer anécdotas sobre la vida dentro del Vaticano.—Le agradezco todas las atenciones. De cualquier modo, espero pasar relativamente desapercibido y no enturbiar la vida del convento.

—Le rogaría una cosa más antes de irse.

—¿Sí?

—Tenga paciencia con el posible extraño comportamiento de algunas de las monjas. Nunca ha estado un sacerdote viviendo entre nosotras, y el cotilleo y la rumorología van a extenderse como la pólvora mientras esté usted aquí.

—No se preocupe por nada. Como le he dicho, intentaré centrarme en mi trabajo y molestar lo menos posible.

Antes de que saliese del despacho llamó de nuevo la atención del sacerdote.

—Bienvenido de nuevo a nuestra humilde casa.

Don Jesús se giró y respondió a sor María.

—Pues hasta mañana entonces.

Sor María se quedó con una extraña sensación por el acento del sacerdote y el tono de piel, algo oscura para un italiano.

De nuevo fue la monja de avanzada edad, la misma que tuvo que avisar a Clara, la encargada de acompañarle hasta su habitación. El trayecto duró quince minutos debido a la pequeña longitud del paso de la anciana; no dijo ni una sola palabra. Don Jesús no consiguió sonsacarle ni su nombre para poder dirigirse a ella. Una vez en la puerta, metió su mano bajo el hábito y sacó un juego de llaves. Llevaba unas gafas de bastante graduación, pero, a pesar de todo, arrimó el manojo a los ojos hasta casi rozarse con ellos. Viendo que no daba con la llave adecuada, don Jesús se ofreció a ayudarla.—¿Quiere que le eche una mano?

La monja no contestó, pero tampoco hizo ningún gesto que significara comprensión o afirmación. Para comprobar lo que sospechaba dejó caer las maletas con brusquedad, eso produjo un fuerte estruendo debido al eco y a la altura de los techos. La sordera era bastante evidente, por lo que elevó el tono de voz todo lo que pudo. Ya le extrañaba que la adorable monjita fuera tan descortés e incorrecta como para no decir ni una sola palabra.

—¡Déjeme, le voy a echar una mano! —gritó.

—¡Ah, gracias, pero ya la he encontrado!, ¡perdone mi torpeza, es la edad!, ¡ya soy demasiado vieja, no veo, y cualquier cosa me cuesta mucho! —contestó también en voz alta.

—¡No se preocupe, yo la encuentro muy bien! ¿Cuántos años tiene usted?

—¡Ochenta y uno!

—¡Ojalá pueda llegar yo a su edad! —Se cansaba de tanto gritar y sabía que la anciana también ponía todo de su parte. Entonces…

—¡Ya está, por fin! —dijo contenta por haber abierto la puerta—. ¡Espero que la habitación sea de su agrado!

—¡Es perfecta! ¡Qué pena la muerte de sor Fátima!, ¿verdad? —lanzó la frase para ver si la monja mostraba alguna reacción.

—Ha sido una verdadera pena; ya, ni las monjas ancianas como yo estamos a salvo en la casa de Dios —dijo suavizando el tono de voz por la falta de fuerzas—. ¿Qué mal podría haber hecho sor Fátima a nadie? Era la persona más buena que he conocido.

Al observar que la anciana iba a echarse a llorar, decidió no proseguir y agradecerle que le acompañase.

—¡No quería incomodarla, ha sido una torpeza por mi parte! ¡De cualquier forma, muchas gracias por todo!

La anciana volvió por donde había venido con el mismo calmado paso.

Mientras deshacía el equipaje no dejaba de darle vueltas a la conversación que había mantenido con sor María. No estaba convencido de haber sido lo suficientemente perspicaz como para convencerla. Tenía una buena excusa, pero el pequeño interrogatorio que le había sido efectuado era la demostración de que no las tenía todas consigo. Lo mejor sería, ante todo, tener paciencia y no dar ningún paso en falso.

—«Me vendría bien algo de ayuda lo antes posible, antes de meter la pata», pensaba.Seguía pendiente de que la persona de confianza que tenía que ponerse en contacto, según las instrucciones del obispo, lo hiciera cuanto antes; eso facilitaría mucho las cosas. Pero ¿quién sería? No había tantas opciones y el obispo no le había dado ninguna pista. En aquel lugar solo vivían monjas y el personal de la cocina.

Empezó a sentir el cansancio del viaje. No tenía ganas de cenar y decidió irse a la cama. Seguro que, por la mañana temprano y habiendo descansado, la ideas fluirían con más facilidad. Una vez recostado, y cuando estaba a punto de cerrar los ojos de puro agotamiento, se incorporó como un resorte. «¡La carta!». Recordó que el obispo le dio una carta antes de irse que debía abrir en cuanto llegase al convento. Se levantó y cogió su maletín. Lo abrió y sacó un pequeño sobre amarillo con el escudo del Estado de la Ciudad del Vaticano. Sin ningún tipo de miramientos rompió el sobre por uno de los laterales y extrajo el papel que había en su interior. Su sorpresa fue mayúscula al ver que el papel estaba en blanco; solo había un escudo grabado en la parte superior derecha y lo que parecían ser dos letras, la **S** y la **A**, una a cada lado.

Capítulo 26

Don Jesús había madrugado esa mañana como un día más, dispuesto, ante todo, a encontrar o ponerse en contacto con la persona encargada de hacerle la estancia más fructífera. Había terminado de asearse cuando un pequeño ruido en el estómago dio las primeras señales de que la cena del día anterior había sido algo escasa. Decidió ir al comedor cercano que le indicó la abadesa, para pensar con la tranquilidad que propone la soledad en los quehaceres de ese día que comenzaba. Lo que no esperaba era que nada más abrir la puerta de la habitación se encontraría con la dulce Clara. En cuestión de segundos todo lo que se le había pasado por la imaginación se fue al traste.

—Buenos días, Clara. No la esperaba tan temprano.

—Ya sabe, padre, lo que se dice, «a quien madruga Dios le ayuda». Además, ya dormiré bastante cuando Dios me recoja en su seno.

—No diga eso, mujer. Creo que todavía queda mucho tiempo para que Dios la requiera. Me da la sensación de que incluso en este mismo lugar hay muchas que están en la lista antes que usted.

—Puede que esté en lo cierto, aunque por los últimos acontecimientos ninguna estamos a salvo.

—Ya que vamos a estar juntos algunos días y que los dos disfrutamos de cierta juventud, ¿por qué no dejamos el usted a un lado? ¿Qué le parece?

—Por mí no hay problema, pero le advierto que me costará un poco, no estoy acostumbrada a tutearme con los sacerdotes. Solo veo un problema ante la familiaridad que quiere que tengamos… ¿Ves?, ya estoy otra vez.

—¿Y cuál es?

—No creo que sea positivo que las demás monjas y novicias adviertan un exceso trato de confianza entre nosotros. Deberíamos, mientras estemos en público, mantener una estricta cordialidad.

—Me parece bien.

Don Jesús estaba sorprendido y a la vez confuso por la inteligencia y forma de actuar de la joven Clara. Si no fuera por el hábito, diría que se dedicaba a cualquier otra cosa. Tenía una cara dulce y una belleza angelical, pero algo escondía tras las vestimentas religiosas.

—Entonces, ¿por dónde quiere que empecemos? —preguntó don Jesús.

—Antes de nada quería entregarle esto. —Clara sacó un pequeño sobre que escondía bajo el hábito. El padre lo abrió con suspense y extrajo el papel que tenía en su interior. Su rictus cambió de repente. Por unos segundos se quedó totalmente paralizado sin saber qué decir.

—¿Eres tú?

—Sí.

—Pero si yo creía que... —Don Jesús volvió a mirar el papel, estaba desconcertado y asimilando lo que acababa de ocurrir. Una hoja igual a la que le había dado el obispo, con el escudo vaticano y las dos letras en la parte superior derecha. La S y la A de la Santa Alianza. Cinco siglos de espionaje dentro del Vaticano, que, por lo que veía, no habían concluido—. Sospechaba que algo escondías tras ese hábito. ¿Pero entonces eres...?—Soy misionera de vocación y he estado destinada en diversos lugares de conflicto. El hecho de que trabaje para la Santa Alianza desde hace años no cambia para nada mis sentimientos.—Algo me dijo el obispo sobre la organización, pero la verdad..., nunca me hubiera imaginado que gente tan joven como tú podría ser parte de ella. Debo entender que el obispo también...

—Sí, también pertenece, y, por cierto, es uno de los representantes con más responsabilidad.

—Veo que hay mucho nerviosismo desde los asesinatos, o por lo menos eso es lo que me pareció percibir en mi conversación con el obispo.

—Así es. Llevo aquí dos años como infiltrada y no he conseguido averiguar dónde se esconde lo que todo el mundo está buscando y que al parecer puede echar por tierra los cimientos de nuestra religión. No somos los únicos que tenemos tanto interés.

—¿A qué te refieres con que no somos los únicos?

—Hay alguien que seguro que está muy cerca. Hemos visto merodear a una persona por la noche con pasamontañas, y estoy convencida de que las dos personas asesinadas estaban muy cerca de destaparlo todo. Por eso se las han cargado. Se sospecha que alguno de los asesinados podía pertenecer a los cátaros.

—¡Pero si se daban por desaparecidos!... ¿Tú sabías que sor Fátima pertenecía a vuestra organización? —preguntó, al recordar repentinamente su conversación con el obispo.

—No.

—Eso es lo que me dijo el obispo. También me comentó que ya sospechaban que vuestro jardinero podría pertenecer a un grupo islamista o algo parecido.

—Ese algo parecido, como te he dicho, son los cátaros. Aunque se cree que hubo una erradicación violenta a partir de 1209 mediante la cruzada albigense, y que a finales del siglo XIII el movimiento se fue debilitando y entró en la clandestinidad poco a poco hasta su completa extinción, no es cierto. Quedó un pequeño resquicio, compuesto siempre por grupos unipersonales para no llamar la atención. Nunca perdonaron que la Iglesia católica considerara sus doctrinas heréticas y que pidieran apoyo a la corona de Francia para terminar con ellos.

—Lo que más me preocupó de toda la conversación, y para lo que en realidad he venido, es observar cualquier indicio o sospecha de atentado.

—¿Cómo de atentado?

—Según el reverendísimo, hay fundados presentimientos de que los islamistas intentan atentar contra importantes símbolos del cristianismo.

—No creo que esa fuera la intención del jardinero. No tiene ningún sentido que se infiltre casi veinte años para preparar un atentado, pero sí para buscar…

—Exacto, para poder encontrar el símbolo contra el que atentar.

—Estoy hecha un verdadero lío. Entonces la persona que ha matado al jardinero está de nuestra parte. Se acercó demasiado y alguien ha querido proteger lo que quiera que sea. Aquí hay intereses contrapuestos; unos pueden querer que no salga a la luz, porque el objeto en sí mismo termina con nuestra religión; otros lo quieren encontrar para atentar contra él y del mismo modo tensar las relaciones entre diferentes doctrinas; y otros se dedican fervientemente a su protección.

—¿Y cuál es el papel de la Santa Alianza en todo esto?

—Nosotros estamos en el palco principal para vigilar cualquier movimiento, pero, ante todo, para proteger el objeto con nuestra vida si es preciso, siempre y cuando lo encontremos. Falló gravemente el paso de información, y en un momento dado y sin pretenderlo se rompió la cadena, perdiendo su ubicación exacta. Lo bueno es que a pesar de ello ya estamos muy cerca, y lo malo es que por lo visto alguien se nos ha adelantado. Por eso su ayuda, padre…

—Ya estamos otra vez.

—Perdón, tu ayuda, padre…, puede ser tremendamente útil en estos momentos. Cuatro ojos ven más que dos.

—Me has dejado muy sorprendido con lo del jardinero. Parece mentira que a estas alturas todavía haya gente con esas convicciones.

—Antes de seguir hablando, ¿por qué no vamos a desayunar?, estoy hambrienta.

—Me parece estupendo. Espero que el desayuno sea suculento porque también estoy muerto de hambre.

Ambos se dirigieron hacia el solitario comedor cerca de sus aposentos. Llegaron a la cocina y, en lugar de molestar a las cocineras, decidieron preparárselo ellos mismos. Un buen café caliente acompañado de una buena hogaza de pan con manteca era ideal para calmar el apetito y acabar con los ruidos intestinales. No faltaba de nada a pesar de que el comedor no era de uso diario. Embutidos de todo tipo, mermeladas, carne, etc.; parecía que la cocina se utilizaba como despensa del comedor principal. Una cocina de baldosas blancas tanto en suelo como en paredes y con una gran mesa rústica de madera en el centro, perfecta nevera por la fría y gélida temperatura burgalesa.

Encendieron uno de los fogones de la cocina, y, enseguida, un suculento aroma a café recién hecho invadió el lugar dándole el toque hogareño que le faltaba.

Clara dio el primer sorbo.

—Ahora podemos seguir hablando, esto es otra cosa. Con el cuerpo caliente y el estómago lleno se piensa mejor. Me estabas diciendo que te sorprende que todavía haya gente con convicciones cátaras.

—Sí, así es. Ese fervor por servir a la Iglesia y luchar en contra del mal, el ser perdonados por la eternidad a aquellos que acabaran con los sublevados, manteniendo la fe, tal vez equivocadamente, y siendo unos hombres cristianos con afán de seguir los pasos de Cristo. No sé cómo en estos tiempos… Los cátaros tenían un punto de vista sobre los sacramentos muy cuestionado y reinterpretado. Tenían una oposición muy clara a la jerarquía de la Iglesia y el pensamiento de que Cristo dio por igual a todos sus apóstoles, sin afán de poder ni de economía. Cuestionaron el tema del bautismo, la eucaristía y la virginidad de María; la conversión del pan y del vino en cuerpo y sangre de Cristo; aceptaron la idea de la reencarnación, por lo que muchos adoptaron una dieta baja en carnes llegando a rozar el vegetarianismo.

—Por eso esa filosofía sociorreligiosa no agradó a la Iglesia católica y volvió a perseguirles como herejes.

—Su pensamiento fue divergente y chocante con el mundo cristiano de la época y plantearon una nueva forma de fe cristiana.

Los dos estaban entusiasmados con el tema de la conversación. Se sabían preparados con la historia cátara y ambos querían hacer cierto alarde de ello. Habían congeniado a la perfección y los minutos pasaban sin que ninguno se diera cuenta. Si querían aprovechar para indagar, mientras más pronto lo hicieran, sería mucho mejor para no llamar demasiado la atención.

—Clara, ¿crees que alguien se ha percatado en estos dos años de tus verdaderas intenciones?

—Sor María es la única persona que ha podido tener sus dudas. Tiene una gran experiencia y no creo que le pueda engañar fácilmente. A veces creo que me toma el pelo y me sigue la corriente, pero luego sin embargo tiene frases inocentes que me hacen creer todo lo contrario. El resto de monjas y novicias están a lo suyo, las oraciones y las manualidades propias del convento. La única que ha podido sospechar algo en algún momento ha sido mi compañera de cuarto, la encantadora Saffiya. La vida le ha castigado bastante y le ha hecho madurar antes de tiempo. No la engaña cualquiera.

»El otro dio a entender que no se creía mi situación y que me podía dedicar a todo menos a la vida monacal y contemplativa. Saqué mi inventiva a pasear para disimular y cambié de tema en cuanto me fue posible. A veces pienso que lo que me puede delatar es mi carácter, demasiado efusivo y rebelde, impropio de una novicia. Pero eso es algo que me supera y no puedo controlar. También es verdad que me he involucrado demasiado con el joven policía que lleva la investigación y que sin darme cuenta le di una pequeña disertación sobre el espionaje dentro del Vaticano. Es entonces cuando me preguntó cómo tenía tantos conocimientos sobre ese tema. No sé…, espero haberlo convencido, pero no las tengo todas conmigo.

—Si quieres quedarte más tranquila, te digo que, a pesar de tu carácter, a mí me has convencido. Yo nunca me hubiera imaginado que la persona que se tenía que poner en contacto conmigo sería una persona con tus características. Y con esto no quiero decir que no estés capacitada para ejercer la misión que te han encomendado, sino que esperaba una persona de mayor edad… Pero, bueno, dejemos eso ahora. Está claro que cuando te han elegido en el Vaticano es porque tu valía se supone y está suficientemente demostrada. ¿Por dónde quieres que empecemos?

—Sor María me ha facilitado un manojo de llaves, y, según ella, son las que abren todas las puertas de las plantas bajas del monasterio. De todas formas no creo que esté la que nos interesa.

—¿Por qué dices eso?

—Vi discutir a dos personas en el museo de telas medievales, a las que no conseguí identificar, y, al esconderme para evitar que me vieran, desplacé uno de los sepulcros donde se dejó entrever una escalera de caracol que comunicaba con un pasadizo secreto. Estoy convencida de que es ahí donde tenemos que buscar. Tenía pensado investigar con mi amiga Saffiya para ver qué pueden esconder esos pasadizos antes de saber que la persona con la que me tenía que poner en contacto eras tú, el sacerdote que esperaba sor María.

—Mi consejo es que busques cualquier excusa y alejes a tu compañera de todo peligro. Debemos estar muy atentos, no solo para encontrar el objeto, sino para vigilar la posibilidad de un posible atentado. Como decía mi padre, todo el mundo es culpable hasta que se demuestre lo contrario.

—Creo que eso ya lo he oído antes.

—Y si no mira tu ejemplo.

—¿A qué te refieres?

—Que igual que me has ocultado perfectamente tu identidad, también podrías haber sido una terrorista. —Aunque el comentario era de broma, no le agradó a Clara. El padre al ver su rostro enseguida se disculpó—. Perdona, me he pasado un poco.

—No pasa nada. Tú eres un sacerdote que se dedica a gestionar el patrimonio eclesiástico y al que han destinado, aprovechando el trabajo al que te dedicas, para controlar de cerca la vida de hasta ahora un convento de lo más normal, y yo una misionera que ejerce provisionalmente de espía para la Santa Sede. No sé si esto va a funcionar, la verdad. ¿Y no será mejor seguir actuando igual con Saffiya? Ahora sospecharía mucho más si corto nuestros planes de repente.

—Puede que tengas razón. Sigue actuando con ella como siempre; como dos jóvenes novicias con ganas de aventura. De cualquier forma, tened mucho cuidado, yo solo sé que han muerto dos personas, por lo que tenemos que estar muy atentos y tomarnos el encargo muy en serio. Los que estén detrás de todo esto ya han demostrado de lo que son capaces y no me gustaría que nosotros pudiéramos pasar a su lista de eliminados por la causa. En caso de que detrás de esto estén los islamistas radicales, ya sabemos cómo actúan y que están dispuestos a morir sin ningún tipo de reparo, y más si el motivo que les mueve es el religioso. Es un tema en el que, aunque hay una gran concienciación, seguimos yendo con retraso. La policía española está de racha y ha conseguido descubrir varias células yihadistas, lo que es una buena señal, pero sin embargo la parte negativa es que siguen apareciendo células como setas. «Caladeros» de militantes que crecen sin parar y que cuentan además con apoyo económico, en muchas ocasiones de no se sabe qué procedencia.

—A mí todo esto me da mucho miedo. Hace poco quisieron atentar contra la Virgen del Pilar de Zaragoza, quisieron poner una bomba en la Catedral de la Almudena, y también he oído que no es la primera vez que intentan terminar con algún símbolo importante del cristianismo; el lugar que se lleva la palma en cuanto a intentos de atentado ha sido…, ya te lo puedes suponer.

—Ya, la Catedral de Santiago de Compostela.

—Exacto. Y por lo que se ve ahora le toca a la ciudad de Burgos, y no precisamente a su gran catedral. Prefieren un humilde y retirado monasterio de monjas.

—Te estás adelantando. No se ha confirmado que sean los islamistas.

—De todas formas, prefiero que sean algunos cátaros sueltos con una gran dosis de locura atrasada en el tiempo o alguien con la única pretensión de cuestionar el origen del cristianismo que no señores del Magreb islámico o terroristas de origen paquistaní. Estos últimos me dan mucho pánico. Y se nos olvida el más importante.

—¿En quién estás pensando?

—En el Vaticano. La Iglesia es la primera interesada en mantener todo como está. No le interesa que nadie venga ahora, en pleno siglo XX, a echar por tierra y cuestionar sus orígenes. Hay demasiado poder y dinero en juego. Si existe algo que lo pueda provocar intentarán eliminarlo a cualquier precio.

—¿Pero por qué la Santa Alianza está detrás de todo esto?, ¿qué es lo que intenta averiguar o proteger? A pesar de mi conversación con el obispo y a haberte descubierto como espía de la organización, sigo sintiendo cierta incredulidad con todo lo que está ocurriendo. Creía que estas cosas solo sucedían en las películas.

—Pues ya va siendo hora de que lo asuma, padre —le dijo tratándole de usted con ironía—. Hay mucha gente que conoce de la existencia de la organización. Todo el mundo sabe que la Santa Alianza en la historia reciente se ha visto vinculada con el Mossad y la CIA y que está influyendo decisivamente en el sindicato Solidaridad de Walesa. No me creo que con tu experiencia, y ante todo viviendo tan cerca de todos los responsables, no hayas escuchado nada sobre ello.

—Te lo digo de verdad. He estado tan hipnotizado por mi trabajo, un trabajo del que por cierto estoy muy satisfecho, que se ve que me he aislado del mundo más de lo debido.

—Ahora soy yo la que pongo en duda tus argumentos. Estás en pleno centro de la Iglesia mundial, donde se cocina todo el suspense del cristianismo, y me dices que no sabes nada. Será mejor que empecemos a investigar antes de que empiece a desconfiar de ti también.

—Entonces, ¿qué?, ¿comenzamos por el pasadizo?

—¿Te importa que lo dejemos para esta noche, cuando todo el mundo se haya acostado?

—No me importa, pero... ¿Te ocurre algo?, no tienes buena cara.

—Todo esto me empieza a agotar.

—Pues será mejor que descanses.

—Solo necesito media hora para reponerme un poco.

—De acuerdo, nos vemos esta noche. Yo mientras tanto aprovecharé para echar un vistazo ayudándome de los planos que me ha facilitado la hermana María.

Clara, aprovechando que era demasiado temprano y que disponía de un poco de tiempo, volvió a su habitación. Al llegar vio como Saffiya todavía estaba dulcemente dormida, por lo que se movió con todo el sigilo que le fue posible para no despertarla. Sabía que tenía el sueño muy delicado y, al mínimo ruido que se produjera fuera de lo normal, saltaría como un resorte. Entonces decidió que sería mejor acostarse encima de la cama tal y como estaba. No tenía mucho tiempo y tampoco era cuestión de desaprovecharlo desvistiéndose de nuevo. Enseguida cerró los ojos e intentó conciliar el sueño. Dentro de su cabeza miles de imágenes pasaban sin cesar y los pensamientos se entremezclaban unos y otros sin ningún orden aparente. Intentó relajarse todo lo que pudo y, aunque sabía que no se dormiría del todo, aprovechó para tener el cuerpo en horizontal.

Capítulo 27

Clara no dejaba de pensar con los ojos cerrados.La policía llevaba tiempo sin aparecer por el convento, algo que por otra parte le extrañaba. No sabía si era que estaban estancados en la investigación o si, por el contrario, la solución de los crímenes estaba llegando a su fin. De cualquier forma, tanto secretismo repentino por parte de Luis Beltrán no le gustaba demasiado. Los primeros días no había dejado de visitarla e involucrarla en todo lo referente a la investigación, y siempre le pedía opinión fuera cual fuese la dirección que la misma tomase, lo que era perfecto para sus ocultas intenciones. Estar al tanto de cualquier descubrimiento facilitaba su trabajo y, lo que era más importante, le ahorraba tener que ocuparse ella misma de investigar una a una a todas las personas que pudieran estar relacionadas con ambos asesinatos. Pero había algo que seguía sin resolverse en su cabeza y que a la hora de dormir se le repetía una y otra vez, y era la conversación de la catedral y la incapacidad de poder reconocer a una de las voces. Una voz que le resultaba muy cercana y familiar, pero a la que no le ponía rostro.

Se encontraba muy cansada y se preguntaba por qué se había comprometido con la Santa Alianza. Estaba deseando terminar con todo aquello y dedicar su tiempo a aquello para lo que en realidad había nacido. Era demasiado joven cuando se dejó influenciar. Una costumbre que ejercía la organización con gran maestría, la de apropiarse con grandes dotes de persuasión de gente inexperta de la vida y recién ingresada en el mundo monacal. Todos pertenecían al mundo eclesiástico, salvo pequeñas excepciones, pero estos nunca podían tener puestos de responsabilidad; esos estaban reservados siempre para obispos o cardenales. Clara era el ejemplo perfecto y el modelo ideal de persona para trabajar en el mundo del espionaje. Hablaba tres idiomas, poseía el título de filosofía y, lo que era más importante, sus cualidades personales la hacían idónea para ese trabajo.Solía decir que se sentía identificada con el supuesto fundador de la Santa Alianza, Miguel Ghislieri, cardenal gran apasionado de las intrigas y el secretismo.

Ghislieri tomó los hábitos a la temprana edad de catorce años y viajó a Bolonia para completar sus estudios de filosofía y teología. Posteriormente, con veinticuatro, ya como presbítero de Génova, se dedicó a enseñar ambas asignaturas en los conventos y monasterios de la región siendo reconocido, ante todo, por su defensa acérrima de la autoridad pontificia.

Clara pensaba que podía llegar a ser tan importante como él. También a ella le habían hecho un encargo a pesar de su corta edad, comparada con la de la mayoría de sus componentes, y quién sabe la responsabilidad que podría tener en el futuro. Ghislieri tenía como protector al poderoso cardenal Juan Pedro Caraffa, que a la postre sería el papa Pablo IV, el cual le encargó asumir la dirección de una misión especial. Su eminencia le ordenó crear un servicio de contraespionaje. Este se encargaría de recabar todo tipo de información de todos aquellos que pudieran violar los preceptos papales y dogmas de la Iglesia, para así poder ser juzgados por la Inquisición.

Como ella, el joven presbítero era muy aficionado a las sociedades secretas, y para él el Santo Oficio era una de las «sociedades secretas» con mayor poder de su tiempo. Ghislieri, ayudado por sus agentes de Como y Bérgamo, hizo una labor impecable, y enseguida llamó la atención de los poderosos de Roma. En menos de doce meses mil cien personas, desde agricultores de baja estofa hasta nobles, fueron juzgadas por el tribunal de la Inquisición. Doscientas de ellas fueron encontradas culpables tras ser torturadas y posteriormente ejecutadas.Algunos piensan que los tiempos han cambiado y los métodos usados para sacar información son un poco más civilizados, pero Clara no estaba convencida de que eso fuera cierto. Es uno de los muchos temas que solía tratar con Saffiya.—¡Todavía hay países que apedrean a sus mujeres, ahorcan a sus hijas y entierran vivos a los hombres!, y eso en pleno siglo XX. ¿Seguro que hemos cambiado algo? —dijo en voz alta Clara sin darse cuenta y provocando que Saffiya se despertase.

—¿Que apedrean a quién? —preguntó desperezándose Saffiya—. Estabas hablando en voz alta, como si tuvieras una pesadilla… Y ¿qué haces vestida en la cama?

—Había quedado con el padre Jesús, pero estaba algo cansada y he vuelto para descansar un poco. Al verte tan dormida no quería hacer ruido para no despertarte, ya sabes el sueño tan leve que tienes.

—Muchas gracias, Clara, pero así habrás estado incómoda. Ya estabas otra vez diciendo cosas en voz alta.

—¿He dicho algo que no debiera?

—Solo te he escuchado algo de apedrear a mujeres y no sé qué de sociedades secretas. Ya estarías otra vez con cosas del espionaje.

—Estaba pensando en un montón de cosas y al final he terminado soñando con las formas de tortura que utilizaban en la Edad Media. ¿A ti nunca te ha pasado que después de tener una conversación la misma noche has soñado con algo relacionado?

—Que yo recuerde ahora…, no —dijo titubeando.

—Pues a mí me sucede con frecuencia.

—Tu cabeza es un cajón de sastre.

—Estaba soñando con formas de tortura.

—¿Y no tenías otra cosa en la que pensar?

—Eso será porque he estado hablando con el padre Jesús sobre el islamismo, los atentados, torturas, etc. Seguro que ese es el motivo por el que he vuelto a soñar con ello. ¿Sabes que en la Inquisición había verdaderos expertos en aplicar tortura a los posibles herejes mediante la cuerda, el agua y el fuego?Saffiya puso un rostro entre incredulidad y sorpresa mientras se frotaba los ojos. Todavía no había conseguido despertarse del todo, pero Clara continuó con su explicación.

—Vaya conversaciones que tienes con el padre…, ¿pero no se dedica al patrimonio histórico?

—Sí, así es, pero es tan aficionado como yo a todo lo que tiene que ver con la historia eclesiástica en la Edad Media. Si le conocieras, es muy parecido a mí, y en lo poco que he podido conversar con él, me da la sensación de que es igual de contestatario con respecto a las costumbres de nuestra religión.

—Pues vaya dos que os habéis juntado.

—Como te iba diciendo…, la tortura de la cuerda consistía en atar las manos del presunto hereje a la espalda y, por medio de una cuerda o soga sujeta al techo, se levantaba al prisionero. Cuando el cuerpo quedaba suspendido, se esperaba un par de minutos y se soltaba para que cayese por su propio peso. Este quedaba a un metro del suelo y, con la violenta sacudida, se dislocaban o rompían las extremidades. La tortura se podía prolongar durante horas hasta que el médico lo detenía. Pero los peores eran los verdugos del Santo Oficio, solían bajar a los prisioneros después de la tortura a una pequeña celda y allí los introducían sin ningún tipo de atención médica. Otra de las torturas más usadas era la del agua, la cual creo que se sigue utilizando en la actualidad en algunos países árabes. Los verdugos ponen a la víctima sobre un potro de madera en forma de canal y le colocan un lienzo fino mojado en la garganta mientras le tapan la nariz para impedirle la respiración. Otro de los verdugos le derrama agua por la boca y por los orificios nasales, por lo que el detenido no tiene forma alguna de respirar. Hoy en día se sabe parar a tiempo, pero en la antigüedad, cuando el médico iba a revisar al delincuente, en muchas ocasiones ya estaba muerto. Y el fuego, que es el único que me queda, era reservado casi siempre para las mujeres.

—Hay que fastidiarse, siempre nos toca la peor parte —bromeó.

—Se la desnudaba por completo y se la ataba de pies y manos para que no se pudiera mover. Luego se le aplicaba en las plantas de los pies aceite o lardo y se las acercaba al fuego. Lo que sucedía después ya te lo puedes imaginar.

—No quiero imaginármelo. ¿Crees que es el mejor momento para contarme todo eso? No me he despertado todavía y me estás poniendo mal cuerpo. Si hubiera desayunado ya habría echado todo. No me extraña que no puedas dormir. ¿Cómo vas a conciliar el sueño con todo eso en la cabeza? Es imposible.

—Tienes razón, debería visitar a un psicólogo. Pero ¿ves lo que te digo siempre?, no ha cambiado tanto la forma de actuar del ser humano. Seguimos siendo igual de cafres.

—Y hablando de otra cosa, ¿cuándo vamos a hacer nuestras visitas nocturnas?

—Ahora estoy algo comprometida con el padre Jesús y sor María me ha encargado que le ayude a inspeccionar los sótanos. Me ha facilitado todas las llaves. Creo que quiere verlos porque antes de realizar cualquier obra deben estar completamente seguros de que unos cimientos de cientos de años pueden resistir una remodelación de envergadura. Es la oportunidad de poder campar a nuestras anchas sin levantar sospechas de ningún tipo.

—¿Y entonces yo qué hago? —preguntó sintiéndose defraudada.

—Esperar. Pero…, pensándolo mejor...

—Dime, dime, —dijo con entusiasmo sabiendo que se le abría la oportunidad de una misión. Clara ya la tenía en su terreno y con mucho tacto consiguió involucrarla en su pequeña cruzada.

—Quiero que me sirvas de espía. ¿Recuerdas que en más de una ocasión te he hablado del cardenal Ghislieri?

—¿No tenía que ver también con el espionaje del Vaticano?

—Fue el general de la congregación del Santo Oficio y montó la mayor red de espías nunca conocida. Estos operaban desde los lupanares de la ciudad a las cocinas de los palacios de los nobles de Roma. Sobre 1551, Ghislieri, debido a los servicios prestados, fue ascendido por el cardenal Caraffa, que lo nombró general de la Inquisición de Roma bajo el pontificado de Julio III. Fue en esta etapa cuando la congregación del Santo Oficio recibió todas las mejoras para poder conseguir sus objetivos. Se nombró a un grupo de cardenales para que controlasen las funciones del llamado Consejo de la Suprema nombrado por el papa. Estos hacían a la vez de jueces y consejeros del pontífice en caso de llevar a juicio a personas relevantes de la sociedad romana. El tribunal estaba formado por dos secretarios y un fiscal, el cual era el encargado de examinar los dogmas y los actos de las personas juzgadas en la Inquisición. El máximo responsable de la congregación era el mismo papa, que, además de tener la suprema autoridad sobre todas las inquisiciones particulares, era quien nombraba a todos los miembros de los tribunales, incluidos los cardenales, secretarios, abogados y fiscales. Incluso era el encargado de ratificar o anular el nombramiento de un inquisidor por parte de los reyes de España y Portugal.

En cuanto Clara cogía carrerilla con un tema que le apasionara, la dificultad de poder interrumpirla era máxima. Saffiya no tenía más remedio que escuchar con paciencia e intentar evitar dormirse delante de ella, pues eso le causaría una gran decepción. En ocasiones Clara cortaba por lo sano y soltaba la frase de «¿seguro que no te aburro?», a lo que Saffiya, con gran educación, contestaba: «Qué va, sigue, es muy interesante». Clara, anticipándose a la respuesta, ya estaba preparada para continuar y, como si no hubiera pasado nada, siguió con el pequeño monólogo de historia.

Las informaciones recogidas por todos los agentes a lo largo y ancho de la ciudad, eran entregadas personalmente a Ghislieri mediante dos sistemas. La palabra y por el llamado Informi Rosso[9] (Informe Rojo).

Mientras más hablaba, más hipnotizada tenía a su compañera, pero de repente...

—Pues eso quiero que hagas, de espía. Por culpa de don Jesús no voy a poder hacer lo que quería, pero, por otro lado, nos puede venir bien para conocer los entresijos de los subterráneos. Por eso necesito que estés más pendiente que nunca, y si ves algo fuera de lo normal me lo dices. Me gustaría que estuvieras pendiente del confesor de sor María y de los visitantes masculinos. Creo que solo son tres los parientes que suelen venir. Los hermanos de dos monjas veteranas y el padre de una novicia.

—¿Por qué los hombres?

—La discusión que observé era entre dos hombres, y estoy segura de que la persona que tú viste también era hombre y con fácil acceso.

Saffiya no se quedó del todo convencida ni satisfecha del encargo recibido, todo lo contrario, parecía que su compañera se estaba deshaciendo de ella con disimulo. La verdad es que no sabía qué pensar. Notaba diferente a Clara, aunque no era capaz de adivinar el motivo de dicho cambio. No dejaba de sorprenderla una y otra vez con tantos conocimientos sobre el espionaje y todo lo que tuviera relación con ello dentro del Vaticano. La Santa Alianza, la congregación del Santo Oficio, organizaciones secretas, etc. Era increíble la información que una joven y futura misionera podía tener sobre enigmas que a priori debían de ser de exclusivo interés de expertos en el tema.«Seguro que estoy dándole demasiada importancia —pensó—. Tiene la carrera de filosofía y siempre le han gustado las historias de suspense, sobre todo las que tienen que ver con el mundo eclesiástico al que se dedica. Cualquiera puede tener información de ese tal Ghislieri, gran inquisidor, o saber de la Santa Alianza. Me imagino que, con ser aficionada a la

9. Este sistema consistía en un pequeño pergamino que iba enrollado en una cinta roja con el escudo del Santo Oficio. Según las leyes vigentes, la rotura del sello era castigada con la muerte inmediata. En su interior los agentes de Ghislieri escribían todas aquellas informaciones en las que acusaban, en muchas ocasiones sin prueba alguna, a un ciudadano de Roma de violar normas de la Iglesia y susceptibles de ser estudiadas por un tribunal de la Inquisición. El Informi Rosso era depositado en un pequeño buzón de bronce para tal efecto en la sede romana del Santo Oficio. Los pequeños pergaminos eran entregados cada día a Miguel Ghislieri para ser analizados y archivados.

lectura y elegir el tema adecuado, yo también podría pasar como experta, sobre todo dentro de este entorno, donde la mayoría tienen un único objetivo y motivo de estudio; la religión».

De nuevo fue apaciguando poco a poco su teoría sobre una posible profesión detectivesca de su amiga, y sus sospechas se fueron disipando. Ella poseía mucha información sobre ciertas zonas de África, como su forma de subsistencia, su economía o sus costumbres, y no por ello era diplomática del Ministerio de Asuntos Exteriores. Esas justificaciones se las daba a sí misma con tal de mantener la pura e inocente imagen de Clara hasta sus últimas consecuencias. Era demasiado tiempo de convivencia junto a ella, habían pasado muchas y buenas experiencias juntas, y en todo ese tiempo Clara no había tenido ningún comportamiento que se saliese de la normalidad. De acuerdo que era muy soñadora en ocasiones y algo liberal en cuanto a ideales religiosos, pero eso no era motivo suficiente como para dudar de la bondad de sus actuaciones.

Tanta duda terminó por desvelarla del todo. Al final, y por culpa de los extraños sueños de Clara y su relato, fue incapaz de volver a conciliar el sueño, por lo que decidió asearse e ir a desayunar. De esa forma también dejaba descansar a Clara, a la que al parecer y por el rostro de cansancio que transmitía le hacía más falta que a ella. Esta vez sería ella la que se moviera con cautela por la habitación, aunque no fuera necesario, ya que el sueño de Clara era tan profundo que ni un bombardeo a los pies de la cama sería suficiente para despertarla.Saffiya se fue meditando sobre todo lo que acababa de escuchar recién levantada y en menos de quince minutos; sobre ese tal Ghislieri, los sistemas de tortura en la antigüedad, etc. Reconocía que con Clara como compañera el aburrimiento no tenía hueco en sus vidas y que, si algún día le faltara, echaría en falta todas las aventuras que diariamente le hacían sentirse viva. En un monasterio, y más en la ciudad de Burgos, las oportunidades de diversión son bastante escasas, y Clara era el acicate, no solo de ella, sino de todas las monjas que allí vivían. Sin embargo, lo que Saffiya no sabía era que ese temperamento iba a poner en peligro a su compañera en un futuro próximo.

Capítulo 28

El mundo real, Madrid

El hospital se encontraba en un lugar idílico de la sierra, rodeado de pinos, eucaliptos y robles de más de cien años, que ejercían de veteranos guardianes de los montes del lugar. Era tanta la frondosidad que los rayos de sol apenas se podían colar entre las ramas. Solo el viento, en días algo perturbados, ayudaba a que la luz provocase la aparición de arcoíris por doquier. Un espectáculo que solo los amantes de la naturaleza y de las cosas sencillas de la vida son capaces de percibir. Para los enfermos que allí se encontraban no hacía falta mucho más, salvo, como es lógico, contar con el cariño y compañía de los seres queridos.

El personal de la clínica podía presumir de una gran profesionalidad. Cada cual ejercía su trabajo con tanta pasión que podía en ocasiones ser contraproducente por el grado de implicación con los pacientes. Una implicación por la que se podían llegar a cometer errores a la hora de tomar una decisión extremadamente personal y dolorosa. Pero eso no era la norma general, pues siempre actuaban bajo criterios basados principalmente en informaciones puramente médicas, y, lo que era más importante, sin perder nunca la humanidad de la que en otros muchos lugares carecían. Esa era la razón principal por la que las reservas estaban completas desde hacía más de tres años y las probabilidades de encontrar habitación eran prácticamente nulas.

Los padres de Charlotte, de origen francés (de ahí su nombre), por suerte tenían a un conocido que a su vez era gran amigo del director del hospital. Si no hubiera sido por el enchufe, su hija no estaría tan bien atendida, y ellos lo sabían.

Ya habían pasado dos años desde el accidente de coche, pero mantenían intacta la esperanza de verla abrir los ojos en cualquier momento. Era, ante todo, a la hora de irse a la cama cuando las pesadillas hacían mella en el resto de la familia. Sophie, la madre, era la más fuerte, pero Gérard, el padre, y sobre todo su hermana, Sara, seguían con la ayuda psicológica y con pastillas para dormir. Gérard no podía faltar al trabajo ni un día más por peligro de perderlo. En su momento pudo contar con un permiso especial de tres meses recién ocurrido el impacto y, desde entonces, había aprendido a convivir entre la obligación y el dolor, y su obligación era trabajar más que nunca para así mantener a su familia y poder sufragar los gastos que el hospital requería. Pero el peor papel lo tenía su hermana, Sara, era la que conducía el coche, y el sentimiento de culpabilidad la invadía día y noche.Sara tenía veintiséis años de edad y era tremendamente responsable. Todo el mundo sabía que el siniestro había sido provocado por otro coche y que ella no tuvo nada que ver, pero la comprensión y amabilidad de los demás no la consolaban de ningún modo. Siempre pensaba que podía haber reaccionado de otra manera o no haber salido esa noche, y de esa forma su hermana Charlotte, de veinticinco años, no estaría en coma en el hospital. Su madre le había explicado una y mil veces que el destino nos suele jugar malas pasadas, que no podía estar toda la vida martirizándose con ese sentimiento de culpabilidad y que lo más importante en esos momentos era rezar por su hermana para que saliese del coma. Lo que su madre, Sophie, no expresaba y se guardaba para momentos de soledad era el odio que sentía hacia el cabrón borracho que se cruzó en su camino el 20 de noviembre de 2013.

Charlotte se encontraba en la habitación 209. Una habitación individual, propia de un hotel de cinco estrellas, con una gran terraza de diez metros de la que esperaban que pudiera disfrutar cuando despertase. Los tubos y todo el aparataje médico invadían las cercanías de la cama. Estaba con intubación orotraqueal y eso era lo que mayor sensación de repulsa le producía a su hermana. Tenía una ausencia total de respuesta frente a estímulos externos y persistía únicamente una actividad refleja mínima. En ocasiones creían verla despertar y que atendía a ciertas frases repentinamente, por eso no paraban de turnarse para contarle cosas cotidianas y leerle algún libro, a los que siempre había sido aficionada.

Sara había terminado su turno de recepcionista y sin demorarse ni un segundo, como venía haciendo desde hacía dos años, se dirigió hasta el hospital para relevar a su madre. Le encantaba hacer compañía a su hermana y ponerse a leer a su lado. Al principio lo llevó bastante mal, pero con el tiempo consiguió dominar el miedo y pensar que cabían muchas posibilidades de que Charlotte se enterase de lo que le leía. Los médicos decían que no se confiase, pero ella estaba convencida que los leves movimientos de los párpados y algunas veces de la mano derecha, no eran casuales sino pequeñas señales de afirmación que le mandaba Charlotte.

El trayecto hasta el hospital era algo largo porque tenía que coger el metro y después un tren de cercanías que la dejaba muy cerca de la entrada. La ventaja era que siempre tardaba lo mismo y no dependía de posibles atascos o inclemencias del tiempo. Un trayecto que aprovechaba para coger el iPad y ver películas o series de televisión. Era un momento que tenía para ella misma, que le servía de relajación y en el que conseguía, por una hora, olvidarse de todos los problemas que le rodeaban.

Eran unas instalaciones recién construidas, y tanto por su arquitectura exterior como por los espacios y decoración interiores parecía todo menos un hospital. Una recepcionista perdida en medio de un inmenso *hall* que recordaba a instalaciones futuristas de una gran nave espacial recibía a los visitantes. Sara entró por una de las tres puertas principales y lo atravesó hasta llegar a los ascensores. Pulsó para el segundo piso y, mirando fijamente al marcador digital que señalaba las plantas, esperó a que apareciese el número dos y a escuchar la amable voz femenina que indicaba «está usted en la segunda planta». Entonces se abrían las puertas, giraba a la izquierda y comenzaba a andar por un largo pasillo con el suelo de un mármol impecable en el que se podía comer si fuera preciso. El mostrador de las enfermeras estaba en el centro y, nada más pasarlo, la segunda habitación a la derecha. Habitación 209, ya había llegado. Como todos los días y siempre que abría la puerta el corazón comenzaba a latirle más rápido de lo normal. Nunca perdía la esperanza de entrar, y ver un día a Charlotte sentada sobre la cama hablando normalmente con Sophie. Pero ese día no sería, tendría que esperar a una próxima ocasión. Una vez con las pulsaciones a su ritmo habitual, respiraba hondo y…

—Hola, mamá, ¿cómo estás?, ¿qué tal ha pasado hoy el día?

—Hola, cariño. Como siempre, está bastante tranquilita. Y tú, ¿qué tal el trabajo?

—Pues también como siempre, normal. Hoy hemos tenido un cliente un poco pelmazo y con ganas de bronca.

—¿Qué ha pasado?

—Ha protestado por todo. Que si no estaba bien hecha la cama, que si le faltaban productos del cuarto de baño, que si el aire acondicionado no funcionaba bien…

—¿Pero era verdad?

—¡Qué va!, solo quería provocar para que le rebajásemos el precio de la habitación.

—¿Pero no estás en un hotel que se supone que es de gran lujo y donde la categoría de los clientes es muy alta?

—Te sorprenderías, mamá, de los clientes que tenemos. A veces los más pijos son los más tacaños. Pero bueno, lo importante es mi Charlotte —dijo mientras se acercaba a la cama y le daba un beso en la frente—. ¿Qué te han dicho los médicos hoy?

—Nada de particular, hija. Que está como siempre pero que no perdamos la esperanza.

—Yo nunca la pierdo, pero lo que quiero es que ella no se rinda, mamá. Necesito volver a oírla y reírnos juntas como tantas veces hemos hecho. —Las lágrimas comenzaron a resbalar por las mejillas de Sara sin que pudiera evitarlo—. La necesito a mi lado y no puedo pensar que se nos vaya —dijo entre sollozos.

—Eso no va a ocurrir, Sara. Seguro que Dios nos echa una mano y piensa que es demasiado pronto para llevársela.

Sara se secó las lágrimas y le pidió a su madre el libro que estaban leyendo a Charlotte.

—Anda, mamá, vete, que estarás cansada y papá también te necesita. ¿Cómo va la novela?, ¿por dónde vas? Este libro le encantaba a mi hermana, seguro que de vez en cuando nos escucha y lo recuerda.

—Ahora le estoy leyendo el capítulo veintisiete, cuando Clara despierta a Saffiya porque estaba hablando en voz alta sobre tipos de torturas y acaba de llegar al monasterio el padre enviado del Vaticano.

—¡Ah, ya! —interrumpió Sara—. Cuando se empieza a enrollar con el tema de la Congregación del Santo Oficio y ese tal Ghislieri, general responsable de la mayor red de espionaje.

—Exacto.

—Pues seguro que, si nos está escuchando, se lo está pasando fenomenal. Ese libro se lo leyó tres veces. Decía que Clara es muy parecida a ella y se sentía muy identificada. Y tiene razón, rebelde pero tremendamente noble.

—Te voy a hacer caso y me voy a ir.

—Hoy te veo más cansada de lo normal, mamá.

—Es que lo estoy, pero me preocupa más tu padre.

—¿Por qué dices eso?, ¿le pasa algo?

—Últimamente le noto muy extraño. Esto nos está agotando, ante todo, psicológicamente, y tu padre está duplicando sus horas de trabajo para poder llegar a todo.

—¿Necesitáis que busque algo más de trabajo?

—Qué va, cielo. Bastante haces ya con ayudarnos. También tienes que pensar en tu futuro. El mundo sigue y tu vida también. Lo que ha pasado no lo puede cambiar nadie y no podemos estar mirando constantemente al pasado, todo lo contrario. Las ilusiones por el futuro son las que nos hacen seguir adelante. Lo más importante de todo es que los médicos también ven alguna esperanza en una posible recuperación.

—Mamá, ya sabes que yo no soy muy creyente, pero ojalá Dios te oiga y nos eche una manita desde ahí arriba.

—Ya verás como sí. —Sophie se acercó a Sara, que ya se encontraba sentada junto a la cama, y le dio un beso de despedida—. No te vayas muy tarde, que también tienes que descansar. ¿Qué turno tienes?

—De tarde. Mañana me toca de tarde y además tenemos muchas entradas. Pero, bueno, así estoy más entretenida.

—Bueno, pues hasta mañana.

—Hasta luego, mamá.

De repente el silencio se adueñó de la habitación y de toda la planta. Solo algún quejido inesperado del anciano de siempre, el de la 228, rompía con una tranquilidad que a veces producía escalofríos. Los enfermos, un gran número de ellos, eran de extrema gravedad, de ahí que el ambiente que se respiraba no era del todo alentador. Eran las enfermeras, jóvenes en su mayoría, las que ponían un poco de aire fresco y ganas de vivir en una planta que parecía un purgatorio o lugar de mero trámite de cara a una vida mejor.

Pero entre todas las enfermeras destacaba una en particular que se había hecho con el cariño de Sara y adoraba a Charlotte.

Tenía la misma edad que Sara y todos los días sacaba un poco de su tiempo para dedicárselo de forma especial a Charlotte. Mientras le limpiaba una vía, cambiaba algún medicamento ya agotado o simplemente le movía un poco la almohada, hablaba con ella con total normalidad de cosas cotidianas y sin importancia, como si esta la escuchara. Sara presenciaba con gran emoción esas conversaciones, más bien monólogos, y escuchaba con atención las preciosas historias que narraba.

—Charlotte, ¿sabes una cosa?, ayer estuve con mi novio y nos fuimos al cine para ver la película… —Así una y otra vez, todos los días durante dos años. Y lo hacía con la misma ilusión que en el instante de su ingreso en el hospital. Para Sara se había convertido en una hermana más. Después de dos años habían conseguido fraguar una buena amistad, y en cuanto podían aprovechaban para tomar un café o quedar para cenar. También habían congeniado ambas parejas, lo que facilitó mucho más si cabe una relación que se preveía duradera.

Ainhoa, como se llamaba, era la típica enfermera de real vocación. Llevaba en sus venas la sangre de la medicina heredada de sus padres, ambos de la profesión. Un mundo en el que desde una temprana edad se vio metida sin pretenderlo, pero que sin darse cuenta la fue enamorando poco a poco.

El padre se Sara, Gérard, decía que nunca había conocido a una profesional de la medicina con tanto sentido de la bondad, afabilidad y amor por los pacientes como Ainhoa. Una joven de pelo castaño claro y ojos verdes como los de su hija Sara. Por eso, no solo es que se llevaran como hermanas, es que se parecían como tal.

Antes de que llegase la cena para el resto de enfermos, ya que su hermana era la única de la planta en estado de coma, y a ella por desgracia no le hacía falta, comenzó a leer donde su madre lo había dejado.

—A ver, ¿por dónde iba?... Ah, sí, por aquí: «Sin embargo, lo que Saffiya no sabía es que ese temperamento iba a poner en peligro a su compañera en un futuro próximo».

Sara continuó leyendo.

Capítulo 29

Lectura de Sara

Clara, después de descansar, regresó a sus actividades cotidianas y pasó el resto del día con relativa normalidad, deseando que llegara la noche cuanto antes para volverse a ver con el padre Jesús e iniciar la interesante investigación que tenían por delante. Pero debía intentar no ponerse nerviosa para no delatar sus intenciones y concluir la cena con tranquilidad antes de atragantarse. Sor María no dejaba de observarla, y Saffiya ya le tuvo que llamar la atención un par de veces por las prisas y ansia que mostraba por terminar una simple sopa de fideos, que al parecer no agradaba a nadie excepto a ella, y más cuando no había duda de que a la cocinera se le había ido el punto de sal. El ruido de todas las cucharas contra los platos era pausado y con cierto ritmo, solo roto por el golpear enérgico y rápido de Clara, lo que provocaba que todas las miradas se dirigieran hacia ella.

Esa vez el ambiente del comedor era algo lóbrego y siniestro. La luz se había cortado por la tormenta que descargaba en esos momentos, y estaban cenando con la única luz de varios candelabros puestos con simetría a lo largo de toda la mesa. La diminuta luz solo era capaz de iluminar los rostros escondidos tras sus hábitos y destacar las arrugas de las más ancianas, surcos que eran reflejo del paso del tiempo y de la sabiduría acumulada. El acontecimiento parecía una cena de mendigos en un castillo de la Edad Media, en lugar del ágape vespertino de unas dulces monjitas en un humilde convento en el siglo XX; lo que sin duda le daba mucho más ambiente al objetivo nocturno de Clara y el sacerdote.

Los plomos seguían fundidos, y los cirios y velas eran la única forma de poder moverse por el convento. Las más ancianas decidieron regresar a sus habitaciones por prudencia y para evitar posibles traspiés, pero sin embargo, para las jóvenes novicias, la falta de luz se convirtió en un divertimento propio de la edad.

Podían coger linternas, pero era mucho más divertido seguir manteniendo un ambiente macabro y lúgubre. Los sobresaltos no dejaban de producirse y los gritos completaban una escena que, mezclada con los truenos y frecuentes relámpagos, la convertían en la perfecta película de terror.

Clara estuvo durante un buen rato buscando al padre Jesús. Preguntaba a cualquiera que se encontraba en su camino y nadie le había visto. Estaba desaparecido. Seguro que con el apagón se había perdido, pues no le había dado tiempo a conocer el monasterio lo suficiente como para poder manejarse con fluidez entre sus muros.

«¿Dónde se habrá metido este hombre?», se preguntaba.

Después de dar palos a ciegas, nunca mejor dicho, y cuando estaba a punto de entrar en la catedral, escuchó un ruido a sus espaldas al otro extremo del claustro. Se dio media vuelta y vio como una pequeña luz se iba haciendo cada vez más grande. Daba la sensación de que la luz fuera flotando, pues era imposible distinguir quién la sujetaba. La sotana y la tez bastante morena de don Jesús le hacían pasar prácticamente desapercibido en la oscuridad de la noche. Pensó por unos instantes que a él no le haría falta ningún pasamontañas para ocultarse de nada. Se fueron acercando poco a poco hasta estar a un par de metros de distancia.

—Por fin te encuentro. ¿Dónde te habías metido?

—Si te soy sincero, no tengo ni idea. Llevo dando vueltas de un lado para otro desde el apagón. Justo cuando salía de mi habitación se ha ido la luz, y ahí ha debido de ser cuando he elegido el camino equivocado. No sabía que este lugar tuviera tantos recovecos, es impresionante. Además, la oscuridad aumenta por sí sola la sensación de que es mucho más grande todo lo que recorres.— Pero, bueno, ya estamos juntos y podemos empezar.

Se dirigieron enseguida a la catedral para comenzar con sus planes. Pasaron a la parte trasera del sepulcro y le cedió el candil a Clara para que le iluminase mientras él empujaba la enorme piedra. Ambos se sorprendieron al ver que alguien se les había adelantado.

—¿Crees que debemos seguir con esto? —preguntó el sacerdote.

Clara le hizo un gesto de afirmación con la cabeza a la vez que ponía una mueca de cierto asombro por lo absurdo de la pregunta, a la que de antemano ya sabía su respuesta. ¿Cómo iba a detenerse Clara en esos momentos con su carácter? Era como pedir peras a un olmo.

Bajaron con cuidado la escalera de caracol. Varios peldaños no estaban bien sujetos a sus pernos, y un paso equivocado podía provocar que cualquiera se diera de bruces contra el suelo. Daba la sensación de que no estaban sueltos por casualidad o por el paso del tiempo. Estaba bastante claro que iban por el camino correcto, en caso contrario, ¿quién se iba a tomar las molestias de impedir que llegaran sanos y salvos a su destino?

—De cualquier forma —dijo Clara—, no creo que la persona que se nos ha adelantado sea muy inteligente, ya que, en lugar de impedimentos, nos deja pistas y nos confirma que por el momento vamos bien.

El comentario provocó que don Jesús expresara descontento a las espaldas de Clara.

—Tanto como bien... Ya veremos cómo acaba todo esto.

—¿Qué te pasa, padre, asustado?

—No me asusto fácilmente, y es ante todo porque no tengo miedo a la muerte. No es eso, si acaso precavido.

—Me da la sensación de que no está convencido o tiene…, perdón, es la costumbre, o tienes muchas dudas en la cabeza.

—Desde que estoy en Roma tengo la misma sensación. Una sensación de torpeza y en cierto modo incredulidad. No sé si nos están utilizando como simples conejillos de Indias y todo esto es un pretexto para un fin distinto. Todavía no sé ni lo que estamos buscando.

En realidad, sabía perfectamente su objetivo.

—Cómo que no. Es bien sencillo, solo tenemos que seguir esas huellas —dijo Clara mientras señalaba unas marcas de sangre que había en el suelo.

—Seguro que no es nada importante. Esas manchas puede que lleven ahí años.

Clara no entendió el comentario tan escéptico del padre.

Las marcas se extendían a lo largo de todo el pasadizo y de vez en cuando también en la pared. Era evidente que alguien estaba lo suficientemente herido como para tener que apoyarse transcurridos unos metros. Siguieron adelante sin miedo a lo que se pudiesen encontrar. Les podía más la curiosidad que la prudencia, lo que no hubiera sido normal si se hubieran parado a meditar durante unos segundos. Sin esperarlo, un extraño y repentino soplo de viento sin dirección apagó el candil, quedándose totalmente a oscuras. Clara se quedó paralizada.

—¿No tendrás algo para volver a encenderlo, verdad? —preguntó algo nerviosa.

—Tranquila, siempre suelo llevar conmigo un mechero. Una costumbre como otra cualquiera. —Clara le dirigió una mirada de extrañeza—. Lo sé, no me digas nada. Admito que no tiene sentido, pero sin embargo mira qué bien nos viene ahora. Si no fuera por esta manía no podríamos continuar.

—Qué halagador. Por una vez no te criticaría si fumaras.

Prendieron de nuevo la mecha y una gran duda recayó en los dos al ver que el túnel se dividía en otros tres, con escaleras de piedra que parecían no tener fin. Creían que ya estaban en la planta inferior, y al parecer aquello continuaba como queriendo comunicar con la posada del diablo. Era un verdadero laberinto, donde el más mínimo descuido les podría hacer perder la pista del camino de vuelta. Pero eso no era lo peor de todo, sino que las huellas terminaban en la parte superior de las largas escaleras y no tenían continuidad.

—¿Decías algo de poder continuar? —ironizó Clara.—Nada, no decía nada. Estas escaleras me recuerdan a las inmensas escaleras del metro de Moscú; solo puedes ver cuándo comienzas a bajar, pero nunca ves el final. Eso sí, estas el ser humano se las trabajó bastante más hace muchos siglos. Fíjate en el tamaño de los peldaños y los arcos árabes sobre columnas de mármol —dijo mientras acercaba el candil todo lo que su brazo alcanzaba—. Hay que reconocer que es una verdadera maravilla de la arquitectura. La pena es que lo que nos ha traído hasta aquí no sea precisamente una visita puramente profesional.

—¿Y ahora qué hacemos?

—O nos arriesgamos y echamos a suerte cuál de las escaleras tomar, o vamos por orden.—Lo más extraño es la desaparición de las marcas. Aquí no hay ningún sitio por donde desaparecer de repente.

—A no ser…

—¿A no ser qué, padre?

—A no ser que en este mismo lugar la persona supuestamente herida fuera recogida por otra. Es la única cosa que se me ocurre.

—Es una posibilidad. Estoy segura de que en todo este lío hay metida más de una persona.

—¿Por qué has llegado a esa conclusión?

—Cuando hablé con el policía Luis Beltrán, me dejó bastante claro que en el asesinato de sor Fátima había intervenido más de uno. Es verdad que la hermana no pesaba mucho y que una persona de gran fuerza y corpulencia la podría subir ella sola, pero, aunque así fuera, la viga donde apareció colgada se encontraba demasiado alta y alguien tuvo que hacer el nudo. Unos días más tarde vi a dos personas discutir airadamente dentro de la catedral. Daba la sensación de que uno de ellos hubiera fallado en un encargo importante y el otro le reprochaba su mal comportamiento. Por eso lo que dices tiene grandes visos de poder ser realidad.

Antes de tomar una decisión examinaron bien y con todo detalle lo que tenían a su alrededor en busca de cualquier pista que les ayudase a tomar la más correcta. De todas formas, no habían escogido ni el mejor día ni el momento idóneo para la búsqueda. Sin luz era imposible percibir si algo se les escapaba, y, para colmo, el ruido de los truenos y el de la lluvia, muy aumentado por el eco que producían las numerosas alcantarillas y túneles de los sótanos, no ayudaba para nada en el ánimo de seguir indagando. Entonces fue cuando un grito les sorprendió mucho más. Al parecer estaban debajo del claustro y muy cerca de las habitaciones. Avanzaron unos pasos por el pasadizo que tenían a su izquierda, con el fin de aproximarse lo más posible al origen de esos gritos. A pocos metros consiguieron ver unos tragaluces que comunicaban con la parte exterior. Estaban convencidos de que se encontraban bajo los jardines, de ahí el torrente de agua que caía de forma continua formando una pequeña catarata.

—Clara, va a ser mejor que sigamos otro día, ¿no te parece?

— Me parece estupendo —contestó algo aturdida por los gritos que acababa de escuchar—. Espero que no haya ocurrido nada grave, comienzo a estar un poco asustada. Lo que más me preocupa son las manchas de sangre. ¿Y si hay alguna persona en peligro que necesita de nuestra ayuda y no somos capaces de encontrarla?

—Clara, no te pongas nerviosa —dijo de forma sosegada el sacerdote—. No creo que haya motivo para asustarse. Primero, las marcas de sangre, si es que es sangre, son demasiado pequeñas como para que alguien se esté desangrando, y segundo, parece bastante obvio que si la persona supuestamente herida ha bajado hasta aquí es para ocultarse del resto de seres humanos, por lo que no estará tan grave. Si verdaderamente necesitara ayuda, estoy convencido de que subiría a buscarla.

La explicación del padre don Jesús la dejó un poco más tranquila, aunque todavía tenía las pulsaciones un poco más altas de lo habitual. Para calmarla buscó un tema de conversación para entretenerla mientras volvían a la entrada secreta del sepulcro, pero antes de que empezara ella le preguntó:—Te han facilitado los planos, ¿no es así?

—Así es, ¿por qué?

—Y estos túneles, los que están bajo el sepulcro, no aparecen.

—No.

—Pues no nos van a servir de nada. ¿Te imaginas la cantidad de pasadizos secretos que puede haber bajo este monasterio?

—Tampoco exageres, no estamos hablando del Vaticano. Además, quiero recordarte que por eso no aparecen en ningún plano, porque son se-cre-tos. Los planos solo me sirven para orientarme y como pretexto delante de sor María, ya era consciente de que no me iban a servir de mucho.

—A mí todo esto de los pasadizos secretos me entusiasma. A lo largo de la historia ha habido cantidad de intrigas, han servido como escondite de tesoros y han sido testigos de reuniones amorosas prohibidas.

Ya no le hizo falta buscar motivo para tranquilizarla, ella sola había encontrado un tema fascinante y entretenido.—En el Vaticano hay muchos pasos secretos, pero hay uno en particular que une el Vaticano con la fortaleza de Sant'Angelo, de ochocientos metros de longitud, y que servía para salvar de ciertos peligros a los papas. Al contrario que la mayoría, siempre en el subsuelo, este se construyó a diez metros de altura en el interior de una antigua muralla y se le conoce con el nombre de «*Passetto*». Espero que algún día, y después de muchos siglos de anonimato, se pueda abrir al público, para que la gente pueda disfrutar de una obra de arte militar del Renacimiento, conocida como «el corredor aéreo». Dicen los entendidos que su origen data del siglo VI. Pero las galerías más conocidas para la mayoría son dos, los túneles de Cu Chi en Vietnam y los pasadizos secretos de las cámaras funerarias de la pirámide Keops, la más grande de la Necrópolis de Guiza. Las primeras he tenido la oportunidad de conocerlas personalmente, y no fui capaz de entrar ni tres metros. Lo intenté para ver qué sentían los pequeños vietnamitas, pero me fue imposible por la claustrofobia. Eran verdaderas ratoneras hechas solo para gente de su tamaño.

»La pena es que el paso del tiempo hace envejecer no solo a las personas, sino a nuestra arquitectura; y ahora hablo con conocimiento de causa, pues llevo toda mi vida entre monumentos de una belleza singular que intentan por todos los medios superar el paso de los años.

—Tu trabajo tiene que ser muy satisfactorio. No dejas de estar todos los días estudiando nuestra historia y nuestro pasado. Y el ser humano necesita conocer de manera irremediable de dónde procede para conocerse mejor a sí mismo.

—No tan gratificante como el tuyo, en el que una simple sonrisa de agradecimiento es la mejor recompensa.

La charla estaba consiguiendo que el corazón de Clara volviese a sus setenta pulsaciones, pero sin embargo un nuevo grito hizo que agilizaran el paso para ver qué narices estaba sucediendo en su ausencia. Subieron la incómoda escalera de caracol evitando cualquier tropiezo y enganchón, y volvieron a poner el sepulcro en su lugar. Los gritos en lugar de cesar iban en aumento, lo que provocó la consiguiente preocupación de ambos. Al llegar vieron como tres de las novicias gritaban de forma infantil en lo que parecía ser un juego nocturno, impropio en momentos de tanta tensión. Pero no le dieron la mayor importancia al darse cuenta de que la preocupación la tenían solo ellos, y no podían evitar que tres jóvenes de dieciocho años se entretuviesen en un día de apagón como cualquiera lo hubiera hecho en su lugar. Al encontrarse frente a ellas, hizo que estas se asustaran y se quedaran paralizadas. Tímidamente una de ellas sacó valor e intentó disculparse.—Lo siento, padre, solo estaba…

—No tienes que disculparte, hija mía, no has hecho nada que yo no hubiera hecho si fuera un poco más joven.

Las tres monjas se quedaron un poco más tranquilas al ver la actitud simpática y tranquilizadora del sacerdote.

—Eso sí, tened cuidado con la oscuridad y a partir de ahora no arméis mucho jaleo. Ya es algo tarde y me imagino que la mayoría querrá descansar.

—Lo que usted diga, enseguida nos vamos a…

Otro fuerte chillido, esta vez de la zona este, interrumpió las amables disculpas de la novicia. Enseguida se dieron cuenta de que el clamor no era como los anteriores y de que en esta ocasión no parecía ser un juego lo que estaba tras el lamento. Los dos se dirigieron rápidamente hacia el lugar de donde procedían los quejidos.

—Vosotras volved a vuestros cuartos —dijo Clara.

Atravesaron de nuevo el claustro, esta vez en dirección opuesta, y volvieron a entrar en la catedral. La oscuridad era prácticamente total. Solo veían la distancia que el pequeño candil conseguía iluminar. En una de las capillas laterales, una puerta enrejada le daba protección a una bella escultura de la virgen Santa María la Mayor, patrona de Burgos. A los pies de la pequeña figura, yacía el cadáver de otra de las monjas. En el lado de la catedral y agarrada con ambas manos a los hierros de la puerta, lloraba desconsoladamente una de sus compañeras. La verja se encontraba cerrada con llave.

Cuando llegaron al lugar del suceso intentaron averiguar lo sucedido.

—¿Qué ha pasado? —interrogó el sacerdote.

La hermana seguía con los sollozos sin ser capaz de contestar.

—¡Deje de llorar y vaya enseguida a avisar a sor María para que llame a la policía! —ordenó Clara—. Y vaya con cuidado, ya tenemos bastante con una desgracia.«Será mejor no tocar nada y esperar a que venga la policía», pensó don Jesús. Le hermana se marchó en busca de ayuda.

El candil daba para poco y no se percibía bien de quién era el rostro, pero, con la ayuda de las velas encendidas de la capilla, era suficiente como para distinguir el cadáver y unos centímetros de todo su entorno. La diminuta capilla tenía tres bancos a cada lado que estaban separados formando un pasillo en medio de medio metro donde se encontraba la víctima. El cuerpo estaba en decúbito supino, por lo que, aunque con dificultad, se podía ver una pequeña mancha de sangre en la parte derecha a la altura de la costilla flotante. Las manos de la hermana estaban también llenas de sangre, entrelazadas y sujetando un manojo de llaves. Fue entonces cuando don Jesús se dio cuenta...—¡Es la hermana que me acompañó a mi habitación!

—No puedo creer que sea sor Lucía —dijo sorprendida Clara—. Pero si caminaba con mucha dificultad y era muy mayor. ¿Quién querría hacerle daño? Parece que quien quiera que sea tiene animadversión a las monjas avanzadas en edad, que tienen problemas de salud o que conocen muy bien este lugar.

—¿Por qué dices eso? —Jesús no comprendió del todo el porqué de esa conclusión.

—¿Por qué piensas que todas las víctimas conocían bien el monasterio?

—Tampoco hay que ser demasiado espabilado para llegar a esa teoría. Todas llevaban muchos años aquí y las tres disponían de juego de llaves. Según la hermana María, muy pocas personas tenían ese privilegio.

—La hermana Fátima, la monja que encontraron ahorcada, también era muy mayor y se estaba muriendo.—Sí, y también tenía un manojo de llaves.

—¿Crees que las manchas de sangre del sótano pueden pertenecer a sor Lucía?

—No estoy seguro, pero dímelo tú, la conocías mejor que yo. ¿La crees capaz de bajar y subir la escalera de caracol?

—Puede. Sor Lucía estaba mucho más ágil de lo que parecía, y a veces le echaba mucho cuento a eso de andar despacio. Más de una vez la pillamos andando más ligero, sobre todo cuando creía no ser observada por nadie; aunque nadie podía dudar de su ya avanzada edad.

—¿Y también simulaba su sordera?

—¿Sordera? Pero si sor Lucía oía perfectamente.

En esos momentos se sintió tremendamente estúpido por haberse dejado engañar por una aparentemente dulce monja.

—A lo mejor las marcas de sangre desaparecen de repente —don Jesús continuaba con su deducción—, porque la hermana, en caso de que se confirme que corresponden a ella, se arrepintió de lo que fuera a hacer y por falta de fuerzas dio media vuelta; ya hemos visto que los peldaños eran demasiados, eso siempre que la hubieran herido antes de bajar. O puede que sor Lucía fuese por alguna razón al sótano, se encontrara con el asesino, este se asustase, como nos ha pasado a nosotros, por los gritos de las novicias y saliese huyendo. Luego, y ya gravemente herida, la hermana regresó como pudo a la capilla para morir delante de su patrona. ¿Seguro que sor Lucía era burgalesa?, apostaría lo que fuera por ello.

Clara no sabía si don Jesús quería ayudarla o, por el contrario, confundirla más de lo que ya lo estaba. Había algunas expresiones en él que también le hacían dudar en ocasiones de la realidad de su función sacerdotal. Pero lo mejor era seguir como si nada y, aunque no le perdiera de vista en la visita de los túneles, continuar con la mayor normalidad.

—Todas las hipótesis pueden ser válidas, y en lo que sí estás en lo cierto es en que sor Lucía junto con la hermana Fátima eran de las más antiguas del lugar, y por lo tanto las que más conocimientos y secretos tenían de él. Lo que no sabemos es si el asesino las ha matado por la misma causa o ha sido una simple casualidad.

—La vida me ha demostrado que las casualidades no existen. Como tampoco es una casualidad que haya aprovechado el apagón para haber ejecutado su malvado plan.

—A lo mejor no ha sido premeditado. La pena es que no podamos contar con algo más de luz, eso nos ayudaría bastante. Seguro que hay marcas de sangre desde el sótano hasta este lugar y aquí también…, ¿lo ves? —dijo señalando a la cerradura—. Sor Lucía se cerró por dentro; lo que no entiendo es por qué lo haría.

—Puede que para evitar que entrara el asesino.

—En caso de que sea tu segunda hipótesis y alguien la sorprendiera allí abajo, ¿qué hacía la hermana, qué buscaba o qué protegía?

—Lo mismo que todos. Algo que ya se ha dejado bastante claro que es lo suficientemente importante como para matar por ello.

* * * * *

Mundo real

De repente el ruido de la puerta de la habitación la sobresaltó. Sara estaba tan ensimismada y metida en el ambiente de la lectura que no se había dado cuenta de la hora.

—Ah…, hola, Ainhoa, eres tú. Vaya susto que me has dado.

—Cuántas veces le habrás leído ese libro a tu hermana. Me lo vas a tener que dejar algún día para que lo lea.

—Cuando quieras. Me ha parecido que movía los dedos de una mano y los párpados.

—Ya te he dicho muchas veces que puede tener movimientos reflejos, pero eso no significa que sea una mejora. Me conoces de sobra y lo único que no querría es quitarte la esperanza. Soy la primera en pensar que si ya no ha sucedido lo peor es por alguna razón. Tú sigue como siempre, el día que menos lo esperemos se despertará del coma y volverás a disfrutar de largas conversaciones con tu hermana.

—Como comprenderás, desde que mi hermana se encuentra en estado vegetativo he leído mucho sobre ello, además de las diversas y frecuentes conversaciones que hemos tenido mis padres y yo con especialistas para entender mejor todo sobre el estado de coma, y por eso mismo siento mucha angustia en ocasiones. Solo el pensar que puede escuchar a amigos y familiares, que puede sentir, llorar o emocionarse, es decir, que está despierta aunque inconsciente me pone los pelos de punta. De hecho, algunos lo describen como estar dentro de una caja hecha a tu medida y que se ajusta a la perfección a todo tu rostro de tal manera que no te deja hablar ni hacer ruido alguno. Que puedes sentir tanto frío como calor sin justificación aparente, y que siempre tienes sed. Que tus ojos pueden abrirse y a veces vagar, pero sin embargo no pueden ver ni interpretar lo que se habla.

—No me extraña que sientas angustia si haces caso a esos macabros comentarios. Yo prefiero verlo de otro modo, Sara. Lo que entonces te habrán dicho es que sus movimientos no son intencionados sino reflexivos, que es lo que ves a menudo en Charlotte. También dicen que parecen haber perdidos sus recuerdos, sus emociones y sus intenciones, pero eso yo no me lo creo, o, mejor dicho, tampoco me lo quiero creer.

—Por eso cuando sus ojos parpadean, siempre me quedo pensando si existe un pequeño atisbo de conciencia. Son demasiadas dudas sin resolver. Yo lo que no quiero es que sufra.

—Con eso tienes que estar muy tranquila. Si hay hoy en día una prioridad en la medicina actual, esa es la de evitar a toda costa el dolor en los pacientes.

—Eso ya lo sé, pero a pesar de eso no puedo dejar de pensar. Pienso que las personas en coma es como si tuvieran la mente atrapada. Una mente que mientras más tiempo pasa sin funcionar, más posibilidades existen de que se deteriore.

—Hay un médico londinense, ahora no recuerdo su nombre, que, desde que una amiga suya se quedó en coma, no ha dejado de investigar la manera de poder ponerse en contacto con ella. Lo primero que hizo fue preguntarse si podía determinar qué paciente se encuentra en un estado de coma inconsciente, cuál consciente y cuál en un punto intermedio. Fue entonces cuando decidió trasladarse a la Unidad de Ciencias Cerebrales y Cognición del Medical Research Council en Cambridge, donde los investigadores utilizaban varias técnicas de exploración cerebral que pensó que le podrían ser de utilidad para comunicarse con pacientes que, como su amiga, estuvieran en estado vegetativo atrapados entre la sensibilidad y el olvido.

»De cualquier forma, Sara, y lo digo por tu bien, yo soy una apasionada de la medicina, algo que me viene en los genes, y por eso leo y estudio todo lo que puedo lo que tenga relación con ello, pero, en tu caso, ¿no crees que sería mejor que evitaras profundizar tanto sobre el tema y dejaras todo lo relacionado con la medicina para los profesionales?

—Puede que tengas razón, y te agradezco que te preocupes por mí, ya que no sé qué hubiera hecho sin ti estos años. Pero las dudas y los pensamientos que se me pasan por la cabeza van mucho más allá de la medicina. Tengo la necesidad de ponerme en el lugar de mi hermana y saber qué puede llegar a sentir. Hay personas que no pueden moverse nada en absoluto ni, por supuesto, pronunciar palabra alguna. Pero hay otras, sin embargo, como es el caso de Charlotte, que se mueven, aunque sea como tú dices por acto reflejo, y muestran signos erráticos de conciencia.

»¡No sé qué hacer, ayúdame! —Comenzó a llorar desconsoladamente sorprendiendo a su gran amiga. Ainhoa se abrazó a ella para intentar calmar el imprevisto brote depresivo.

—Es normal, no te preocupes —la consoló—. Esto debe ser muy duro para ti y tus padres. Yo, en tu caso, no sé si hubiera sido capaz de ser tan valiente. Es muy lógico que tengas bajones de vez en cuando, y llorar, además de saludable, es necesario. Al final, tarde o temprano la tensión necesita salir por algún sitio.

—El problema es que me está empezando a influir en el trabajo. No atiendo a los clientes como debiera, porque no se me va mi hermana de la cabeza. No tengo tanta paciencia como antes y a más de un cliente le pondría de patitas en la calle. Y para colmo creo que mis padres tienen problemas.

—Es normal que haya tensiones después de lo ocurrido, y tampoco debe ser nada fácil ver a una hija en coma durante tanto tiempo.

—Por eso mismo tendrían que estar más unidos que nunca, ¿no crees?

—Las cosas no funcionan a veces dentro de una lógica. Cada uno espera del otro lo que a veces no puede dar y viceversa. Nosotras para algunas cosas somos todavía jóvenes, y te aseguro que hay algunos comportamientos de nuestros mayores que no entiendo. Son demasiado complicados.

—¿Sabes qué es lo peor de todo?, la incertidumbre. Esto es como tener una herida abierta que nunca se cierra.

—Sara, perdona que te interrumpa…

—No, al revés, no te estoy dejando trabajar.

—No pasa nada, pero como no te quiero dejar así y estoy a punto de terminar mi turno, si quieres nos podemos ir juntas.

—Voy a leerle un poco más mientras acabas, y cuando tú quieras nos vamos.

—De acuerdo. —Antes de salir de la habitación se dio media vuelta—. Por cierto, me tienes que decir un día cuál es el motivo de que le leas siempre el mismo libro a tu hermana.

—Algún día te lo contaré, porque hay una explicación.

Ainhoa salió del cuarto intrigada por la contestación de Sara. Al parecer el leer siempre la misma novela a Charlotte no era casual.

* * * * *

Lectura de Sara

—A ver por dónde iba… «Lo mismo que todos. Algo que ya se ha dejado bastante claro que es lo suficientemente importante como para matar por ello...».

—Acerca el candil un momento —dijo Clara con curiosidad.

—¿Qué quieres ver?

—Mira allí…, justo a su lado. ¿No es lo que creo?—No se ve muy bien. Hasta que no tengamos más…

—¿No parecen una S y una A pintadas con sangre? —interrumpió impaciente.

—Eso parece, pero…

—Pero nada, estoy segura. Lo que significa que también la hermana Lucía…

—Si es lo que dices, también pertenecía o trabajaba para la Santa Alianza. Si es así, ya podemos andar con cuidado.

—¿Es que no lo hacemos? —sonrió.

—No te lo tomes a broma, Clara, la próxima podrías ser tú. Esto ya se está saliendo de madre.De nuevo la expresión de don Jesús era impropia de un sacerdote. Clara comenzaba a dudar de todo el mundo. Si la hermana Lucía había ocultado su doble función durante tanto tiempo, ¿por qué no lo podría hacer cualquiera? ¿Seguro que la abadesa…? Ya no sabía qué pensar. ¿Qué es lo que había que encontrar o proteger con tanto celo? Por primera vez empezó a sentir miedo de verdad.

La abadesa entró en escena sujetando una linterna. Clara, al verla aparecer, comentó:—Por lo menos alguien hace uso de los avances tecnológicos, aunque sea una simple linterna.

—¿Qué es lo que ha pasado aquí? —dijo dirigiéndose a los dos.

—Un nuevo crimen, madre. Don Jesús y yo hemos venido corriendo después de oír los gritos de la hermana. Le estaba enseñando el lugar, hasta que se ha ido la luz. Ha sido entonces cuando el asesino ha debido aprovechar para ejecutar su plan.

—¡Dios mío!, ¿cómo ha podido suceder? Pero si la hermana Lucía nunca ha hecho mal a nadie. Ya era demasiado mayor, prácticamente no podía andar y escuchaba con dificultad. ¿Quién habrá sido tan despiadado como para aprovecharse de la debilidad de una persona así?

Los comentarios de la abadesa dejaban bastante claro que no estaba al tanto de la salud real de la fallecida.—¿Y por qué se habrá encerrado con llave dentro de la capilla?

Clara y el padre se miraron. Por la mente de los dos había pasado el mismo pensamiento de sospecha al escuchar la pregunta que se hacía la hermana María. ¿Cómo sabía que estaba cerrada con llave?

—Solía venir con frecuencia a rezar a su patrona, pero que yo sepa siempre dejaba la reja abierta. Por lo menos las veces que yo vine a orar con ella. Pobre mujer…, después de la hermana Fátima era la que mejor conocía el monasterio.

—¿No será ese el motivo por el que se las han cargado? ¿Qué piensa, padre? —Clara volvía a tratar de usted a don Jesús para que los demás no notaran demasiada confianza entre ambos.

—Es bastante obvio que las dos monjas asesinadas tienen muchas cosas en común. La edad, sus supuestas deficiencias físicas, el conocimiento de la abadía…—Podríamos incluir al jardinero —continuó Clara—, pues también era bastante mayor y conocía a la perfección este lugar.

—¿Ha llamado a la policía?

—Sí, padre, estará a punto de llegar.

—Según lo que comentan, ¿hay alguna otra hermana que cumpla con las mismas características y que por lo tanto pueda estar en peligro?

—Solo quedo yo, aunque no soy tan mayor.

—Pues ya sabe lo que tiene que hacer. A partir de ahora intente ir siempre acompañada y no se fíe absolutamente de nadie.

—¿De usted me podré fiar…?

—Le repito, no se fíe de nadie y menos si es hombre, aunque lleve sotana como yo.

—Me está asustando, padre.

—Yo creo que deberían estar asustadas desde hace tiempo. Ya hemos podido ver que la persona que sea no se anda con pequeñeces. Y por cierto, Clara…

—¿Sí?

—También usted debería tener cuidado. No sabemos cuál es el motivo real del asesino para matar. O la edad, o el conocimiento del monasterio, y yo me inclino más por lo segundo.

—Yo ya estoy asustada, madre abadesa, no se preocupe —dijo a sor María—. Lo que hace falta es que llegue la policía para ver si nos da un poco de luz en todo esto.

Justo en ese instante se encendieron todas las lámparas de la catedral. El corte de luz había sido por la caída de un rayo en la central eléctrica de la zona, lo que había causado un apagón general. Todo regresó a la normalidad y el ambiente ciertamente tétrico y dantesco que hubo durante toda la tormenta abandonó la hermosa abadía. Todo seguía igual excepto el número de hermanas vivas del convento.

* * * * *

Capítulo 30

Sara comenzaba a sentir el cansancio. El día había sido algo complicado y tenía ganas de coger la cama cuanto antes.

—Charlotte, cariño, por hoy lo vamos a dejar, ¿te parece? —Puso el marcador de páginas para no perderse y cerró el libro. Le pareció ver como su hermana movía el dedo índice, como si le quisiera indicar que continuase leyendo; pero sabía que todo eran imaginaciones suyas—. Ahora estoy muy cansada, pero no te preocupes, que mañana te sigo leyendo. Sé que estamos por lo más interesante, cuando matan a la segunda monja, pero… si ya sabes el final.

Dos golpes en la puerta interrumpieron el monólogo de Sara.

—¿Se puede? —preguntó Ainhoa.—Adelante, pasa.

—Bueno, por fin he terminado por hoy. Qué día más largo.

—¿Llevas aquí todo el día?

—Sí. Le he hecho el turno a una compañera que me había pedido el favor para poder asistir a una boda, y llevo aquí dieciséis horas. Pero eso no es lo malo. Hoy se nos ha muerto el de la habitación 214. Siempre que fallece alguno, por muy mayor que sea, como era este caso, vuelves a casa fatal.

—Sí que lo siento.

—Son cosas de la profesión. ¿Nos vamos?

—Sí, vámonos. —Se acercó a Charlotte y le dio un beso en la frente—. Hasta luego, cariño.

—¡Adiós, Charlotte, hasta mañana! —dijo Ainhoa ya desde la puerta.

Las dos salieron en busca del ascensor.

—Ainhoa, ¿mañana tienes turno de tarde?

—Sí.

—Yo mañana libro y también vengo por la tarde. ¿Por qué no dejas aquí el coche y mañana te recojo y venimos juntas?

—Me parece bien.

—Hoy si quieres nos tomamos cualquier cosa y luego me voy a casa. Me encuentro un poco cansada. Además, necesito estar preparada para el terremoto que viene mañana. Llega mi abuela para estar con nosotros unos días y para ver a Charlotte.

—¿Tu abuela la francesa? ¿Margot?

—Bueno, tanto como francesa, de origen francés.

—De ahí el nombre de tus padres y de tu hermana, Sophie, Gerard y Charlotte. A lo mejor llegas a la conclusión de que tú no eres de la familia —bromeó—. ¡Pero si es una cachonda mental! Siempre tiene historias interesantes que contar y nunca te aburres con ella.

—Dímelo a mí.

—A mí tu abuela me cae fenomenal, y, además, se ve que es una persona que ha vivido mucho. Y cuando digo mucho no me refiero a tiempo, sino que ha debido tener una vida muy intensa. Lo suficiente como para escribir un libro.

—Y que lo digas.

—¿Sigue viviendo sola?

—Vive con una señora que hace de ama de llaves y que le ayuda con todo lo de la casa. Mi madre le ha dicho muchas veces que se venga con nosotros, pero siempre se niega. Dice que no quiere dar la lata y le gusta tener su independencia. Suele jugar a las cartas con sus amigas y siempre tiene algo que hacer. La verdad es que me gustaría tener la misma vitalidad cuando tenga su edad.

—¿Me dijiste que se quedó viuda hace muchos años?

—Lleva sola más de treinta años. Su marido fue su amor platónico y dijo que nunca encontraría a nadie como él. Nunca se ha vuelto a enamorar. Yo he visto alguna foto de mi abuelo de joven, y no me extraña que estuviera enamorada. Era un morenazo espectacular. Pero la que de verdad tenía una belleza impresionante era ella.

—Dicen que «quien tuvo, retuvo», y se nota que tu abuela ha sido muy guapa de joven. Además, la moda de aquellos años resaltaba mucho más la belleza y las curvas de la mujer. Las faldas de tubo, esos escotes y las cinturas tan estrechas…

—Ya te enseñaré algunas fotos. Era alta e impresionante. Su mismo nombre lo dice todo. Margot significa hermosa como la perla y suelen ser personas fuertes, sociables, muy agradables en su trato pero muy independientes. Y cuando aman lo hacen sin dudas y sin reservas. Hay que decir que mis bisabuelos acertaron de pleno con el nombre que le escogieron.

—De todas formas, viene mucho a veros.

—Nos quiere mucho, pero su niña de los ojos siempre ha sido Charlotte. Por eso desde que pasó lo que pasó dio un bajón impresionante. Nunca ha terminado de superarlo.

—La verdad es que os admiro mucho al ver cómo lo estáis llevando todos. Yo soy enfermera, y, a pesar de estar acostumbrada a muchas cosas, eso no sé si lo superaría.

—Pues fenomenal, cómo lo ibas a hacer. Al final no hay más remedio, la vida sigue y hay que buscar la felicidad por los que quedan. Seguro que a Charlotte le gustaría que fuera así.

—Pero ahora tu abuela te tiene a ti y seguro que te mimará más que nunca.

—No me puedo quejar en absoluto. Es muy cariñosa conmigo y nunca me ha hecho sentir ni el más mínimo sentido de responsabilidad con respecto al accidente.

—¿Cuándo te vas a convencer de que nadie te puede echar la culpa de nada? Fue un borracho el culpable. Pero, bueno, dejemos eso y sigamos hablando de tu abuela. Te habrá contado infinidad de historias.

—Su vida ha transcurrido entre España, Londres y París, y España se la conoce al dedillo. Nació, creo, sobre 1941 o 1942 en París, en plena Segunda Guerra Mundial. Imagínate qué comienzo. Sobre aquella etapa nunca nos ha querido contar mucho. Ella era demasiado pequeña como para recordar nada, pero dice que tiene imágenes cortas de lo que podían ser los bombardeos. Se trasladaron a Londres porque era el único país que al parecer plantaba cara a las tropas alemanas. De su niñez no nos ha contado demasiado, pero sí de su época de adolescente y cómo se enamoró de mi abuelo. Eso sí le gusta recordarlo. Las cartas de amor que se escribían, cómo se ocultaban de mi bisabuelo, que al parecer tenía un fuerte carácter, para verse a altas horas de la noche. Por aquellos años, sería más o menos por 1956, en plena dictadura de Franco, me imagino que todo sería mucho más duro y más difícil para una joven de quince años. Mi madre me ha contado muchas veces lo machista que era mi bisabuelo.

—La vida de nuestros abuelos tuvo que ser bastante dura.

—Fue complicada, pero no tanto como la de la generación anterior. Esa sí que lo tuvo que pasar mal, fuera con la Guerra Civil o con la Guerra Mundial. Pero, como te decía, lo que sí nos enseñaba a mi hermana y a mí cuando éramos más pequeñas eran las cartas de amor que le escribía mi abuelo con quince años. Eran muy jóvenes, pero mi abuelo tenía las ideas bastantes claras, por lo menos con respecto al amor que sentía por su querida Margot. Te voy a enseñar una que tengo aquí guardada en el móvil. Ya verás.

—Nosotros ya no escribimos así. Ahora nos mandamos un wasap mal escrito con un montón de faltas de ortografía.

—Mira lo que le ponía, y ten en cuenta que solo tenía quince años. Está en Galería, donde pone «Fotos Antiguas». Le hice una foto a varias cartas que me parecieron entrañables y las guardé como imagen.

Ainhoa buscó la carta mientras Sara seguía con la conducción.

—Tí sigue a lo tuyo y no quites el ojo de la carretera, que ya la busco yo, no te preocupes. —Arrastró el dedo por la pantalla para acceder al menú principal, pulsó en Galería y luego en Fotos Antiguas—. Ya la tengo.

—Léela en voz alta, ya verás.

Querida Margot:

Con esta carta quiero decirte lo que pocas veces te dije: que te quiero. Y aunque sí te lo haya dicho, debo repetírtelo, porque, si las palabras no se acaban, aún menos mis sentimientos.

Antes de ti no había amor, no conocía la palabra, no existían los sentimientos, no me ilusionaba la ilusión..., antes de ti no había nada, después de ti hay todo.

Quiero decirte que tú ocupas mi mente, que eres dueña de mis pensamientos, que vives en mí, quiero decirte que te debo cada segundo y que te pago con lo que puedo: mi amor.

Quisiera poder demostrarte mis sentimientos, plasmar en palabras mis emociones, pero el amor no tiene palabras, solo entiende de silencios callados que lo dicen todo.

Quisiera también que nunca se acabara, que dentro de mil años siguieras despertando a mi lado y yo al tuyo, que siguiéramos juntos compartiendo la eternidad mientras nos miramos con la ternura de siempre.

Quisiera decirte tantas cosas, pero todo se reduce a que te quiero, a que puedes confiar en mí y a que siempre estaré junto a ti.

Quisiera decirte, y te digo, que te amo.

—Estaba totalmente coladito por tu abuela.

—Y ella por él. Hay que reconocer que eran mucho más románticos que ahora. Por lo menos eran mucho más detallistas. ¿Cuánto hace que tu querido amor no te regala un ramo de flores?

—¿Cómo que cuánto hace?, todavía estoy esperando que aparezca un día con una flor. Luis tiene otras muchas virtudes, pero lo de las flores no es lo suyo.

¿Y Adrián?

—La verdad es que tiene muchos detalles. Todos los días cuando salgo de trabajar, lo tiene tan cronometrado que en cuanto entro por la puerta se pone a servir la comida. Y no digamos cuando estoy enferma por alguna razón. No deja de mimarme, de controlar cuando me tengo que tomar las pastillas, de prepararme lo que necesite. Por eso siempre me dice mi padre que aprovechemos la edad que estamos viviendo a tope, que luego la vida va poniendo trabas y pone a prueba constantemente a la pareja.

—Pues a aprovechar a nuestras parejas, que tenemos dos encantos. Bueno, ¿y te contará tu abuela alguna de sus historias?

—Me ha prometido que me tiene que enseñar algún día un baúl donde guarda cosas muy importantes de su juventud. Ni mi madre sabe de su existencia. Son recuerdos que solo quiere que pasen a Charlotte y a mí.

—¿Y qué guardará con tanto recelo?

—Ya te contaré cuando me entere. De todas formas, me ha dejado algo intrigada, porque dice que quiere contarme algo muy importante.

—Pues ya te enterarás mañana. ¿A qué hora llega?

—En el avión de las once. Iré a recogerla porque a mi madre le es imposible. Espero que no llegue con retraso, así puedo luego pasar a por ti y nos venimos juntas.

La charla de las dos amigas era tan amena que apenas se habían dado cuenta de que estaban a diez minutos de su destino.

—Ainhoa, ¿te importa que dejemos la cerveza para otro día?, estoy molida.

—Claro que no. Tenemos toda la vida para poder tomarnos una cerveza.

—Por cierto, no te he preguntado, ¿te compraste el perro al final?

—Sí, es precioso.

—Mira que te gustan los animales. ¿Cómo vas a poder vivir con dos perros y un conejo? A tu madre le va a dar un infarto.

—Es que no lo pude remediar, le vi la carita que tenía y caí enseguida.

—Ya me lo enseñarás. Bueno, ya hemos llegado. Aquí te dejo, nos vemos mañana.

—De acuerdo.

Pararon el coche en doble fila mientras se despedían. El de detrás comenzó a pitar. Se dieron un par de besos y Ainhoa salió del coche lo más rápido que pudo para evitar problemas con el nervioso e impaciente conductor de la furgoneta.

—Será impaciente, que se espere un poco —comentó Sara—. ¡Ya me voy, tranquilo! Bueno, hasta mañana entonces.

—Hasta mañana.

Lo primero que hizo antes de acostarse fue poner el despertador para las 9:30 de la mañana. Sabía que si cogía bien el sueño podría quedarse dormida y no llegar a tiempo al aeropuerto. Además, Adrián se encontraba de viaje por motivos de trabajo y tampoco la podía avisar. Y menos mal. Esa noche descansó profundamente. No la despertaron ni los golpes de los obreros, que sin ningún tipo de miramientos estaban dando justo al otro lado del patio de luces.Se incorporó de la cama a regañadientes, se preparó un café, imprescindible para poder seguir adelante, y luego se dio una ducha de agua bien caliente, como era su costumbre.

Salió con bastante tiempo de antelación. Sabía que la carretera hacia el aeropuerto, terminal 4, se ponía imposible de circulación a esas horas de la mañana. Y estaba en lo cierto. Un tremendo atasco en dirección contraria en la M-40 tenía a los coches prácticamente parados desde la salida de Burgos hasta los túneles del Pardo debido a un accidente. Y, como suele ser habitual, todos los que iban en su misma dirección frenaban para ver el siniestro, lo que también provocaba más retenciones en su carril.

Con el tiempo algo justo y, lo que era peor, con el corazón en un puño por el estrés del tráfico, consiguió estar en la puerta de la sala de espera de pasajeros número 12 en el mismo momento en que llegaba su abuela. Se puso de puntillas para poder ver entre la pequeña muchedumbre, y con el brazo en alto advirtió de su presencia a su abuela Margot, la cual todavía miraba de un lado para otro buscando con impaciencia a su nieta. Tras unos segundos de incertidumbre, por fin se cruzaron las miradas. Las dos dejaron ver en sus rostros una enorme sonrisa fruto del cariño que se profesaban. Margot soltó la maleta y se abrazaron fuertemente.

—¡Qué guapa estás, Sara! Tu pareja ya puede tener cuidado.

—Eso me dices siempre. ¿Qué tal el viaje? ¿Estás muy cansada?

—Qué va, cariño. Una hora y media no es nada. Además, me encuentro fenomenal.

—Ya te veo, te encuentro estupenda y radiante.

—¿Qué tal están mi querida hija y tu padre?

—Como siempre, abuela, llevándolo como pueden. Ahora papá está un poco más extraño.

—Y lo más importante, cielo, ¿cómo sigue Charlotte? Yo hablo todos los días con tu madre, pero ¿tú cómo la ves?

—Yo la veo igual que siempre, aunque a veces pienso que se va a levantar y me va a dar un beso. Tiene bastantes movimientos reflejos, pero los médicos dicen que eso es normal.

—He estado hablando con tu madre y me ha dado permiso para que hable contigo.

—¿Permiso de qué, abuela?

—Para contarte algo muy importante.

—¿Pero es algo grave?, me estás asustando.

—No sé si esa es la mejor definición. Grave, después de todo lo que tú has pasado, no creo que sea. Diría más bien decepcionante. Pero no adelantemos y no te asustes, vamos a casa y hablamos con tranquilidad.

—¿Cuántos días te vas a quedar?

—No tengo fecha de vuelta. Quiero disfrutar para hacer compañía a tu hermana, aunque ella no se dé cuenta, y estaré hasta que tus padres me aguanten.

—Abuela, eso nunca lo sabremos.

—¿El qué?, ¿que tu hermana se entere de mi presencia o que tus padres me aguanten?

—Lo primero, abuela. Con un minuto de consciencia que tuviera y se diera cuenta de que estás con ella, ya habría merecido la pena.

—Tienes toda la razón, cariño.

—Pero, a ver, ¿qué me tienes que contar con tanta urgencia?

—No es que sea urgente, pero como ya llego a una edad algo peligrosa, y nunca se sabe cuándo el de ahí arriba nos puede reclamar, tengo que dejar las cosas bien atadas.

—No digas eso, ¿es que tienes alguna enfermedad?

—Alguna cosilla sin importancia. Es simplemente ser precavida. Nada más.

—Por lo que me estás contando, no creo que sea una conversación de dos minutos, y yo voy algo justa de tiempo. He quedado en recoger a Ainhoa, que tiene turno esta tarde, para ir juntas al hospital.

—No te preocupes, hablaremos otro día con tranquilidad, tenemos mucho tiempo por delante. Y, como bien dices, no es una conversación de café. Necesitamos estar tranquilas y sin ningún tope horario. Solo te voy a anticipar una cosa, Sara.

—Tú dirás.

—El secreto está en el libro y tiene que ver con Charlotte.

—¿Qué?

—Que «el secreto está en el libro». ¿Le sigues leyendo el mismo libro de siempre a tu hermana?

—Sí, el que más le gusta.

—Pues léelo con detenimiento e intentando fijarte en todos los detalles. No te puedo decir más por ahora.

—Vaya intriga, abuela, parece de novela.

—Es que lo es, hija, así es.

En cuanto llegaron al portal de la casa de sus padres, Sara dejó de nuevo el coche en doble fila, esta vez sin complicaciones por lo ancho de la calzada, para abrir el maletero y coger la única maleta que llevaba como equipaje su abuela Margot.

—Bueno, cariño, gracias por traerme.

—No digas eso, abuela. Me encanta que hayas venido a pasar unos días.

—No sé si va a decir lo mismo tu madre.

—No le des importancia a sus salidas de tono, ya sabes que en el fondo no puede vivir sin ti.

—Ya…

—Bueno, otro beso, abuela. Nos vemos mañana.

—Pues hasta mañana…, y recuerda, «el secreto de Charlotte».

Sara se metió en el coche, que había dejado con el motor en marcha, y salió en busca de su amiga Ainhoa sin poder quitarse de la cabeza el mensaje de su abuela. «El secreto de Charlotte», ¿qué querría decir su abuela con esa frase?Cuando se encontraba a cinco minutos del domicilio de su amiga, marcó su teléfono a través del manos libres para que fuera bajando, y así no tener los problemas de estacionamiento que siempre hay en una capital como Madrid.

—Ainhoa, soy yo, ¿puedes ir bajando?

—Enseguida bajo.

Ese día hacía bastante frío en la capital. Se puso una cazadora y un fular alrededor del cuello para estar más abrigada, y se despidió de sus tres mascotas antes de cerrar la puerta. En lugar de coger el ascensor, prefirió bajar por las escaleras para hacer un poco más de ejercicio. Desde el fondo del portal observó que todavía no había llegado Sara, pero, nada más poner el pie en la calle, la vio aparecer.

—Hola, Sara. Vaya rasca que hace hoy.

—Pues ya verás en el hospital, por aquellos lugares hace más frío todavía.

—Menos mal que no tenemos que estar en la calle.

—Lo primero, ¿qué tal tu abuela?

—Muy bien, encantadora como siempre. Pero llevo toda la mañana intrigada. Me ha dicho que tiene que hablar conmigo de algo muy importante y que no se puede contar en cinco minutos. Que necesitamos tiempo y tranquilidad. La he dejado en casa de mis padres, y antes de despedirnos me ha dicho que solo me podía dar una pista.

—¿Una pista?

—Sí, exacto, una pista. Que el secreto está en el libro y tiene que ver con mi hermana; y me lo ha repetido un par de veces antes de que me fuera. «Recuerda, Sara, el secreto de Charlotte».

»Luego le he comentado de broma: «Abuela, todo esto parece de novela», y me responde: «Es que lo es, hija, así es».

—Qué cosa más extraña.

—Y que lo digas. Estoy deseando llegar al hospital y seguir con la lectura del libro, a ver si descubro algo que me saque de esta sensación de incertidumbre.

—Recuerda que somos como hermanas y me lo tienes que contar todo —dijo Ainhoa intrigada.

—Claro, ya sabes que contigo no tengo secretos. Eso sí, te lo contaré siempre y cuando me entere yo antes de qué se trata, porque ahora mismo no tengo ni la menor idea de qué va todo este asunto. Ahora me ha dejado con la mosca detrás de la oreja y hasta que no hable con ella no voy a poder dormir.

—¿Ves lo que te dije ayer?

—¿El qué?

—Que con tu abuela es imposible aburrirse. Acaba de aterrizar y ya nos tiene a todos en vilo viviendo una película de suspense.

El tráfico a esas iniciales horas de la tarde era bastante fluido, por lo que llegaron enseguida al hospital. Estacionaron en el *parking* de la clínica y cogieron el ascensor de siempre. En esta ocasión Ainhoa se quedó en la primera planta para hablar con uno de los médicos y Sara continuó a la segunda. Ese día, y por culpa de la conversación mantenida con su abuela Margot, tenía un poco más de prisa en llegar a la habitación 209.

—Hola, cariño, ya estoy otra vez aquí —dijo mientras besaba en la mejilla a su hermana—. ¿Cómo ha ido hoy? Charlotte, necesito que te pongas buena. Ya sé que te lo digo todos los días y que si fuera por ti lo habrías hecho ya. Estoy segura de que me escuchas, y también sé que no te quieres rendir todavía. Esta mañana ha llegado nuestra abuela y me ha comentado que el libro que tanto te gusta y que te estoy leyendo esconde un secreto. A ver si entre las dos conseguimos averiguar de qué se trata.

Al lado de la cama había una mesilla de madera con un par de cajones y una puerta en la parte inferior. No tenía nada que ver con las que habitualmente hay de metal en los hospitales públicos. Abrió el segundo cajón, sacó el libro, y sin quitarse la cazadora continuó leyendo por donde lo había dejado el día anterior.

Capítulo 31

Lectura de Sara

—Lo habíamos dejado cuando volvió la luz al monasterio. Menos mal, porque ya me estaba poniendo nerviosa con tanta oscuridad. Aquí nos quedamos… «Todo seguía igual excepto el número de hermanas vivas del convento...».

Luis Beltrán entró por la puerta central de la catedral acompañado por la hermana que había descubierto el cadáver. Enseguida dirigió sus saludos a Clara y sor María, las dos personas que ya conocía.

—¿Y usted es...? —dirigiéndose al sacerdote.

—El padre Jesús.

—Qué raro ver un sacerdote entre tanta monja.

El comentario estuvo fuera de lugar, por lo que recibió la mirada acusadora de todos los presentes.

—¿Qué es lo que ha sucedido aquí? —decía mientras se dirigía a la puerta de la capilla—. Y, por favor, ¿me podría abrir alguien esta puerta? Me es imposible examinar el cadáver desde esta distancia.

—Enseguida le abro —contestó sor María—. Hemos preferido dejarlo todo tal y como lo hemos encontrado hasta que ustedes vinieran.

—Bien hecho. Entonces se han encontrado la capilla cerrada.

—Así es.

Luis Beltrán no quiso mostrar demasiada confianza con Clara delante de los demás y decidió ejercer su papel de policía como si no la conociese, algo que Clara no terminó de comprender. A la madre abadesa también le extrañó tanta frialdad repentina por parte de don Luis cuando sabía perfectamente que Clara había estado colaborando con él en todo momento y en la última ocasión que les vio juntos le pareció que se tuteaban. De cualquier forma, tampoco quiso meditar en exceso sobre esa cuestión y pensó que podía ser una estrategia policial. Aunque esa no era la causa de tan extraño comportamiento. En realidad, se seguía sintiendo atraído por ella y eso le hacía tener cierto sentimiento de culpabilidad. No encontraba muy ético estar enamorado de una novicia, pero no lo podía evitar. Lo que no se podía imaginar es que estaba equivocado. Su gran belleza emergía por encima de cualquier hábito que la quisiera ocultar, y ya no sabía qué estrategia seguir para poder olvidarse de ella. Prefirió mostrarse lejano, pero mientras más ejercía su papel de policía prepotente, más agradable y simpática se mostraba ella. Todo lo contrario. A veces le correspondía con alguna mirada aprobatoria que le hacía pensar que no todo estaba perdido. Sabía que tenían muchas cosas en común y que Clara le había demostrado tener ciertas dudas con respecto a su futuro; eso era lo que todavía le hacía albergar esperanzas.

Don Jesús y Clara se miraron, y no hizo falta que se dirigieran la palabra para darse cuenta de que era mejor estar callados y no mencionar nada de lo que habían descubierto hasta el momento.

A pesar de que la catedral ya disponía de luz, la capilla seguía sin tener la suficiente como para observar todo con detalle. Era algo hecho a propósito, ya que a los feligreses les gustaba cierta intimidad y luz tenue en las capillas laterales. Ese fue el motivo por el que don Luis, por error, pasó demasiado cerca del cuerpo y borró las marcas de sangre que a priori podía haber dibujado la propia víctima. Pero eso solo lo sabían Clara y don Jesús, que, al verlo, volvieron a mirarse con complicidad y no dijeron ni una sola palabra. Ella comenzó a dudar si ocultarle información a Luis era la decisión más acertada. Tenía un verdadero lío en la cabeza. También sentía mucha simpatía hacia él, un sentimiento que en ocasiones se convertía en un pequeño hormigueo en el estómago. Ella siempre había estado muy segura de sí misma, y en ningún momento las dudas referentes al sexo opuesto se habían cruzado en su camino, por lo menos hasta entonces. Se justificaba diciéndose a sí misma que todo estaría provocado por los deseos normales de la edad, pero aun así no era suficiente como para relajar sus pensamientos. Lo mejor era centrarse en encontrar el tan preciado objeto que tanta crueldad estaba ocasionando y dejar pasar el tiempo.

El policía se puso de cuclillas para observar mejor el cuerpo y sacó una libreta y un bolígrafo del bolsillo interior izquierdo de su chaqueta para anotar todo aquello que pudiera ser de interés. Comenzó a decir palabras técnicas con respecto al color del rostro, hora posible de la muerte, posición original de la víctima antes de derrumbarse, si era zurdo o diestro el asesino, etc., palabras y expresiones que solo él comprendía y que le daban cierto aire de superioridad. Clara y el padre Jesús seguían muy atentos a las primeras conclusiones del policía, sin embargo, sor María y la hermana que había descubierto el cuerpo mostraban aburrimiento y cierta impaciencia. Allí ya no servían de nada y tenían muchas cosas por hacer. Fue entonces cuando interrumpió la abadesa:—Don Luis, si no quiere nada más de la hermana y una servidora, prefiero irme para recibir a sus compañeros, que me imagino que estarán a punto de llegar.Sor María sabía que tras don Luis llegarían el forense y los del servicio fúnebre. Por desgracia, ya habían pasado por lo mismo en un par de ocasiones. Empezaba a ser una mala costumbre.

—Por mí no hay problema. Si las necesito para hacerles más preguntas, ya sé dónde encontrarlas. Ninguna tiene la idea de salir del país, ¿verdad? —bromeó para quitar un poco de tensión en el ambiente, y no encontró ninguna sonrisa como respuesta a su comentario.

—Nosotros nos deberíamos ir también si no quiere nada más —comentó el sacerdote—. Sabemos que no hay nada tan importante como la resolución de un asesinato, pero como me imagino que usted todavía tendrá muchas cosas que investigar junto con sus compañeros los forenses, y nosotros, además de estorbar, podemos contaminar el lugar del crimen; creo que ustedes los policías lo llaman de ese modo, será mejor que nos marchemos. He llegado desde el Vaticano y también tengo unos jefes que me exigen en mi trabajo.

—¿No han visto nada extraño esta noche?

—Ni extraño ni no extraño, no hemos visto nada porque ha habido un apagón por la tormenta hasta que entró usted por la puerta.

—Vaya casualidad. ¿Y no ha podido ser un apagón provocado?

—Para eso están ustedes aquí, me imagino.

— ¿Qué hacían ustedes a estas horas por la catedral? Y, si no había luz, ¿qué era tan importante como para, a pesar del apagón, tener que realizarlo a oscuras?

—Perdón, don…

—Luis, me llamo Luis.

—Pues, don Luis —continuó el padre—, el candil que llevamos no es para sacarlo a pasear; segundo, para nosotros, las personas del mundo eclesiástico, las doce de la noche es una hora como otra cualquiera para trabajar; tercero, el apagón vino mientras estábamos realizando nuestro trabajo de inspección, y cuarto, hemos llegado hasta aquí avisados por los gritos de la hermana que se acaba de ir, la que al parecer encontró el cuerpo.

—¿A qué trabajo de inspección se refiere?

—Me encargo de todo el patrimonio artístico y cultural de la Santa Sede y se están revisando todas las estructuras del convento para una posible reforma.

—Muy interesante. Entonces..., usted viene del Vaticano.

—Perdone, don Luis, pero ¿tiene algún problema de entendimiento? —dijo con sarcasmo.

El joven policía comenzó a mostrar cierto enfado, solo porque le estaba dañando su orgullo.

—¿Y está el Vaticano al tanto de lo que está sucediendo en este aparente tranquilo monasterio?

—El Vaticano está al corriente de todo lo que sucede en todas sus diócesis. Eso se lo puedo asegurar.—Ya me imagino. Cómo no lo va a saber si Dios está en todas partes, ¿no es así? —ironizó.

Luis no se imaginaba el terreno pantanoso en que se estaba metiendo, ya que lo que más le podía gustar a don Jesús era conversar con gente que supiera manejar la ironía con inteligencia y sin caer en el insulto. Los dos habían entrado en una especie de pique dialéctico que no conducía a ningún lugar, por lo menos es lo que pensaba Clara mientras se mantenía al margen y sin comprender el comportamiento de Luis. Siempre se mostró simpático y con gran dosis de humildad, todo lo contrario que la mayoría de sus compañeros, a los que les gustaba presumir de profesión detectivesca. Pensó que tendría un día malo, como le puede ocurrir a cualquiera, por lo que insistió en la idea de irse para dejarle trabajar. Ya hablaría con él a solas en otra ocasión.

—Bueno, pues si no necesita nada más…, y no se preocupe que no saldremos del país. —El sacerdote seguía con la intención de «sacarle de sus casillas».

—En cualquier caso, no se vayan demasiado lejos por si tengo que hacerles algunas preguntas —les insistió mostrando enfado. Reconocía que el cura le estaba ganando en la pequeña trifulca verbal.

—No se preocupe, un sacerdote entre tanta monja es imposible que pase desapercibido —dijo don Jesús mientras se alejaba con Clara.

Ella intentó, mediante gestos, para que no la viera don Jesús, indicarle su intención de poder volver a verle para hablar con él, pero el sacerdote no se lo ponía nada fácil. Una vez más el comportamiento del padre Jesús seguía provocándole grandes sospechas con respecto a su verdadera identidad.

Nada más abrir la puerta se dieron de bruces con sor María. Acababa de recibir a cuatro hombres en la puerta del convento. No habían tardado nada en llegar a pesar del mal tiempo, algo por otra parte normal debido a la hora que era. ¿Quién iba a moverse por los alrededores de Burgos con ese tiempo infernal y a la una de la madrugada? Solo lo haría aquel que no estuviera en sus verdaderos cabales o, como en este caso, profesionales en misiones especiales. Al entrar, dos de ellos se retrasaron al entretenerse viendo la belleza del claustro. Iban protegidos por chubasqueros que llevaban impreso en su espalda «servicio fúnebre», y los que acompañaban a la madre abadesa, uno con gabardina y el otro con una cazadora de piel negra, delataban a larga distancia que pertenecían al Cuerpo Nacional de Policía.

Los de la funeraria, algo perdidos, preguntaron:

—Buenas noches —dirigiéndose a Clara—, ¿nos podría decir dónde podemos encontrar a Luis Beltrán? —preguntó el más alto.

—Lo tienen ustedes en la penúltima capilla del ala derecha de la catedral. Enseguida lo verán. Es la única capilla que está protegida por una verja.

—Muchas gracias.

—No hay de qué.

Cuando el forense llegó a la capilla, se encontró a Luis todavía en cuclillas, con los guantes de látex puestos y tomando apuntes en su pequeña libreta.

—Buenas noches, Luis, ¿otra vez aquí?

—Por desgracia.

—¿No querrás quitarme mi trabajo? —insinuó mientras también se colocaba sus guantes.

—No, tranquilo, ya tengo bastante con lo mío —dijo mientras se incorporaba y dejaba sitio a su compañero de la científica.

Entonces fue cuando el forense comenzó con su elocución.—¿Sabes que investigadores de la Universidad de Granada están en busca de desarrollar un método nuevo para datar con más exactitud y acotar al mínimo la hora de la muerte de un cadáver, basado en los microorganismos? Quieren conseguir una técnica de datación gracias a métodos termo-microbiológicos. Un artículo referente a la investigación decía: «El objetivo es reducir el margen de error que se da por la utilización de otros sistemas y acotar al máximo posible el momento en que se produjo la muerte (que no haya tenido lugar bajo causas naturales controladas o que sea fruto de un crimen). Para conseguirlo, se han estudiado las poblaciones de microorganismos de los cadáveres y su evolución en el tiempo».

—¿Vas a empezar como siempre? Mira que te gusta presumir de especialidad.

—Ya sabes, si tienes alguna duda, no tienes más que interrumpirme y yo te la explico con mucho gusto.

Eso es lo que Luis no quería. Sabía que, si le detenía con alguna pregunta, podría extender su enseñanza de manera infinita, por lo que prefirió darse por enterado y seguir escuchando para de ese modo agilizar la investigación.

—Según ha explicado la responsable principal de la investigación, «el propósito es acercar las técnicas criminalísticas a análisis de los fenómenos producidos durante las etapas de descomposición y putrefacción cadavéricas, con el fin de alcanzar progresivamente una mayor aproximación al cálculo de la data de la muerte». Durante la investigación, los científicos analizaron 240 muestras de microorganismos extraídos de cadáveres procedentes del Instituto de Medicina Legal de Granada y de 352 donantes vivos.Luis comenzaba a impacientarse y a ponerse nervioso. Entonces su compañero comenzó a hablar entre susurros, algo que no soportaba.

—«La conducción nerviosa motora de los impulsos generados en un estimulador nervioso persiste, para las fibras más resistentes de los nervios medianos o cubitales; durante los primeros treinta a cuarenta minutos la latencia del potencial evocado en el músculo correspondiente se mantiene dentro de límites normales, mientras que su amplitud desciende significativamente».

—¡Eso ya sí que no! Cuando empiezas a hablar técnicamente para ti mismo para hacerte el importante no lo soporto. Me da la sensación de que te estás quedando conmigo y me estás restregando tu capacidad doctoral por las narices. Así que, por favor, habla alto, despacio y de forma comprensible.

—Está bien. El cuerpo todavía no está rígido y tampoco está lívido, por lo que la muerte es relativamente reciente. A lo sumo entre seis u ocho horas. Pero creo que eso tú ya lo sabías. Esos son conocimientos básicos de la academia. Además, la sangre coagulada ha formado una costra de la herida que es bastante suave, lo que significa que la muerte no fue inmediata y tardó un poco en morir.

—¡Será cabrón el que ha hecho esto!

—¡Ah, pero espera! Lleva menos tiempo todavía —dijo mientras extraía el termómetro—. Ya sabes que el cuerpo desciende medio grado cada hora durante las primeras cuatro, y ha descendido menos de dos grados, por lo que no llega a cuatro horas muerta.

—Dime algo que no sepa. ¿Estás seguro?

—Bueno…, sabes que si quieres más exactitud en la hora de la muerte tienes que realizar mediciones termométricas, y ya sabes cuál es el sistema, ¿si quieres repetirlo tú?

—Va a ser que no, gracias. Me vale con ese margen de tiempo.

—Las primeras livideces habrán aparecido entre los veinte y cuarenta y cinco minutos al estar el cuerpo en decúbito supino, y se habrán extendido al resto del cuerpo entre las tres o cinco horas siguientes —volvió a decir en voz baja.

—Solo falta que me digas que la causa de la muerte ha sido por una herida de arma blanca y que ha fallecido desangrada —dijo con sarcasmo— Creo que será mejor esperar al informe final. Pero, ya que te gusta hablar de estas cosas, ¿has leído algo sobre que los forenses podréis saber en el futuro la hora exacta de la muerte solo mirando a los ojos del cadáver?

—Claro que sí —contestó con suficiencia. Luis creía que con la pregunta iba a poner en un aprieto a su compañero, y lo que consiguió fue precisamente todo lo contrario—. Pero esta vez son los investigadores de la Universidad de Santiago —continuó.

—No hace falta que…

—Ya que me lo has preguntado te lo voy a contar, es muy interesante.

—No, pero si no…

—El método que pretenden usar es a través de un análisis de unas sustancias del humor vítreo de los cadáveres. Los científicos han aprovechado el estudio para desarrollar un *software* que permita determinar, prácticamente con total exactitud, la hora *post mortem*, lo que ayudaría, sin ninguna duda, a vosotros los policías y a los tribunales de justicia.

»Primero comienzan analizando las concentraciones de potasio, urea e hipoxantina en el humor vítreo e introducen las cifras en un programa informático, y dicho programa es capaz, con la información que se le ha facilitado, de establecer el instante de la muerte. Ya está, así de simple.

Mientras ellos hablaban, los de la empresa funeraria se detenían en el altar para admirar el hermoso retablo y las pinturas del techo.

—¿Y eso es todo?

—La ventaja es que te ahorras las técnicas tradicionales de estimación que se basan en el estudio de parámetros como los que yo estaba haciendo hace un instante: la temperatura rectal, el examen *rigor mortis*, etc.

—Pensaba que tu disertación sería mucho más larga.

—Si quieres te puedo contar…

—Por hoy ha sido suficiente, gracias.

—¿Quieres examinar alguna cosa más? A veces vosotros los policías veis cosas que nosotros no percibimos. Lo nuestro es pura ciencia, sin embargo, vosotros, y pretende ser un halago, sois capaces de observar comportamientos e intenciones, tanto de la víctima como del asesino.

—Gracias por ese halago, pero, en este caso, no creas que las tengo todas conmigo. Es bastante evidente que quien quiera que sea no tiene escrúpulos…

—Me imagino que quien es capaz de matar es imposible que los tenga.

—No, pero no me refiero a eso. Quiero decir que hay criminales que no son capaces de matar a todo tipo de gente, y suelen buscar a personas que les aporten algún tipo de riesgo porque se ven de igual a igual. Pero buscamos a un loco, que si es capaz de cargarse a monjas ancianas, débiles, muy frágiles y sin ningún tipo de defensa posible, significa que no tiene límites en cuanto al tipo de víctima que selecciona.

»Tenemos la certeza de que las víctimas ocultaban o protegían algo que el asesino quiere conseguir a toda costa. Eran las más veteranas y las únicas que poseían todas las llaves del lugar. De lo que no tengo ni idea es de qué puede ser tan importante como para asesinar a tres personas y para que el mismísimo Vaticano mande a una persona a investigar. Estos se creen que me chupo el dedo.

—¿El Vaticano?

—Detrás de todos estos asesinatos hay un motivo religioso. Pueden ser los islamistas, los mormones, testigos de Jehová, seguidores Wicca o de la Iglesia Adventista del Séptimo Día. Yo qué sé. Cualquiera de los que he nombrado puede tener intereses en contra del cristianismo. De cualquier forma, no me hagas mucho caso, son elucubraciones mías.

Luis se dio cuenta de que estaba hablando demasiado e intentó dar por concluida la conversación.

—Entonces, ¿pueden retirar el cadáver?

—Por mí no hay problema, ya he acabado. Lo pueden retirar cuando quieran. Ya te pasaré el informe forense completo.

—¡Por favor! —gritó con timidez—, ¿pueden venir un momento? Ya se pueden llevar el cadáver.Introdujeron a la monja en una bolsa negra, cerraron la cremallera, y con la ayuda de un carro con dos ruedas se la llevaron para introducirla en la camioneta de la funeraria.

Luis, a pesar de la experiencia, no terminaba de acostumbrarse, y en esta ocasión no le dio tiempo a abrir un poco la bolsa como hacía por costumbre, por eso tuvo que ir al cuarto de baño más próximo para refrescarse. Daba igual las veces que lo hubiera visto, seguía sin superarlo.

Se quedó en el cuarto de baño durante un rato, pensativo, dándole vueltas a todo lo que había sucedido hasta el momento, para así, con la tranquilidad de la soledad, intentar sacar alguna conclusión positiva. No conseguía desprenderse del sentimiento de frustración que le estaba produciendo el caso. Ya llevaban tres víctimas y estaban estancados en la investigación. Dejó pasar un par de minutos y volvió a la escena del crimen.

—Pobre anciana —exclamó el forense.

—Por lo menos ha muerto junto a su patrona y en la capilla donde le gustaba retirarse para rezar —concluyó Luis.

Capítulo 32

Cada uno se había dirigido a sus respectivas habitaciones. Cuando Clara llegó a la suya no vio a Saffiya. Se cambió para acostarse y la esperó despierta sobre la cama con la intención de contarle todo lo sucedido. Aunque no sería de extrañar que la noticia ya hubiera corrido por toda la abadía.El día había sido muy largo y cansado para muchos, y de forma excepcional la abadesa había dado permiso para poder levantarse un poco más tarde. Nunca, desde que existía el convento, se había modificado el horario, pero era por fuerza mayor, pues tampoco habían sido asesinadas tres personas en tan corto período de tiempo. La hora del desayuno se puso a las nueve.Clara estuvo esperando hasta que sus ojos se cerraron por el cansancio acumulado. Al final se quedó dormida antes de poder hablar con Saffiya, la cual tenía otros planes que la podían poner en peligro. Serían las tres de la madrugada. La lluvia había cesado, pero tras las seis horas de tormenta una gran humedad había invadido el monasterio. Saffiya, protegida con una capa, se dirigía al otro extremo de la abadía. Era la única persona que estaba levantada a esas horas, pero no la única despierta. Cuando llegó a su destino escuchó a alguien manteniendo lo que parecía ser una discusión por teléfono; la voz venía de la habitación que tenía justo enfrente. Con mucha precaución se acercó y apoyó la oreja en la puerta.—¡Casi me descubren! ¡No sé por cuánto más tiempo voy a poder continuar con esta farsa!

—Tienes que seguir. Hasta que no consigas lo que has ido a buscar no puedes salir de ahí. ¿Has ocultado el cadáver del sacerdote para que nunca sea encontrado?

—Sí. Eso está bajo control. Pero hay una persona que ha estado demasiado cerca de descubrirlo y he tenido que prescindir también de ella.

—¿Y estás seguro de que no se lo ha contado a nadie antes?

—Totalmente seguro. Ya no creo que surjan más problemas, excepto…

—¿Excepto qué?

—La novicia que me está ayudando en la búsqueda creo que sospecha algo.

—Pues eso dice muy poco a tu favor. Significa que no estás haciendo bien tu papel. Tienes que hacer algo antes de que al Vaticano se le ocurra ponerse en contacto contigo a través del convento. Entonces todos nuestros planes se echarían a perder. Así que espabila, que no tenemos mucho más tiempo. Y no pierdas de vista a esa tal Clara, es nuestra mejor baza para terminar nuestra misión con éxito.

—De acuerdo.

—Y una cosa más

—Usted dirá.

—Intenta no prescindir de más gente, al final la policía va a terminar echándose encima, y te aseguro que esos ya saben bastante más.

—No se preocupe.

—Eso me dijiste la última vez, pero no te doy una oportunidad más. Si no cumples bien tu trabajo, tendremos que prescindir de ti.

El sacerdote, o, mejor dicho, el que suplantaba su identidad, colgó el teléfono con un visible rostro de miedo y preocupación.

Saffiya solo había conseguido escuchar una parte, pero tampoco era demasiado complicado completar el diálogo con un poco de imaginación. El resultado no le gustó, por lo que, asustada, decidió irse lo antes posible. La oscuridad era casi completa, ya que había apagado la pequeña linterna que tenía para no delatar su presencia. Casi a tientas comenzó a andar por el largo pasillo cuando un banco de madera se interpuso en su camino. El golpe fue bastante fuerte, pero el ruido que produjo lo fue aún más. Ya no tenía nada que perder. Encendió la linterna y corrió todo lo que la incomodidad del hábito le permitía. Pero tenía una ventaja a su favor, en caso de que la vieran por la espalda sería muy difícil identificarla, ya que parte de las monjas son novicias y podría ser cualquiera de ellas. Y así sucedió. El supuesto don Jesús escuchó un ruido y abrió la puerta con el ánimo de descubrir si alguien estaba espiando su conversación telefónica. Al salir a mitad del pasillo observó entre la penumbra una silueta, pero le fue imposible saber de quién se trataba. Volvió a la habitación con la preocupación de haber sido reconocido. No podía estar seguro de qué parte de la conversación habían escuchado, si es que lo habían hecho. Ahora debía continuar con el objetivo lo antes posible a pesar del riesgo que le pudiera acarrear.

Era demasiado tarde, pero antes de acostarse debía orar por todos sus hermanos y pedir para que su Dios le ayudase a terminar con éxito la labor emprendida.

La joven novicia de color se había librado por los pelos de ser descubierta. Corrió todo lo que pudo y llegó a la habitación exhausta por el esfuerzo, serían las 3:20 de la madrugada. Se echó sobre la cama sin saber qué hacer. Dudaba si despertar a Clara y contarle lo sucedido o esperar unas cuantas horas e intentar conciliar el sueño, en caso contrario, sería imposible poder estar en pie lo que restaba de día. Antes de encontrar contestación a su pregunta, ya se había quedado dormida.Las cinco horas pasaron enseguida. Tenían puesto el despertador a las 8:15 para no llegar tarde al desayuno. Al escuchar el incómodo sonido de la alarma saltó de la cama como un resorte. Abrió los ojos poco a poco, pero la niebla que los cubría no le dejaba ver prácticamente nada. Comenzó a frotarlos con las manos con la intención de disipar las pequeñas manchas blanquecinas que le impedían ver con claridad. Sin conseguirlo, ya que al parecer estaban algo perezosos, optó por lavarse la cara. Al salir del cuarto de baño se dio cuenta de que Clara ya se había marchado. De repente le entraron las prisas. Tenía que avisarla cuanto antes y contarle todo lo que había escuchado hacía unas horas. Se terminó de asear y salió en su busca. Nada más abrir la puerta se cruzó con otra de las novicias.—¿Has visto a Clara? —le preguntó casi tropezándose con ella.

—No. Pero ¿por qué? ¿Ha pasado algo? —preguntó al verla tan nerviosa. No encontró respuesta porque Saffiya se había alejado.

Se dirigió al comedor pensando que estaría con el resto de compañeras. Al llegar echó un rápido vistazo, y al observar que Clara no se encontraba entre ellas su preocupación empezó a incrementarse. Solo quedaba preguntarle a sor María, ella solía estar al tanto de todo lo que Clara hacía. Una vez en la puerta de su despacho, cogió aire para volver al ritmo normal de respiración. Estaba demasiado nerviosa y era imposible disimular su estado de ansiedad.

—Buenos días, madre abadesa.

—Buenos días, hija —contestó sin dejar de mirar los documentos que examinaba en ese momento.

—¿Ha visto a Clara?

—No, no la he visto —dijo esta vez mirándola a los ojos y observando cierta inquietud en su comportamiento—. Qué raro que tú la hayas perdido de vista, si sois como uña y carne.

—Pero, bueno, entonces, ¿la ha visto o no? —Saffiya era consciente de que se había extralimitado en el tono, pero sor María, en lugar de molestarse con su novicia, lo que sintió fue intranquilidad y desazón por lo que pudiera estar ocurriendo.

—A ver, Saffiya, intenta tranquilizarte. ¿Ha pasado algo?

—No, madre, solo necesito encontrarla. —La contestación no la convenció en absoluto. Sabía que algo le estaba ocultando.

—Siento no poder ayudarte.

—Gracias de todos modos —dijo mientras salía.

—Pero…, espera un momento. Debe de estar con don Jesús por los sótanos. Está ayudando al padre en su trabajo de revisar las estructuras del monasterio. Ya sabes…, para eso de la reforma que me imagino que habrás escuchado de tus compañeras. Porque aquí en este convento no hay quien guarde un secreto. La prudencia brilla por su ausencia. Pero insisto, si no me dices la verdad y me ocultas algo, no te puedo ayudar.

—Usted vaya llamando a la policía.

—Ahora ya no te lo pido, Saffiya, ahora te lo ordeno.

—Madre, es que…

—Por favor, continúa.

—He estado espiando al padre Jesús…

—¿Cómo que espiando a don Jesús?

—¿Quiere que se lo cuente o no?

—Perdona, hija.

—No ha sido a propósito. Se me había ocurrido ir a verle cuando me pareció escuchar una discusión, o por lo menos como don Jesús elevaba el tono de voz mostrando enfado. Entonces fue cuando decidí arrimarme para escuchar qué podía estar pasando.

—Bueno, ¿y qué tiene de malo una discusión?

—Nada, siempre y cuando no sea para destapar la identidad de él.

—¿Cómo que destapar?, ¿la identidad de quién?

—Don Jesús no es quien dice que es.

—¿Cómo?

—Le oí decir que estaban a punto de descubrir la farsa, y también que alguien había estado muy cerca, por lo que había tenido que prescindir de ella. Que estaba todo bajo control, pero que la novicia que le ayudaba sospechaba de él. ¿Necesita que le diga alguna cosa más o va a avisar a la policía?

La abadesa se quedó asombrada por lo que acababa de escuchar.

—¿Pero estás segura de lo que me estás contando? Si llamo a la policía, no podemos acusar a nadie sin estar convencidas de ello.

—¿Cree usted que el decir que había ocultado perfectamente el cadáver no es para sospechar? Por favor, madre, tengo miedo por lo que le pueda suceder a Clara. Está en peligro. Ahora mismo está el asesino con ella por los sótanos y tenemos que encontrarla.

Ya no tuvo que decir nada más. Saffiya desapareció de su vista antes de que pudiera pronunciar una sola palabra.

Sor María descolgó el teléfono y llamó a la policía. Cuando se puso Luis al otro extremo de la línea telefónica le contó lo que Saffiya le había narrado. Tampoco necesitó mucho más para que Luis colgase el teléfono, prácticamente sin despedirse, y fuera en busca de su coche. Encendió el motor, puso la luz de alarma sobre el techo y con la sirena encendida se dirigió a toda velocidad al monasterio. Nunca le había gustado ese sacerdote, pero tenía que reconocer que le había podido más su orgullo, y en lugar de pensar de forma fría y calculadora, se había dejado manipular.

Saffiya salió disparada con dirección a ninguna parte. Entrar en aquellas catacumbas era como introducirse en un laberinto de imposible escapatoria. Era como querer encontrar una aguja en un pajar. Necesitaba alguna pista que le ayudase para poder avanzar en una búsqueda, a priori, imposible.

Entre tanto, Clara y su compañero de investigación examinaban un túnel que habían escogido al azar. Bajaron por una escalera similar a la del día anterior. Clara había dejado por todo el camino pequeñas marcas en la piedra para no perderse y reconocer los pasadizos que iban descubriendo. Su intuición, y ante todo su buena preparación, le hacían pensar que podría llegar a necesitar ayuda. Se mantenía siempre detrás de él por precaución.

Sabía que el padre tenía muy claro qué camino escoger, aunque disimulara haciéndole creer que no tenía ni la menor idea.

—Creo que es por aquí —indicó él.

—¿Estás seguro?

—Bueno…, seguro no, pero habrá que intentarlo de todos modos.

De nuevo otro cruce les hizo parar. Clara observó que en la pared y suelo de la derecha reaparecían unas pequeñas marcas de sangre. Prefirió hacerse la ignorante y no darse por enterada para ver la reacción de «don Jesús». Quería ponerle a prueba. Aunque siempre había tenido ciertas dudas sobre él, tampoco podía decir que hubiera tenido con ella un comportamiento incorrecto. Si era quien creía que era, la verdad es que estaba ejerciendo su papel a la perfección. Entonces tomó la decisión de enmascararle; de esa forma es posible que le pillara desprevenido y modificara su *modus operandi*.

—Entonces, ¿cómo se puso en contacto contigo la Santa Alianza?

—A través del obispo, como ya te comenté. Me dieron un sobre con un papel en blanco que solo podía abrir cuando llegase, el que te enseñé, y me indicaron que alguien se pondría en contacto conmigo.

Justo en ese instante vieron al final del pasillo una puerta con las bellas figuras talladas de madera. Alguien parecía haber marcado la iniciales de la Santa Alianza en la parte inferior derecha, lo que confirmaba que por fin estaban en el lugar que tanto tiempo habían estado buscando. Clara se disponía a probar con una llave de las que llevaba en un bolsillo bajo el hábito cuando él le preguntó:

—¿Cómo has conseguido la llave?

—En un descuido.

Clara había cogido la llave del cadáver de sor Lucía cuando él estaba más preocupado de mantener su acalorada y ridícula conversación con Luis. Ninguno se había dado cuenta de la maniobra.

Mientras tanto, Saffiya se encontraba dando vueltas en la catedral de un lado para otro buscando a su amiga sin ningún resultado cuando alguien la agarró por el brazo.

—¡Vaya susto que me ha dado! —advirtió al policía.

—Ya me ha contado todo por teléfono la madre abadesa. Pero ¿estás segura de lo que has escuchado?

—Otra vez. ¿Cuántas veces lo voy a tener que repetir? Estoy segura de lo que he escuchado.

—Pues entonces ya podemos encontrarla lo antes posible, porque ya sabemos lo que ese hombre es capaz de hacer.

—No me ponga más nerviosa, don Luis.

—¿Y se puede saber qué estás buscando? —preguntó a Saffiya.

—Un día Clara me comentó algo sobre un pasadizo bajo un sepulcro, túneles secretos…, y no la creí. Ahora me arrepiento.

—Esto es inmenso, ¿cómo vamos a encontrarlo? No soy muy creyente, pero ahora una manita del de ahí arriba no vendría nada mal.

En los sótanos Clara seguía con su arriesgada estrategia. Antes de abrir la puerta comenzó su interrogatorio.

—¿Cómo conseguiste la información? —comenzó a indagar para ver cómo reaccionaba.

Solo el tono de la pregunta y la mirada entre ambos fueron suficientes para saber que la joven novicia que trabajaba para la Santa Alianza le había descubierto.

—¿Cómo lo has sabido?

—Existe una norma básica dentro de la Santa Alianza, y es que nunca y salvo ninguna excepción ningún miembro delatará de quién ha recibido sus instrucciones. Además, no creo que un sacerdote italiano con antepasados españoles tenga tu tono de piel. Tu castellano es perfecto, hay que reconocerlo, demasiado diría yo. Tanto es así que te falta el acento italiano tan reconocible por todo el mundo. Pero contéstame a lo que te he preguntado antes, ¿cómo conseguiste la información?

—Los cátaros llevamos tras la pista del obispo desde hace muchos años y hay micrófonos en su despacho. Por eso escuchamos toda la conversación con el pobre padre Jesús, que en paz descanse. Nos puso en bandeja la manera de entrar y trabajar sin que nadie sospechara. Pero, la verdad, no sabíamos qué nos íbamos a encontrar contigo. Era la Santa Alianza quien nos tenía que acercar a lo que estábamos buscando, y sabíamos de la pertenencia de las dos monjas, que por desgracia se interpusieron en mi camino, pero no de la tuya.

—¿Y no tuviste otro remedio? ¡Estás loco!

—Ninguna de ellas se amedrentó a la hora de interrogarlas y no soltaron ni una sola palabra. Y como me habían descubierto, no hubo más remedio que...

—Ya…, que quitarlas de en medio. No hace falta repetirlo.

—Hay que reconocer que la Santa Alianza sabe escoger a sus miembros. Pero, en cualquier caso, solo nos quedaba por descubrir quién era el último eslabón de la cadena dentro del convento, para eliminarlo y dar por zanjado todo lo que tuviera que ver con esta ciudad.

—¿Por eso estoy yo aquí y sigo con vida?

—Si lo quieres ver de ese modo. Te necesitaba.

—¿Y por qué los cátaros queréis terminar con nuestra religión? ¿Qué es lo que esperas encontrar tras esa puerta?

—Lo que sé que hay guardado, no es el único que estamos buscando. Hay alguno más en otros lugares del mundo, y, como vosotros, también tenemos muchos seguidores dispuestos a terminar con ello y a morir si es preciso. Somos los incomprendidos del cristianismo y ya está bien de que los cristianos se crean que poseen la verdad completa y la paz eterna. Lo que espero encontrar es lo que tira por tierra todas vuestras creencias, ¿por qué crees entonces que la Iglesia ha evitado que salga a la luz durante tanto tiempo?

—No lo sé. A lo mejor luego te llevas una gran decepción. Además, no creo que un simple objeto pueda acabar de la noche a la mañana con las creencias de mil cuatrocientos millones de personas.

—Se nos ha denominado como herejes durante siglos y todos aquellos que han blasfemado serán castigados en el horror del infierno. Estamos hartos de tanta jerarquía eclesiástica y tanta riqueza desigual. No creemos en la economía dentro de la religión.

El amable y simpático sacerdote se estaba transformando por momentos en el cátaro extremista que era en realidad. Clara aprovechó su nerviosismo para ganar tiempo con más preguntas y con cuestiones que le pudieran poner más nervioso. Mientras más lo estuviera, más probabilidades habría de que cometiera algún error. Pero no era tan manejable como pensaba.

—Pero dejémonos de charlas, que sé lo que pretendes, y abre la puerta de una vez —le ordenó.

Ella obedeció sin rechistar y abrió la puerta. No se veía absolutamente nada. El asesino descolgó de la pared uno de los varios candiles que había a lo largo de todo el pasadizo y entraron en la pequeña biblioteca con miles de ejemplares, pergaminos de gran antigüedad y múltiples objetos de astronomía. Un par de mesas y un mueble con cajones eran el único mobiliario. Él se dirigió directamente al mueble que estaba junto a la puerta; el mueble de cuatro cajones, cada uno de ellos con los escudos de las familias nobles burgalesas. Estaba tan entusiasmado que descuidó por unos instantes los movimientos de Clara, la cual cogió una pieza punzante de uno de los sextantes que había sobre la mesa.

—Esto no va a ser tan sencillo como esperabas —dijo Clara.

—¿Me estás tomando por estúpido? ¡Lo que quiero es que saques la otra llave! —le exigió mientras sacaba un cuchillo que llevaba oculto bajo la sotana.

—¿Qué otra llave?

—La que abre uno de estos cajones. ¿Por qué crees si no que sigues con vida?

El asesino sabía perfectamente dónde se encontraba el preciado objeto y era obvio que ya había estado allí con anterioridad. Clara solo era la facilitadora de la llave. Una llave que había pasado de unas a otras durante siglos.

Amenazada por el cuchillo, accedió y sacó una diminuta llave con el escudo de la Santa Alianza en la parte superior. Abrió el segundo cajón; fue entonces cuando el criminal la apartó de un empujón, impaciente por ver lo que allí se escondía. Clara aprovechó para sacar lo que pretendía usar como defensa y lo elevó con la intención de clavárselo. El falso cura empezó bruscamente a tirar al suelo algunos libros y papeles sueltos que llenaban el cajón, hasta vaciarlo por completo. Levantó el doble fondo y cogió un objeto del tamaño de un libro envuelto en una tela aterciopelada. Justo en el instante en que Clara había sacado el valor suficiente para terminar con él, se giró para poner el libro sobre la mesa y examinarlo con detenimiento. Lo hizo con tanto nerviosismo que sin querer dio con fuerza al mueble, con tan mala fortuna que el candil que había apoyado en el borde cayó rompiéndose contra el suelo. Con tanto papel, el incendio no tardó en propagarse prendiendo la sotana en décimas de segundo. No dejaba de gritar ni de darse manotazos con el ánimo de apagar el fuego, pero sin éxito. Clara, hábil de reflejos, consiguió salir del cuarto antes de que le pudiera suceder lo mismo. Desde el borde de la puerta y sin poder hacer nada, vio cómo el asesino quedaba preso del fuego. El espectáculo era dantesco. El fuerte calor que se desprendía en el túnel y sobre todo el fuerte hedor a carne quemada terminaron por avisar a Luis y Saffiya, que ya se encontraban muy cerca del suceso.

Al llegar vieron a Clara paralizada por lo que estaba viendo en ese momento. Era la primera vez que veía a alguien arder entre las llamas y no lo olvidaría jamás. Saffiya volvió su rostro al no soportar la imagen mientras Luis tiraba de Clara para alejarla del fuego.

—¿Es quien yo creo? —preguntó Luis.

—Sí, lo que queda de él.

—¿Y qué es lo que quería?

Clara no contestó. Solo estaba asustada, con ambas manos bajo el hábito, sin decir palabra y con una expresión fría en su rostro.

—Creo que si venía a buscar algo, ya nunca lo sabremos. El fuego se ha quedado con la respuesta —intervino Saffiya.

—¿Cómo me habéis encontrado?

—Por las marcas que has ido dejando por el camino —contestó Luis—. Muy inteligente por tu parte. Si no llega a ser por tu cariñosa compañera Saffiya, no te hubiéramos encontrado; aunque hemos llegado algo tarde. Por lo menos ya podemos dar por solucionado el caso y el convento podrá volver a la normalidad.

—Dios le oiga —suplicó Clara—, creo que ya hemos tenido bastante.

—Clara, ¿quieres o tienes que contarme algo?

Luis sabía que ocultaba algo, pero no tenía la intención de insistir en saberlo. Simplemente hizo la pregunta por rutina y sabiendo de antemano la respuesta que iba a recibir.

—No tengo nada que decir, Luis, solo que estoy muy asustada y que he llegado a temer por mi vida.

Capítulo 33

En el despacho del obispo en Roma se mantenía una reunión urgente con motivo de la organización del próximo viaje papal y todo lo referente a su seguridad. La seguridad de la Santa Sede recibía llamadas y avisos de amenazas todos los días, y aunque los especialistas en filtrar aquellas que pudieran tener menor riesgo tenían un gran porcentaje de éxito, nunca estaban a salvo al cien por cien del atentado de un loco suicida.

La cadena de atentados yihadistas que se estaba produciendo por diversos países europeos tenía en máxima alerta a las autoridades, no solo del Vaticano, sino de toda la ciudad de Roma. En esta ocasión las sospechas estaban muy bien infundadas, y por ese motivo se habían dado las instrucciones oportunas para doblar la seguridad durante las dos semanas siguientes. Uno de los responsables no estaba de acuerdo con la decisión y pensaba que se estaban exagerando las cosas más de lo debido.

—Me parece que se están sacando las cosas de quicio, señor obispo. Si doblamos la seguridad podemos asustar a la gente con un estado de alarma desmedido.

—Más vale prevenir que curar, y yo no me quiero arriesgar a ser el responsable de la muerte de un papa. Ya intentaron acabar con él una vez, y no quiero que se repita. Por lo que no lo hablemos más, ya está decidido. ¡Doble la seguridad!, pero, eso sí, con toda la discreción de la que sea usted capaz.

En ese momento sonó el teléfono que tenía sobre la mesa del despacho. Una mesa de ébano de mitad del siglo XIX con preciosas figuras talladas de madera a todo su alrededor, con tres cajones y cuatro patas que finalizaban simulando patas de león. Dos hierros forjados entrecruzados le daban la robustez necesaria para mantenerse en perfecto estado a pesar de su antigüedad.

Descolgó.

—Dígame, ¿con quién hablo?

—Tengo importantes noticias de Burgos, España.

—Espere un momento.

El obispo cambió su rostro de forma repentina sorprendiendo a los presentes. Se percataron enseguida de que la llamada que acababa de recibir no era una llamada cualquiera.

—¿Les importaría dejarme a solas, por favor?Más que una solicitud, era una orden camuflada con educación y diplomacia. El jefe de seguridad y los otros dos sacerdotes salieron del despacho y esperaron en la sala contigua hasta ser llamados de nuevo.—A ver, ya puede usted hablar.

—¿Conoce usted a don …?

—Espere. Espere un momento. ¿Con quién hablo?

—Disculpe. Soy Luis Beltrán, del departamento de homicidios de la policía de Burgos en España. ¿Tiene ahora tiempo para atenderme o le pillo en mal momento?

—Sí, tranquilo, tengo el tiempo que usted quiera.

—¿Conoce al sacerdote don Jesús?

—Sí, claro que sí. Le he enviado a su ciudad de Burgos para realizar un trabajo en la abadía.

—¿Y me podría decir de qué trataba ese trabajo? —prefirió conocer el motivo del viaje antes de darle la desagradable noticia.

—Es el encargado del patrimonio artístico del Vaticano y tiene que revisar las estructuras internas del monasterio para unas futuras reformas.

—Pues siento decirle que don Jesús ha sido hallado muerto en las cercanías del convento.

—¿Cómo dice?, pero… ¿ha tenido un accidente?

—No. Ha sido asesinado.

—¿Asesinado? ¿Y quién podría…?

—Eso es lo que quiero que usted me diga, pero creemos que el mismo que ha asesinado a las monjas y al jardinero; que me imagino que estará al corriente.

—Al obispado no se le escapa nada. Claro que estábamos al tanto de lo sucedido. Y muy preocupados.

—Y ¿sabe quién o quiénes podrían estar interesados en su muerte?

—El patrimonio cultural del Vaticano es inmenso y todo el mundo lo sabe, pero no creo que el trabajo de don Jesús llevara consigo ningún riesgo. Si hubiera sabido que podría ser así, nunca se lo hubiera encargado.

—Alguien ha estado suplantándole para moverse con facilidad dentro del monasterio con algún fin.

Por unos instantes se produjo un sospechoso silencio y la cara del obispo pasó de sorpresa a preocupación. El silencio era una pista más para Luis. Su intuición le indicaba que el obispo no decía toda la verdad.

—¿Sigue usted ahí, señor obispo?

—Sí, perdone. Es que todavía intento asimilar la muerte de don Jesús. ¿Y qué es lo que querría el asesino?

—Dígamelo usted.

—¿Y han cogido al criminal? —pronunció muy nervioso.

—Estamos en ello. —Luis no quería contarle que el asesino había muerto en el incendio para ver si aumentaba el nerviosismo en el Vaticano. Lo que sabía, casi con seguridad, es que el tal padre don Jesús no solo se dedicaba al patrimonio.

—Mandaremos a alguien del Vaticano por si les puede servir de ayuda.

—No hace falta. Esto es una investigación que pertenece a la jurisprudencia española, y, si hiciera falta su ayuda, no se preocupe, que se la pediríamos enseguida.

—Insisto. Irá una persona responsable de la Iglesia, que es de la que dependen nuestras monjas y sacerdotes. Ya han fallecido tres personas que estaban bajo nuestra responsabilidad y creo que es razón suficiente como para colaborar con ustedes, sin estorbar, claro está. No querría tener que hablar con instancias más altas y que nuestra relación comenzara con mal pie.

La amenaza la entendió Luis a la perfección y no quiso provocar un posible malentendido con el mismísimo Vaticano.

—De acuerdo, agradezco su colaboración. Avísenme con antelación, y que la persona que venga se ponga en contacto conmigo. Ya sabe, Luis Beltrán del departamento de homicidios.

—Así lo haremos. Buenos días.

La despedida resultó algo cortante y con cierta agresividad, impropia de un discípulo de la Iglesia.

Para Luis el caso estaba resuelto, y ya no podía echar marcha atrás con respecto a la falsa información que había dado al obispo sobre la muerte del supuesto criminal. Pero la reacción de este demostraba que había algo más detrás de esas muertes. Algo verdaderamente importante y que se le escapaba de las manos.

Todavía seguía sin encontrar el móvil, y como profesional suponía todo un reto el encontrarlo.

Lo mejor sería quedar con Clara. Seguro que ya estaría más tranquila tras lo sucedido y también le ayudaría a aclarar algunas cosas.

Volvió a descolgar y llamó a Clara.Al cuarto toque cogieron el teléfono.

—Sí, dígame.

—Buenos días. Por favor, ¿podría hablar con la novicia Clara?

—Enseguida le aviso. ¿De parte de?

—De Luis, el policía.

—Un momento.

La hermana fue en busca de Clara, que a esas horas debía de estar en su habitación. Pero estaba equivocada. En la habitación no había nadie y en el claustro que la pillaba de paso, tampoco estaba. Para no hacer esperar tanto a Luis, decidió volver.

—Don Luis, no la encuentro. Para que no espere tanto, prefiero buscarla con tranquilidad y le digo que le llame.

—Casi mejor, gracias, hermana.

Clara no cogía el teléfono porque estaba concentrada escribiendo en su pequeño diario color rojo bermellón. Y el silencio sepulcral de la catedral era el lugar perfecto para que fluyera su inspiración.*He pasado un miedo espantoso las últimas semanas, aunque nadie de mi entorno haya caído en ello. No soy tan fuerte como la gente cree, y a veces necesitaría ser apoyada en lugar de ser yo siempre el punto de apoyo. El doble juego ha terminado por doblegarme, y necesito ir en busca de mi objetivo inicial. Ayudar a los demás.*

Lo que tenía que hacer ya está hecho, y va siendo hora de salir del monasterio y cambiar de vida. Sigo con demasiadas dudas con respecto al amor, y el pequeño hormigueo que siento en el estómago cuando me encuentro al lado de Luis es contradictorio con mi propuesta inicial de vida. Vida por la cual he temido en estos días, y razón principal para esta sincera confesión.

Soy consciente de que mi decisión no va a agradar a algunas personas, principalmente a mi querida amiga de aventuras, Saffiya, y a sor María, responsable de mi persona y defensora de mis numerosas travesuras e indisciplinas desde mi estancia en el convento. De cualquier forma, espero de ambas que, si de verdad me aprecian, quieran para mí lo mejor, como yo haría en sentido contrario, y por lo tanto respeten mi obligada decisión.

Estos dos años serán imposibles de olvidar.*Ha sido muy complicado, pero una vez conseguido el objetivo, va siendo hora de salir de este lugar. Tengo que seguir otro camino que me permita encontrar la felicidad, o por lo menos aproximarme lo máximo a ella. Y ahora que lo he encontrado, o tengo la posibilidad con la ayuda de un amigo, de colaborar con la Cruz Roja, es mi oportunidad.*

Trabajar para la Santa Alianza ha sido demasiado estresante, aunque me he llevado el agradecimiento y halago de mis superiores. Ahora ya va siendo hora de cambiar mi destino.

De lo que no estoy segura es de si debo decir…

—Por fin te encuentro, Clara —interrumpió la hermana.

—¿Pasa algo?

—No, tranquila.

—Es que llevamos una racha que ya no me fío. Vivo en un constante estado de estrés.

—Te ha llamado don Luis de la policía y me ha dicho que le llames cuando puedas.

—Ahora mismo voy.

Dobló la esquina de la página por donde lo había dejado, cerró el diario y siguió a la hermana para realizar la llamada. Cuando llegaron al pequeño cuarto que hacía de secretaría:—Te dejo sola, Clara. Me imagino que así hablarás con más tranquilidad. Te he dejado el número encima de la mesa.

—Gracias otra vez —dijo mientras marcaba—. Por favor, ¿podría hablar con Luis Beltrán?

—¿Es usted Clara?

—Sí.

—Enseguida le paso, Luis estaba esperando su llamada.

La voz de Luis se oyó al otro lado del auricular.

—Clara, soy Luis. Te llamo porque necesito que hablemos.

—¿Pero el caso no estaba resuelto?

—No del todo. Tengo algunos flecos por atar y algunas dudas que estoy convencido de que me puedes ayudar a resolver. ¿No hay manera de que sea fuera del convento por una vez?

—Hablaré con la madre abadesa e intentaré ir a verte. ¿Dónde quieres que nos veamos?

—Lo mejor será que pase yo a recogerte cuando tú me digas.

—¿Es muy urgente o podría esperar hasta mañana?

—Puede esperar.

—Pues entonces pasa a recogerme sobre las doce.—Allí estaré.

Clara había retrasado la entrevista para poder ejecutar el plan que se había marcado. Primero, contarle su decisión a sor María, y segundo, tener el tiempo suficiente para despedirse de su amiga Saffiya. Por lo que sin demora, para acabar con todo cuanto antes, fue al despacho de la madre abadesa.

Sor María, como era habitual en ella a esas horas de la mañana, se encontraba orando mientras paseaba por los jardines del claustro.

—Madre, ¿la interrumpo?

—Tú nunca me interrumpes, hija.

—Tengo algo muy importante que decirle, y no sé si sería mejor que estuviéramos en su despacho.

—Pero ¿por qué? Qué mejor lugar para hablar que este.

Clara intentaba transmitirle que el tema del que quería hablarle era de suma importancia, y sin embargo no encontraba en la abadesa ni una pequeña muestra de inquietud, lo que le resultó un poco extraño, y más conociendo a sor María.

—Tengo que comunicarle que me voy del convento mañana mismo. Y que…

—Y que en realidad no solo estás como novicia, sino que tienes más cosas entre manos.

Clara no sabía cómo salir de su asombro.—¿Desde cuándo lo sabe?

—Desde casi el principio. La verdad es que me sorprendió mucho tu carácter, y eso no significa que fuera para mal, todo lo contrario. Pero tu forma de ser, tu excesiva preparación en algunos aspectos, es decir, un conjunto de cosas en general, me hicieron sospechar. Fue entonces cuando empecé a investigar. Di tanto la lata que al final recibí una llamada para decirme que no levantase tu tapadera, creo que lo llamáis así, y te tratase como a una novicia cualquiera. Esa era la mejor forma de que todos los comportamientos aparentasen normalidad. Eso sí, sin preguntas por mi parte una vez estuvieras con nosotras.

—Pues no sabe cómo le agradezco que me haya simplificado la explicación. ¿Y no quiere saber el motivo de estar aquí dos años?

—Prefiero seguir sin saberlo. Pero para que hayas estado dos años, además de como novicia, trabajando en otra misión, ha tenido que ser algo demasiado importante, y lo más seguro, incomprensible para una persona como yo. La que lo va a sentir de veras es tu compañera de cuarto.

—A Saffiya no le voy a contar nada de la misión que me ha traído hasta aquí, pero sí la verdad de lo que voy a hacer desde ahora. He pensado decirle, si no le parece mal, madre, que el destino me lo ha buscado usted y que tengo que incorporarme de inmediato.

—¿Y cuál se supone que es el destino?

—Los campos de refugiados de Sabra y Shatila.

—¿Donde la matanza del 82?

—Ahí mismo.

—Tienes mucho valor, hija mía. ¿Y por qué coges una zona de tanto conflicto?

—Según todas las noticias, la guerra en esa zona puede estar a punto de llegar a su fin, y ahora más que nunca la gente de allí necesita ayuda humanitaria. Aquellos dos campos de refugiados los han dejado arrasados y hay que comenzar a reconstruirlos. De cualquier forma no creo que sea por mucho tiempo; tres o cuatro años a lo sumo .A través de un amigo he conseguido ir como colaboradora con la Cruz Roja.

—Solo te pido que tengas mucho cuidado y que no te olvides de nosotras.

—Eso sería imposible.

—Te voy a echar mucho de menos. ¿Y sabes una cosa?

—¿Qué, madre?

—Que, si algún día quieres volver, te aseguro que aquí tienes un sitio.—Le agradezco sus palabras, pero tengo un problema.

—¿Cuál, hija?

—Los hombres, madre, los hombres. —Se fue alejando por el claustro en busca de Saffiya.

Tras la conversación con la abadesa se encontraba más tranquila. Había soltado algo de lastre y solo le quedaba decírselo a su gran amiga, la «morenita».

Se la encontró, como era de esperar, leyendo tranquilamente en su habitación. Era lo que siempre hacía cada vez que disponía de algo de tiempo libre y no estaba ocupada en obligaciones propias del convento.

—Saffiya, tengo que hablar contigo —dijo con un tono más serio de lo normal para que le prestara más atención. Saffiya se volvió de inmediato.

—Seguro que tienes que contarme algo importante por el tono que has puesto.

—Mañana me voy —dijo con rotundidad y sin rodeos.

—Así, de repente. ¿No me lo podías haber dicho con más tiempo para ir haciéndome a la idea?

—No podía porque me acabo de enterar. Me lo acaba de comunicar sor María. —Era una mentira piadosa, pero merecía la pena por minimizar el sufrimiento de la despedida—. Parece que hay una oportunidad de ir como colaboradora de la Cruz Roja a Gaza, a los campos de refugiados de Sabra y Shatila, y no quiero perderla.

—Siempre has deseado algo de ese tipo, era uno de los posibles destinos que tenías en la cabeza. Pero, si te digo la verdad, en el fondo deseaba que no lo encontrases, o, por lo menos, tan rápido. No sé..., me dejas sin palabras, no me lo esperaba. Me imagino que lo que tendría que hacer por mi parte es desearte lo mejor y todo eso, pero… —El rostro de Saffiya ya no era el mismo. Quería mostrar normalidad, pero la tristeza comenzó a invadirla por dentro.

—Sabíamos que tarde o temprano nos íbamos a separar.

—Lo sé. Y también sueles tener muchas palabras en la cabeza para cuando llegue el momento que ahora no soy capaz de pronunciar. Bueno…, lo importante es que seas feliz y que allí donde vas encuentres lo que buscas.

—Gracias, «morenita» —le dijo en plan cariñoso.

—Lo que tenemos que hacer es mantener el contacto y no dejar de vernos en el futuro —mientras lo decía le dio un fuerte abrazo como primera despedida. Al día siguiente volvería a repetirlo.

Saffiya sabía que existía la posibilidad de que no se volvieran a ver. Era muy consciente, probablemente más que su amiga, del gran peligro que iba a correr en la Franja de Gaza. Unos campos de refugiados que ya fueron castigados en su día en la masacre de 1982 a manos del Carnicero de Beirut, apodo por el que se nombraba a Sharon, con la muerte de casi 3.500 palestinos.

Esa noche casi no pegaron ojo ninguna de las dos. Decidieron aprovechar las horas que les quedaban juntas para conversar hasta altas horas de la madrugada. Las últimas semanas habían sido estresantes, muy confusas, y habían visto la muerte de cerca por culpa de un loco sectario perteneciente a los cátaros.Al día siguiente Clara se levantó temprano. La cara de Saffiya al verla fue de sorpresa. No parecía la misma. Clara vestía con unos vaqueros y una blusa que hacían resaltar la espectacular figura que hasta entonces había ocultado bajo el hábito. Al entrar en el convento tuvo que sacrificar su gran melena rubia, pero eso no era impedimento para resaltar esos impresionantes ojos azules que tanto llamaban la atención a todos los hombres. Saffiya no sabía qué decir.

—¿Eres tú?, ¡pero si no pareces la misma! —exclamó.

Había quedado con Luis a las doce y tenía tiempo de sobra para despedirse del resto de las hermanas. Hubo lloros, penas contenidas y palabras, la mayoría, deseándole buena suerte.

Una etapa que recordaría con cariño, y que, a pesar de lo que algunas pudieran opinar, le había hecho madurar.

A las doce en punto salió del convento mirando hacia atrás en varias ocasiones. Todas las hermanas se habían reunido en la puerta para despedirla y darle ánimos en su nueva aventura. No pudo contener las lágrimas que durante las últimas horas había conseguido esconder. Abrió la gran puerta de madera que separaba el convento del mundo exterior y echó un vistazo al paisaje que en esos momentos se encontraba frente a sus ojos, y que, por el tiempo encerrada, había olvidado. Ya no recordaba el aspecto tan monumental de la abadía, el cual se disfrutaba mirándolo desde cincuenta metros de distancia. Se alejó y pudo observar el grandioso juego de volúmenes de la iglesia del monasterio. También pudo apreciar, desde la entrada del recinto en dirección a la parte norte, su gran torre de cuatro vanos apuntados por cara y la galería porticada lateral llamada Pórtico de los Caballeros.

Estaba orgullosa de sí misma. Pasaba a ser una más de la numerosa lista de monjas o novicias que habían vivido en ese lugar. Monasterio que había acogido a través de los siglos a importantes damas de la nobleza castellana. Después de dar un breve repaso a los recuerdos mientras contemplaba el paisaje, se dio media vuelta y ahí estaba. Luis Beltrán la esperaba en su flamante Audi 80 de la época. Lo primero que pensó Clara en cuanto le vio es qué sueldo tendría un policía de homicidios para poder permitirse un coche como ese. Se fue hacia él con paso firme y erguido. Sin embargo, Luis seguía mirando en todas direcciones en busca de ver aparecer a su conocida novicia por alguna de las puertas. Cuando estaba todavía algo lejos del coche, la sorpresa fue mayúscula. No la había reconocido con su nuevo atuendo.«¿Cómo es posible? ¿Seguro que es ella? No puede ser».

No era capaz de asimilar el espectáculo que tenía ante sus ojos. Incluso la mente le jugaba una mala pasada y cambiaba a la preciosidad de chica que tenía delante de él por la que siempre había visto dentro del convento. Se frotó los ojos con el afán de confirmar que lo que estaba viendo era real. Y sí, era ella, no cabía ninguna duda. Sabía que ya en su día le sorprendió su rostro cuando la vio por primera vez, pero no se la imaginaba de cuerpo entero. Aun así, por parte de Luis fue como un amor a primera vista desde el día que la vio en el despacho de la abadesa. Antes de que ella llegase junto ante él, se arregló un poco la corbata, se peinó con los dedos, e intentó sustituir la cara de asombro con la baba colgando que se le había quedado por la de un hombre seguro de sí mismo y con papel de galán.

—Hola, Clara, porque eres Clara, ¿verdad? —le preguntó a modo de piropo.

—Hola, Luis. Sí, soy yo. Muchas gracias por venir a recogerme.

—Para mí ha sido un placer. Por favor, deja tus maletas detrás y entra. Y…, ¿cómo es que sales de paisano? Esa es la expresión que solemos utilizar los hombres cuando estamos en la mili y podemos salir sin la ropa militar.

—Ya, ya te he entendido. Porque me voy definitivamente de aquí.

En esos momentos sintió una mezcla entre sorpresa y esperanza, porque se le abría una puerta para un posible flirteo. Él daba la batalla por perdida y contaba con un no como respuesta, pero no tenía nada que perder.

Una vez entró Clara en el coche:—Tú dirás, ¿dónde vamos? —preguntó Luis mientras ponía el motor en marcha.

—Voy a buscar una habitación en un hotel de la ciudad hasta que vengan a recogerme pasado mañana.—Pues vamos a buscarla. Pero ¿por qué tan poco tiempo?

—Tengo un día y medio antes de salir para Gaza.

Luis sintió como si le hubieran dado un golpe en toda la mandíbula. La ilusión inicial había durado bien poco y su estado de ánimo pasó a decepción y frustración.

Clara sabía perfectamente cuáles eran los sentimientos de Luis hacia ella, pero lo que no se esperaba es que al mirarle a los ojos su corazón comenzara a latir descontroladamente. Hacía mucho tiempo que no experimentaba esa sensación y en cierto modo eso le asustaba. Notaba en su interior sentimientos contrapuestos, una especia de pelea entre el deseo carnal y sus valores morales.

Luis no supo reaccionar. Después de unos segundos de vacilación se atrevió a preguntar:—¿Y no podrías retrasar tu salida?

—De veras que me gustaría, pero me es imposible. Hay mucha gente detrás de este proyecto, y ya me hacen el favor de venir a recogerme. Estaría muy feo por mi parte que tuvieran que modificar por mí la fecha de partida.

—Tienes razón, pero tenía que intentarlo. Sabes…, me gustas desde el primer día en que te vi, y no me imaginaba lo difícil que puede llegar a ser un amor no correspondido.

—No digas eso, no me lo pongas más complicado de lo que ya es.

—Lo siento…, pero…

—No tienes que sentir nada porque yo también siento algo por ti.

Sin más demora pusieron dirección a Burgos.

* * * * * *

Mundo real

—Charlotte, esto se pone interesante —decía Sara como si su hermana la escuchara—. Ahora resulta que están enamorados los dos. Ya sabía yo que algo así podía suceder, pero la pena es que ella se tenga que ir a Gaza, porque estaban hechos el uno para el otro.

Capítulo 34

Madrid, 2015

Margot estaba levantada desde muy temprano a pesar de ser fin de semana. Con cinco horas de sueño al día tenía más que suficiente. Lo único imprescindible y que nunca le podía faltar para poder empezar el día con buen pie era un café bien caliente sin azúcar, por lo que con el mayor sigilo, para no despertar a nadie, fue a preparárselo. Una vez en la cocina, cerró la puerta para evitar que se escuchase el ruido incómodo y molesto de la cafetera.

Después de dos horas de tranquilidad y silencio que transmitía la casa, una voz en un tono más alto de lo normal la sacó de la profunda concentración en su lectura. Escuchó como su hija Sophie y su yerno mantenían una fuerte discusión en el dormitorio, mientras ella, relajada en el salón, leía la prensa para ponerse al día de las últimas noticias. Era una mujer culta a la que le gustaba participar de la política, cultura o temas relacionados con la sociedad, y, aunque sabía con certeza que su visita no era del agrado de todos, el motivo de su viaje era lo suficientemente importante como para aguantar algunos agravios. Hubiera sido más fácil buscarse acomodo en un hotel para evitar tensiones, pero tanto por la insistencia de su yerno como por las conversaciones que debía de mantener con su hija decidió que lo más inteligente era quedarse con ellos.

La pareja no conocía el verdadero motivo de la visita inesperada de su madre, Margot, y su hija Sophie estaba algo más nerviosa de lo normal. Por extraño que pudiera parecer, Margot tenía mucha mejor relación con su yerno.

El piso estaba situado en una zona céntrica de la capital. Una gran vivienda de doscientos metros, que, gracias al buen trabajo del que disponían los dos, se podían permitir. El salón estaba repleto de cuadros de gran valor y fotos de muchos momentos entrañables de su historia. En una de las esquinas había un aparador con fotos exclusivamente de Charlotte. Era como una especie de altar, donde una pequeña luz siempre encendida la recordaba y donde todos pedían para que se despertase del maldito coma.

Sophie tenía buen gusto para la decoración y, a pesar del estilo vanguardista, había conseguido darle mucha calidez al entorno. La cocina era totalmente integrada con una gran mesa que hacía de segundo comedor y lugar preferido para la mayoría de visitantes para las fiestas y tertulias. El cuarto de matrimonio, donde se encontraban en ese momento, parecía sacado de un hotel de lujo. Disponía de una cama de dos metros de ancho, un vestidor dividido en dos partes, un tocador para ella, una pequeña mesa de despacho para trabajos nocturnos y una especie de recibidor con dos orejeros y una mesita en medio. Tres habitaciones de gran tamaño completaban la casa. Una de huéspedes, el cuarto de Sara y la habitación de Charlotte, la cual mantenían tal y como estaba el mismo día antes del accidente.

—¿Tú crees que es normal que aparezca de esta forma, sin avisar? —gritaba Sophie.

—Habla más bajo, que te va a oír.

—¡Me da igual que me oiga! ¡A ver si así se entera de lo que hablo!

—No seas así, Sophie, es tu madre. Intenta aprovechar los pequeños momentos que estés con ella. Tu madre va estando mayor y cuando menos te lo esperes puede faltar, entonces te arrepentirás y te darás cuenta de lo absurdas de algunas discusiones.

—¿Y dónde ha estado ella cuando la he necesitado?

—Tienes razón, pero aun así no seas demasiado dura con ella. Se quedó viuda muy pronto, siempre se ha manejado sola y nunca ha querido entorpecer nuestras vidas. Y, lo más importante, a pesar de lo ocurrido con tu hermana y del accidente de su nieta, ha tenido una gran fortaleza y no se ha venido abajo. Por lo menos de cara a los demás, porque estoy seguro de que eso nunca se supera. Por eso pienso que tendrías que ser un poco más condescendiente.

—Mira lo que nos has pasado a nosotros. A veces ya no puedo más —dijo entre lágrimas y bajando el tono.

—Pues por eso mismo deberías comprenderla.

—Puede que tengas razón —dijo conciliadora.

—Además, en el fondo os adoráis, lo que pasa es que os gusta estar como el perro y el gato. Las dos tenéis mucho carácter. ¿No será que a veces has sentido un poco de celos por el cariño que tiene hacia Charlotte por lo que tú y yo sabemos?

—No, porque también adora a Sara. Y de eso no tengo ninguna duda.

Los primeros gritos se escucharon desde el salón, y Margot no tenía la menor duda de que ella era el motivo de la discusión. Un sentimiento de pena la invadía, pero debía hablar con su hija. Comenzó a pensar que a lo mejor no había sido buena idea el presentarse en Madrid de ese modo, pero estaba enferma y ante cualquier imprevisto tenía que dejar todo bien atado y ninguna conversación pendiente. Los médicos no habían sabido decirle cuánto tiempo le quedaba: dos, tres…, «eso solo lo sabe el de ahí arriba», como Margot solía decir. Había tenido diferentes experiencias con amigos a lo largo de su vida, y en la mayoría de los casos las predicciones fueron erróneas. Pero, ante la duda, mejor era actuar. No eran buenas fechas para dar una noticia desagradable, y había dudado cien mil veces si hacerlo porque su hija ya tenía bastantes problemas con el estado de coma de Charlotte. No quería agravar más el estado, ya muy doloroso de por sí, en el que estaban inmersos.

—¿Por qué no dejamos de discutir y vamos al salón con tu madre? Vamos a hacer una cosa, voy a aprovechar para hacer algunas gestiones y así os dejo solas para que habléis todo lo que tengáis que hablar.

—No sé si eso es una buena idea. Siempre es bueno que haya alguien para separarnos antes de que llegue la sangre al río —dijo con una media sonrisa.

—Solo te doy un consejo. Escúchala bien antes de contestar, que a veces te puede la impaciencia y estás pensando más en lo que tú quieres decir.

—Sabes una cosa, Gerard…

—Ya sé lo que me vas a decir —se anticipó su marido—, que estás locamente enamorada de mí.

Se abrazaron y besaron como señal inequívoca de que la pequeña discusión se daba por concluida. Entonces se dirigieron hacia el salón.

—Bueno, Margot, yo os dejo —la decía a la vez que le daba un dulce beso en la mejilla.—Pero si es sábado.

—Ya, pero…, tengo que preparar algo pendiente muy importante para un viaje de la próxima semana, y, si consigo quitármelo de encima, mucho mejor.

—Siempre tan previsor, ¿verdad, hija? Da gusto el marido que tienes —dijo Margot dejando claro que por ella había buenas intenciones.

—Además, así os dejo más tranquilas y podéis charlar sin que nadie os coarte la intimidad.

—Si tú lo dices —interrumpió Sophie con cara de pocos amigos.

Gerard observó que sus consejos todavía no habían calado en la mente de su mujer, la cual estaba reticente a querer mantener un ambiente cordial. De todas formas, la conocía lo suficiente para saber que el orgullo le duraría cinco minutos. La frase de «perro ladrador, poco mordedor», estaba hecha para ella.

Nada más salir por la puerta Gerard, Margot continuó con su estrategia de dulcificar todo lo posible los ánimos de su hija ofreciéndole algo para tomar.

—¿Te apetece tomar algo, Sophie?

—¿A qué has venido, madre? —dijo con voz enérgica Sophie sin querer darle ninguna tregua a su madre.—Necesitaba hablar contigo.

—Pues ya estás aquí y estamos solas, tú dirás —dijo cortante—. ¿Y no me lo podías haber dicho por teléfono?

—No creo que hubiera sido ni ético ni moral por mi parte comunicarte lo que te tengo que decir por teléfono.

A pesar del fuerte carácter que mostraba su hija, Margot utilizó la paciencia y dulzura para intentar poco a poco llevarla a su terreno. La conocía de sobra y sabía que no podría mantener esa agresividad durante mucho tiempo. Desde el accidente de Charlotte ya nada era igual. Brotaban en la casa sentimientos de culpabilidad entre unos y otros, y Sophie culpabilizaba a su madre de su duro destino sin saber por qué. Cada vez que la veía todo el rencor y odio que sentía hacia el mundo lo revelaba contra ella, y, sin embargo, cuando se despedían, se pasaba los dos días siguientes apesadumbrada por sentimientos contradictorios. Sabía que no era justa con su madre, porque también había pasado por lo mismo que ella.

—Bueno, estoy esperando, mamá.

—Estoy enferma, hija.

El rostro de Sophie cambió radicalmente. Blanquecino, lívido, desvaído, macilento, etc., difícil de describir. Todo lo que había dicho a su madre durante tanto tiempo se le juntó en su cabeza, a punto de estallar.«Tenía que haber hecho caso a Gerard cuando me decía que tuviera paciencia con ella. Que algún día la iba a echar de menos. Con lo dura y difícil que ha sido su vida. No todo el mundo pierde a una hija. Pero a lo mejor no es nada grave. Seguro que no es para tanto». Todas esas dudas se le estaban pasando por la cabeza y se las preguntaba a sí misma.

—¿Y qué es lo que tienes? —preguntó sintiendo un gran nudo en la garganta.—Tengo cáncer.

Apareció la palabra maldita, la que nunca habría querido escuchar. Es ahí cuando las primeras lágrimas se apoderaron de ella.

—De todas formas, no dramaticemos más de lo normal, cariño. Todavía no está todo dicho. Con todo el tratamiento que sea necesario, y luchando, que sabes que fuerzas no me van a faltar, puede que lo venza y todo quede en un susto.

—¿Y qué tipo de cáncer es?

—Cáncer de mama. El problema es que está algo avanzado y ya no hay más remedio que extirpar los dos pechos. En realidad, lo tengo en uno solo, pero por el alto porcentaje de riesgo ven mejor la extirpación de los dos. Creo que lo que me van a realizar se llama mastectomía contralateral profiláctica. Pero antes tendré que comenzar con radioterapia, quimioterapia, y esas cosas. Ya sabes.

Ese fue el remate para que Sophie se pusiera a llorar desconsoladamente y se abrazara fuertemente a su madre.

—¡Lo siento, mamá! ¡Qué egoísta he sido siempre! Tener a Charlotte en estas condiciones no me daba derecho a comportarme de esa manera contigo. No sé qué decir —pronunciaba sin dejar de llorar.

—No hace falta que digas nada. Yo tampoco he sido la mejor madre del mundo. Cariño, lo que estás sufriendo tú no lo pasa cualquiera, y no hay nada peor que tener a una hija en coma durante dos años. Tienes un gran valor y a pesar de lo sucedido estás saliendo adelante.

—Estoy obligada a ello y ante todo después del ejemplo que me has dado. Tú pasaste por algo peor, no es justo. Tengo otra hija que es la que más ha sufrido de todos. Sara es lo principal para mí ahora. ¿Te imaginas lo que debe de ser para ella ver a su hermana en ese estado y levantarse todos los días con el recuerdo de que ella era la que conducía?

—Por eso la tenemos que cuidar más que a nadie —dijo Margot mientras seguían abrazadas.

—¿Crees que se lo debemos decir a ella?

—Yo creo que es toda una mujer y debe saberlo. Mi nieta es lo suficientemente dura. La vida la ha hecho fuerte y lo está demostrando día a día con su hermana.—Sí, pero a ti te adora y va a ser un palo muy fuerte. No hay nada como su abuela. No es la primera vez que me echa la bronca después de verme discutir contigo. Siempre te está defendiendo.

—Qué cielo de chica. La verdad es que se le nota muy feliz. Se les ve muy asentados y tanto ella como Adrián tienen las ideas bastante claras. Por eso a veces he dudado en decirle lo que me pasa. Pero hay otra cosa, Sophie…

—¿Otra mala noticia?

—No, hija, tranquila. Como comprenderás, desde que estoy enferma he meditado mucho sobre el futuro que me pueda quedar…

—No digas eso, mamá —interrumpió Sophie—, ¿no dices que a lo mejor se queda en un susto?

—Ya, hija, pero también hay que ponerse en lo peor, y por eso no me gustaría dejar nada pendiente.

—¿A qué te refieres?

—¿No piensas que ha llegado el momento de contarle todo a tu hija?

—¿Por qué, mamá? ¿Qué ganamos con ello?

—Pues que sepa la verdad. No me gustaría irme con ese secreto a la tumba. Creo que tiene todo el derecho a saberlo.

—Su vida puede dar un vuelco y ahora no me gustaría contarle nada que la enturbiara. Tú lo has dicho, está más feliz y asentada que nunca.

—Por eso mismo, hija. ¿Cuándo se lo vas a contar, cuando esté repleta de problemas? De cualquier forma, necesito hablar con ella para preguntarle una cosa.

—¿Y puedo saber de qué se trata?

—Es una tontería, a lo mejor tú puedes ayudarme. ¿Te ha contado alguna vez algo sobre una carta que le envié a su hermana hace dos años?

—¿Cuando el accidente?

—Sí. Me imagino que la recibiría justo en esa fecha.

—No, mamá. No sé nada sobre una carta. ¿Es que tienes algún secreto con Charlotte?

—No es nada. Es un secreto entre su abuela y ella. Es el secreto de Charlotte —dijo quitándole importancia—. Pero, como te iba diciendo…, creo que deberíamos contarle todo a Sara.

—Bueno…, déjame que lo piense, ¿vale, mamá? Si se lo hemos ocultado tantos años, no va a pasar nada porque espere un poco más. Además, lo quiero hablar con su padre a ver qué opina.

—Me parece bien. Su opinión también me interesa. Si los dos estáis en contra de contárselo, a lo mejor soy yo la equivocada. Con lo cual me parece perfecto que hables con Gerard.

Se quedaron las dos en silencio durante un rato.

—Ahora sí que tengo un poco de hambre, me he levantado muy temprano.

—¿Qué te apetece que te prepare, mamá?

—¿Nos preparamos unas tortitas con nata?

—Me parece estupendo, pero prométeme una cosa. Dime que te vas a curar y que al final podrás con ello.

—Dios te oiga, hija mía, que Dios te oiga.

Capítulo 35

Lectura de Sara

Estaban muy cerca del centro histórico de la ciudad de Burgos y ninguno de los dos había hablado en todo el trayecto. Solo los gestos y las miradas entre ambos lo decían todo. El amor se hacía un hueco entre una incertidumbre moral difícil de explicar. Sin embargo, el deseo carnal se hacía paso y daba la sensación de que de un momento a otro se romperían todas las barreras que brotaban en el ambiente. Luis estaba consiguiendo refrenar sus deseos, algo normal, por otra parte, debido al gran respeto que sentía hacia Clara, pero lo que no se imaginaba ni por un momento es que a ella le sucedía igual.

—¿Te da lo mismo el presupuesto? —preguntó Luis.

—¿Qué?... ¿Presupuesto de qué?

La pregunta la pilló, como se suele decir, en fuera de juego. Estaba tan absorta intentando aclarar sus sentimientos hacia Luis que no se había dado cuenta de que este ya había estacionado el coche al borde de una acera y estaba esperando su respuesta.

—Ah, el dinero…, no, no tengo problemas. Además, son solo un par de noches.

—Entonces, si te parece, te voy a llevar a un hotel con unas vistas espectaculares. Está en una ubicación perfecta y tienes la catedral justo enfrente. Es un poco caro, pero el personal es muy atento, las camas muy confortables y el *buffet* es impresionante; eso siempre y cuando te guste desayunar fuerte.

—Me parece bien.

Volvió a poner en marcha el coche. Fueron bordeando el río Arlanzón, pasaron cerca de la catedral y de la Plaza del Rey San Fernando, y justo enfrente del Arco de San María cruzaron el puente hasta llegar al hotel, que se encontraba al otro lado del cauce. El único inconveniente era que era un hotel sin posibilidad de *parking*. Pero eso no era mayor problema, ya que su amigo el policía le hacía de chófer particular.

—Ya hemos llegado —dijo Luis en espera de alguna reacción de Clara.

—Muchas gracias por traerme.

Clara salió del coche, recogió su pequeño equipaje del asiento trasero y cerró la puerta. El rostro de Luis era de pocos amigos. Había llegado el momento de la despedida definitiva.

—No hay de qué —contestó.

Entonces Clara, cuando estaba a punto de entrar en el hotel, se dio media vuelta y, antes de que el coche se pusiera de nuevo en marcha, le preguntó:

—¿Quieres que nos veamos esta noche para cenar?

—Creía que no me lo ibas a pedir nunca. ¿A qué hora?

—¿A las nueve es buena hora?

—Aquí estaré como un clavo.

—Intenta descansar. Lo que has vivido ha sido muy duro.

Los dos respiraron hondo, se habían quitado un gran lastre de encima y se fueron cada uno a su lugar de destino con una gran sonrisa. Era el comienzo de no se sabe qué.

Una vez enfrente del lujoso hotel se paró delante de la puerta principal para admirar la fachada de primeros del XIX. En la puerta un botones hacía los honores correspondientes para darle la bienvenida. Tenía que subir seis peldaños y luego girar a la derecha para llegar al *hall*. La decoración era de un gusto exquisito. El hall se dividía en cuatro ambientes diferentes con el objetivo de buscar la mayor comodidad y atractivo para los clientes. Cada uno de ellos estaba separado por pequeñas bibliotecas que le daban un toque exclusivo y cultural, propio de gente de clase alta. Sofás de piel de tipo inglés, sillones de diferentes tamaños tapizados con telas que hacían juego a la perfección con cortinas y alfombras, pequeñas mesas de hierro forjado con cristal y otras de preciosa marquetería tallada lo convertían en el lugar ideal para grandes momentos de café y de charlas interminables. En medio se encontraba la recepción, casi siempre con alguna hermosa señorita de gran simpatía y buena preparación que hacía las delicias de hasta el cliente más exigente en cuanto a trato y educación se refería. Al lado izquierdo, los ascensores y una escalera mecánica que comunicaba con uno de los dos comedores. Estaba decorado tipo invernadero, con infinidad de plantas y plataneros que rozaban el techo. Una decoración que rompía totalmente con la elegida en el resto del hotel y motivo por el que lo hacía peculiar.

Estaba encantada de que Luis hubiera elegido ese hotel; aunque lo más seguro era que, después de tanto tiempo de confinamiento, hubiera dado lo mismo uno que otro. Todo le sorprendía. Parecía la típica «paleta» de pueblo que era la primera vez que ponía el pie en una gran ciudad. Llevaba cinco minutos parada observándolo todo. Mientras, la atenta mirada de una de las recepcionistas no le quitaba el ojo de encima esperando a que reaccionase de alguna manera. Hasta que al final se decidió.—Buenas tardes.

—Usted dirá qué desea.

—Querría una habitación para dos noches.

—¿Me permite el carné, por favor? ¿Va a quererla con media pensión o pensión completa?

—Media pensión —contestó mientras sacaba el carné de identidad—. ¿Entiendo que el desayuno está incluido?

—Sí, claro, por supuesto.»Para desayunar tiene usted el comedor invernadero, que puede ver desde aquí, en la primera planta —Clara desvió la mirada respondiendo así a la indicación de la señorita—, y para comer o cenar el restaurante que habrá visto a la derecha del hotel antes de entrar y que también tiene comunicación desde el interior, nada más subir las escaleras a la izquierda.

Mientras hablaba la recepcionista no dejaba de teclear en el ordenador para agilizar la entrada y la entrega de la llave.

—Aquí tiene. ¿Quiere que le suban el equipaje?

—No hace falta, no se moleste. Fíjese en lo poco que llevo.

—Le deseo una buena estancia.

—Muchas gracias. Perdone..., una cosa más.

—Usted dirá.

—Para mandar una carta por correo, si se la doy a ustedes, ¿la hacen llegar a un buzón o a correos?

—No hay ningún problema.

—Bueno, mejor déjelo… Me podría llamar a un taxi, por favor —se pensó mejor lo que iba a hacer y prefirió ejecutarlo ella directamente.

—Enseguida lo llamo.

La recepcionista marcó el número de la empresa de taxis para que le mandaran uno lo antes posible.

A los cinco minutos un conductor entró en el hotel preguntando por ella.

—¿Alguien ha pedido un taxi?

—Sí, yo —contestó Clara.

Siguió al taxista hasta el coche y una vez dentro le indicó que la llevase a correos.

A la media hora ya estaba de vuelta en el hotel. Se dirigió hacia los ascensores y pulsó el número 3. Le habían dado la habitación 309, con preciosas vistas a la catedral.

Todo le parecía sorprendente. Dos años metida en el convento prácticamente sin salir habían conseguido que la idea que ella tenía de la civilización su hubiera quedado paralizada. Dos años no eran nada, pero lo suficiente como para que solo tuviera en su cabeza la decoración y penumbra del monasterio. Lo que más notaba era la luz y el ruido. Había que reconocer que la gran abadía era ideal como lugar de reposo y sosiego para todo aquel que se quisiera alejar por unos días del mundanal ruido y la estresante civilización, pero ahora ella buscaba todo lo contrario. Quería sentirse parte de la sociedad, mezclarse entre sus gentes y notar su calor. Había una cosa que sí había sacado en claro de su estancia en el convento, y esa era que no sería capaz en la vida de ser monja de clausura. Para ella la gente era primordial, incluso hasta para respirar.

Nada más entrar en la habitación dejó el equipaje sobre un pequeño diván que había en la entrada y comenzó a desvestirse hasta quedarse en ropa interior. Se metió en la cama con la intención de pegar una pequeña cabezada. Había todo un día por delante, y en esos momentos no tenía tanto apetito como para volver a vestirse y bajar al comedor. De cualquier forma, y no sabía la razón, se notaba algo más cansada de lo normal. Lo primero que pensó es que habría sido lo vivido en las últimas semanas el motivo de tal cansancio. Nadie vive tres asesinatos tan de cerca y ve morir a una persona ardiendo todos los días. Y, además, todo lo relacionado con su amigo el policía. Estaba intranquila porque notaba en su interior cierta sensación de culpabilidad y no lograba librarse de ella. Era un sentimiento absurdo que le hacía ponerse aún más nerviosa, y lo que en realidad le pasaba, aunque no quisiera asimilarlo, es que llevaba mucho tiempo sin tener una relación con los hombres, y eso le asustaba.

Solo quería relajarse y aclarar sus ideas, pero su cerebro iba por libre y no dejaba de darle vueltas a todo lo vivido. Cuando menos se quiso dar cuenta se había quedado totalmente dormida. Estuvo durante seis largas horas metida en un dulce sueño. Su cuerpo se había revelado contra la rigidez de horarios del convento y esas horas de descanso compensaron de algún modo el cansancio acumulado. Abrió los ojos, se desperezó y se estiró sin remilgos. Salió de la cama, se quitó las bragas y el sujetador y los dejó sobre uno de los dos sofás. De repente le invadió una sensación de libertad, ya que en el convento no era muy habitual poder pasear desnuda por el cuarto, aunque tuvieras una compañera del mismo sexo. Cerró las cortinas para que nadie la viese y se puso a revisar los detalles de la habitación como Dios la trajo al mundo. El ropero, el mueble bar, las mesillas con el listín de números de teléfono.

Encima de una preciosa mesa de madera, y piel color verde inglés en la parte superior, había una revista publicitaria de la ciudad de Burgos. Se sentó en la butaca que hacía juego con la mesa y comenzó a ojearla. Las fotos eran espectaculares. Especialmente las fotos nocturnas de los enclaves principales de la ciudad. Había estado viviendo en una de las ciudades más bonitas y con más historia de España y apenas la conocía. Otro motivo más que echaba a la mochila de las justificaciones por las que estaba deseando cambiar de vida. «Hay que abrirse al mundo y empaparse de su cultura y sentimientos». Esa frase se la grabaría a fuego en su cerebro, y a partir de ahora ese sería su *modus operandi* y su regla de vida.

Cada vez le costaba más percibir los detalles de las imágenes porque la luz había bajado bastante. Estaba anocheciendo y tenía que darse algo de prisa si no quería llegar tarde. Cuando entró en el cuarto de baño le pareció inmenso. Una bañera redonda con yacusi y ducha independiente, el rincón perfecto para los amigos del relax. Abrió el grifo de la ducha para que fuera corriendo el agua mientras se lavaba los dientes. Sabía por experiencia que en Burgos, daba igual el lugar, el agua caliente necesitaba de su tiempo. Después de ducharse se puso unos vaqueros con flores bordadas verdes a la altura de los muslos, una camisa a juego, unos botines y una cazadora de piel que le daba el toque elegante definitivo. Como remate, y aunque no se acordaba muy bien, intentó maquillarse un poco. Se pintó los ojos con una ligera raya color azul y se puso un poco de brillo en los labios. No le hacía falta nada más, pues poseía una belleza natural que no necesitaba de ayuda artificial. Nadie que la hubiera visto dos días antes se podría haber imaginado que tras el hábito de novicia se escondía una rubia espectacular de grandes ojos azules. Cogió un bolso que tenía guardado en su equipaje y que no usaba desde su entrada en el convento, metió la documentación y todo aquello que una mujer podía necesitar para una larga noche romántica, se repasó el pelo en el espejo de la entrada, y salió de la habitación.

Luis había pensado llevarla por la zona céntrica dando un paseo, por lo que estacionó el coche en un *parking* cercano para no moverlo en toda la noche y luego se dirigió al *hall* del hotel para esperarla tomando un café.

Nada más entrar en el hotel, atravesó todo el *hall* en busca del ambiente más acogedor. Se sentó en uno de los sofás de piel con botones incrustados, y antes de que fuera a llamar a nadie, vio como un recepcionista se dirigía hacia él.

—¿Quiere tomar alguna cosa, caballero?

—Me trae cuando pueda un cortado, cortito de café, por favor.

—Enseguida, señor.

En menos de dos minutos ya le habían llevado el café. Cogió uno de los periódicos que había sobre la mesa para ojear las noticias del día. Unos de los titulares decía: «EL SUPUESTO ASESINO DEL CONVENTO MUERTO EN UN INCENDIO». «Vuelve la tranquilidad al monasterio de Las Huelgas, tras morir en un incendio, del que aún no se conocen las causas, el supuesto asesino de las monjas. Según la investigación llevada hasta el momento por parte del Departamento de Homicidios de la Policía Nacional…». El artículo llenaba una página completa y dejaba en el aire si la muerte del asesino había sido o no provocada. Continuó leyendo, y justo cuando fue a dar el primer sorbo vio aparecer a Clara. Fue tanta la sorpresa que algunas gotas de café se le desparramaron por la barbilla. En ese instante no hubiera venido nada mal haber tenido a alguien cerca que le limpiase la baba y le cerrase la boca que se le había quedado abierta por la impresión.

—Ya estoy aquí. ¿He tardado mucho?

—Qué va. Acabo de pedir el café. ¿Quieres tomar alguna cosa?

—Ahora no me apetece, gracias. Ya espero para la cena.

—Entonces nos vamos.

—Tranquilo, por mí no hace falta que corras.

Ya era demasiado tarde para la advertencia. Se tomó el cortado de un trago, dejó el dinero sobre la mesa y fueron en busca de la salida.

—Clara, ¿qué te apetece cenar? ¿Prefieres mesa y mantel o cenar de picoteo?

—Me es igual, elige tú.

—Yo tampoco tengo preferencias. Lo importante es poder disfrutar de tu compañía antes de que partas para Gaza.

Luis no tenía tiempo que perder. Había estado pensando durante toda la tarde lo que tenía que decirle cuando la viera, y una vez a su lado, se le quedó la mente en blanco sin saber qué decir. Durante los primeros minutos del paseo ella notó la timidez en el comportamiento de Luis, por lo que decidió echarle una mano, yendo al grano y sin rodeos.

—Luis, ¿qué es lo que está pasando aquí?

—Dímelo tú. Yo por mi parte no tengo ninguna duda. Me atraes desde el primer momento en que te vi, pero tu hábito fue como un muro que no podía atravesar y como una puñalada en la espalda. Como comprenderás, no estoy acostumbrado a enamorarme todos los días de mujeres del clero. Esto para mí es una novedad. Aun así, por más que he intentado olvidarme de ti, me ha sido imposible. Mi mente dice una cosa y mi corazón se rebela sintiendo la contraria. Y el remate ha sido cuando te he visto aparecer esta mañana, y no digamos esta tarde. Ya sabía de la preciosa mujer que se escondía tras las vestimentas monacales y hoy se han terminado de confirmar mis sospechas al verte vestida de mujer laica.

—No sé qué decir. Si tú estás confuso, imagínate yo, que llevo dos años recluida en un monasterio. También tengo que reconocer que siento mucha atracción y algo especial cuando estoy a tu lado.

—¿Entonces?

—Pues que me noto como una verdadera novata, peor que cuando tenía quince años. Parece mentira que tengamos este comportamiento a nuestra edad.—Yo no me avergüenzo de ello, todo lo contrario. He vuelto a sentir contigo lo que no sentía desde hace muchos años. Ese hormigueo en el estómago que solo se siente cuando estás enamorado de verdad y existe una atracción especial.

Luis quiso ver en el brillo de los ojos de Clara la confirmación a sus halagos, por lo que se dejó llevar y, sin pensarlo, se arrimó a ella y la besó apasionadamente. Clara respondió al beso abrazándose con más fuerza al pecho de Luis. Acababan de sellar una historia de amor que no duraría más de dos días.

Agarrados de la mano como dos quinceañeros continuaron su paseo en busca de la primera tasca. Se les había abierto el apetito y necesitaban llenar el estómago si querían tener el suficiente aguante para el resto de la noche. A Luis se le ocurrió el primer plan. Había cogido del *hall* del hotel un tríptico con publicidad de un bar de tapas que al parecer acababan de abrir. Decidió hacer la primera propuesta.

—Clara, ¿te gustan los espárragos?

—Sí, mucho, ¿por qué?

—Acaban de inaugurar este bar de tapas en San Cosme, Maridaje's, en el que creo que hacen unas tapas espectaculares —dijo mientras le mostraba el tríptico—. Aunque si queremos también podemos cenar, en lugar de tapeo, de primer y segundo plato. Allí tenemos las dos opciones porque todo parece estar increíble, por lo menos el nombre de los platos ya te abre el apetito. Podríamos ir a ver qué tal. La especialidad son los espárragos rellenos de salmón, gratinados al horno y con alioli de manzana.

—Eso debe de estar buenísimo.

—Además, tienen pochas con boletus y trufa, pescado tronco de vieira natural, papada ibérica, crema de coliflor y espaguetis de calabacín, eso de primero. Y de segundo, cochinillo deshuesado a baja temperatura, patatas torneadas trufadas y tierra de salmorejo. De postre, coca de patata, helado de yogur y frutos rojos.

—¿Y de beber?

—Un buen blanco fermentado en barrica, Finca El Ternero.

—No me digas nada más. No hay ninguna duda, vamos a... ¿cómo dices que se llama?

—Maridaje's.

Estaban muy cerca, lo suficiente como para que no hiciera falta coger ningún tipo de transporte. Paseando llegarían en unos diez minutos.

Estuvieron disfrutando del ágape durante dos largas horas. Dos horas donde se hicieron confesiones, se contaron historias de la infancia, se preguntaron por los planes de futuro, y, sobre todo, se comió y bebió en abundancia. Estaban viviendo un sueño que ninguno de los dos quería que acabase.No dejaron de darse arrumacos durante toda la cena, en la que cada tema de conversación o cada plato lo cerraban con un apasionado beso. Una vez terminado el postre, pidieron la cuenta.

—¿Quieres café? —preguntó Luis.

—El café y la copa los prefiero en el hotel.

—Como tú digas.

Enseguida llegaron al hotel. Eran las doce de la noche, y, a pesar de no ser muy tarde, solo había un grupo de seis personas en el *hall*. Luis se dirigió hacia el mismo sofá donde había estado unas horas antes esperando a Clara. Al momento, una joven camarera les preguntó por lo que deseaban tomar. El trato del hotel era verdaderamente exquisito.

—Yo querría un café solo —pidió Clara.

—¿Y qué vas a beber? —preguntó Luis.

—Hace mucho tiempo que no tomo una copa y no sé…— ¿Quieres un pacharán? No es muy fuerte y es muy dulzón.

—Está bien.

—Pues nos trae entonces dos copas de pacharán con hielo, si hace el favor.

La camarera se retiró para preparar las bebidas que habían pedido; pero antes pasó por la mesa donde se encontraba el grupo de seis personas para atender al llamamiento de una de ellas.

—Clara, perdona. No quería esta noche hablar de trabajo, pero hay una duda que me corroe por la cabeza y que no consigo aclarar.

—Pregúntame, no te preocupes.

—¿Qué te dijo el asesino antes de morir? ¿Qué narices estaba buscando y qué era tan importante como para matar por ello?

Clara se quedó algo perpleja por una pregunta que no se esperaba a esas horas, e intentó meditar la respuesta antes de contestar.

—Solo me comentó que pertenecía a una secta de cátaros cuya misión era terminar con la religión católica. Que estaban por diferentes partes del mundo, y que Burgos solo era un lugar más, de entre otros muchos, donde estaban buscando un objeto que pondría en jaque al Vaticano.

—¿Y sabes qué podría ser? ¿Unas nuevas escrituras? ¿Un testamento de Judas? No sé… De todas formas, ya todo da igual, sea lo que sea ha sido devorado por el incendio.

Clara no contestó.

—Pero, bueno, dejemos el trabajo. Prefiero que me cuentes algo sobre tu vida. ¿Tienes hermanos?

—Tengo una hermana viviendo en Madrid y…

La charla se extendió hasta la una de la madrugada. Estaba resultando una noche muy agradable, que ninguno de los dos se hubiera imaginado que tendrían cuando se conocieron en el monasterio unas semanas antes.Llegó el momento de la verdad. Los dos se deseaban, pero ninguno se atrevía a dar el paso, por lo que pudiera pensar el contrario. Clara no quería dar la sensación de mujer fácil, y Luis, sin embargo, no quería ser irrespetuoso llevándose a la cama a una futura misionera recién salida de un convento. El problema era que ambos tenían las hormonas sexuales a reventar.

Después de un par de tragos más para echarle valor, Luis decidió echar un órdago para ver la reacción de Clara.

—Bueno, Clara…

—¿Sí, Luis? —Clara estaba expectante y algo nerviosa.

—Ha sido una noche muy agradable, pero mañana tengo que trabajar y hay que seguir con la investigación.

Luis quería dar ejemplo de caballerosidad y respeto, pero en esos momentos estaba pecando de estupidez; por lo menos eso era lo que estaba pensando Clara en ese instante. El rictus de ella cambió por completo. Se esperaba cualquier cosa menos esa frase de sorprendente despedida.

—Pero, Luis, ¿no quieres subir?

* * * * *

Mundo real

Ainhoa entró en la habitación con energía sabiendo que lo único que podía interrumpir era la concentración de su amiga Sara, y eso es lo que hizo, interrumpir su lectura en el momento más interesante.

—Hola, Sara, ¿cómo va?

—Te voy a matar —dijo con ironía mientras le hacía un gesto con ambas manos como si la fuera a coger del cuello—. ¡Pero este tío es tonto!

—¿A quién te refieres?

—Al policía. Están los dos deseando acostarse, y «entre uno y otro la casa sin barrer», como se suele decir. ¿Cómo se puede hacer tanto de rogar? ¡Que se acuesten de una vez, que si no se van a arrepentir! ¡Hay que ver cómo eran hace veintiséis años! Si esto llega a suceder ahora, no habría tantos remilgos. Ya se habrían ido a la cama y además por insistencia de ella. Ahora la mayoría de las mujeres son bastante más lanzadas.

—Ya veo que estás involucrada en la lectura al cien por cien.

—Es que está muy interesante.

—¿Y qué?, ¿consigues averiguar algo sobre el comentario de tu abuela?

—No, todavía no. Aunque comienzo a tener mis sospechas.

—¿Y? —Ainhoa hizo un gesto con la cabeza como esperando que le diera más información.

—Prefiero no decir nada porque es una verdadera locura lo que estoy pensando —le contestó.

Mientras, Ainhoa no dejaba de pasar de un lado a otro de la cama, revisando que todo el instrumental médico y el estado general de Charlotte fuera el correcto. Tanta máquina le llamaba a Sara poderosamente la atención, y sabía que, si no fuera por la tecnología y los avances médicos, a lo mejor su hermana ya no estaría entre ellos.

—Ainhoa, veo que siempre que vienes haces el mismo ritual. ¿Es muy complicado el cuidado de una persona en coma?

—Yo diría que un poco más, porque no tenemos la propia colaboración del enfermo. Me refiero a que no recibimos ninguna sensación por su parte. De cualquier forma, nuestra obligación es hacer una valoración periódica para evaluar sus progresos, y para eso utilizamos la Escala de Coma de Glasgow, según la cual se revisan las pupilas, su reacción a la luz, el diámetro, la igualdad o el movimiento de los ojos. También vemos la simetría facial, los reflejos, etc. Quieras que no, el estar encamado durante tanto tiempo y con tantos tubos y sondas también tiene sus riesgos. Se tiene que revisar la limpieza de las vías aéreas. El enfermo suele tener un deterioro de la integridad tisular, riesgo de ulceración de la mucosa oral y nasal, riesgo de ulceración corneal, deterioro de la movilidad física, riesgo de infección de los diferentes catéteres y sondas de alteración sensorial, riesgo de estreñimientos o diarreas, riesgo de trombosis. Como verás, es mucho lo que hay que revisar.

»El objetivo, según el manual de enfermería para una persona en coma, es: «Garantizar la satisfacción de la demanda de autocuidado terapéutico y suplir acciones de autocuidado hasta recuperación de reflejos básicos, conciencia y orientación».

»Nuestra prioridad absoluta va dirigida a mantener la respiración, ventilación y riego cerebral.

—La verdad, Ainhoa, es que vuestro trabajo es precioso, pero tremendamente duro también. Lo que me gusta de ti es que demuestras una increíble vocación. Se ve que disfrutas con ello y siempre tienes una sonrisa y una palabra amable para tus enfermos; aunque no te oigan, como en el caso de mi hermana.

—Lo de Charlotte, aunque no lo creas, me cuesta un poco más. Las dos sois como hermanas para mí, y cuando te une un sentimiento especial con el enfermo es un poco más complicado. Y no digamos cuando es un estado de coma. Hay que estar mucho más pendiente de todo. De su oxigenación, de las necesidades fisiológicas, de su higiene, de la motorización cardíaca, de, como te he dicho antes, la prevención de úlceras y de lo que para mí es más importante, aliviar el dolor, y todo ello preservando siempre al máximo su intimidad.

—Me ha quedado totalmente claro —dijo Sara—. Me acabas de dar una lección de medicina referente al cuidado de los enfermos en estado de coma que nunca olvidaré. Pero eso no te libra para que te odie por haberme interrumpido.

—No te enojes conmigo —dijo sonriendo—. Tengo que seguir con otros enfermos, así que ya me contarás si terminan en la cama o no.

—Ya te contaré… Por cierto, ¿qué tal tu nueva adquisición? ¿Cómo se comporta Kenia?

—Es una pasada, estoy encantada con ella.

—Ya se te nota —le decía mientras cogía el teléfono para ver el mensaje que había puesto en Facebook—. Fíjate en lo último que has escrito: «Hoy hace un mes que entraste en mi vida y cada día que pasa estoy más orgullosa de haber decidido dejar de aceptar el NO de los demás y hacer caso a mi corazón. Y al mismo tiempo, doy gracias a esa gente que me dio un NO por respuesta, porque, gracias a ellos y a esperar todos estos años, he llegado hasta ti, Kenia. Gracias por existir y por haber aportado esa luz que me faltaba. Luis Orois Rozas, gracias a ti también por hacerle un hueco en tu corazón y en tu vida. Te quiero». Demuestras en todo lo que escribes que eres una gran romántica. Y la última foto de Kenia está genial. Hay que reconocer que es muy bonita. La verdad es que cuando son cachorros no te cansas de mirarlos, pero el problema es que luego siguen creciendo.

—Estoy disfrutando tanto que en estos momentos es algo que no me preocupa.—Y, ahora, ¿quién te recibe mejor, Luis o la perra?

—No me obligues a contestarte —bromeó mientras salía de la habitación.

Capítulo 36

Sara volvió a poner la vista sobre el libro y dijo a su hermana:—¿Tú qué piensas, Charlotte?, ¿crees que terminan en la cama? Enseguida saldremos de dudas.

Lectura de Sara

—Pero, Luis, ¿no quieres subir?

—¿Estás segura?

—Yo creo que ya soy bastante mayorcita para saber lo que quiero.

Se terminaron el poco pacharán que quedaba en las copas y Luis pidió la cuenta. Dejó el dinero sobre la mesa y se dirigieron hacia el ascensor. Cerraron la puerta de la habitación y colgaron en el pomo por la parte exterior el cartel de no molestar. Comenzaron a besarse apasionadamente. Luis decidió llevar la iniciativa y ella se dejó llevar. Con mucha dulzura le fue desabrochando los botones de la camisa uno a uno acompasadamente. Ella solo notaba como un frío ligero entraba por el escote. Sin esperar un segundo le desabrochó el pantalón, le bajó la cremallera y, con un leve empujón, hizo que los vaqueros se deslizasen hasta los tobillos. La respiración de Clara iba en aumento. Ambos notaron como debajo del sujetador los pezones aumentaban de tamaño. La cosa iba bien. Luis desabrochó el sujetador con un leve toque en la espalda dejando ver la escultural figura de Clara. Ella cerró los ojos esperando notar las manos de Luis sobre su pecho, pero este la hizo esperar. Se sintió desvalida, totalmente indefensa, y su vientre comenzó a moverse con más rapidez. Entonces llegó el momento esperado. Luis era perro viejo para esos menesteres y estaba elevando al máximo el deseo de su amante. Fue entonces cuando con ambas manos sujetó la ropa interior de Clara y la bajó muy despacio hasta dejarla caer sobre los pantalones. Estaba aprisionada por los tobillos y totalmente desnuda delante del policía. Durante unos segundos Luis no le puso la mano encima. Ella seguía sin abrir los ojos, escuchando exclusivamente la respiración de él. De repente notó como los labios de él se juntaban con los suyos y como se abrazaba a ella con fuerza. Algo erguido le apretaba a ella bajo su vientre. Ya no recordaba esas sensaciones. Entonces fue cuando Luis la empujó dulcemente sobre la cama. La descalzó y tiró al suelo los vaqueros y la ropa interior. Clara ya no pudo más, y toda la calma y dulzura que había mantenido hasta ese momento las sustituyó por ansia y agresividad. Ahora le tocaba a ella llevar la iniciativa y rematar lo que con gran maestría había comenzado Luis.

Estuvieron haciendo el amor durante gran parte de la noche, hasta quedarse dormidos el uno sobre el otro.

A la mañana siguiente un rayo de sol que entró entre las cortinas despertó a Luis. Se sentó sobre la cama y se puso a admirar la belleza del cuerpo desnudo de Clara. Se había enamorado como un chiquillo. Se acercó y le besó suavemente la espalda. Siguió dándole pequeños besos hasta llegar al cuello y mordisquearle la oreja. Ella abrió lentamente los ojos y se fue dando la vuelta hasta mostrar todos sus encantos y responder a los besos de él.

—Buenos días, ¿qué tal estás? —le preguntó.

—¿Tú qué crees? En mi vida he estado mejor.

—¿Tienes hambre?

—Mucha.

—Vamos a pedir un buen desayuno y que nos lo suban a la habitación, ¿te parece? ¿O prefieres que vayamos al restaurante?

—Mejor aquí. Tenemos que aprovechar todo lo posible antes de que me vaya. —Ella solo quería estar con él. No disponían de demasiado tiempo y quería aprovecharlo al máximo.

—De eso quería hablarte. ¿Es imprescindible que te vayas con la Cruz Roja?

—Luis, todo esto me viene tan de nuevas como a ti, y, si te soy sincera, me estás haciendo dudar de todo lo que tenía planeado. Has entrado en mi vida de una forma imprevista, pero no puedo zanjar mis compromisos así como así. Tengo que seguir con mis planes de futuro. Vamos a hacer una cosa. Voy a intentar acortar mi estancia en Gaza. En cierto modo todo esto es positivo. Y puede ser una prueba para los dos.

—¿Una prueba de qué? Yo tengo claros mis sentimientos hacia ti.

—Estando separados nos daremos cuenta de si nos queremos de verdad o ha sido una pasión pasajera. Te prometo que, si el destino quiere que estemos juntos, volveré antes de tiempo. Pero ahora no puedo fallarles a las personas con las que me he comprometido. ¿Serás capaz de esperarme?

—Te aseguro que aquí estaré cuando quieras venir.

Él se puso sobre ella y volvieron a hacer el amor antes de pedir el desayuno.

Estuvieron los dos días sin salir del hotel. No se levantaron prácticamente de la cama. Las comidas y el desayuno se los llevaban a la habitación e hicieron el amor tantas veces como el cuerpo les permitió.

Fueron los dos días más maravillosos que Clara había vivido. Una verdadera historia de amor digna de la mejor novela. Pero todo llega a su fin y llegó la hora de llevarla al aeropuerto.

Tenía vuelo hacia Madrid. Ahí se juntaría con el personal de la Cruz Roja para dirigirse finalmente hacia el puerto del Mediterráneo.

El vuelo salía a las 11:00, pero como en casi todos los aeropuertos era mejor estar más o menos una hora antes para poder embarcar. En este caso decidieron salir con más anticipación del hotel debido al mal tiempo. El día había amanecido con una fuerte tormenta. Las gotas golpeaban contra el cristal de la habitación del tal modo que parecía que se fuera a romper de un momento a otro. Las calles eran verdaderos torrentes de agua sin control. Pocas veces se había visto llover así en la ciudad. Los paraguas no servían para nada por la fuerza del viento, y la gente hacía filigranas para intentar llegar a sus casas lo menos mojados posible.

—Será mejor que salgamos un poco antes para el aeropuerto, ¿te has fijado en el día que hace? —dijo Luis mientras entreabría las cortinas para mostrárselo a Clara—. Me voy a adelantar para recoger el coche y te espero en la puerta del hotel mientras terminas de hacer el equipaje.

—Quiero que sepas que ha sido maravilloso y que me gustaría que esto no fuera una despedida, sino un hasta luego.

—Como bien dices, ya somos mayorcitos para saber de nuestras prioridades en la vida. Además, no nos pongamos más melancólicos de lo normal, porque odio las despedidas. Pase lo que pase, también serás una persona especial para mí.

Luis salió de la habitación y, al cerrar puerta, se cruzó con un huésped del hotel que le dirigió una mirada de pocos amigos. Al parecer las paredes del hotel no eran todo los gruesas que ellos hubieran querido y alguien había sido testigo indirecto de sus travesuras sexuales.

Pasada media hora, Clara ya había hecho el poco equipaje del que disponía y había pagado la cuenta del hotel. Luis ya estaba esperando en el coche con el motor en marcha. Un policía de tráfico no dejaba de vigilarle porque había estacionado en una plaza de taxi, y necesitaba que Clara apareciera cuanto antes si no quería pagar una buena multa. Enseguida se tranquilizó al verla aparecer.

Como era de prever, pillaron un gran atasco a la salida de la ciudad, pero, aun así y gracias a ser previsores, llegaron con el tiempo suficiente para embarcar con relativa calma, pero no para entretenerse en exceso en la despedida. Casi mejor de ese modo. Los ánimos no eran los mejores, y en esas ocasiones mientras más breve se haga el momento, mucho mejor para todos. Se respiraba la leve tensión del momento. Aunque ninguno de los dos lo quisiera decir, sabían que cabía la posibilidad de que no se volvieran a ver. Era una zona de conflicto internacional y existía el peligro de ser abatido por una bala sin destino.—¿Sabes qué decía un titular de la prensa de hoy sobre el lugar donde vas? —preguntó Luis.

—Ya sé que me vas a decir que es muy peligroso, pero hay mucha gente que necesita de nuestra ayuda y no podemos obviar nuestras responsabilidades como seres humanos.

—Decía: «Palestina es hoy en día uno de los nombres del dolor y de la violación flagrante de los derechos humanos».

—Luis, la crueldad con la que Israel cerca el acceso de los palestinos a cualquier mejora de tipo material es máxima. Gaza presenta uno de los índices de desempleo más elevados del mundo. La Cruz Roja tiene varios objetivos. Por un lado, se busca llevar ayuda humanitaria y romper el «asfixiante bloqueo económico al que Israel tiene sometida a la _Franja de Gaza» y, por otro, «romper el bloqueo del olvido», para que los habitantes de esa zona sepan el apoyo con el que cuentan en otras partes del mundo.

—Entiendo de verdad los valores que te mueven, y más conociéndote como creo que te conozco, pero eso no significa que no tenga miedo a perderte. Además, se puede ayudar de muchas maneras sin tener que arriesgar el pellejo.

—Si todos pensáramos igual, habría muchos lugares en guerra, por desgracia, que se quedarían totalmente abandonados y sin ninguna ayuda internacional.

—Sé que mis intentos por convencerte son en vano, pero tenía que intentarlo. Puede parecer una posición egoísta por mi parte, estoy convencido de ello, pero me da exactamente igual.

—De todas formas, Luis, tú más que nadie deberías entenderme. Juegas con la muerte todos los días en bien del prójimo y el riesgo es tu forma de vida.

—No es lo mismo. No puedes comparar a una pequeña ciudad de Burgos, donde de vez en cuando aparece algún loco asesino o maltratador de mujeres, con una zona bélica donde el fanatismo religioso hace que pueda aparecer en cada esquina un zumbado dispuesto a inmolarse. Mira la cifra de muertos que hay por aquella zona. Pero, insisto, era mi deber intentar convencerte para que lo meditaras un poco más, sobre todo ahora que tienes un motivo para quedarte. No me hubiera importado que hubieras dicho otro lugar, e incluso en esa zona pero en otro momento. Pero justo ahora los problemas en la zona se han incrementado desde que Arafat ha sido nombrado presidente por el comité de la OLP. Mira lo que pasó la semana pasada, sin ir más lejos, en Tel Aviv.

—¿Qué es lo que pasó?

—Pues que un palestino subió a bordo de un autobús y obligo al conductor a lanzarse por un barranco. Murieron dieciséis personas y se hizo responsable del atentado a la yihad islámica. Es el conflicto de nunca acabar. Desde que el 17 de marzo de 1956 un grupo de palestinos mataran a los doce ocupantes de un autobús en el sur de Israel, hasta ahora en 1989, lo único que ha habido han sido muertos y más muertos.»Como verás, todo el parecido que pueda haber con el riesgo que yo corro en esta ciudad sería mera coincidencia. Hubiera preferido que ingresaras en el Cuerpo Nacional de Policía. Por cierto, no lo harías nada mal.

La última frase relajó un poco la despedida

—Volveré pronto, te lo prometo. Pero necesito hacer esto, es muy importante para mí.

—Creo que ya he sido demasiado insistente y ha llegado el momento de parar. Estoy convencido de que vas a encontrar lo que andas buscando y de que cuando vuelvas serás una persona nueva, porque mejor no puedes serlo.

—Muchas gracias por tus palabras.

«Tercer y último aviso para los pasajeros del vuelo con destino a Madrid…».Los altavoces anunciaban la salida de su vuelo. Había llegado el momento. Se besaron, y sin mirar hacia atrás Clara puso el equipaje sobre la mesa del escáner, pasó por el arco de seguridad y se alejó poco a poco hasta perderlo de vista.

Él estaba sorprendido consigo mismo por su estado de vulnerabilidad. Tenía un nudo en la garganta y estaba a punto de soltar alguna lágrima. Nunca había sentido lo mismo, y, en cierto modo, ese estado de debilidad y enamoramiento infantil le avergonzaba. Todo un señor policía como él, con su experiencia y con todo lo que había visto en la vida, haciendo pucheros por la despedida de una mujer. No se lo podía creer.

«Menos mal que nadie conocido me está viendo en esta situación», pensaba.

Mientras tanto, la dura y aparente fortaleza mostrada por Clara hasta ese momento delante de él se disipó y dio paso a un brote de lágrimas sin control. Había hecho todo lo posible por no mostrarse frágil en su presencia, de esa forma, pensó que se quedaría mucho más tranquilo. Pero ya no tenía nada que ocultar. La verdad es que por primera vez tenía un miedo atroz por la aventura que estaba a punto de emprender. Hasta el momento su carácter aventurero y extrovertido había estado bajo control, pero ahora eran palabras mayores. Ya no iba a estar bajo el paraguas protector de ninguna madre abadesa, y el camino que iba a comenzar requería de estar siempre alerta y un gran sentido común.

Al mismo tiempo que daba el billete al personal del aeropuerto justo antes de entrar en el túnel que unía con el avión, se volvió a escuchar: «Este es el último aviso para los pasajeros del vuelo JU224 con destino a Madrid, embarquen por la puerta E22». Ya no había marcha atrás. Al final del túnel dos amables azafatas iban recibiendo a todos los pasajeros.

—Buenos días, que tenga feliz vuelo.

—Muchas gracias.

Se dirigió a su asiento, que estaba al lado de ventanilla. Viajaba con dos bultos, una pequeña maleta que guardó en los portamaletas de la parte superior y una especie de bolso de gran tamaño que dejó a su lado. No es que tuviera claustrofobia o miedo a volar, pero siempre que lo hacía solicitaba ventanilla, eso le daba menos sensación de ahogo. Todo iba bastante bien y en su cabeza solo estaba la imagen de Luis, hasta que llegó su compañero de vuelo.—¿Me permite?

Levantó la mirada y ahí estaba. Un señor tremendamente obeso, de unos ciento veinte kilos, era su compañero de vuelo. Por la sorpresa no contestó y no se percató de que su bolso no dejaba sentarse al caballero.

—¿Me permite? —repitió.

—Ah, sí..., claro, perdone —contestó mientras retiraba su bolso y lo ponía bajo su asiento.

El hombre hizo un gran esfuerzo para elevar los brazos y guardar el equipaje. Al hacerlo, se abrió uno de los botones de la estrecha camisa, dejando entrever la desagradable imagen de un ombligo escondido entre un bosque de vello. Clara volvió la mirada hacia la diminuta ventanilla, buscando una vista que fuera algo más agradable. El viajero no podía controlar tanta masa, y al dejarse caer sobre su asiento, todos los que estaban a su alrededor sintieron un gran vibración. Clara se encontró de repente acorralada, asfixiada entre la pared del avión y el hombro de su acompañante. Menos mal que la duración del vuelo no era excesiva. Seguro que estaba en el límite legal de peso que permitían las líneas aéreas en un vuelo de pasajeros ordinario. No tenía nada en contra de las personas obesas, todo lo contrario, era respetuosa con todo el mundo más que nadie. Pero lo que tenía a su lado era otra cosa, ya que la obesidad no tenía nada que ver con la falta de cuidado que claramente se notaba en el caballero. De cualquier forma, todo quedaría en una anécdota para contar a los conocidos o amigos.

Además, ese día no había empezado con buen pie. Primero, la fuerte tormenta en Burgos, luego, la despedida, posteriormente, su compañero de vuelo, y, para colmo, los fuertes botes y zozobras que estaba teniendo el avión durante todo el trayecto. El tiempo era bastante malo en todo el territorio nacional y el piloto, a pesar de hacer todo lo posible para evitar el temporal, no pudo impedir los vómitos de algún que otro pasajero. En más de una ocasión la cabeza de Clara fue a parar al techo del avión y el pecho blando y carnoso del señor ejerció de perfecto airbag.

Durante el viaje no era capaz de dejar de pensar en el día y medio que había pasado con Luis. Recordaba el tacto de su piel, su olor, la cantidad de veces que le había hecho el amor.«¿Cómo había ocurrido? —se preguntaba—. Ha sido todo tan rápido que no parece real. Todo ronda dentro de mi cabeza como un sueño». Entonces la megafonía del avión la hizo regresar al mundo real.

«Señores pasajeros, estamos llegando al aeropuerto de Madrid Barajas Adolfo Suárez. Esperamos hayan tenido un vuelo agradable y esperamos tenerles de nuevo pronto a bordo».El mensaje fue como un alivio para sus oídos, pero lo de haber tenido un vuelo agradable sonaba algo irónico. Ya estaba en la capital. Dos personas de la Cruz Roja deberían estar esperándola en la puerta de llegadas con un cartel con su nombre. Se abrió la puerta corrediza y no tardó mucho en verlos. Por encima de todas las cabezas una cartulina roja con su nombre, «Clara», en blanco, destacaba entre la muchedumbre. Eran un hombre y una mujer de unos cincuenta años. Ella con un pelo de color pelirrojo muy atrevido y él totalmente cano. Los dos tenían un rostro muy agradable. La recibieron con un fuerte abrazo y un beso como si la conociesen de toda la vida.

—Me han hablado muy bien de ti —dijo la mujer.

—¿Soy yo la más joven? —no pudo reprimirse y enseguida quiso quitarse la duda del perfil de gente que estaba colaborando en Gaza.

—Pues creo que sí, ¿por qué lo preguntas? ¿Te preocupa que no haya más gente de tu edad o que los demás seamos más maduros?

—Ni una cosa ni otra. Era simple curiosidad.

—Donde vamos es una zona increíblemente dura, y la mayoría de los que estamos allí somos gente bastante curtida y con mucha experiencia en campos de refugiados. Tú vas a ser de las personas más jóvenes que han pasado por aquí. Y eso dice mucho a tu favor. Si te han recomendado es porque estás preparada para cualquier cosa.

—No creo que nadie esté preparado nunca para la guerra y el desastre.

Fue entonces cuando el hombre, que estaba bastante callado, decidió hablar.

—¿Ves? La misma frase que acabas de decir es un ejemplo de tu madurez.

—¿Y su nombre es?

—Aquí todos nos tratamos de tú. Que no tiene nada que ver con el respeto que siempre nos tenemos unos a otros.

—Mis padres siempre me educaron de pequeña en tratar de usted a las personas mayores, pero eso ya está cambiando.

—Pero, mira —dijo la mujer llamando su atención y bromeando—, ni nosotros somos tan mayores ni tú tan joven, por lo que no tenemos ningún problema. Este señor tan guapo de pelo cano a lo Richard Gere —dijo mientras le pasaba la mano por el pelo— se llama Gabriel y la que tienes delante, Marina.

—Pues encantada de conoceros.

—Vamos a pasar muchas horas juntas y terminarás siendo como de la familia. Que eso es lo que somos en realidad. Pero, cambiando de tema, ¿qué tal tu vida en el convento? Creo que habéis tenido varios crímenes, según dice la prensa. No ha tenido que ser nada fácil para las personas que lo habéis vivido de cerca, ¿no es así? —preguntó.

—Y tan de cerca —susurró.

—¿Qué dices?

—Nada, nada…, que tienes razón. No ha sido nada sencillo. Todas las monjas y novicias estaban muy asustadas, y, hasta que no se ha descubierto la identidad del asesino, nadie ha podido dormir tranquilo. Durante un tiempo el monasterio ha sido una verdadera locura. Aun así, me ha enseñado mucho. —Como es lógico no quería contar nada sobre su encargo—. He estado muy bien con la madre abadesa y he conseguido una gran amiga, a la que ya empiezo a echar de menos. Mi amiga, «la morenita» Saffiya.

—¿La morenita?

—Sí, una novicia de piel negra. Africana y con más experiencias con respecto a la muerte que cualquiera de nosotros. Me contó historias de su niñez que ponían los pelos de punta. Algo rebelde como yo y con mis mismas inquietudes. Está esperando también un destino para ayudar a los demás más de cerca. No le gustan los rezos y la parsimonia por algunos estamentos del clero, y piensa que hay muchas cosas por hacer en el terreno.

—No puedo decir que no esté de acuerdo con ella, pero tampoco viene nada mal que las que estén mal de salud, impedidas o ya mayores nos echen una manita orando y pidiendo todo lo que puedan por el resto del mundo.

—No es del todo mala idea. Y otra cosa…, ¿cuándo salimos para Gaza?

—Esta misma tarde salimos para Israel. Hemos cogido un vuelo para dentro de tres horas. Me imagino que estarás algo cansada, pero allí la gente no puede esperar. Preferíamos hacer el viaje el mismo día y así no tener que hacer noche en Madrid.—No estoy cansada, pero sí tengo un poco de hambre.

—Eso tiene fácil solución. Vamos a comer algo tranquilamente hasta el próximo vuelo.

—¿Por qué no me cuentas y me pones al día de todo lo que puedas sobre los campos de refugiados?

Gabriel seguía callado, pero no porque no quisiera hablar, sino porque a Marina le gustaba llevar la voz cantante.

—Mira, Clara —continuó Marina—, los campos de refugiados en Gaza son el reino de la miseria y la desolación. No hay alimentos debido al bloqueo y el dinero solo cubre para comprar medicinas para diez días. En toda la franja los campos son grandes villas de emergencia donde malviven hacinados cientos de miles de personas. No es que no haya comida, lo que no hay es dinero para comprarla.

»Gaza depende totalmente de Israel para los suministros. Combustible, medicinas, alimentos, gas, electricidad, etc., todo ha sido cortado en alguna ocasión, organizando un desastre monumental.

»Pero no todo es negativo. Los que han llegado hace unos meses a la Franja de Gaza son los de Médicos Sin Fronteras, y la verdad es que hacían mucha falta. Su ayuda consiste preferentemente en atención posquirúrgica, pediatría y salud mental.

—Es el conflicto de nunca acabar —intervino Clara—. Un día escuché a un experto en conflictos internacionales por televisión y mencionó que la única forma posible de terminar algún día con el problema palestino-israelí era que desaparecieran de la escena, y cuando digo desaparecer me refiero a una muerte aunque esta sea natural, los principales interlocutores. Y, sin embargo, en este caso estoy convencida de que va a dar exactamente igual falte quien falte. Te digo, Marina, que esto va para largo.

Lo que no sabían ninguna de las dos era que la guerra civil en el Líbano terminaría ese mismo año. Algo bueno en la zona. Se restauraría un gobierno central, pero se aislaría política y socialmente a los refugiados palestinos. Los campos palestinos caerían bajo el control libanés y sirio, el desempleo entre la población palestina se dispararía y todos aquellos que se pudieran marchar así lo harían.

Gabriel no pronunciaba palabra alguna, y eso comenzó a poner algo nerviosa a Clara, la cual se sentía observada.

—¿No dices nada, Gabriel?

—Qué voy a decir si ya lo decís todo vosotras. Pero no te preocupes, me encanta escucharos.—No le hagas caso —replicó Marina—, no siempre es así. Hoy está un poco borde.

—La verdad es que estoy de acuerdo con Clara —dijo Gabriel entrando en la conversación—. Desde que comenzó la intifada hace dos años, en el 87, con la reacción espontánea de los jóvenes de Gaza y Cisjordania, todo se ha complicado mucho más. En la zona donde estamos la intifada estuvo dirigida por la yihad islámica y surgió al margen del aparato directivo de la Organización de la Liberación de Palestina, organización que, para poder recuperar la iniciativa política, tuvo que aceptar un año más tarde alguna que otra resolución que llevaba implícito el reconocimiento de Israel.

—Se nota que lleváis mucho tiempo en el terreno y que, además de colaborar, entendéis el problema que allí se suscita, pero sinceramente… —hizo una pequeña pausa—, de muchas cosas no me entero de nada y me tendré que poner al día.

—Es lógico, lo mismo nos pasó a nosotros al principio. Si a veces ni ellos mismo saben por lo que luchan, imagínate los que somos de fuera —aclaró Marina.

—Lo primero que deberías saber —dijo Gabriel— es que estamos allí desde 1948, cuando debido a un largo y prolongado conflicto armado entre los palestinos y los inmigrantes judíos, y un año de guerra entre las milicias judías y los ejércitos árabes vecinos, cuando Palestina estaba bajo mandato británico, más de 750.000 palestinos tuvieron que abandonar sus casas y sus puestos de trabajo para ir a vivir a campos de refugiados que la Cruz Roja y otras organizaciones humanitarias montaron de forma urgente en toda la zona. Esa catástrofe humana, que los palestinos denominaron *Nakba*, fue el momento en que las milicias judías decidieron declarar el nacimiento del moderno Estado de Israel.

»Todos los campos de refugiados palestinos se gestionan a través de la agencia especial UNRWA, creada por las Naciones Unidas en 1949 para sincronizar y proporcionar asistencia sanitaria, educación y ayuda humanitaria.

»En la actualidad la mayoría de los refugiados son palestinos, suponen uno de cada tres de los refugiados de todo el mundo y duplican a los afganos. Con lo cual, como verás, has escogido el sitio perfecto para colaborar.

»Por eso cuando te escucho decir que esto es el cuento de nunca acabar, es posible que tengas toda la razón. Ya llevamos medio siglo de conflicto, y ninguna de las partes da su brazo a torcer. Es el ejemplo ideal mundial donde se demuestra hasta dónde pueden llegar la estupidez y tozudez humana.

»Creo que con lo que te hemos dicho hasta ahora es suficiente para empezar a entenderlos, ¿no crees?

—Creo que sí.

—Solo una cosa más. Para que te hagas una idea de la dimensión de lo que te vas a encontrar, que sepas que estamos hablando de unas 370.000 personas. Esa es la cifra de refugiados registrada por la UNRWA. En total, un 53% vive en campos de refugiados y alrededor del 20%, en campos no oficiales. Donde estamos nosotros, en la Franja de Gaza, hay ocho campos de refugiados, catorce pueblos y una población total de casi un millón de personas. En la mayoría son jóvenes y el 47% tiene menos de quince años. Imagínate qué panorama.

—Por eso no me extraña que haya sido la juventud la primera en rebelarse.

—Como todas las principales rebeliones mundiales. La juventud es la que siempre está dispuesta a luchar —dijo Marina.

—Ya, pero, en este caso, no han conseguido demasiado. Yo soy relativamente joven, no llego a los treinta, y sin embargo llevo toda mi vida, por lo menos lo que mi mente puede recordar, viendo la escena de los jóvenes palestinos tirando piedras contra el poder israelí.

—Es la misma imagen que tenemos la mayoría. Como te he dicho antes, en 1987, tras tres años de frustración, las protestas civiles aumentaron y culminaron con las manifestaciones masivas que denunciaban el trato de Israel a los palestinos. Ese levantamiento de los jóvenes atacando y lanzando piedras, que tú dices recordar, es lo que se denominó la intifada.

»Pero, bueno, yo creo que por hoy ya has recibido suficiente información. Lo que resta, no te preocupes, lo irás aprendiendo en el terreno.

—¿Estás asustada? —le preguntó Marina.

—Un poco. Espero no haberme equivocado con mi elección. Una cosa es verlo por televisión, y otra muy distinta estar al pie del cañón.

Estuvieron charlando sin parar hasta la hora de salida. Llegó la hora del embarque. A Gabriel y Marina les había tocado juntos, pero Clara estaba dos asientos más hacia la cola. De repente se le hizo un nudo en la garganta cuando de nuevo vio aparecer a otra persona muy obesa, esta vez del sexo femenino, que se dirigía hacia donde ella estaba «¡Ufff, otra vez no, por favor!». Echó un gran suspiro cuando pasó de largo. La gran señora, debido a su volumen, no dejaba ver a Clara que tras ella iba una joven de rostro dulce con el *hiyab*, el pañuelo árabe cubriéndole la cabeza, y que parecía viajar sola. Debía tener unos catorce años, no era muy alta y no llegaba a guardar el equipaje en el portamaletas. Gabriel se percató enseguida y se levantó para echarle una mano.

—Muchas gracias, señor —dijo mientras se sentaba al lado de Clara.

—No hay de qué.

—Hola, me llamo Clara, ¿y tú? —le preguntó para intentar que la niña se sintiera a gusto.

—Yo me llamo Aháva.

—Qué nombre más bonito ¿Y tiene algún significado?

—Quiere decir amada, querida.

—Es precioso.

La niña esbozó una sonrisa y se abrochó el cinturón. Después de diez minutos y con todo el pasaje a bordo, el avión comenzó a coger velocidad para elevarse. Clara echó una mirada a la niña. Daba la sensación de que estaba mucho más tranquila que ella y dominaba de sobra la situación del despegue, algo a lo que a ella todavía le costaba acostumbrarse. Cuando el avión dejaba de estar unido a la tierra le daba un vuelco el corazón y no se calmaba hasta que el avión estaba a gran altitud y estable. Echó la cabeza hacia atrás, cerró los ojos e hizo un repaso a todo lo sucedido hasta ese momento en las últimas semanas. Los asesinatos, la imagen del supuesto sacerdote ardiendo, su relación con Luis, su amiga Saffiya, la gran amistad con la madre abadesa. Unas semanas increíblemente intensas que nunca olvidaría y rematadas por una historia de amor que no le dio tiempo a asimilar. Se despedía de todo aquello para comenzar una nueva vida.

No era amiga de rezar, pero esta vez pidió en voz baja para que todo le fuera lo mejor posible. Y no estaba de más. La vida le tenía previsto un destino que nunca se habría podido imaginar.

Capítulo 37

Los primeros días en el campo de refugiados, como era de esperar, fueron demasiado duros. No ya por las necesidades que ella pudiera pasar, sino por las imágenes que tenía que ver. Ella era joven, tenía buena salud y podría prescindir de un poco más de comida o ducharse cada dos días. Pero ver a niños mutilados, con a veces poco que llevarse a la boca y con la mínima ropa para poder resistir el crudo invierno, eso no lo terminaba de superar.

Los campos estaban distribuidos en parcelas y calles. A cada refugiado se le daba una tarjeta de racionamiento y se le asignaba un número de calle. La tarjeta les servía para recoger los alimentos cada dos semanas y lo mínimo para la higiene. Una simple pastilla de jabón podía llegar a ser el objeto más preciado. Pero lo más sorprendente para Clara era ver corretear entre carcajadas a los niños de la guerra mientras jugaban al balón encima de un barrizal. Niños que, si tenían todos los miembros, se podían considerar afortunados. Ellos eran la alegría del campo. Solían poner de guardameta al que le faltaba alguna pierna, de ese modo se podía ayudar de las muletas para despejar la pelota.

Como ya sabía, la mayoría de los que allí vivían no tenía más de quince años. Niños cuyos padres y abuelos ya habían nacido en campos de refugiados. Familias que al principio tenían la convicción de que la estancia en las tiendas de campaña no se alargaría por mucho tiempo, pero que, pasados cincuenta años, han visto como su vida sigue igual, pendiente de un hilo y aguardando algún tipo de solución por parte de la comunidad internacional.

Aun así, Clara, con su punto de vista siempre constructivo, intentaba sacar la parte positiva, y reconocía que todo hubiera estado mucho peor si no se hubiera creado la UNRWA, la Agencia de Asistencia de la ONU. Donde ella estaba eran cerca del millón de refugiados, pero la cifra subía hasta los cuatro millones en las cinco áreas de actuación donde llegaba la ayuda. Durante los cincuenta años habían ayudado en Jordania, Líbano, Siria, Cisjordania y la Franja de Gaza, y justo en ese momento les estaban proporcionando atención médica urgente para los heridos y comida. Por lo menos en algunos aspectos el personal de la Cruz Roja se podía sentir agradecido.

También estaba sorprendida de ver en qué se habían convertido los campos. Eran tantos los años transcurridos, y varias las generaciones que habían vivido en ellos, que el movimiento palestino terminó actuando de varias formas en dichos campos: organizando sindicatos y hospitales, creando fábricas y empleo, y colaborando con otros movimientos de liberación nacional y con instituciones y organismos internacionales. Por eso mismo Israel intentó aplastar todas esas infraestructuras; de ahí la masacre sucedida siete años antes en los campos de refugiados en la llamada «guerra de los campos» en los años 1985-1986. Era bastante evidente que la dependencia que tenían de la colaboración internacional era máxima.

Gracias a su alto grado de compromiso le fueron dando más responsabilidad, y, aunque todos hacían prácticamente cualquier función o trabajo, los responsables comenzarían a contar con ella para la toma de decisiones. La veían más preparada que a la mayoría, y no se equivocaban.

Cuando habían terminado la dura jornada y disponían de un rato de relax y esparcimiento, se sentaban alrededor del fuego, siempre y cuando no hiciera un frío insoportable, y sacaban cualquier tema de conversación. La mayoría de las veces se trataba de opinar de cuál podría ser la solución ante tanta desgracia; Clara siempre decía lo mismo.—La solución la tenemos justo delante. Ahí —decía señalando a los niños—. Ellos son los que tienen el futuro en sus manos, pero, si no les facilitamos las cosas y una mínima forma digna de vivir, se terminarán convirtiendo en nuevos guerrilleros por la causa. Una causa perdida, como se viene demostrando en los últimos cincuenta años. Los niños son la verdadera mina que tienen los manipuladores para ejecutar sus malvadas actuaciones y tenemos que alejarles de ellos. Lo único que ellos han vivido desde que abrieron los ojos al nacer ha sido la maldad y el odio. Después del balón, su juguete preferido es una metralleta, y no sé si en realidad es al revés. Por eso, el trabajo y el esfuerzo deben estar junto a ellos. Tiene que haber una buena inversión en escuelas y en educación. Sacarles de las calles e inculcarles que existe una vida mejor, que tienen que luchar por ella, que no va a ser nada fácil, pero que ellos tienen que ser los principales actores y merece la pena intentarlo.

Mientras hablaba, Marina, Gabriel y compañía la escuchaban con atención y sin decir ni una sola palabra. Siempre dejaba sorprendida a la audiencia con sus pequeñas disertaciones. Pero su voz dulce y el tono tranquilo y sosegado que utilizaba cuando hablaba hipnotizaban a todo aquel que la escuchaba.

Cuando terminó de hablar todos se quedaron meditando sobre lo que habían oído. Solo se escuchaban los chasquidos de la leña al arder y los lloros de los más pequeños que no conseguían dormir a esas horas de la noche.

Otro de los que allí estaban se decidió a intervenir. Era un hombre palestino entrado en años, con la tez muy morena y el pelo y la barba totalmente blancos, que colaboraba desde el comienzo del conflicto con la Cruz Roja o cualquier otra ONG que estuviera en la zona. Le llamaban don Quijote por la barba picuda y su rostro algo esquelético.

—Es una pena ver todo cómo está. La mayoría de vosotros sois jóvenes, por lo menos más que yo, y no habéis visto la dura transformación que hemos sufrido. Esta zona brilló una vez como un polo comercial de los grandes mercaderes de Persia, Egipto o Arabia. Eran tiempos en los que todos creían que el mundo terminaba en Gibraltar y solo existía el Mediterráneo. Es imposible imaginar las riquezas y prosperidad de aquel pasado ahora, mientras decenas de miles de personas viven hacinadas, sin los servicios básicos y con las viviendas demolidas. Llevo muchos años en los campos y da pena ver como hasta este lugar llegan los intereses económicos. Algunos se quieren hacer ricos entre la miseria. Porque comida hay, lo que no hay es plata para comprarla. ¿Se arreglará esto algún día?—No debemos perder la esperanza. Es lo único que nos queda —contestó Clara.

—Pues, si le soy sincero, señorita Clara, empiezo a tener serias dudas sobre que así sea. Las últimas generaciones no han conocido otra cosa que no sea guerrear y lanzar piedras contra los tanques israelíes. Lo llevan en la sangre. Un niño palestino sabe lanzar piedras mejor que jugar a la pelota y conoce el perfecto manejo de un arma como si hubiera nacido con ella. El noventa por ciento de la población de Gaza vive por debajo del umbral de la pobreza, y cuando se es pobre, te han echado de tu hogar y han matado a los tuyos, lo único que puedes hacer es luchar porque no tienes nada que perder. Las personas que no están en campos de refugiados y que todavía tienen la fortuna de mantenerse en sus casas no salen, no tienen dinero. Están siempre encerradas en sus casas viendo la televisión con mensajes manipulados. Solo les dicen que si creen en Dios la vida les irá mejor.

—Perdone que le haga una pregunta —intervino de nuevo Clara—. ¿Por qué tanto radicalismo religioso?

Todos se miraron entre sí esperando la respuesta de don Quijote.

—El ahogo económico es el gran culpable de la radicalización religiosa de Gaza. Mientras más pobre se es, más se refugia uno en la religión.

La conversación parecía ser solo de dos, los demás estaban expectantes y escuchando con atención.

—Hay una cosa que me sorprende mucho de ustedes los palestinos, y es que nunca pierden el humor.

—Estamos acostumbrados a sufrir. Somos víctimas de un doble bloqueo desde hace años, el de la comunidad internacional y el de Israel, que es quien retiene el dinero que nos pertenece y el que decide cuándo entra mercancía o no. Pero a pesar de todo intentamos no perder el humor y, lo más importante, no dar lástima.

—Pero tienen todo el derecho a darla.

—Mire, Clara. Es verdad que necesitamos todo el apoyo internacional posible, ante todo económico. Pero en la vida uno no se puede estar siempre exculpando en el exterior. Ahora estamos viviendo una de las peores épocas que se recuerdan; no hay seguridad en las calles, nuestras mujeres y niños están muy anémicos, nunca ha habido tantos heridos en tan poco tiempo, los tiroteos son continuos y eso provoca que las ambulancias no puedan ir a por los heridos, las enfermeras y médicos no pueden salir de sus casas para ayudar por miedo a ser abatidos. Y así un sinfín de problemas. A pesar de todo, tienen que ser los palestinos por sí mismos los que terminen con todo esto. Y en una cosa tiene usted mucha razón; la solución comienza por la educación y preparación de los más pequeños. Esa es nuestra única esperanza de futuro.

Se hizo el silencio durante unos segundos. Todos se dieron cuenta de que Clara empezaba a tener un papel importante.

Comenzaba a ser especial en los campos. Su belleza, pero ante todo la fortaleza que irradiaba, era absorbida por todos como si la necesitaran para respirar. Cuando había momentos de tensión, llegaba ella, y en menos de cinco minutos todo estaba solucionado. Siempre tenía la palabra y la frase precisa para cada momento.

—Es una persona increíble —decía Marina a Gabriel—. Esta chica podría llegar a todo lo que se propusiese. Tiene una valía y transmite una positividad que nunca había visto en nadie.

—La labor que está haciendo es extraordinaria —intervenía a su vez Gabriel—. ¿Te has fijado en cómo la quiere todo el mundo y en tan poco tiempo? Los niños no pueden vivir sin ella.

—Ya me he fijado. Muchos de ellos, sobre todo los más pequeños, cuando llega la hora del baño y se producen varias colas, todos se van a la de Clara.

—Algunas le van a tener celos.—No creas. También las sabe manejar a la perfección. Como ella al final no da abasto, lo que hace es llamar a dos o tres compañeras y juntan varias colas en el mismo sitio. Una vez que los niños empiezan a mojarse y a jugar con el agua, ya no se dan cuenta de quién les está pasando la esponja. La verdad es que le estoy cogiendo mucho cariño.

—Hay que reconocer que la joven se hace querer —dijo Gabriel.

El trabajo de Clara consistía en todo lo que tuviera que ver con la manutención, sustento e higiene de los menores de edad. Era duro, pero uno de los más gratificantes, porque era muy amante de los niños. Podía bañar a cincuenta niños todos los días, ayudarles a vestirse y luego pasar a los comedores para estar al cargo de cerca de cien chavales. En ocasiones era un pequeño barreño de latón y otras veces un cubo para echar el agua por encima para aclarar el instrumental que usaba para asearles y quitarles el barro que les cubría gran parte del cuerpo. Era uno de los momentos divertidos del día, ya que se montaban grandes colas de niños de entre tres y ocho años, con la intención de jugar con el agua, tirándosela los unos a los otros. Al final Clara terminaba más mojada que ninguno, pero solo por verles reír y juguetear merecía la pena hasta embarrarse con ellos si fuera necesario.Era al terminar la jornada cuando, ya agotada después del duro trabajo, rememoraba de algún modo su pasado.

Todos los días, cuando se iba a dormir a su tienda de campaña, recordaba las comodidades del mundo occidental. Se acordaba de Burgos, de Madrid, donde vivía la familia. Recordaba las numerosas horas conversando con Saffiya en el convento y las reflexiones que hacían sobre la prioridad que debería tener el personal eclesiástico. Y no se le iban de la cabeza las cortas pero intensas horas de pasión mantenidas con el policía. A veces incluso pensaba que no había sido real. Una duda de la que tardaría bien poco en deshacerse.

En ocasiones los echaba de menos, y, aunque quisiera ponerse en contacto con ellos más a menudo, la comunicación con España no era fácil. La mayoría de los miembros de la Cruz Roja estaban en contacto con sus familias vía carta. Todos recibían alguna frecuentemente menos ella. Hasta que un día a la hora del reparto escuchó:

—Clara, tienes una carta.

Al principio no reaccionó por falta de costumbre.

—¿Qué?... ¿Cómo?

—Que tienes una carta. Pero en el matasellos pone que la carta es de hace tres meses…, y… espera un momento…, además, tiene matasellos de Burgos. Esta carta salió de su destino hace tres meses y al parecer ha ido de Madrid a Burgos y de Burgos a Gaza. Espero que no sea urgente lo que te escriben.

—Eso espero, gracias.

Estaban todos bajo una gran tienda de campaña, repleta de grandes mesas de madera con largos bancos a cada lado. Servía de comedor y cada mesa podía acoger a unos doce comensales. Clara estaba sentada en uno de los bancos. Se levantó para recoger su carta y se apartó a uno de los extremos de la tienda para poder leerla con cierta intimidad.

«¿De quién será?», se preguntó. Solo tenían su dirección dos personas, Luis y su madre, con la que tenía muy buena relación, pero escasa. Era de su madre. Estaba contenta de recibirla, pero hubiera preferido que el remitente hubiera sido Luis. Llevaba unas semanas en Gaza y no sabía nada de él. Empezaba a pensar que se había olvidado de ella, por otro lado algo normal. Lo ocurrido en el hotel de Burgos había sido una simple locura de una noche, y la distancia no era la mejor ayuda para mantener o iniciar una relación.

Rompió el sobre metiendo el dedo índice por uno de los lados, y comenzó a leer la carta.*Querida hija Clara:*

Hace mucho tiempo que no sé de ti. Te escribo para darte una buena noticia. Tu hermana ha tenido una preciosa niña de ojos verdes que ha pesado 3,200. Todo ha salido muy bien, y como te puedes imaginar ambos están encantados. El parto ha sido muy rápido, no ha durado todo más de dos horas desde que comenzó con las contracciones. Me imagino que en cuanto pueda te escribirá y te mandará una fotografía para que la veas.

Estoy escuchando muchas noticias sobre la guerra en la zona donde tienes previsto ir y estoy preocupada. Hay que reconocer que estaba mucho más tranquila sabiendo que estabas en el convento, pero entiendo que eres feliz haciendo lo que haces y eso es lo más importante. Siempre te has sentido un espíritu libre, no como tu hermana, y, aunque no tengamos la comunicación normal que puedan tener madre e hija, eso no significa que no te quiera como tal. Ojalá pudiéramos estar en contacto con más frecuencia, pero, ya que ambas somos iguales y decimos en nuestras vidas ser muy independientes, intentemos que sea más importante la calidad que la cantidad. Por cierto, recibí tu envío junto con tu carta. Me has dejado muy intrigada, pero lo guardaré tal y como me has dicho hasta que me digas otra cosa.

Cuídate mucho. Te quiere de todo corazón

Tu madre

La carta hizo que soltase alguna lágrima y que sintiera cierta rabia por el extravío. Cuando se está a tanta distancia y recibes algo de los tuyos, aunque sean unas simples palabras, la emoción brota con gran facilidad. Su sobrina ya tenía tres meses y por culpa del retraso no había contestado a la carta de su madre.

La veía mucho menos de lo que ella quisiera, pero era ley de vida. Se fue de casa muy joven. Siempre pensó que sus padres solo tenían la obligación de enseñarle a ser una buena mujer, buena persona y con buenos valores hasta su mayoría de edad. A partir de ahí tenía que buscarse la vida por sí misma, eso es lo que hizo y estaba orgullosa de haberlo hecho.

Después de leer la carta, se pasó un pañuelo por los ojos para quitar los pequeños residuos de tristeza y siguió con su trabajo. Las lágrimas tendría que dejarlas para otro momento, porque había muchas cosas que hacer. Elevó la mirada y, a lo lejos, vio a Marina hablando con un sacerdote en una de las tiendas. Por los movimientos enérgicos de Marina, andando de un lado a otro de la tienda, y por los gestos de él, parecían estar manteniendo una discusión. No era muy frecuente ver a la adorable Marina discutir, pero se imaginó que también tendría derecho, y más en un ambiente tan problemático como en el que se encontraban.

Entonces le vino el mismo pensamiento que en otras ocasiones. Sin saber la razón, cuando se cruzaba a veces con Marina, sentía una cierta sospecha. No era una sospecha que estuviera fundada en ningún comportamiento fuera de lo normal o inusual, todo lo contrario. Marina era una de las mejores personas que había conocido y fiel reflejo de cómo quería ser ella en el futuro. Siempre había criticado la parquedad y excesiva mesura del clero, y, aunque Marina no era monja de hábito, pero sí misionera, le parecía el arquetipo ideal de cómo se debe ayudar a los demás y del trabajo bien hecho.

Lo más seguro es que las dudas fueran más una deformidad profesional. Desde que trabajó para la Santa Alianza, todo el mundo le resultaba sospechoso. Sabía que a lo largo de la historia y de los últimos años, y lo había vivido en sus propias carnes hacía poco tiempo, los sacerdotes-agentes de la Santa Alianza, cuya existencia jamás se había reconocido por el Estado de la Ciudad del Vaticano, habían matado, robado, conspirado y traicionado en nombre de Dios y de la fe católica por mandato del sumo pontífice.Decidió no darle importancia y seguir con el trabajo. Seguro que estaba en un tremendo error.

De repente se empezó a encontrar algo indispuesta. Tenía náuseas y se dirigió hacia Marina para comunicarle que se iba a su tienda para acostarse un poco. No tenía buena cara y se notaba más cansada de lo normal.—¡Marina! —reclamó su atención antes de llegar junto a ella.

—Dime, Clara. No tienes buena cara.

—Por eso vengo a hablar contigo, porque no me encuentro muy bien. Me voy a la tienda a acostarme un rato a ver si se me pasa.

—Claro…, y avísame si te encuentras peor.

—No será nada. A lo mejor algo me ha sentado mal. Llevo dos o tres días con mal cuerpo.

—Aquí estamos todos con riesgo de coger cualquier virus. Y si no fíjate en cómo tenemos la enfermería esta semana. El tiempo está cambiando y el invierno está a la vuelta de la esquina, entonces será mucho peor, como todos los años.

—¿Y qué tal lleváis el tema de las vacunaciones?

—No tenemos excesivos problemas. El mayor problema lo tenemos en solventar el frío. Y encima tenemos que dar gracias a Dios de estar en un país mediterráneo.

—Bueno, me voy a descansar.

—Vale. Y repito, no dejes de llamarme si necesitas alguna cosa.

Su fue a la tienda, se acostó sobre la fina colcha y se cubrió con una de las mantas. Cerró los ojos y a los pocos minutos sintió como algo le rozaba el hombro. Había entrado en la tienda una de las pequeñas de las que se hacía cargo y estaba intentando llamar su atención tocándole suavemente el brazo. Amira era una niña huérfana, rubia y de ojos azules como ella, de unos cinco años de edad, que era la delicia de todos los miembros de la Cruz Roja. Destacaba físicamente entre las demás, porque parecía más de un país nórdico que de un lugar del Mediterráneo como Gaza.

—¿Le pasa algo, señorita?

—No, Amira, no me pasa nada, bonita. Simplemente estoy descansando un poco.

Al ver el rostro triste de Amira le preguntó:

—¿Quieres acostarte un rato conmigo?

—Sí, señorita —contestó con una gran sonrisa mientras se metía en la cama con ella. Amira apoyó la carita sobre el pecho de Clara, se acurrucó junto a ella y se quedaron dormidas.

Capítulo 38

Mundo real, Madrid, 2015

La convivencia de Margot con su hija era mucho más tranquila y fluida. Desde que le dio la noticia de su enfermedad, Sophie estaba mucho más atenta con su madre y pendiente de cualquier cosa que pudiera necesitar. Se avergonzaba de que fuera así, de que la enfermedad hubiera sido el pretexto para comportarse como lo tenía que haber hecho desde un principio de forma natural. Pero más valía tarde que nunca. No sabía el tiempo que le podía quedar a su madre, pero estaba disfrutando de su compañía más que nunca. Se pasaban horas y horas en la cocina hablando de historias familiares, de la juventud de su madre y de la vida en general hasta altas horas de la madrugada, cuando las visitas constantes al hospital se lo permitían. Todos los días, dependiendo del trabajo y turno de Sara, para que Charlotte estuviera sola el menor tiempo posible, se iban las dos juntas al hospital. La abuela no podía estar demasiado tiempo con su nieta. Nunca lo había llegado a superar y no era capaz de verla en ese estado, entre tantos cables y sondas y sin respuesta alguna. Creyó que podría ser más fuerte, y, a pesar de intentarlo en más de una ocasión para hacer compañía a su hija Sophie en el sufrimiento, le fue imposible. Cada vez que iban al hospital Margot entraba en la habitación, le daba un beso a Charlotte, estaba unos diez minutos y luego esperaba el tiempo que fuera necesario en el *hall* del hospital o en el bar a que bajara Sophie. No podía hacerlo de otro modo. La verdad es que tanto Sophie como Sara estaban agotadas. Como es lógico, lo hacían de todo corazón y con el mayor cariño del mundo, pero eso no evitaba las idas y venidas y el correspondiente número de kilómetros que recorrían todos los días.

Margot era una mujer muy culta y con una vida a sus espaldas repleta de anécdotas y aventuras dignas de ser narradas.

Esa noche, como tantas otras, se prepararon un mojito para amenizar la larga conversación que pretendían tener por madre e hija una vez que Gerard se quedase dormido. No es que no le quisieran a él en la conversación, es que solía llegar muy cansado de todo el día y se iba a la cama relativamente temprano. Era entonces cuando se metían en la cocina, cerraban la puerta para no molestar a Gerard y empezaban con cualquier tema de conversación. Podían iniciar uno nuevo o continuar con alguno dejado a la mitad el día anterior. Pero, para eso, lo primero que tenían que hacer era prepararse una buena copa que les ayudase a hacer más amena la noche.

—¿Un mojito como siempre, Sophie?

—Vale.

—Pues tráeme un poco de hierbabuena del balcón si haces el favor.

—Ahora mismo, mamá.

En uno de los cuatro balcones de los que disponía el piso, tenían todo tipo de plantas aromáticas que usaban para cocinar o, como en este caso, para adornar y mejorar el sabor de una bebida.

A Margot le encantaba preparar los mojitos. Cogió un par de vasos, puso bastante hielo algo picado, no del todo, echó un par de ramitas de hierbabuena y su toque personal, un poquito de canela. Los colocó encima de la mesa, sacó el tabaco, que era lo único que no le gustaba a Sophie, y empezaron una charla que tenían pendiente.

—¿Hablaste al final con Gerard de lo que te dije?

—Sí, ya he hablado con él.

—¿Y qué te ha dicho?

—Ha dudado. Después de estar mucho tiempo discutiendo no llegamos a ninguna conclusión. Al final me ha dejado a mí la decisión. Hemos intentado valorar los pros y contras. Qué ganamos y qué perdemos con decírselo. Bueno, en realidad, qué gana o pierde ella, que es la que puede sufrir un cambio en sus sentimientos.

—Yo también tengo algo de miedo a contárselo, pero después de mucho meditar, porque no quiero que pienses que ha sido una decisión tomada a la ligera, creo que todo el mundo tiene derecho a saber la verdad íntegra de su vida, y por lo tanto poder tomar sus propias decisiones con respecto a ella.

—Pero nos preguntará por qué hemos tardado tantos años en contárselo, entonces…, ¿qué le decimos?

—Debemos contarle la verdad.—¿Y cuál es esa verdad, mamá?

—Pues que estamos pendientes de Charlotte y por mi enfermedad. Si quieres échame la culpa a mí. Que he sido yo la que te he obligado a ocultárselo, y que, ahora que estoy enferma y no sé de mi futuro, no quiero dejar nada pendiente. De todas formas, creo que le estamos dando demasiadas vueltas, y estoy segura, y más conociendo a mi nieta, de que lo va a entender mejor de lo que creemos.

—Yo no lo tengo tan claro, mamá. Sara parece muy fuerte, pero, sin embargo, y tú lo sabes, en el fondo es muy sentimental.

—En cuanto se le explique el motivo por el que se tomó la decisión, seguro que lo entenderá, y, además, aunque le cueste al principio comprenderlo, va a tener el apoyo de Adri.—Por cierto, podríamos hablar con él antes para que esté preparado y ponerle en antecedentes —propuso Sophie.

—No creo que sea necesario…, te vuelvo a decir que creo que le estamos dando demasiada importancia y en la vida hay cosas mucho peores.

—¿Te hubiera gustado que te lo hubieran hecho a ti? ¿Cómo habrías reaccionado?

Margot se quedó callada ante la pregunta de su hija sin saber qué contestar.

—Puede que tengas razón, hija, pero solo intento hacer lo correcto. Y, además, tengo incluso la sensación de que cuando se lo digamos nos lo va a agradecer. Puede que la primera reacción sea de enfado, pero, cuando lo piense más detenidamente, verá que hemos confiado en ella, aunque sea tarde, y que ella hubiera hecho lo mismo en nuestro lugar.

—No sé…

—Y, hablando de otra cosa, ¿te ha comentado algo del libro?

—No, no me ha comentado nada. A veces pienso que nos está tomando el pelo.

—¿Por qué dices eso?

—Porque a veces se comporta de tal manera y me deja caer comentarios como si lo supiera todo, o por lo menos se lo imaginase.

—Tampoco me extrañaría. Te digo que estamos subestimando a tu hija. Es mucho más inteligente de lo que tú te crees. Lo mismo estamos aquí dándole vueltas al asunto una y otra vez preocupados por cómo pueda reaccionar, y resulta que está al tanto de todo y lo que hace es seguirnos la corriente.

—¿Pero te ha hecho algún comentario que te haga pensar de ese modo? Es tu hija, tú la conoces mejor que nadie.

—Nadie conoce a nadie perfectamente, mamá. Todo el mundo tiene sus secretos. No es ningún comentario en particular, es su comportamiento en ocasiones. Solo una vez me dijo que Charlotte y ella no se parecían mucho para ser hermanas.—¿Y qué le dijiste?

—Que eso era una tontería. Que muchos hermanos no se parecen en nada y eso no significa que no lo sean.

—¿Y?

—¿Y qué, mamá?

—Que qué te dijo.—No me comentó nada más. Creo que me lo dijo para ver cómo yo reaccionaba.

—Y seguro que te notaría algo y te pusiste nerviosa, porque eres demasiado buena y nunca has sabido disimular. En eso tu hija te da mil vueltas. ¿Recuerdas como de pequeña te costaba mucho guardar un secreto? A veces te ponía a prueba y te decía: «Esto que te voy a contar no lo cuentes a tu padre», a lo mejor era una tontería, pero sabía que a tu padre le querías tanto que solo tardarías dos minutos en ir a contárselo.

—Eso es verdad. Pero era de pequeña, mamá, ahora no es lo mismo. Creo que lo he demostrado en estos años, he aprendido de ti.

—Tienes razón, ahora no me puedo quejar.

—Tú también te guardas tus secretos, ¿o es que ya no te acuerdas de lo de mi abuela, es decir, tu madre?—Pero, bueno, eso era una tontería, hija.

—No tanto, para ti debió ser importante, y aun así no me lo contaste hasta pasados muchos años. —Se hizo el silencio mientras ambas echaban un trago—. Vaya familia, está llena de secretos e incógnitas.

—Pero no lo puedes comparar. El no decírtelo no perjudicaba a nadie, en todo caso, solo era yo la perjudicada.

—¿Y tienes muchos más secretos que no me hayas contado?

—No, hija, ya lo sabes todo…, échame un poco más de mojito, anda.

—¿Sabes una cosa, mamá? —le dijo mientras llenaba el vaso.

—¿El qué?

—Que no te creo nada.—Dejando los secretos a un lado…, entonces, ¿qué hacemos? Seguimos igual que al principio, con las mismas dudas y sin aclarar nada.

—Tampoco es algo que tengamos que decírselo en veinticuatro horas, nadie nos apunta con una pistola. A lo mejor cualquier día sin darnos cuenta surge de improviso el tema y se entera de manera espontánea. ¿Por qué no esperamos un poco más, mamá? Y, si no, ya verás como al final encontramos la forma y el momento oportuno.

—Hablando de otra cosa, Sophie…

—Dime —no dejó que su madre terminara la frase.

—Veo algo desmejorada a Sara. Tan guapa como siempre, pero desmejorada.

—Es que no para, mamá. Lleva dos años yendo al hospital y no ha fallado casi nunca, por eso está tan cansada. Aun así no se queja para nada. Los cambios de turno la matan, porque el cuerpo no termina de acostumbrarse a un horario fijo, que es lo que le supondría cierta estabilidad. Por lo menos se ha hecho muy amiga de Ainhoa, la enfermera, y eso le ayuda para, además de hacer compañía a Charlotte, pasar más amenos los momentos que está en el hospital, que son muchos. A Ainhoa también le pasa lo mismo que a ella con los turnos y está igual de cansada. Además, se siente muy comprometida con Charlotte. Muchas veces, cuando termina su turno, se cambia de ropa y se queda con Sara en la habitación haciendo compañía a su hermana. Es una verdadera delicia de mujer. Ha pasado a ser como de la familia. Es como una hija adoptada más. Han congeniado muy bien las parejas y salen con frecuencia juntos por ahí. Se van a cenar, van al cine de vez en cuando. Eso le permite desahogarse un poco y evadirse de los problemas, que no son pocos.»Por cierto, que sepas que a Sara todavía no le he contado lo tuyo, no me he atrevido. Lo de Charlotte lo asimilará y en menos de dos semanas se habrá hecho a la nueva situación, pero lo de tu enfermedad es algo muy diferente. El saber que te puede perder con lo unida que está a ti…, no sé. A veces pienso que no le tendríamos que adelantar absolutamente nada y dejar que el destino actúe por sí solo. Es el problema de nunca acabar y la duda que tiene todo el mundo. Si es menester o no decir siempre la verdad. Por ejemplo, en tu caso. ¿Hubieras preferido que te lo hubieran ocultado?

—En absoluto. Yo lo tengo muy claro, hija. En caso de enfermedades que pueden ser terminales como la mía, siempre preferiría saberlo, para de ese modo elegir cómo quiero vivir el tiempo que me resta. Pero eso no tiene nada que ver con lo de Charlotte. A veces en la vida existen mentiras que están muy justificadas, y son aquellas cuyo fin es positivo. Aquellas que lo que intentan es evitar un sufrimiento innecesario o un mal mayor.

—Pues entonces ya sé lo que vamos a hacer por ahora. Ni decir la verdad ni mentir. No vamos a decir nada.

—Me ha salido bueno el mojito, ¿verdad? —interrumpió a Sophie.

—¿Has oído lo que te he dicho, mamá?

—Claro que te he oído, hija…, que no vamos a decir nada. Pero no me has contestado. ¿A que me ha salido bueno?—Muy bueno —dijo obligada—. Pero si ya lo sabes, ¿o es que quieres oírlo para hinchar tu ego?—Eso es.

—De todas formas, no me eches más porque se me va a terminar subiendo a la cabeza. Esta bebida engaña. Es muy dulce y entra de maravilla y cuando menos te quieres dar cuenta has cogido un verdadero pedal.

—Un día es un día. Así todas las tonterías que podamos decir no se tomarán en cuenta. Luego te vas a la cama con tu marido y mañana ya no recuerdas nada.

—Te quería hablar de una cosa que no tiene nada que ver con lo que estábamos hablando. En el libro se habla mucho del espionaje del Vaticano, de la Santa Alianza, etc.

—Sí, ¿y qué?—¿Sabes si hoy en día sigue existiendo?

—¿Y eso a qué viene ahora?

—Simple curiosidad. Es un tema muy interesante.

—Antes de contestarte. Lo que me tienes que averiguar es lo que te pregunté el otro día sobre la carta que mandé hace dos años a Charlotte.

—¡Ah!, vuestro secreto. El secreto que guarda Charlotte en algún lugar.

—Si lo quieres llamar así, me da igual. Es un sobre que además llevaba algo en su interior. Seguro que le contaría algo a Sara.

—Te he dicho que no sé nada sobre el dichoso sobre —dijo con energía. Se había excedido en el tono sin ningún sentido, lo más seguro es que fuera provocado por el alcohol—. No te preocupes, que en cuanto la vea se lo pregunto.

—En cuanto a lo que me preguntabas antes, tengo que decirte que sí. Todavía existe espionaje dentro del Vaticano y me imagino que existirá siempre.

»Hace poco un abuelo de noventa años reconoció que había estado trabajando como espía en el Vaticano además de para el Mossad. Estuvo trabajando como infiltrado hebreo y como agente de la Sinagoga de Satanás. Este es un tema que se ha tratado en varias ocasiones por autores católicos, protestantes y sin fe. Era un religioso redentorista, especialista en moral, encorvado por el paso de los años y con nariz aguileña, que trabajó como espía para los principales servicios de inteligencia. Al parecer los médicos le han diagnosticado un cáncer terminal de pulmón y ha decidido contar su historia antes de despedirse de este mundo. Y lo cierto es que perteneció a los servicios secretos vaticanos y fue miembro del Mossad israelí. Un cura que ha vivido los acontecimientos más importantes de los últimos tiempos y ha conocido a grandes personajes de la historia como Salvador Allende o Golda Meir. Y, como es lógico, a los papas de las últimas décadas.

»El que al parecer le encomendó muchas misiones secretas fue el cardenal Montini, el que a la postre sería el papa Pablo VI.

»Según los informes de la CIA, también Juan Pablo II estaba al tanto de las actividades de sus colaboradores y sospechaba de la existencia de grupúsculos procomunistas en el Vaticano.

»El departamento más recóndito o reservado de la Santa Alianza fue el conocido como Russicum, y se sabe muy poco sobre él. Todos los documentos que guardan relación con este departamento de la Santa Alianza están depositados, como ya te habrás podido imaginar por alguna película, en el Archivo Secreto del Vaticano. Su misión principal era formar a los sacerdotes que posteriormente iban a ser introducidos en la Unión Soviética de forma clandestina. Pero eso fue hace años, cuando la Santa Sede y Moscú estaban enfrentados. Sin embargo, hoy en día pretenden ser aliados, y la pregunta que se hace todo el mundo es: ¿contra quién?

»No tengo más información. Sabes que siempre me ha gustado mucho esa cuestión, pero no te puedo contar mucho más.

—Por cierto, mamá, ¿sigues escribiendo?, siempre te ha gustado mucho.

—Tenía un proyecto encima de la mesa, pero con los últimos acontecimientos lo he dejado un poco olvidado.

—Sé que es muy fácil decirlo y yo misma no sé qué haría, pero debes continuar. Es una forma de distracción y de que no pienses en todo momento sobre la enfermedad. Habrá momentos difíciles en que por culpa del tratamiento te será imposible hilvanar las frases, pero aun así creo que merece la pena intentarlo. Si hace falta me propongo ayudarte. Tú me vas dictando y yo, aunque no soy demasiado rápida, voy escribiendo en el ordenador. ¿Qué te parece?

—Que agradezco mucho tus buenas intenciones. Siempre es bueno recibir apoyo, y más si es tu hija. Te prometo que haré todo lo que pueda.

—Sabes que te quiero mucho, ¿verdad?

—Lo sé, hija, lo sé. ¿Qué tal si nos vamos a la cama? Estoy algo cansada.

—Sí, vámonos a descansar, que ya es algo tarde.

Apagaron la luz de la cocina y se fue cada una a su habitación.

—Hasta mañana, mamá, que descanses.

—Hasta mañana, hija.

Capítulo 39

Lectura de Sara

Clara había pasado algo más de un mes en el campamento, y un problema que no tenía nada que ver con los refugiados iba a complicar su enriquecedora estancia. Esa mañana se levantó muy temprano. No podía pegar ojo. Estaba despierta desde la cuatro de la madrugada, pensando en las consecuencias que podía suponer una noticia como esa, además de por la gran cantidad de agua que estaba cayendo desde hacía dos horas. Todo el campamento era un verdadero barrizal. Menos mal que las tiendas eran bastante fuertes y, según todas las especificaciones del fabricante, estaban preparadas para soportar las inclemencias del tiempo por fuertes que estas fueran. Aun así, mejor que el destino no las pusiera a prueba, por lo menos por el bien de las miles de personas que allí vivían.

Estaba a punto de salir el sol, y, aprovechando que la tormenta daba una tregua, se puso unas buenas botas, un chubasquero con la capucha bien cerrada para no dejar pasar el agua, y se fue a dar un paseo entre las calles del campamento mientras veía amanecer. El espectáculo era realmente dantesco. Algunas tiendas estaban a rebosar de personas hacinadas casi unas encima de otras. Lo que más le impresionaba era ver a los más pequeños. Dormidos entre los regazos de sus padres y con rostros angelicales, parecían estar en un mundo equivocado y ajeno a la realidad. Esos bebés se suponía que eran el futuro. ¿Pero qué futuro pueden construir si nada más nacer viven entre miseria y barro?, se preguntaba. En esos momentos no había prácticamente nadie en el exterior de las tiendas, solo los más madrugadores. Trabajadores de mantenimiento, el personal de las distintas organizaciones humanitarias y algún que otro pequeño que prefería estar jugando entre el barro antes que estar en la cama. Personas que desde muy temprano comenzaban a trabajar para que cientos de miles pudieran sobrevivir un día más.

Le gustaba andar hasta el final del campamento para percibir mejor el horizonte. Subía a un pequeño montículo y, en una roca que le servía de asiento y desde donde también divisaba todo el campamento, descansaba y disfrutaba en soledad de la salida del sol. Siempre que por cualquier causa no podía dormir hacía lo mismo. Era uno de sus ratos preferidos y el lugar donde por unos instantes conseguía olvidarse de las penurias y desastres que la rodeaban.

«Si al final se confirma, ¿qué voy a hacer?», se preguntaba una y otra vez. Llevaba retraso en el período y lo que eso podía suponer no lo tenía en sus planes. Tenía todos los síntomas y ahora entendía lo de los mareos y los vómitos. No había ninguna duda, seguro que estaba embarazada. Estaba hecha un verdadero lío y, a pesar de la gran incertidumbre que rondaba en su cabeza, también tenía un hueco para la ilusión y la esperanza. Como de costumbre, siempre solía ver el lado bueno de las cosas y, a pesar de los problemas iniciales que le pudiera acarrear ese embarazo, una inmensa alegría le embargó el corazón. Una nueva ilusión entraba en su vida.«Pero ¿cómo puedo criar un hijo en estas condiciones? Tendré que volverme a España. Aquí no estará bien —no dejaba de hacerse preguntas, hasta que su última frase le hizo sentirse tremendamente mal y culpable—. ¿Cómo puedo hacerme esta pregunta estando en un campo rodeada de miles de niños que no tienen nada? Yo por lo menos puedo escoger, irme a Madrid y darle a mi hijo todo lo que un niño puede desear. Pero ¿y todos los que están aquí? Me los llevaría a todos si pudiera…».Estuvo con la mente en blanco hasta que el sol terminó de presentarse al mundo, serían las 6:30 de la mañana. Esperó unos quince minutos más antes de ponerse de nuevo en movimiento.

—Bueno, lo primero que voy a hacer es hablar con Marina, tomarme las cosas con calma, y sobre todo no adelantar acontecimientos, no vaya a ser que «venda la piel del oso antes de cazarlo», como se suele decir.

Regresó al campamento para intentar dormir aunque fuera una hora, en caso contrario, estaría reventada el resto del día. Ya hablaría con Marina un poco más tarde, durante el desayuno.

Se quitó las botas, que estaban llenas de barro, y sin desvestirse se echó encima de la cama.«¡Qué cabrón, me ha dejado embarazada! —pensó. Por primera vez le salió un exabrupto contra el padre—. Tendré que escribirle para decírselo. Ya me estoy adelantando de nuevo…, a lo mejor no lo estoy… ¿Y si no lo tengo?». A los cinco minutos se había quedado dormida por el cansancio.

La lluvia cesó por completo, fue entonces cuando, como si se tratara de una estampida, cientos de niños comenzaron a salir de sus tiendas para jugar. Era muy temprano todavía, pero la mayoría ya estaba con sus costumbres diarias. Las chimeneas de las viejas cocinas de campo que les habían facilitado echaban humo sin parar. Calentaban inmensos calderos de leche para que los refugiados entraran en calor. También había algo de café, pero eso ya era un lujo que no llegaba para todos. Se montaban unas colas inmensas en las tiendas más grandes, las que hacían las funciones de comedor, para llenar un tazón de leche caliente y coger un bollo o algo de pan y mantequilla. Era impresionante la cantidad de gestos de agradecimiento que había en muchos de los rostros. Algunos lo agradecían como si les estuvieran dando un verdadero manjar, y, sin embargo, era lo mínimo para sobrevivir.

Un fuerte estruendo rompió la relativa paz que se respiraba en el campamento. De nuevo los bombardeos que se estaban produciendo a unos pocos kilómetros asustaron a los mayores. Los más pequeños estaban anestesiados ante el ruido de las bombas, con el que se habían criado. Seguían jugando al fútbol como si tal cosa. Ya les podía caer una bomba a cincuenta metros de distancia que, mientras no cayera dentro del campo de juego, no paraban el partido. Era algo habitual. Un ruido más que se entremezclaba con el cantar de los pájaros, los llantos de los bebés o los motores de los coches que iban de un lado a otro del campo.

Clara todavía se asustaba cada vez que escuchaba un bombardeo, pero, con el tiempo y por desgracia, se terminaría acostumbrando como la mayoría. Con la primera bomba saltó de la cama como un resorte. Le sirvió de despertador. Enseguida fue en busca de Marina para hablar con ella. Estaba en la enfermería realizando unas curas de carácter leve.—Hola, Marina, buenos días.

—Buenos días, Clara. ¿Cómo te encuentras hoy?

—Un poco mejor, pero quería hablar contigo cuando tengas un momento.

—Ahora mismo. Acabo de vendar el brazo a esta preciosidad y enseguida estoy contigo —dijo mientras miraba al niño que estaba curando. Un pequeño de unos tres años que al parecer se había dislocado el brazo—. Ya he terminado. Vamos a tomar un café y me cuentas.

Salieron de la zona hospitalaria y fueron a la tienda de la Cruz Roja para prepararse el café y poder hablar con tranquilidad.

—Tú dirás —dijo Marina.

—Creo que estoy embarazada —Clara prefirió ir al grano y no andarse con rodeos.

—¿Qué?, ¿estás segura?

—Todos los síntomas así lo indican.

—Pero… ¿Cuándo...?—Una inesperada y apasionada historia de amor de una noche. Justo la noche antes de partir para Madrid.

—No me lo habría imaginado. Después de tu vida en el monasterio…, no sé…, me dejas un poco asombrada. No significa que sea nada malo, no es eso, simplemente que no me lo esperaba. ¿Y le vas a decir algo al padre?

—No tenemos ningún contacto desde entonces. No sé absolutamente nada de él y creo que la noticia no sería de su agrado. Tengo ese presentimiento.

—Y, entonces, en caso de que al final sea cierto, ¿qué vas a hacer?

—El aborto no van con mis creencias, con lo cual tendría a mi hijo. Aun así, lo que más me preocupa son las condiciones en que iba a nacer.—Tendrás que dejar tu trabajo aquí y volver a Madrid con la familia hasta dar a luz. Esa sería la decisión más prudente.

—¿Y cuándo he tomado decisiones prudentes en mi vida? Eso es lo que no quiero. Dejar todo esto y tirar por la borda todas mis ilusiones. Este trabajo me hace sentirme bien conmigo misma y creo que he nacido para ello. Mira esta gente. Aquí nacen niños con mucha frecuencia, y para estas mujeres, a las que se les ha sacado de debajo de las ruinas y de los escombros, es el lugar perfecto para tener a su hijo.

—¡Pero tú tienes la posibilidad de escoger!—No quiero ese privilegio, yo soy una más y quiero tener mi hijo aquí.

—Veo que no te voy a convencer… Lo que es el parto no hay mayor problema, ya lo sabes. Aquí el hospital de campaña tiene todo lo necesario y la muestra está en la cantidad de nacimientos que ha habido, todos sin problemas. Está claro que no es el lugar ideal para nacer, el que una madre querría para dar a luz, pero si en estos momentos no quieres regresar a España y es tu última decisión…—Sí, es mi última decisión.

—De cualquier forma, tienes que saber que a partir de dar a luz todo será diferente.

—Ya lo sé, eso no es lo que más me preocupa y además me encantan los niños. Lo que pasa es que echa por tierra todos mis planes. Tenía previsto quedarme como mínimo un par de años y luego escoger otro lugar, y todo eso se va al traste. Un niño lo cambia todo.

—Bueno, Clara, no nos adelantemos tanto, vayamos paso a paso. Si al final se confirma que sea, enhorabuena. Un niño, aunque sea en estas condiciones adversas, siempre es un motivo de alegría y esperanza. —Marina la abrazó con fuerza mostrándole todo su apoyo. Sabía que lo necesitaba en esos momentos de desconcierto, aunque estaba segura de que cuando tuviera al hijo pensaría de otro modo y recapacitaría en su forma de actuar—. Ahora lo que tienes que hacer es ponerte en manos del médico y que te haga las correspondientes pruebas para confirmar el embarazo. En caso de que así sea tendrás que seguir sus consejos a rajatabla y desde ahora no hacer esfuerzos innecesarios.

—Marina, que voy a tener un hijo, no me voy a morir ni estoy inválida. En caso de estarlo será de un par de semanas y como comprenderás no voy a quedarme en la cama hasta que venga el niño. Estoy perfectamente y voy a seguir con total normalidad.

—Pero si… —Marina estaba más nerviosa que ella y la trataba como si fuera su propia hija.

—Pero si nada. Eres peor que mi madre.

—Hablando de tu madre, ¿se lo vas a decir a ella?

—Por ahora no. ¿Cómo crees que estaría mi madre sabiendo que su nieto recién nacido vive en un campo de refugiados en Gaza? Yo en su lugar estaría fatal, y además mi hermana acaba de tener una niña, bueno…, en realidad hace tres meses o cuatro, ya he perdido la cuenta, y sé que si se lo digo estaría insistiendo a todas horas para que volviese con ellas a Madrid.

—¿No sabes la edad de tu sobrina?

—La carta donde me lo comunica mi madre me ha llegado con tres meses de retraso. Parece que mi madre me la remitió al monasterio de Burgos, se extravió y ha estado dando vueltas hasta ahora. Menos mal que era una buena noticia y no algo urgente que requiriera de mi presencia.

—De todas formas, algo así no lo puedes ocultar por mucho tiempo. Tu madre también estaría encantada sabiendo que puede tener otro nieto o nieta.

—Hay que esperar.

—Si tú lo dices. Eres la que tiene la última palabra. Pero insisto, Clara, aquí soy yo la que ejerzo de madre y cualquier cosa que quieras no dudes en decírmelo.

A partir de ese momento y en cuanto se corrió la voz del estado en que se encontraba, se convirtió en la niña mimada de todos los componentes de la Cruz Roja. Eso no le gustaba demasiado. Había otras muchas mujeres, mejor dicho, niñas encintas que merecían mucha más atención que ella. Niñas violadas de entre trece y dieciséis años que llegaban al campo de refugiados con sus bebés en los brazos. Pequeños que en muchos casos ocupaban más que sus propias madres. Por esa razón, aunque agradecía de todo corazón el cuidado que entre todos le daban, no quería ser especial, y más entre tanta desgracia. Ya había bastante desigualdad en el mundo como para que también la hubiera entre mujeres embarazadas.

—¡Aquí todas parimos en nueve meses! —decía cuando sacaba su genio—, pero con la diferencia de que esas pobres niñas tienen trece años y están asustadas. Así que, por favor, atendedlas antes que a mí.

En esos momentos se escuchó el impacto de algunas bombas a lo lejos.

Las dos se dirigieron hacia el hospital. Siempre que había un bombardeo a los veinte minutos aparecían los primeros afectados. La enfermería se colapsó enseguida por la llegada de un par de camiones con heridos.

—Déjame que vea a tu hermanito —pedía el médico a una niña ennegrecida por la suciedad de los escombros de donde la acababan de sacar.

—No es mi hermano, es mi hijo, señor.

—¿Y dónde vives?

—Ahora en ningún sitio. Acaban de derribar nuestra casa y mis padres no han sobrevivido —explicaba con frialdad y sin soltar una lágrima.

El doctor se quedaba sin saber qué decir mientras intentaba arrancar al pequeño ensangrentado de los brazos de su madre de trece años.

Capítulo 40

Los meses pasaban a gran velocidad y Clara engordaba por momentos. Cada vez se sentía más pesada y tenía muchas dudas de poder hacer su trabajo como ella se había imaginado. Estaba convencida de que le iba a resultar más fácil y podría trabajar prácticamente hasta el final, pero eso solo sería una mera intención y no la realidad. Recibía consejos todos los días le decían que ella que tenía la posibilidad de dar a luz en España no fuera cabezota y lo hiciera. Sobre todo porque en las últimas semanas se habían recrudecido los bombardeos en la zona. Pero lo que no sabían es que mientras más le insistiesen, sería mucho peor. Clara había demostrado durante toda su vida que cuando tomaba una decisión era en firme y no solía titubear. Tanto era así que había tomado la decisión de que no quería saber el sexo del bebé hasta que naciera. Y para conseguirlo hizo firmar un papel al médico del hospital, como si fuera un contrato con cláusula de confidencialidad, en el que este se comprometía a no hacer público el sexo dela criatura hasta el momento del alumbramiento. Además de obstinada, era de costumbres tradicionales.

Aun así, Marina intentó convencerla por última vez. En esta ocasión iba acompañada de Gabriel y de una joven palestina.

—Clara, tenemos que hablar contigo.

—Ya sé lo que me vas a decir, que me vuelva a España. Y esta vez traes ayuda —dijo cuando la vio aparecer con Gabriel y la chica palestina.

—Sí, así es. Pero deja que te hable él.

—A ver, dime, pero va a ser inútil.

—Mira, Clara, las cosas se están poniendo bastante duras. Hace unos días han asesinado a decenas de palestinos en un campo de refugiados cercano y han demolido cientos de casas, al parecer en venganza por el asesinato de un soldado israelí. Cuando regresaba a su casa, el coche del soldado saltó en pedazos. Este atentado ha sido a su vez por la venganza de otro atentado anterior donde murieron cientos de residentes del campo de Burij. Como verás, es una espiral donde no existe final.

—¿Y qué me quieres decir con eso? No es nada nuevo.

—Llevamos aquí mucho tiempo y nunca habíamos vivido tanta tensión. Esto nos da mala espina. Por eso es nuestra obligación insistirte, ahora que estás a punto de dar a luz, en que no seas tonta y, antes de que sea demasiado tarde, te vayas a España para criar a tu hijo en la normalidad.

—¿Y vosotros qué?

—Nosotros somos mayores y no tenemos hijos. Nuestra familia está aquí, con todos estos refugiados. De todas formas, queremos que escuches a Bashira y que te cuente.

—Ya que ha venido no le voy a hacer el feo de no escucharla, pero no me vais a convencer. Por cierto, tienes un nombre muy bonito, ¿qué significa?

—Portadora de buenas noticias.

—Mira por dónde, espero que así sea.

—Vivía con mi familia hace unos días —comenzó a hablar Bashira— en un campo de refugiados cerca de aquí, que se caracteriza por su extrema pobreza y por ser uno de los hogares naturales de gran parte de la resistencia palestina. Mi casa estaba situada unos metros más allá, lo que se conoce como el «cementerio de los mártires». Una zona elevada que los niños utilizan a menudo para observar los movimientos de los tanques israelíes cuando comienzan las incursiones diarias contra el campo. Todos los jóvenes nos poníamos a silbar y a gritar cada vez que avistábamos a soldados y nos comunicábamos con señas mientras nos escondíamos detrás de unas sencillas tumbas. No estábamos precisamente a salvo y muchos de mis amigos han muerto. Cuando los habitantes de mi campo estaban enfrascados en un debate absurdo, la gente fue brutalmente asesinada o herida. La Cruz Roja tenía bloqueado el acceso al campo y no podía ayudar a los heridos.

»De forma natural, cientos de hombres, niños y mujeres se unieron en una manifestación para ir en su ayuda. Los primeros de la gran avalancha resultaron heridos, pero consiguieron que los soldados israelíes se quedaran estupefactos ante la enorme multitud que se acercaba cantando. Los vehículos de la ONU y las ambulancias de la Cruz Roja se cobijaron entre la muchedumbre y juntos rompieron el asedio. No creo que haya tanta suerte la próxima vez.

—¿Y qué me quieres decir con eso, cariño?

—Escuchamos que tienen planeado atacar en esta zona. No de forma inminente, pero seguro que tarde o temprano se dirigirán hacia aquí.

El rostro de Clara cambió por completo. Por primera vez sintió miedo de verdad.

—Os agradezco el intento. Sé que lo hacéis con la mejor de las intenciones y es posible que me esté equivocando, pero aun así no soy capaz de dejar todo esto, de dejar a toda esta gente que sí tiene problemas de verdad. Que se juegan la vida todos los días, no solo por las bombas, sino porque las enfermedades y la desnutrición les maltratan constantemente. ¿Cómo me voy a ir con la cantidad de cosas que hay por hacer? Mi hijo está en buenas manos y con vosotros me siento muy segura. De todas formas, vamos a hacer una cosa. Os prometo que en el primer momento que se acerquen fuerzas israelíes, y antes de que sea demasiado tarde, me iré. Pero todavía no. No me lo perdonaría. Y a ti, Bashira —dijo dirigiéndose a ella—, muchas gracias por el aviso. Sé lo mal que lo estás pasando y las experiencias que estás viviendo nunca serás capaz de olvidarlas. Por eso cuando te escucho saco muchos más motivos para quedarme. Pero cuéntame más, por favor. ¿Qué más sucedió? ¿Cómo consiguió unirse la gente de esa manera tan espontánea con el gran riesgo que corrían?

—Recuerdo —contestó Bashira— como los vecinos abrían los postigos de las ventanas para asomarse, y como abrían las puertas de sus hogares para ver lo que sucedía en el exterior en un estado de incredulidad total. Cuando la gente del campo recién arrasado vio llegar a aquella muchedumbre en su ayuda, recuerdo como se entremezclaban los llantos de aquellos que recogían a sus muertos para ser enterrados con los cantos y la alegría de los que se veían rescatados de un desastre mucho mayor. Los heridos eran transportados en brazos y los extranjeros que allí estaban compartían toda la comida de la que disponían. Fue un acto de solidaridad nunca visto. Por una vez sentí que todavía, en medio de tanta adversidad, existe un rayo de esperanza.

—¿Y después de lo que está contando Bashira pretendéis que me vaya? —dirigiéndose a Gabriel y Marina—. Todo lo contrario. Es ahora cuando hay que estar al pie del cañón.

Marina y Gabriel se dieron cuenta de que les había salido el tiro por la culata, y la pequeña charla de Bashira hizo el efecto inverso al que esperaban.

—La verdad es que la señorita tiene razón —dijo Bashira.

—Ya lo que faltaba —se le escapó a Marina—. La hemos traído para que nos ayude a convencerla para que se vaya, y cada vez que habla le da más argumentos para que se quede.

—Hubo un padre que perdió a su hijo en la incursión —continuó Bashira—, y gritó ante la muchedumbre: «Aunque he perdido a mi hijo, estoy contento de que muchos hayan conseguido vivir». Más tarde, y aquel mismo día, nuestro campo de refugiados cayó bajo un estricto toque de queda, llegando de nuevo el miedo y el terror por poder revivir los ataques de días pasados. Pero el bien ya estaba hecho y la gente no se lamentaba por ello. Estaban orgullosos de haber hecho lo que hicieron. Lo más sorprendente de todo es que fueron las mujeres palestinas las instigadoras y las primeras que se pusieron al frente de la manifestación para romper el feroz asedio impuesto contra Gaza.

—Las mujeres palestinas demostráis una fortaleza nunca vista.—Usted, señorita, parece una mujer palestina. Me gustaría darle las gracias en nombre de todo mi pueblo por su valentía. Usted no tendría por qué estar aquí en su estado, y sin embargo se queda para ayudar. No sé qué decir.

—No digas nada. Vosotras las mujeres debéis sentir un gran orgullo. Orgullo porque sois el digno ejemplo del pueblo que se niega a rendirse. Sin embargo, nosotros deberíamos sentir vergüenza. Y cuando digo nosotros me refiero a la comunidad internacional. Cómo podemos permitir la humillación de todo un pueblo, hasta el extremo de que sean las madres hambrientas las que se enfrenten a palos contra los gases lacrimógenos de la policía militar israelí, para poder comprar leche, alimentos o medicinas. Es una verdadera vergüenza.

—Bueno…, yo creo que va a ser mejor dejarlo. No volveremos a intentarlo más, te lo prometo —dijo Marina—. Ahora lo que hay que hacer es que el parto salga con total normalidad.

—Gabriel, muchas gracias de todos modos, sois un encanto y os lo agradezco de veras.

—Señorita —interrumpió Bashira mientras se acercaba a Clara—, ¿puedo? —le preguntó pidiéndole permiso para tocarle la tripa.

—Claro que sí. Mira, acércate más —le cogió la mano y se la puso sobre el bajo vientre para que notara las pequeñas pataditas que daba el bebé con frecuencia.

La joven palestina estaba entusiasmada y muy agradecida por aquel simple gesto.

—Gracias, señorita.

—Nosotros sí que tenemos que estar agradecidos. Tú sí que eres una mujer muy valiente, Bashira, porque a pesar de todo lo que estás viviendo no pierdes la esperanza.

—Eso es lo único que nos queda.

—Ahora te voy a pedir yo a ti un favor.

—Usted dirá.

—Quiero que estés aquí cuando dé a luz, si no te importa.

—Me encantaría, señorita.

—Y una cosa más —le dijo antes de que se fuera—, que me llames Clara.

—De acuerdo.

Los tres se alejaron sin cumplir la misión que se habían propuesto, pero cuando estaban a unos diez metros escucharon como alguien les llamaba. Era Clara.

—¡Marina! ¿Puedes venir un momento?

—No se habrá puesto de parto —dijo Gabriel—, todavía le quedan unos días.

Marina dio media vuelta y regresó para ver qué quería Clara.

—Marina, necesitaba hablar contigo un momento y quería que fuera a solas.

—Dime.

—Quiero que me prometas una cosa y que pase lo que pase lo cumplirás —decía mientras sacaba un sobre de su bolsillo.

—Si está a mi alcance.

—No, si está a tu alcance no. Me lo tienes que prometer.

El rostro de Marina cambió cuando se dio cuenta de que la petición de Clara parecía ser de mucha importancia y merecía toda su atención y compromiso.

—Cuenta con ello.

—Mira, aquí dentro tienes la dirección de mi madre en Madrid, el teléfono y todos los datos que puedas necesitar.

—¿Necesitar para qué?

—Si a mí me ocurriese alguna cosa…

—¿Cómo que si te ocurre alguna cosa?

—No me interrumpas, Marina, por favor.

—No te va a ocurrir nada. A ti no puede sucederte nada, no me asustes —dijo con los ojos humedecidos.

—Estamos en riesgo y lo sé, y por eso quiero ser precavida. Como te iba diciendo, si me ocurre cualquier cosa quiero que entregues el niño a mi madre. Aquí en este sobre, además de los datos, hay una carta dirigida a mi madre contándole todo y tienes el dinero suficiente para viajar a Madrid y volver.

—Pero…

—No quiero que me digas nada, solo que lo harás.

—Por supuesto que sí, Clara, pero estoy segura de que vas a poder enseñar el hijo a tu madre personalmente.

—Gracias, Marina.

—Dios te oiga, Marina, Dios te oiga —dijo en voz baja cuando ya Marina no la escuchaba.

Capítulo 41

Mundo real

Sara trabajaba en el turno de tarde en el hotel y Ainhoa lo mismo en el hospital. Por fin habían podido coincidir en los turnos desde hacía semanas y decidieron pasar juntas la mañana, ya que Adrián y Luis estaban en sus respectivos trabajos.

Sophie estaba con su abuela en el hospital, por lo que Charlotte también estaba acompañada.

Había amanecido el día con un sol espléndido y qué mejor que disfrutarlo al aire libre. Decidieron ir a desayunar por la zona centro de la capital y después dirigirse al parque del Retiro. No les importaba madrugar, todo lo contrario, por lo que quedaron a primera hora para tomar un chocolate con porras en San Ginés, una de las chocolaterías más conocidas de Madrid.Las dos llamaban la atención allí por donde pasaban. Ambas con el pelo castaño y ojos verdes, parecían más hermanas que amigas. Además, eran prácticamente de la misma edad. Se llevaban un solo día.

Fueron por la calle Mayor y bajaron una pequeña cuesta hasta dar con el pasadizo de San Ginés. A pesar de estar ubicada en una zona de no mucho bullicio y no fácil de encontrar, la chocolatería cogió mucha fama desde su inauguración en 1894. Durante la Segunda República se la conocía como «la escondida» por el pasadizo donde se encuentra.

Al llegar vieron que estaba a rebosar de gente y que prácticamente no se podía entrar. Se asomaron, y, justo en el momento en que se daban media vuelta para buscar otro sitio, les llamó uno de los camareros.

—¡Señoritas! ¡Ese par de guapas! ¡Abajo hay sitio!

Bajaron las empinadas escaleras que hay nada más entrar a la derecha y se sorprendieron al ver que la parte del sótano estaba prácticamente vacía. Ideal para desayunar y charlar con tranquilidad. La última reforma había dejado la parte baja muy acogedora. Las paredes llenas de espejos le daban amplitud y una gran luminosidad, y los grandes bancos tapizados en verde pegados a la pared con las sillas de culo redondo del mismo color enfrente de cada mesa de mármol blanco, el mismo tono que el de las baldosas del suelo, lo convertían en un lugar de armoniosa decoración.

Se sentaron en una de las mesas del fondo y enseguida apareció un camarero para atenderlas.

—¿Qué es lo que van a tomar?

—¿Qué quieres, porras o churros? —preguntó Sara a Ainhoa.

—Yo porras.

—Pues nos trae un par de chocolates y media docena de porras —contestó al camarero Sara.

—Ahora mismo, señoritas.

—Bueno, ¿qué?, ¿lo has traído? —preguntó Ainhoa—. ¿Has traído el libro que estás leyendo a Charlotte?

—Sí, aquí está —contestó Sara mientras lo sacaba del bolso.

—Pues ya puedes empezar a leer por donde lo hayas dejado.

—Pero si no te vas a enterar de nada.

—Qué va. Con todo lo que me has ido contando tengo una ligera idea de todo el argumento. ¿No ves que no es la primera vez que se lo lees?»Me has dicho que te has quedado cuando está a punto de dar a luz Clara. Cuando ya le había dado las instrucciones a Marina para que si le sucedía cualquier cosa le diera el niño a su madre. ¿Ves como estoy al día? Pues ya puedes seguir, que la cosa está interesante.

—No creas que la cosa es tan buena. Lo que sigue ahora no es tan divertido.

—Me has contado más de una vez el libro en líneas generales, pero nunca has pasado de ahí. Siempre me he quedado con la intriga.

Antes de que empezara Sara con la lectura, apareció el camarero con lo que habían pedido.

—Aquí tienen, señoritas, sus chocolates y su media docena de porras.

—Muchas gracias —dijeron las dos al mismo tiempo.

—No hay de qué. Que les aproveche.

—Bueno, Sara, empieza de una vez.

—A ver…, ¿por dónde iba?... Ya está.

* * * * *

Lectura de Sara

Marina y los compañeros de la Cruz Roja estaban esperando que de un momento a otro comenzara con las contracciones. Salvo los vómitos y los tobillos muy hinchados por la circulación, el embarazo fue bastante llevadero, como decía Clara, para ser primeriza. Tenía la barriga que parecía que iba a reventar y que no podía dar más de sí. En los últimos días se había dedicado exclusivamente a descansar y a dar de comer a los más pequeños, cualquier cosa menos realizar algún tipo de esfuerzo.

Desde la conversación que tuvo con la joven Bashira no había vuelto a haber noticias sobre ninguna emboscada ni atentados. Se respiraba una calma tensa en la zona y la vida en el campo era totalmente normal. Según Gabriel, estaba todo demasiado tranquilo y eso no presagiaba nada positivo.

Ese día se encontraba algo extraña y con bastantes molestias. «Creo que de hoy no pasa», pensó. Aun así, pasó todo el día en la tienda de los niños huérfanos más pequeños intentando colaborar en lo que le fuera posible. Cuando ya no pudo más se fue a descansar, eran las diez de la noche. Marina le había hecho el favor de dormir con ella en su misma tienda por si se ponía de parto. Una hora después, sobre las once de la noche, Clara llamó a Marina:—Marina, he roto aguas.

—¡Qué! ... Vale..., no nos pongamos nerviosas.

—¡Te quieres tranquilizar, la que voy a tener el niño soy yo! ¡Aaaah! —en esos momentos dio un grito de dolor que puso a Marina más nerviosa todavía. Marina había ayudado a traer al mundo a muchos niños y estaba acostumbrada a ello, pero no sabía por qué razón ese niño era especial para ella. Clara era como una hija para ella y de ahí los nervios.

—¿Quieres que llame a Ramón para que venga aquí o tienes fuerzas para llegar al hospital?

—Puedo llegar, no te preocupes.

Le ayudó a levantarse y, agarrándola del brazo, fueron con pasos cortos pero lo más ligeros que el dolor le permitía a Clara hasta llegar al hospital. Don Ramón, el médico, se encontraba en la puerta tomando un bocadillo después de toda la dura jornada. No había tenido ni un hueco para comer.

—Hombre, Clara, por fin, ya estás aquí —dijo al verlas llegar.

—Ramón, se ha puesto de parto, ha roto aguas.

—Vamos allá. Acuéstala en aquella camilla de allí mientras me preparo y aviso al personal.

Marina hizo lo que le ordenó Ramón y ayudó a Clara a recostarse en la camilla.

—¿Estás nerviosa, Clara?

—Sí, bastante. Todo va a salir bien, ¿verdad?

—Claro que sí, cariño. Cuando menos te quieras dar cuenta ya estás abrazando a tu criatura.

—¡Aaaah! ¡Me duele mucho!

—Agárrame la mano y respira hondo.

—Manda buscar a Bashira, se lo prometí.

Llamó a una de las enfermeras para que buscaran a Bashira.

—A ver, por favor, ¿puedes ir a buscar a…?

—Ya la he oído, no te preocupes, enseguida la buscamos.

Aparecieron Ramón, la matrona y un par de enfermeras.

—Clara, quiero que estés muy tranquila y que vayas haciendo todo lo que te vayamos diciendo. Todo va a salir bien, ¿de acuerdo? Y sobre todo respira hondo —pronunciaba tras la mascarilla.

—¡Ufff! ¡Aaaah! ¡Esto duele! ¡Como pille al cabrón del padre! Perdón, doctor.

—No hay nada que perdonar. En estos momentos se permite todo. Puedes ponerle a parir todo lo que quieras. Por cierto, Marina, hoy no tienes buena cara, ¿prefieres quedarte fuera?

—Si no te importa.

—Cómo me va a importar. Somos suficientes y este niño va a salir solo.

Marina prefirió esperar fuera fumando un cigarrillo. Cuando estaba en la puerta vio llegar a Gabriel junto a Bashira.

—¿Ya se ha puesto de parto? —preguntó la joven Bashira—. ¿Y se puede pasar?

—Ahora será mejor que no, cielo, pero serás la primera en verlo.

—¿Qué tal estaba? —preguntó Gabriel.

—Dentro de los nervios normales de una primeriza, bastante bien. Estaba en el momento crítico, cuando recuerda al padre, ya me entiendes.

—¿Y le ha insultado mucho?

—No ha pasado de cabrón.

—Entonces es que no le duele tanto. Dame un cigarrillo. Por cierto, ¿qué haces fumando? Si tú no fumas.

—Siempre llevo un paquete encima para casos excepcionales o de alta tensión.

—La quieres mucho, ¿no es así?

—Nunca he tenido una hija, Gabriel, pero, si esto es lo que siente una madre por su hija, es maravilloso. Sí, la verdad es que la quiero a rabiar y estoy muy asustada por ella. Se está arriesgando demasiado. Lo de menos es el parto, pero tú has escuchado lo mismo que yo y sabes que los israelíes están preparando algo.

—Venía hablando con Bashira y ella cree lo mismo. La calma que se respira estos días no es buena.

Bashira se puso a dar paseos de un lado para otro y ellos dos se sentaron en los escalones de la entrada. Estuvieron en la puerta conversando durante media hora, hasta que a las doce en punto escucharon el llanto de un bebé.

—¡Ya está aquí! —gritó Bashira—. ¿Podemos pasar?

—Ahora sí. Vamos a ver a la madre y al hijo.

Cuando entraron encontraron a una sonriente Clara con una preciosa niña sobre su pecho.

—¡Ha sido una niña! —dijo la joven palestina.

—Clara, cariño, es una preciosidad —dijo Marina entre lágrimas.

—Pero ¿por qué lloras, Marina?

—Es de alegría. Es que estoy muy sensible últimamente, no me hagas caso.

—¿Qué tal se ha portado Clara? —preguntó a Ramón.

—Es una valiente y se ha portado estupendamente. No esperábamos menos de ella. Clara es un ejemplo para todo el campamento.

Bashira estaba con los ojos fuera de las órbitas al ver aquella niña tan pequeña.

—Bashira, acércate —le pidió Clara—. ¿La quieres coger un poco?

—¿Puedo?

—Pero con mucho cuidado —avisó Marina—, que ahora son muy delicados.

Al coger al bebé Bashira se quedó como una estatua. Prácticamente ni pestañeaba. Todos empezaron a reírse.

—Ahora déjasela a Marina para que la laven y la dejen bien aseadita. Puedes ir con ella si quieres, y así mientras pasamos a su madre a una de las camas para que descanse.

* * * * *

Mundo real

—Qué bonito —dijo Ainhoa—, qué escena más tierna. Por fin ha tenido a una niña. Ya iba siendo hora, creía que no la iba a tener nunca. Me la imagino parecida a su madre. Y sobre todo me hace mucha gracia Bashira. A ella me la imagino la típica mujer palestina, joven, muy guapa, morena de piel y con melena negra.

—Te has adelantado solo dos frases.

—¿Por qué dices eso?

—Ya verás.

* * * * *

Lectura de Sara

De repente, mientras estaban lavando a la niña, escucharon una especie de silbido. Marina y Bashira se miraron, conocían ese ruido perfectamente. Cogieron a la niña, la envolvieron en una manta y se metieron debajo de la pila de mármol. Era el sitio perfecto y no les daba tiempo a salir. Entonces se escuchó un fuerte estruendo justo al otro lado de la puerta. La bomba cayó en la zona de quirófanos. La fuerte humareda tardó en disiparse y, además de no dejarlas ver nada en absoluto, no les permitía respirar con normalidad. Toda la clínica era un verdadero caos. No era la primera vez que los israelíes lanzaban una bomba y por equivocación caía encima de un hospital. Hubo decenas de heridos y unos diez muertos, entre los que se encontraban Clara y Gabriel. La gente corría de un lado a otro sin saber dónde buscar ayuda. Los gritos de auxilio no cesaban. Por suerte, la mayoría de los médicos y enfermeras estaban descansando en sus tiendas y pudieron actuar en cuanto vieron el desastre.

Marina tenía a la niña en brazos y no podía hacer otra cosa que protegerla de la cantidad de rescoldos y polvo que había en el ambiente.

—Bashira, ¿puedes retirar tú sola esas maderas?, ¿podrías intentarlo?

Con todas las fuerzas que fue capaz de reunir y ayudándose de las piernas, empujó los trozos de viga que las habían dejado encerradas hasta abrir un pequeño hueco, el suficiente para poder salir, no sin dificultad. Tenían que actuar rápido, porque lo que quedaba de techo estaba a punto de derrumbarse. Primero salió Bashira. Una vez fuera cogió a la niña, y con la mano que le quedaba libre ayudó a salir a Marina estirando de ella con sumo cuidado. Nada más salir, el techo se desmoronó sobre la pila que les había salvado la vida.

Marina era consciente de lo que había pasado. Había perdido a las dos personas más importantes para ella en el campo y estaba en estado de *shock*. Debido a la cercanía del impacto ambas sufrían una sordera momentánea. Era como ver una película de guerra en la época de cine mudo. Se daban cuenta del horror que se estaba viviendo por los gestos de dolor, los miembros mutilados esparcidos por todo el terreno y las carreras del personal de la Cruz Roja de un lado a otro para intentar ayudar a todos los heridos. No era capaz de soltar ni una sola lágrima. Sin soltar a la niña se sentó junto a Bashira en uno de los muchos maderos que habían saltado por los aires por la explosión. Su cuerpo se quedó paralizado y sin poder reaccionar. Quería sumarse a la ayuda, pero no podía.

Bashira en este caso no hizo honor a su nombre y no fue portadora de buenas noticias. Sin embargo, no se equivocó. A pesar de los consejos dados por todas las personas de su entorno, Clara quiso arriesgar demasiado y ese riesgo terminó costándole la vida. Y por eso Marina se sentía culpable. No tenía que haberle aconsejado, le tenía que haber obligado a irse. Pero ya era demasiado tarde, ya no había nada que hacer. Gabriel y ella estaban bajo los escombros y habían muerto trabajando en lo que más les gustaba. Habían sacrificado su vida por los demás en todo momento y el destino quiso que algo de Clara quedara en este mundo; la preciosa criatura que tenía en sus brazos y que se había salvado de una muerte segura por unos segundos. Era obvio que esa niña estaba predestinada para algo importante.

* * * * *

Mundo real

—¿No me digas que estás llorando? —preguntó Sara.

—Se me ha escapado alguna lágrima, ya sabes que soy muy sentimental. Es que no me esperaba que muriera Clara de repente. Qué pena, ahora que podía disfrutar de su niña.

—Ya le habían avisado y estaba bastante claro que de un momento a otro podía suceder.

—De todas formas, me ha dejado totalmente chafada, la niña se ha quedado huérfana enseguida. ¿Y Ahora qué va a pasar con la niña? ¿No sería lógico que hubiera encargado que se la dieran al padre?

—No, del padre nunca supo ni quiso saber nada. Ahora Marina tendrá que hacer lo que prometió. Tendrá que dársela a su madre.

—Vaya papeleta para Marina. Tiene que decirle a su madre que su hija ha fallecido y que tiene una nieta.

—Así es.

—¿Por qué no nos terminamos el chocolate y seguimos en el Retiro al aire libre? Hace un día estupendo.

—Perfecto, vamos para allá —contestó Sara.

—Una pregunta, Sara —dijo Ainhoa mientras subían la escalera para salir de San Ginés.

—Dime.

—¿En qué año dices que nace la niña?

—La historia transcurre en 1989, ¿por qué?

—Nada, por nada. Son cosas mías.

Capítulo 42

Decidieron ir dando un paseo en lugar de coger transporte público. Hacía un día demasiado bueno como para encerrarse en un autobús y era mucho mejor dejarse contagiar por el ambiente urbano y disfrutar de las vistas de los preciosos detalles de los edificios que hay por el centro de Madrid, que solo se pueden observar si vas sin prisas y a pie.

Fueron hacia Sol para luego coger la Carrera de San Jerónimo, de ahí hasta la Plaza de Neptuno, la atravesaron y cogieron la calle Felipe IV hasta llegar a Alfonso XII. Una vez ahí entraron al parque de El Retiro por la puerta que les pillaba más cerca.

Buscaron un banco cerca del lago para seguir con la lectura. Si había alguna cosa que les pudiera sacar de dudas, ya les quedaba poco para poder averiguarlo, porque el libro estaba llegando a su final.

—¿Has sacado algo en claro del libro, como te dijo tu abuela? —preguntó Ainhoa.

—No, para nada. Estamos ya en el final y por más que lo leo no sé lo que me quiso decir.

—Entonces sigamos a ver si encontramos algo.

Lectura de Sara

Solo una bomba cayó ese día, con tan mala fortuna que lo hizo en el hospital donde se encontraban. Tuvieron que utilizar algunas tiendas como clínicas provisionales, y lo peor de todo fue, además de las pérdidas humanas, como es lógico, la destrucción de diverso material quirúrgico y hospitalario. Material que pidieron con urgencia a otros campos cercanos.Enseguida pusieron en conocimiento del Ministerio de Exteriores la lista de fallecidos con identidad nacional para que se hicieran cargo de su traslado en aquellos casos en que fuera necesario. No todos los españoles eran repatriados a su lugar de origen, pues algunos de ellos eran personas sin familia que habían dado las instrucciones oportunas para que, en caso de fallecer, fueran enterrados en el mismo Gaza. Pero ese no era el caso de Clara.

La noticia no tardó en llegar a España a través de los medios de prensa, radio y televisión. Todos los días se informaba de lo ocurrido en la zona, pero cuando los fallecidos eran del país la información era prioritaria.

Marina debía buscar un teléfono urgentemente y notificar lo sucedido a la madre de Clara antes de que repatriasen su cadáver. Qué mejor que pedir ayuda a los militares que se encontraban en la zona como apoyo y que eran los que iban a trasladar a los cinco fallecidos españoles a España en un avión de las Fuerzas Armadas.

Una vez que le habían facilitado el teléfono desde donde poder llamar se paró a pensar cinco minutos. Necesitaba coger fuerzas y meditar la forma en que decírselo.

«Qué más da como se lo diga, la noticia va a ser igual de traumática», pensó.

Entonces respiró hondo y marcó el número. Después de sonar cuatro veces alguien descolgó.—¿Sí, dígame?

—Buenas tardes. Preguntaba por la madre de Clara.

—Sí, soy yo.

—La llamo desde el campamento de la Cruz Roja de Gaza.

No le hizo falta escuchar nada más. Había oído la noticia de los cinco fallecidos por televisión, pero tenía la esperanza de que ninguno de los cuerpos perteneciese a su hija. Se dejó caer sobre el sillón que tenía al lado del teléfono y se agarró fuertemente al reposabrazos para escuchar el resto de la noticia.

—Lo siento mucho, pero debo darle una desagradable noticia. —Antes de que siguiese, ya había comenzado a llorar—. Su hija Clara es uno de los cinco fallecidos en el bombardeo efectuado por error de esta mañana contra el hospital de la Cruz Roja. Su cuerpo va a ser repatriado mañana mismo. Quiero que sepa que su hija ha fallecido haciendo lo que más le gustaba y era la persona más querida del campo. Era una persona excepcional. Siento mucho tener que comunicárselo de este modo.

—No se preocupe, señorita. Sabía que esto podía suceder —dijo con la voz entrecortada—. ¿Y usted es?

—Soy Marina, su mejor amiga desde que está aquí. Pero…, hay una cosa más.

—¿Una cosa más?

—Su hija falleció justo después de dar a luz a una preciosa niña.

—¿Que mi hija estaba embarazada? ¿De una niña?

La noticia no modificó la gran tristeza que sentía por la pérdida de su hija, pero abrió un pequeño hueco en su corazón para la alegría.

—Me dejó encargado que si le pasaba algo le llevase a la niña a Madrid.

—¿A qué hora llegan?

—Llegaremos sobre las doce del mediodía.

—Allí estaré.

La madre se pasó llorando sin parar prácticamente toda la noche. Aunque se había imaginado esa llamada mil veces, creía que algún día aparecería su hija Clara por la puerta y se darían un fuerte abrazo. Se arrepentía de no haber estado más tiempo con ella y empezaba a cuestionarse si había ejercido bien como madre. Pero ahora había otra cosa más importante en la que pensar, y esa era que su niña tuviera un buen futuro. Y para eso lo mejor sería entregarle la niña a su hermana. Seguro que la admitiría con agrado. Su hija tenía un año y se podrían criar juntas sin ningún problema. Crecerían como dos hermanas en un buen entorno lleno de felicidad.

FIN

* * * * *

Mundo real

—Espera un momento, Sara —advirtió Ainhoa.

—¿Qué pasa?

—¿Cómo se llama la autora del libro?

—Mar Brown, ¿por qué?

—Puede que sea un seudónimo…, pero…

—¿Pero qué?

—¿Te dice algo ese nombre? ¿Puede tener algún significado para ti?

—En estos momentos no significa nada.

—¿Y tú cuánto tiempo te llevas con tu hermana Charlotte?

—Un año. ¿A dónde quieres ir a parar?

—Creo que deberías hablar con tu abuela o con tu madre. Yo no me atrevo a decirte lo que se me está pasando por la cabeza.

—¿No se supone que somos buenas amigas?

—Y lo somos, pero si es verdad lo que pienso no creo que deba ser yo la que te lo cuente.

—¿Por qué no te dejas de rodeos y me lo dices de una vez?—Está bien. De todas formas no es nada más que una suposición.

—Y dale. Quieres empezar de…

—Vale, ya empiezo. Creo que lo que se cuenta en el libro puede ser real.

—Ya, como cualquier novela, ¿y qué?—Si me vas a estar interrumpiendo cada dos por tres no vamos a terminar nunca —dijo Ainhoa mientras Sara hacía el gesto de cerrarse los labios con llave—. Lo que quiero decir es que creo que es vuestra historia. Hay demasiadas coincidencias. Todo sucedió en 1989, el año de nuestro nacimiento. Tú me has dicho en ocasiones, aunque haya sido sin pensar, que no te pareces a Charlotte. ¿No será que en realidad tu hermana es la niña que…?

—Todo eso es imposible, es una chorrada —volvió a interrumpir Sara—. Lo del año es una simple casualidad y es lo que te ha hecho intentar enlazar lo demás inconscientemente.

—Puede que tengas razón, serán fantasías mías. Pero, entonces, ¿por qué tanta incógnita con el libro y esos mensajes subliminales de tu abuela?

—Eso es lo que voy a averiguar esta misma tarde. Ya no voy a esperar más con tanto secretismo.

—Pero ¿no tienes trabajo?

—Voy a llamar a una compañera para que me cambie el turno. Necesito hablar de una vez por todas con mi abuela para que me aclare todo, y para eso necesito toda la tarde y no tener prisas. Voy a llamarla para ver si va a estar en casa o se va con mi madre al hospital. Porque mi madre va al hospital seguro. No quiere que Charlotte se quede toda una tarde sola.

—De eso nos os preocupéis, porque sabéis que siempre estoy pendiente de tu hermana.

—Ya lo sé… —Marcó el teléfono de su abuela y lo dejó sonar hasta que por fin…

—¿Sí? ¿Quién es?

—Soy yo, abuela, Sara.

—Hola, cariño, ¿cómo estás?

—Muy bien, abuela. Mira, una cosa, quería saber si vas a estar esta tarde en casa, tengo que hablar contigo.

—¿Ha pasado algo? ¿No trabajabas?

—He terminado el libro.

—De acuerdo, ven y hablamos. Tu madre ya se ha ido al hospital.

—Ahora en un rato voy a verte. Estoy con Ainhoa, en una hora y media estoy por allí.

—Aquí te espero.

Las dos colgaron. Margot sabía que había llegado el momento de contárselo todo, y aunque su madre no estuviera presente creía que era mejor decírselo a solas y liberar a Sophie de esa carga por el momento hasta ver la reacción de Sara. En caso de que no se lo tomase del todo bien, siempre se podría echar la culpa a sí misma y no involucrar a su hija Sophie para que la relación entre su hija y su nieta siguiera fluyendo con la mayor normalidad posible.

—Qué puñetera eres —dijo Sara—, ahora me has dejado con la mosca tras la oreja y no dejo de pensar en lo que me has dicho.

—¿Te imaginas que fuera verdad? Ten en cuenta que tu abuela ha vivido mucho. A lo mejor el secreto de Charlotte se refiere al sobre que recibió hace dos años. ¿No me dijiste que a tu abuela le gustaba mucho escribir? Seguro que ha sido ella…

—¡Quieres parar ya! Me estás volviendo loca con tantas elucubraciones sin sentido —le gritó de broma mientras le tapaba la boca con las dos manos.

—Esto se está poniendo muy interesante. Si pudiera cambiaba el turno yo también y me iba contigo. Bueno, ahora en serio. Creo que el libro lo ha podido escribir tu abuela, pero, como no vamos a saber nada hasta que no hables con ella, mejor será esperar hasta esta tarde. Ahora nos podemos volver andando otra vez y hacer tiempo hasta la hora del aperitivo. ¿Dónde quieres que vayamos a tomarlo?

—Será que no hay sitios en Madrid. Podríamos llegar esta vez a Plaza de Colón y subir por los bulevares hasta Bilbao. Allí hay una cafetería muy grande que hace esquina. Lleva muchísimos años abierta, pero ahora no recuerdo cómo se llama.

—Te refieres al café Comercial. Me encanta ese sitio porque da igual a la hora que vayas. Tiene infinidad de ambientes y tipos de gente, y te puedes tomar cualquier cosa dependiendo de la hora.

—¿Por qué no buscas en el móvil información? Me han contado que esa cafetería tiene mucha historia.

La idea les pareció buena a las dos. Cerraron el libro y pusieron rumbo, esta vez por un itinerario distinto, al café Comercial mientras buscaban en Google. Les encantaba indagar en Internet y leer sobre los sitios que visitaban, era una forma de aprender y conocer más sobre Madrid.

—Aquí lo tengo —dijo Ainhoa —. «El café Comercial abrió en 1887, aunque su aspecto actual es el resultado de la reforma que sufrió en los años cincuenta. En él han saboreado sus chocolates con picatostes y ensuciado alguna cuartilla los José Hiero, Blas de Otero, Ángel González, Celeya, Pérez Reverte…

»El universo del café Comercial se debate en 2012 entre enrocarse sobre su solera y abrirse al siglo XXI (tienen hasta cuentas en Facebook y Twitter), dando lugar a algunos paisajes interiores de lo más diversos, a veces un tanto marcianos: el piso de arriba, que aúna viejas mesas de juego (antaño vetadas a las mujeres) y la atmósfera de paso del cibercafé que aloja, se transforma en lugar de ambiente cabaretero los jueves y sábados con los monólogos de Madame Gimeno; los camareros de elegante chaquetilla que hoy pueden llevar pendiente; los señores de barba blanca que leen, anotan y apuran su café, el guiri, el joven profesional liberal con su Macintosh, los chavales que toman las primeras copas, las señoras con laca, los churros con chocolate a la salida del cotillón, la pizarra de los cafés "sospeso"…».

—¿Te imaginas en los años cincuenta en el piso de arriba solo hombres, con sus puros habanos, bien elegantes y hablando de interesantes temas políticos? Cuántas historias habrán vivido esas mesas y paredes.

—Bueno, sigo leyendo lo que queda: «Al traspasar la pesada puerta giratoria del Comercial uno puede imaginar las mil vidas de la glorieta, siempre jaleosa. Al revés de esos vídeos en los que el lugar permanece y son los viandantes los que hacen cambiar el escenario…, bla, bla, bla». Esto que sigue ya no tiene nada que ver con la cafetería. Esto de Google es una maravilla. Ahora quien no está informado es porque no le da la gana.

Justo antes de llegar se encontraron con una manifestación en la puerta de la sede del Partido Popular en la calle Génova. Una de tantas que se producían con frecuencia en la capital madrileña. Intentaron esquivarla cambiando de acera, aunque luego tuvieran que volver a cruzar, porque en caso contrario se les haría demasiado tarde. Ainhoa tenía que calcular bien el tiempo porque no se había llevado el coche. Lo había dejado en el *parking* de casa, como hacía la mayoría de las veces cuando iba al centro.

—¿Te da tiempo, Ainhoa?

—Sí. Para una cervecita rápida sí tengo tiempo.

—Yo en cuanto salgamos de aquí le voy a poner un mensaje a Adri para decirle que no voy a trabajar y que voy a casa de mis padres.

—¿Y no será mejor que se lo digas cuando vayas esta noche? Lo mismo se asusta o se extraña de vayas de manera urgente a casa de tu madre, cambiado incluso tu turno.

—¿Ves?, para eso están las buenas amigas, para dar buenos consejos. Mejor así.

El café Comercial estaba a rebosar, y esta vez no tenían la posibilidad de una planta baja vacía como en el caso de San Ginés. De cualquier forma, era un local muy grande, seguro que buscando encontrarían un pequeño espacio para dos. Enseguida vieron a una pareja que estaba pagando la cuenta en la barra. Esperaron junto a ellos para, nada más salieran, ponerse en su lugar. Y así lo hicieron. Estaban algo apretadas, pero para el poco tiempo del que disponían era suficiente. Ya que habían ido hasta allí no se iban a dar media vuelta.

—¿Qué te apetece tomar, Sara?

—Me voy a pedir un Martini blanco.

—Te acompaño.

No era fácil poder llamar la atención del camarero entre tanta algarabía y bullicio, y por más que elevaban la voz o levantaban la mano el camarero pasaba de largo sin percatarse de su presencia. Mientras las atendían o no, Sara salió a llamar por teléfono para cambiar el turno antes de que fuera más tarde.

—Lo voy a intentar una vez más, si no nos atienden nos vamos, ¿te parece?

—Me parece…

—¡Díganme, señoritas!, ¿qué desean tomar? —por fin les atendió uno de los camareros cuando estaban a punto de marcharse.

—Nos trae dos Martinis blancos.

—¡Marchando dos Martinis blancos para las señoritas! —gritó.

—Entonces estás decidida a hablar con tu abuela, ¿no es así?

—Y con mi madre si es preciso. Pero sobre todo con mi abuela Margot, que es la que me ha creado la incertidumbre. En lugar de dejarme tan en suspense, que me cuente a qué se refiere con lo del «secreto de Charlotte». Te aseguro que hoy saldré de dudas. He leído más de una vez el libro y debo de ser muy torpe para no darme cuenta de nada.

—Es lógico, Sara. Y si tu abuela no te hubiera dicho nada seguro que nunca le hubieras prestado ninguna atención especial, salvo la normal que debes de prestar cuando lees cualquier libro.

Estuvieron hablando unos veinte minutos y no con la comodidad que hubieran querido. Había tanto ruido que era complicado mantener la conversación sin tener que repetir más de dos veces cada frase.

—¡Nos vamos!

—¡Va a ser mejor, aquí no hay quien hable! —dijo Ainhoa.

—Qué maravilla, esto es otra cosa —contestó Sara una vez en la calle—. Parece mentira que haya menos ruido en la calle con el tráfico que ahí. Ha habido un momento en que no te escuchaba nada. La gente ha ido elevando la voz cada vez más y casi me dejo la garganta. Bueno, Ainhoa, que te tienes que ir.

—Ya me contarás.

—No lo dudes. En cuanto sepa algo te doy un toque.

—Vale. Saluda a Adri.

—Y tú a Luis.

Se dieron un beso de despedida y se fueron cada una por su lado. Ainhoa se dirigió hacia Quevedo para coger un autobús con dirección a Moncloa y una vez allí coger un tren de cercanías, y Sara hacia la boca de metro más próxima para ir a casa de sus padres.

A esas horas el metro estaba repleto de gente que iba y venía de sus lugares de trabajo. Algún que otro ejecutivo bien trajeado que no pegaba en el entorno, jóvenes estudiantes que llegaban tarde a clase, ancianos cabreados porque nadie les cedía el asiento y un «sobaculos» que aprovechaba las estrecheces del suburbano para manosear todo lo que podía sin ser visto. Una verdadera jungla urbana ejemplo de la forma de vida del capitalismo absurdo y sin sentido. Miles de personas moviéndose sin parar bajo tierra o a ras de pavimento. Y ellas, aunque no lo quisieran, eran parte de esa decoración humana. A pesar de todo les encantaba Madrid.

Habían pasado una mañana muy agradable las dos juntas. El buen clima del día les había acompañado y, si no hubiera sido por el follón del café Comercial, la mañana habría sido perfecta.

Capítulo 43

Sara llegó a casa de sus padres antes de lo previsto. Margot estaba deseando ver a su nieta y había preparado para comer un buen guisado de carne de ternera en salsa. Sabía que era uno de sus platos preferidos. Era mucho mejor contarle todo mientras comían. Como siempre, se dejaba llevar por el refranero nacional y para ese momento le vino muy bien el de «las penas con pan menos penas son», pensó, por lo que mejor sería contarle la verdad mientras llenaban la barriga.

Al llegar al portal llamó al telefonillo.

—Abuela, abre, soy yo. —Un sonido indicaba que ya estaba abierta la puerta de entrada. Empujó y pasó por un largo *hall* hasta llegar a los ascensores. Cuando llegó al piso, su abuela la esperaba impaciente con la puerta abierta.

—Hola, abuela —dijo mientras le daba un fuerte abrazo—. Qué bien huele. ¿Qué estás haciendo de comida?

—Ya está hecha y a punto de servirse en la mesa.

—Huele a guisado de carne.

—Lo he hecho porque sé que te gusta mucho.

—Gracias, abuela.

—Ayúdame a preparar la mesa, anda. Por cierto, Sara, ¿y cómo es que has venido de repente? ¿A qué tanta urgencia?

—Como te he dicho por teléfono, he terminado el libro. Lo estaba leyendo con Ainhoa cuando ella me ha hecho un comentario que, unido a lo que tú me dijiste, me ha hecho pensar.

—Si te parece, vamos a servir la comida y te cuento mientras comemos. ¿Prefieres en la cocina o en el salón?—En la cocina es más cómodo. Donde siempre tenemos las tertulias.

—Pues pon los cubiertos mientras sirvo.

Una vez con la comida servida y las dos sentadas, Sara esperó impaciente a que su abuela comenzara a hablar.

—Antes de nada, ¿qué es lo que te ha dicho tu amiga?

—Que todo lo que he leído podía tener algo de verdad.

—Quiero que me escuches detenidamente y no nos juzgues antes de conocer toda la historia. Lo primero que te voy a decir es que tu amiga Ainhoa no ha ido mal encaminada. La autora del libro es tu abuela.

—Entonces es verdad que tú…

—Soy yo la autora del libro. Siempre me ha gustado escribir y decidí contar la historia de mi vida a través de una novela de ficción.

Antes de continuar dejó que Sara fuera asimilando lo que acababa de escuchar. En una segunda parte de su vida había dado un giro imprevisto y prefería ir contándoselo paso a paso. Al ritmo que su nieta le propusiera.

—Prueba primero la carne a ver si te gusta.

—Está buenísima, abuela, pero casi se me ha quitado el apetito de repente.

—Tienes que comer. A pesar de lo que yo te pueda contar, tienes que alimentarte.

Después de coger varias cucharadas de salsa con pequeños trozos de ternera y asimilar el primer envite, se decidió a preguntar a su abuela.

—¿Por qué el nombre de Mar Brown como autor?

—Podía haber utilizado un seudónimo, pero a pesar de eso puse Mar, abreviatura de Margot, y Brown, que es el apellido de tu bisabuelo.

—¿Cómo no me he dado cuenta?

—Es normal, es el segundo apellido de tu madre y es lo que menos te podías imaginar. Pero déjame que siga.

»La primera parte del libro, donde habla de Londres y de Nancy, la periodista que trabajó como espía, también es parte de tu pasado. Nancy era tu bisabuela. Hasta ahí todo fue relativamente normal y bastante veraz, incluso la historia del asesino de cadáveres, el cual existió en realidad. A mis padres, como a otros muchos de su generación, les tocó sufrir la Segunda Guerra Mundial, sobre todo aquellos que vivieron en Londres, Francia, Italia, etc., es decir, los países que se involucraron. Ya sabrás que España se mantuvo al margen porque acababa de salir de una cruenta guerra civil, por lo que no es raro, aunque a ti ahora te parezca extraño, que personas de esa generación quisieran colaborar activamente en ella. Tu bisabuela, como has leído, tuvo una vida de película, y de su relación con su compañero el periodista nació tu abuela. Lo que nunca me contó mi madre y me enteré con posterioridad a través de un tío mío es que cuando trabajó como espía tuvo un segundo encargo, al parecer del Vaticano. Esa historia nunca se pudo ni descartar ni confirmar. Como verás, por ahora todo normal en lo que te concierne a ti. Hubiera sido simplemente escribir una historia como otra cualquiera de nuestros antepasados.

»¿Qué tal por ahora? —No encontró ninguna respuesta por parte de su nieta. Todavía no había salido de su asombro—. Posteriormente, cuando yo era muy jovencita, tendría unos quince o dieciséis años, conocí a tu abuelo, del que te he hablado tanto y del que tienes alguna de las cartas de amor que me enviaba. Tuvimos un largo noviazgo hasta que nos pudimos casar. Ha sido y fue el único amor de mi vida y desde que falleció, demasiado joven, por cierto, no he vuelto a mirar a otro hombre. De ese amor nació tu madre Sophie y, como ya te habrás imaginado, Clara. Clara es en realidad tu tía.

—¿Cómo no me habéis dicho nada hasta ahora?

—Antes de continuar, aunque está claro que te puedes imaginar el resto de la historia, he decidido hablar contigo a solas para que no culpabilices de esto a tu madre. Ella siempre te lo quiso decir, pero estábamos siguiendo las instrucciones expresas que me dio tu tía Clara en una carta antes de morir. Tu tía era muy inteligente y desde que puso el pie en Gaza siempre se imaginó que de allí no iba a salir. Nada más quedarse embarazada pensó que, en caso de fallecer, como así terminó sucediendo, su hija Charlotte no lo supiese y creciera en un entorno de paz y armonía. Su intención era buena, pero hemos visto con el tiempo que a lo mejor hemos estado todos en un error. Sé que para ti es un disgusto enterarte a estas alturas de que Charlotte no es tu hermana, sino tu prima, pero todo ha sido por el compromiso que adquirí yo personalmente con mi hija Clara. Esto me ha causado a lo largo de toda mi vida varias discusiones, no solo con tu madre, sino también con tu padre. Como te digo, ella siempre fue partidaria de decirte la verdad. Solo te llevas con Charlotte once meses y medio y eso facilitaba las cosas, por lo que lo más normal es que con el tiempo lo llevases todo con total normalidad y no te enterases de nada.—Abuela…, no sé qué…

—Entiendo que no tengas palabras.

—No, lo que te quería decir es que lo tuviste que pasar muy mal con la muerte de tu hija y entiendo que quisieras cumplir una promesa que ella te pidió. ¿Cómo me voy a enfadar contigo después de perder a una hija? Sería injusto por mi parte. Claro que estoy enfadada, pero no es contigo ni con mi madre, la cual me dices ha intentado decirme siempre la verdad, es con el destino que ha querido que esto sea así. Esto no va a cambiar el cariño que siento hacia Charlotte. Ella siempre será mi hermana a todos los efectos.

—Todo esto se planteó desde que ocurrió el accidente. Queríamos que supieses la verdad antes de cualquier desenlace.

—Y una cosa, abuela. Entonces todo lo que cuentas en el libro de que mi tía estuvo trabajando para la Santa Alianza y todo eso, ¿es cierto?

—Es totalmente cierto. El ochenta por ciento de lo que narro en el libro es verdad. Luego hay cosas que como toda novela son invención del escritor. Por cierto, hay una cosa muy importante y que es verdad. Tu tía me mandó una carta desde Burgos antes de que tu prima naciera…

—Me gustaría que siguieras diciendo mi hermana.

—Vale, cielo. Pues eso, tu tía me mandó una carta desde Burgos antes de que naciera tu hermana. En el sobre había una dirección y una llave donde al parecer tu tía ocultó un objeto increíblemente valioso. Posteriormente me envió otra carta antes de dar a luz donde me daba las instrucciones de que lo guardase hasta que tu hermana Charlotte fuera mayor y se lo diese como única descendiente legal.

—¡Entonces! —el rostro de Sara era de sorpresa absoluta y de intriga a la vez—, no me digas que el objeto puede ser…, ¿pero no se quemó en el incendio?

—Si recuerdas, en el libro dice que cuando apareció el policía Luis con su amiga Saffiya nada más morir quemado el asesino, ella tenía ambas manos metidas bajo el hábito. Ella consiguió salvarlo y ocultarlo delante de las narices del policía. Todo esto me lo contó tu tía, con la que siempre tuve comunicación. Esa es una de las cosas que no son reales en la novela, cuando digo que Clara tenía poca comunicación con su madre. Era todo lo contrario. Pero en todo esto hay un problema. Ella nunca me quiso decir ni de palabra ni por escrito dónde lo guardó por miedo a que alguien la estuviera vigilando.

—No me digas que todavía existe por ahí un objeto guardado muy valioso, y no me refiero a económico, que tú puedes saber dónde está y que en su día murieron varias personas por ello.

—Exactamente. Pero el problema es que yo envié el sobre con esa carta a su hija, es decir, a Charlotte, hace dos años, tal y como me dijo en su día tu tía Clara que hiciera. Fue justo entonces cuando tuvisteis el accidente y Charlotte se quedó en coma.

—Por eso me decías «el secreto de Charlotte».

—¿Recuerdas que te dijera tu hermana algo de una carta?

—Ahora que lo dices… El mismo día del accidente antes de salir de casa vino el cartero preguntando por ella para entregarle una carta certificada.

—¿Entonces sabes dónde está?

—No tengo ni idea, abuela. No la quiso abrir. Solo vimos que eras tú la remitente y dijo que ya la abriría cuando volviésemos de la fiesta o al día siguiente. Yo me quedé en la puerta y ella fue a su habitación a guardarla. Sé que solía tener un lugar secreto para guardar las cosas importantes, pero no sé cuál es.

—¿Entiendes ahora la importancia de todo esto, Sara?

—Cómo no lo voy a entender. Me estás diciendo que en la habitación de mi hermana está el secreto de dónde está guardado un objeto que puede cambiar el rumbo de la religión. Me parece que estoy soñando y que vuelvo a estar en un mundo de fantasía. Abuela, ¿estás segura de todo lo que me estás contando? No estamos en el día de los inocentes.

—Que más me gustaría a mí que estar en un error. Ojalá fuera una novela de ficción, pero por desgracia no es así. A mí lo único que me importa ahora es mi nieta y que Dios nos eche una mano para que salga de esta.

—También quiero entender que, si a mi hermana le pasa algo y, perdona la crudeza, abuela, al final fallece, se lleva el secreto con ella.

—Es verdad. Ahora mismo tu hermana está en poder de algo que podría cambiar la manera de pensar de millones de personas.

—Y otros muchos preferirían por lo tanto que no se despertase del coma. Esto es una locura, abuela. Hubiera preferido que no me hubieras contado nada. ¿Era necesario?

—Por desgracia, así es, por lo que no debes hablar de esto con nadie. Tenía que contártelo todo y preguntarte sobre la carta.

—No te preocupes, no se me ocurriría hablar de esto con nadie.

—¿Estés enfadada, Sara?

—No sé ni cómo me siento. Ahora mismo estoy en una nube a punto de desmayarme. No sé qué pensar de todo esto. Quiero que seas sincera conmigo, abuela, con lo que te voy a preguntar. Entonces, ¿tenemos o no tenemos que rezar por Charlotte? —Nada más salir la pregunta de su boca se arrepintió de haberla hecho, ya que podría mostrar por su parte un interés que no era real. Ella solo quería poder volver a hablar con Charlotte. De cualquier forma, su abuela la entendió perfectamente y no le contestó sabiendo la duda que eso le podría acarrear, aun así, tampoco tenía una respuesta clara. O Charlotte o el futuro de la religión.

En ese instante el sonido del teléfono de la casa las hizo sobresaltarse. Era muy similar al ruido de una alarma. Había dos teléfonos, uno en el salón y el otro colgado en la pared de la cocina. Sara se levantó y fue a descolgar.—¿Dígame?

—Sara, soy yo, tu madre. ¿Qué haces ahí?

—He venido a ver a la abuela.—¿Pero no tenías que trabajar esta tarde?

—Sí, pero una compañera me ha pedido que le cambiase el turno porque tiene una boda dentro de un par de días. —En ese momento no quiso contarle el motivo real de la visita a su abuela. Mejor así, porque notó a su madre algo extraña—. ¿Qué te pasa, mamá? Te noto muy rara.

—Tengo que darte una noticia y quiero que se lo transmitas a tu abuela, ya que estás ahí.

—¿Qué ha pasado? —Sara se esperaba lo peor—. Pero, mamá, ¿por qué lloras? —Sophie tenía tal sofoco que no era capaz de pronunciar ni una sola palabra—. Cálmate un poco, por favor, me estás asustando.

—De alegría, cariño, de alegría. Tu hermana se acaba de despertar del coma.

Agradecimientos

Cuando uno llega al apartado de agradecimientos lo primero que piensa es que hay que estar muy pendiente de no omitir a nadie que a la postre se pueda sentir ignorado. Y, para ser sincero, en mi caso lo tengo increíblemente fácil por el escaso número de personas a las que se lo tengo que agradecer. Sin que sirva el comentario como muestra de prepotencia y autosuficiencia. Pero es la verdad.

Está claro que si contasen todas aquellas personas que me han aportado algo positivo para mejorar como ser humano, la lista sería interminable, pero, como de lo que se trata es de aquellos que han contado para la elaboración exclusiva de esta novela, eso cambia mucho la cosa.

En primer lugar y como siempre, tengo que hacer mención a mi pareja Ángeles, que es la que ha aguantado más que nunca los cientos de horas que he estado sin hablar y prácticamente sin convivir para llevar a buen término este mi noveno proyecto. Proyecto que se ha vuelto a complicar en muchas ocasiones por culpa de los dolores y la discapacidad. Lectora y crítica principal de mis novelas de ficción y libros costumbristas, y sin la cual no estaría ejerciendo esta agradecida profesión.

Tengo que hacer especial mención en este libro y que sirva como recuerdo a mi padre, fallecido dos meses antes de su conclusión y con el que hablé durante largos momentos sobre su argumento.

También, como siempre, a mi hija Bárbara, la cual espero que algún día sea la trasmisora de mi trabajo a las generaciones venideras.

A mi editor y amigo José Antonio López Vizcaíno, que una vez más ha tenido a bien publicar este nuevo libro, uno más de una lista que comenzó a nacer ya hace ocho años.

Y a un servidor, que vuelvo a insistir en que no quiero que parezca prepotente por mi parte, pues me ha costado mucho más de lo que yo quisiera. Han sido muchísimas horas de trabajo que espero que tengan su reconocimiento cuando la novela esté en las bibliotecas de los lectores.

A las nuevas tecnologías, las cuales, y más para una persona de obligado confinamiento como es mi caso, me han permitido muchas horas de investigación y estudio sin separarme de mi ordenador.

Suelo decir y ruego que a aquel que la novela le agrade y siempre y cuando no pierda amistades por ello la recomiende todo lo que pueda y no la preste, sino que obligue a que su amigo la adquiera. Solo pretendo que me lean, y ya que no puedo salir muchas veces de casa y realizar las presentaciones públicas necesarias, necesito que sea el «boca a oreja» el principal proceso de difusión de mi obra.

Espero, pues, que tenga como mínimo el mismo éxito que mis anteriores trabajos.